天才小毒妃

천재소독비 8

초판1쇄 인쇄 2019년 7월 12일
초판1쇄 발행 2019년 7월 23일

지은이 지에모 芥沫
옮긴이 전정은

펴낸이 박대일
편집 이문영 · 임유리 · 신지연 · 전보라
마케팅 임유미 · 손태석
디자인 박현주
일러스트레이션 우나영

펴낸곳 파란미디어
출판등록 2004년 9월 14일 제313-2004-00214호

주소 03992 서울시 마포구 동교로23길 14 국제빌딩 6층
전화 02.3141.5589 영업부 070.4616.2012 편집부
팩스 02.3141.5590
전자우편 paranbook@gmail.com
카페 http://cafe.naver.com/paranmedia
페이스북 http://www.facebook.com/paranbook

ISBN 978-89-6371-678-7(04820)
978-89-6371-656-5(전26권)

천재소독비

8

天才小毒妃

지에모 芥沫 지음 | 전정은 옮김

파란

차례

天才小毒妃

"The WORK was firstly serialized on Xiangwang."

고북월의 근심

한운석이 하루 밤낮을 지키는 동안 문밖에서는 초서풍과 당리, 고북월도 하루 밤낮 쉬지 않고 지켰다.

초조하게 날뛰던 당리도 차분해졌다. 층계에 앉아 고개를 푹 숙인 그에게서는 생기 한 점 찾아볼 수 없었다.

그는 한 번도 용비야의 선택을 의심한 적이 없었다. 하지만 이번에는 용비야가 그 사람을 밀실에 가둔 것이 정말 옳은지 다시 한 번 생각해 보지 않을 수 없었다.

한운석 때문이 아니라면 이렇게 비밀스레 그 사람을 가둬 둘 필요도 없었고, 오늘 밤 이런 위험을 불러들이지도 않았을 것이다.

당리가 생각에 잠겨 있을 때 줄곧 침묵을 지키던 고북월이 입을 열었다.

"초 시위, 이해가 가지 않는 부분이 있는데 가르쳐 주실 수 있겠습니까?"

초서풍은 힘없이 벽에 기댄 채 담담하게 말했다.

"가르침이라니 당치 않습니다. 뭐든 말씀하십시오."

"제가 알기로 전하께서는 무공이 약하지 않으신데 어떻게 저렇게 치명적인 곳에 상처를 입으셨습니까?"

고북월은 초서풍이 자신을 경계하는 것을 알기에 묻지 않으려고 했지만, 하루 밤낮 고민해 봐도 알 수가 없었다. 용비야가 가진 무공과 경계심이라면, 독을 당할 수는 있어도 저렇게 심각한 상처를 입을 수는 없었다.

알다시피 가슴은 사람 몸에서 가장 약한 부위여서 칼에 찔리면, 특히 저렇게 깊이 찔리면 천하제일 고수인 천산검종의 종주라고 해도 쓰러질 수밖에 없었다!

용비야를 저만큼 상처 입힐 수 있는 사람은 용비야가 무척 신임하는 사람이거나 용비야보다 무공이 훨씬 높은 사람이어야 했다.

곰곰이 생각해 볼 때, 용비야보다 무공이 높은 사람은 천산검종 사람이 아니면 소요파나 여아성 사람이었다. 천산검종이 용비야를 저렇게 만들 리 없고, 소요성과 여아성에서 용비야를 다치게 할 수 있는 고수가 두세 명 있긴 하지만 용비야를 공격할 이유가 없었다. 그들은 이미 살수계를 떠나 은거한 지 오래였다.

고북월은 이리 생각하고 저리 생각했지만, 역시 용비야에게 저런 상처를 입힐 수 있는 사람은 그가 신임하는 이들뿐이었다. 유각에 배신자가 생겼을 가능성이 무척 컸다.

고북월의 이 질문은 사실 초서풍도 하루 밤낮 고민했지만 똑같이 이해가 가지 않았다.

진왕 전하는 흑의인을 기습할 때 단번에 흑의인의 심장에서 약간 벗어난 부위를 찔렀다. 비록 뒤에 있어서 자세히 보지는 못했지만 잘못 봤을 정도는 아니었다.

그는 진왕 전하가 그 부위를 명중시켰고 아주 깊이 찔렀다고 확신했다.

진왕 전하의 검술은 실수한 적이 없었다. 검이 찔러 들어간 깊이는 흑의인이 진왕 전하를 찌른 것보다 분명히 더 깊었다.

상식대로라면 검을 맞은 흑의인은 차 한 잔 마실 동안까지 살아 있을 수 없었다. 그때 흑의인의 모습도 곧 죽을 사람 같았다. 그렇지 않았다면 진왕 전하는 그렇게 가까이 가지도, 아무 경계 없이 그자의 복면을 벗기려 하지도 않았을 것이다.

그렇게 심하게 다친 흑의인에게 진왕 전하를 기습할 힘이 남아 있었다니! 비수에 실린 힘은 전혀 약하지 않았다! 비수를 찌른 후에는 놀랍게도 장법까지 펼쳤다. 무엇보다 무시무시한 것은 달아나기까지 했다는 것이었다.

심장을 찔리고도 그만한 능력을 발휘할 수 있는 사람이 세상에 있을까?

그야말로 상식을 뛰어넘는 일이었다.

초서풍은 생각다 못해 진왕 전하의 검이 빗나간 건 아닌지, 그것도 아주 한참 빗나간 게 아닌지 의심했다.

하지만 이 가정도 맞아떨어지지 않았다. 진왕 전하께서 설마 검이 빗나간 것도 모르셨을까?

초서풍은 생각할수록 머리가 복잡해지는데다 진왕 전하가 걱정스러워 차라리 생각하지 않기로 했다.

진상이 무엇이든 진왕 전하께 아무 일이 없다면 만사형통이었다!

초서풍이 미적거리며 대답이 없자 고북월이 다시 말했다.

"대답하기 불편하면 못 들은 것으로 하십시오."

초서풍은 당리보다 더 강하게 고북월을 경계하고 있어서 이것저것 말할 생각이 없었다. 하지만 이 문제는 고북월이 묻지 않아도 왕비마마께서 물을 것이고, 그러면 고북월도 알게 될 것이다.

어쩌면 사람 신체의 정상적인 법칙을 벗어난 이 수수께끼를 고북월이 해석해 줄 수 있을지 몰랐다.

물론 밀실에 갇힌 사람에 대해서는 입도 벙긋하지 않았다.

"고 태의, 말하자니 참 이상한 일입니다. 전하께 해를 입힌 자객의 무공은 평범했고 전하보다 한참 아래였습니다. 전하께서는 그자의 가슴을 찔렀습니다. 비록 살짝 어긋나긴 했지만 심장 부근이었지요. 본래는 자객이 죽은 줄 알고 가까이 가셨는데 뜻밖에도 기습을 당하고 말았습니다."

초서풍이 진실을 모두 말한 것은 아니지만 그렇다고 거짓말도 아니었다.

이때 당리도 그쪽을 바라보았다. 그 역시 어떻게 된 일인지 이해가 가지 않아서였다.

고북월처럼 총명한 사람도 마찬가지였다. 그는 진지하게 물었다.

"확실히 심장 부위를 찔렀습니까?"

"확실합니다! 전하께서도 그자가 틀림없이 죽었으리라 생각하셨기에 방비하지 않으셨습니다."

초서풍이 확신을 담아 말했다.

순간 고북월은 가슴이 서늘해졌다. 겉으로 드러내지 않았지만 본래 창백하던 얼굴이 조금 더 하얘졌다.

용비야의 상처를 자세히 살폈는데 그 상처로 보아 비수를 찌른 힘은 전혀 약하지 않았다. 거의 죽어가는 사람이 그렇게 힘이 있을 리 없는 데다 백번 양보해서 중상을 입었다고 해도 그만한 힘은 없었다.

"고 태의, 그 자객은 전하를 찌른 뒤 장법으로 전하를 밀어내고 달아났습니다. 비밀 시위 열 명이 뒤쫓았지만 잡지 못했습니다!"

초서풍은 재빨리 덧붙였다

그 말에 고북월은 더욱더 심장이 철렁했지만 겉으로는 의아한 듯 말했다.

"그럴 리가요. 아마 전하께서 급소를 명중시키지 못했는데 자객에게 속으셨겠지요."

당리가 참지 못해 외쳤다.

"절대 그럴 리 없어. 형은 그렇게 부주의한 사람이 아니야!"

"아직 죽지 않은 사람에게 다가가셨으니 확실히 부주의하셨습니다."

고북월은 안타까이 탄식했다.

용비야의 성격으로 보아 죽은 사람이 아니라면 경계를 풀 리 없었다. 자객이 죽기 직전이었다 해도 어쨌든 아직 죽은 건 아니었다!

게다가 자객이 죽기 전에 독을 쓸 수 있다는 것도, 경험 많은 용비야라면 당연히 알고 있었다.

"그자는 틀림없이 죽기 직전이었어. 확실히 이상해!"

당리는 영리하게 고북월의 의심을 부인했다.

이 일에 무슨 속사정이 있지만 초서풍과 당리가 말하고 싶어 하지 않는다는 것을, 고북월도 어렴풋이 느꼈다.

물론 그 역시 캐물을 여유가 없었다. 지금 중요한 문제는 용비야가 부주의했는지가 아니라 자객이 심장에 상처를 입고도 어떻게 무사할 수 있었는지였다.

"이상하군요. 설명하기 힘든 일입니다."

고북월은 혼잣말을 중얼거렸지만 속으로는 걱정되기 시작했다. 설마 용비야가 독고인을 만난 걸까?

이 세상에 독짐승 꼬맹이 외에 불사불멸의 몸을 가진 사람은 독고인뿐이었다. 독고인이라면 한 번이 아니라 열 번 심장을 찔러도 죽일 수 없고 기껏해야 통증만 주는 것이 고작이었다.

이번 일은 독고인이 아니고서야 설명할 길이 없었다. 하지만 이 세상에 독고인이 있을 수 있을까?

독인과 독시를 기르는 방법은 전해져 오고 있지만 유독 독고인을 기르는 방법만은 지금껏 수수께끼로 남아 있었다.

한때 독종의 종주가 연구했지만 성과를 내지 못했기 때문에 이 세상에는 아직 독고인을 기르는 방법이 없다는 말이 있었다. 독종의 종주가 미처 독고인을 길러 내지 못한 채 의학원에 피살되었고, 그래서 독고인을 기르는 방법도 독종의 멸망과 함께 사라졌다는 말도 있었다.

그렇지만 고북월이 아는 진실에 따르면, 독고인을 기르는 비법은 독종이 연구한 것이 아니라 의학원에 본래 있던 것으로 의학원 최대 기밀이었다. 이 비법은 줄곧 금지에 봉인되어 있어 아무도 접근할 수 없었다.

확실히 한때 독종이 이 비법을 손에 넣으려 한 적이 있었지만 결국 성공하지 못했다.

그가 이 일에 이토록 놀란 것은 그 때문이었다.

독종은 이미 무너졌으니 이 세상에 정말 독고인이 존재한다면 그자를 길러 낸 곳은 의학원밖에 없었다.

어떻게 독고인을 길러 냈는지는 나중에 생각하더라도, 용비야는 어쩌다 독고인을 건드리게 되었을까?

고북월은 이 일이 단순히 오해이기를, 용비야의 일시적인 부주의로 생긴 일이기를 몹시 바랐다. 이 세상에 정말 독고인이 존재한다면 무척 위험했다!

고북월도 어떻게 된 일인지 설명하지 못하자 당리와 초서풍도 더는 물어볼 마음이 나지 않았다. 계속 물어봤자 고북월에게 대답을 듣지도 못하고 도리어 이쪽 일만 알려 주게 되면 손해였다!

날이 또다시 어두워졌다. 방 안에는 아직도 움직임이 없었다.

당리와 초서풍은 서로를 마주 보며 초조해했지만 도움이 되지 못했다.

그저 무소식이 희소식이라고 자신을 위로하는 수밖에 없었다…….

용비야가 혼절한 사이 몹시 힘들어진 사람이 또 있었다. 다른 누구도 아닌, 그날 밤의 흑의 자객, 고칠소였다!

그는 아직도 야행의를 갈아입지 못하고 있었다. 유각 비밀 시위들을 따돌린 뒤 그는 부근의 어느 집 지붕 위에 벌렁 드러누웠다.

다친 곳이 너무 아팠다!

처음 찔렸을 때는 통증도 없어서 억지로 힘을 짜내 비수를 찌를 수 있었지만, 멈춰서 쉬기 시작하자 지독한 통증이 시작되었다.

피를 얼마나 흘렸는지도 알 수 없지만, 어쨌든 지금은 아프고 지쳐서 몇 날 며칠 푹 자고 싶을 뿐이었다.

매번 다쳐서 지독한 통증을 겪을 때마다 그는 늘 잠이 왔고 한 번 잠들면 아주 오랫동안 깨지 않았다. 가장 길었을 때는 꼬박 석 달 동안 잠든 적도 있었다.

하지만 이번에는 잠들지 않으려고 억지로 버텼다. 용비야가 묻히는 것을 보기 전에는 마음 편히 잠들 수 없었다.

이 생각을 하자 창백하지만 요사한 아름다움을 갖춘 고칠소의 얼굴 위로 득의양양하고 만족스러운 웃음이 떠올랐다.

사실 처음부터 반격할 마음은 없었다. 반격하는 순간 자신의 비밀이 드러날 수 있기 때문이었다. 하지만 용비야의 검을 맞는 순간 도저히 참지 못했다.

그야말로 다시없을 절호의 기회였다. 자존망대하고 역겨운

그놈을 죽여 버리지 않고서야 두 발 뻗고 살 수가 없었다.

그는 지금 이 시각 유각에서 벌어지는 광경을 상상하기까지 했다. 분명 초서풍과 당리는 발을 동동 구르며 어쩔 줄 몰라 하고 있을 것이다.

당리 일행이 속이려고 해도 오래갈 수는 없었다. 그는 '진왕 사망' 소식이 전해지기를 기다렸고, 그만의 독누이가 유각 밀실의 비밀을 알아내기를 기다렸다. 그렇게 되면 독누이도 슬퍼하지 않을 것이다. 진정으로 자신에게 잘해 준 사람이 누군지 알게 될 테니까.

생각할수록 기분이 좋았다. 그는 배불리 밥을 먹은 다음 다시 유각에 가서 상황을 염탐하기로 했다.

지금까지도 고칠소는 그만의 독누이가 그 남자를 예상보다 더 깊이 사랑한다는 것을 알지 못했다. 지금 이 순간, 그녀는 슬픔에 잠겨 거의 눈물을 흘리려 하고 있었다.

용비야, 당신이 보고 싶어

다시 밤이 찾아왔다. 고요한 밤, 침상에 누운 사람은 깨어나지 않았고 침상 옆에 앉은 사람은 잠들지 않았다.

누군가 그랬다. 언었다가 다시 잃는 것은 참 괴로운 일이라고. 하지만 한운석의 경우는 아직 얻기도 전에 잃어버린 셈이었다.

처음에는 한 시진에 한 번 맥을 짚던 그녀도 이제는 그의 손목에 내내 손을 올린 채 시시각각 변화를 주시하고 있었다.

정말…… 두려웠다!

의원은 아니지만 갖가지 사례를 보았고 의서도 많이 읽었다. 그녀도 용비야가 깨어나지 않더라도 죽지도 않는다는 것을 똑똑히 알고 있었다. 이대로 움직이지 못하는 사람, 즉 식물인간이 될 가능성이 80퍼센트였다.

알고는 있지만 차마 생각할 수가 없었다. 심지어 고북월을 불러들일 용기조차 없었다. 고북월이 들어오면 맥을 짚을 것이고 모든 것이 끝났다고 선포할까 두려웠다.

그녀는 한 손으로 그의 손을 잡아 그가 했던 것처럼 손가락을 깍지 끼고, 다른 손으로는 맥을 짚었다. 침상 옆에 앉아 이 자세를 유지한 지 벌써 이틀 밤낮이 지났다. 앉은 자리에서 조각상이라도 될 기세였다.

자신이 이 남자를 무척 좋아한다는 것은 알고 있었지만 얼마나 좋아하는지는 몰랐다. 하지만 이제는 알게 되었을 것이다.

솔직히 그녀는 아직도 정신이 없어서 이 모든 것이 꿈 같았다.

꿈이라 해도 너무 갑작스러웠다!

어서 빨리 깨어났으면 싶었다. 일어나서 창문을 열기만 하면 용비야의 침궁 등불이 반짝이는 것을 볼 수 있을 텐데.

갑자기 '쿵쿵' 하고 문 두드리는 소리가 들려와 한운석의 꿈을 산산조각 냈다. 꿈은 깼지만 용비야는 여전히 침상에 누워 있었고 모든 것은 그대로였다.

"왕비마마, 이틀째입니다. 제가 들어가서 보게 해 주시지요."

문을 두드린 사람은 고북월이었다. 그의 목소리는 부드러우면서도 다소 쉬어 있었다. 몸이 아직 회복되지 않았는데 곁에서 지키느라 이틀 밤낮 눈을 붙이지 못한 탓이었다.

한운석은 용비야를 응시하며 아무 말 하지 않았다.

"왕비마마, 마마께서도 의술을 배우셨으니 아시겠지요. 전하의 맥상은 이틀 전과 비슷할 겁니다. 전하께서는 위기를 넘기셨으니 제가 살펴볼 수 있게 해 주십시오."

고북월은 정말 잔인했다. 저 말은 분명히 용비야의 최후를 선고하는 것이었다.

한운석은 감히 용비야를 바라볼 용기가 없어 머리를 푹 숙인 채 아무 말도 하지 않았다.

"왕비마마, 마마께서도 의원이시니 침착하셔야 합니다."

고북월이 다시 말했다.

한운석은 입술을 꼭 깨물었다. 고북월의 말이 무슨 뜻인지는 알았다. 그녀도 의원이니 의원답게 침착하고 이성적으로 생각해야 했다. 이런 상황에서는 더 기다릴 필요가 없었다. 기다려봤자 헛수고였다.

하지만 이 순간 그녀는 의원일 뿐 아니라 용비야의 아내였다!

눈앞에 누워 있는 사람은 그녀가 아주 오랫동안 좋아한 사람이었다. 그런데 침착하라니?

울음도 꾹 참고 있는데 이 이상 어쩌라고?

그녀는 용비야의 두 손을 꼭 잡아 입술로 가져갔다. 생기라곤 느껴지지 않을 만큼 조용해졌다. 온 세상이 그녀를 따라 어두컴컴해지는 것 같았다.

한참 후, 문밖에서는 더는 소리가 나지 않았고 방은 더할 나위 없이 조용해졌다.

조용한 방에서 또다시 하루 밤낮이 지났다.

시간은 그 무엇보다 무정했다.

용비야, 세어 봤어? 내가 당신을 향해 몇 걸음이나 걸어갔는지 세어 봤어?

용비야, 그 걸음 하나하나에 용기가 얼마나 필요했는지 알아? 당신이 깨어나지 않으면 난 어디로 걸어 가야 하지?

용비야, 설마 당신, 내가 먼저 당신에게 걸어가는데도…… 마다하는 거야?

얼마나 오랫동안 정적이 흘렀는지 모르지만 마침내 한운석이 천천히 입을 열었다.

"전하, 계속 이렇게 깨어나지 않으시면 운석인…… 전하를 버리고 갈지도 몰라요. 그래도 겁나지 않으세요?"

눈물이 소리 없이 미끄러져 얼음장 같은 용비야의 커다란 손 위로 떨어졌다.

운석이 울었다.

그런데 뜨거운 눈물방울이 다시 한 번 용비야의 손바닥에 툭 떨어졌을 때 그의 손이 가볍게 떨렸다.

몹시도 미약한 동작이었지만 한운석은 단번에 알아차렸다.

그녀는 놀라고 당황하고 기뻐하고 긴장했다!

심장이 미친 듯이 쿵쿵 뛰었다. 자신이 잘못 보지 않았는지 너무나 두려웠고, 함부로 건드렸다가 다시 움직이지 않을까 봐 걱정스러웠다.

그녀는 억지로 참고 기다렸다. 한참 후, 정말로 용비야의 손이 떨리고 손가락이 눈에 띄게 움직였다.

한운석은 잘못 보지 않았다는 것을 확신했다. 그녀는 미칠 듯이 기쁜 나머지 어서 고북월을 불러야 한다는 것도 까맣게 잊고 바보처럼 용비야의 손가락을 응시했다.

이번에는 한참, 정말 한참이 지났지만 용비야의 손은 다시는 움직이지 않았다.

하지만 눈이 움직였다!

그가 살짝 눈을 뜨자, 옆에 앉아 고개를 숙인 채 바보처럼 그의 손가락을 응시하는 한운석이 보였다.

이 여자가…… 왜 이러지?

용비야는 머리가 묵직하고 가슴께가 은은히 아팠지만, 의식은 또렷했다. 흑의인의 기습에 당해 혼절한 것이 기억났다.

비수가 가슴을 찔렸는데도 살아날 수 있었다니, 이 여자가 구해 준 걸까? 하지만 이 여자의 의술은 궁궐의 태의보다 못한데.

얼마나 오래 혼절해 있었을까? 이재민 구호는 연기되었나?

누가 이 여자를 유각에 데려왔을까? 밀실의 일을, 이 여자가 알고 있을까?

이제 막 의식을 회복했는데 오만가지 생각이 머릿속으로 흘러들었다.

용비야는 저도 모르게 눈썹을 찌푸리고 한운석을 응시했다.

한운석은 용비야가 깼는지도 모르고 그의 손만 응시하며 꼼짝도 하지 않았다.

이렇게, 두 사람은 각자의 세상 속에서 한참 동안 조용히 머물렀다. 마침내 용비야가 소리를 냈다.

"한운석, 뭘 하느냐?"

한운석은 고개를 홱 들었다가 바다같이 깊은 용비야의 두 눈과 마주쳤다. 방금 깨어나 아직 허약했지만 그의 눈동자는 여전히 차갑고 날카로워서 만물을 꿰뚫어 볼 것 같았다.

하지만 그는 곧 눈을 찌푸리며 복잡한 눈빛을 지었다.

지금 눈앞에 있는 이 여자가 분명히 울고 있었기 때문이었다. 새빨개진 눈이 마치 가엾은 토끼 같았다.

용비야는 벌떡 일어나 앉으며 심장의 통증에도 아랑곳하지 않고 흉악하게 노성을 터트렸다.

"무슨 일이냐? 누가 널 괴롭혔느냐?"

그의 호통에 한운석은 겨우 정신이 돌아왔다. 내내 눈가에 그렁그렁 맺혔던 눈물이 속절없이 흘러내렸다.

하지만 그녀는 재빨리 닦아 내고 웃음을 지었다. 그리고 바보같이 헤실헤실 웃으면서 아무 말도 하지 않았다.

용비야는 더욱더 눈을 찌푸렸다.

"왜 그러느냐?"

한운석은 정말이지 울고 싶으면서도 웃고 싶은 심정이었다!

이 인간이 깨어났어. 정말 깨어났어! 반드시 그가 깨어나리라고 생각했다. 아무 이유도 없지만 어쨌든 그렇게 믿었다.

"한운석, 대체 무슨 일인지 본 왕에게 말해라."

총명하다고 자부하던 용비야도 도저히 이 여자의 마음을 꿰뚫어 볼 수가 없었다. 울면서 웃다니 대체 무슨 일일까?

그런데 예상 밖의 일이 벌어졌다. 한운석이 용비야의 품속으로 와락 달려들어 두 손으로 그를 힘껏 껴안은 것이다.

"용비야, 보고 싶었어요! 정말, 정말 보고 싶었어요!"

분명히 눈앞에 있었는데, 분명히 곁을 지켰는데, 요 며칠 동안은 마치 세상 끝에서 끝까지 떨어져 있는 것 같았고 그래서 무척이나 보고 싶었다.

용비야는 그녀에게 안긴 채 얼어붙었다. 아무도 이렇게 그를 안은 적이 없었다. 친어머니도, 양모인 의태비도 마찬가지였다. 다른 사람들은 더 말할 것도 없었다.

한운석은 그의 목에 얼굴을 파묻고 두 손으로 그를 꽉 끌어안았다. 남녀칠세부동석이니 하는 말 따위에는 콧방귀 뀌는 그녀지만, 이렇게 스스로 남자를 안은 것은 처음이었다! 그것도 이렇게 힘주어서! 마치 그가 또 멀리 달아날까 봐 두려워하는 것 같았다.

너무 기쁜 나머지 그녀는 용비야가 다쳤다는 것조차 잊고 말았다!

용비야는 꼼짝도 하지 않고 그녀가 실컷 안도록 내버려 두다가 한참만에야 비로소 입을 열었다.

"내가 얼마나 혼절했느냐?"

"사흘이에요. 난 또…… 무슨 일이라도 생길까 봐……."

한운석은 차마 말을 잇지 못하고 그저 힘껏 그를 껴안기만 했다.

용비야도 알아들었다. 그의 눈동자에 복잡한 감정이, 어쩔 수 없는 무력감이 스쳐갔다. 그가 차분하게 말했다.

"이제 그만 놓아도 되지 않겠느냐?"

뭐…….

딱 평소 그의 말투였다. 차갑고 다소 진지한.

수도 없이 들어 본 말투지만 이 순간에는 당황해 얼어붙었다. 그녀는 손을 움찔하더니 곧바로 용비야를 놓아주었다.

그러고 나서야 차분하게 말했다.

"돼요."

너무 서둘렀나 보다 싶었다. 이번에는 한 걸음을 너무 크게 내디딘 모양이었다.

한운석은 고개를 숙이고 입가에 자조의 웃음을 떠올렸다. 그녀가 묵묵히 물러나려고 하자 용비야는 그 가엾은 모습을 도저히 견딜 수가 없어 단숨에 그녀를 끌어당겨 가슴팍에 안았다.

이렇게 안고 있기만 해도 심장이 몹시 아팠지만, 이 여자의 가엾은 모습을 보느니 참는 편이 나았다.

한운석은 용비야가 왜 이러는지 알 수가 없었다. 분명히 비키라고 했으면서 왜 다시 끌어안는담.

그녀가 발버둥을 치자 용비야는 고통스러운 듯 찬 숨을 들이켰다.

"본 왕이 아파서 죽기를 바라는 게 아니라면 움직이지 마라!"

아파서 죽어?

깜짝 놀란 한운석은 그제야 그가 심장을 다쳤다는 것을 떠올렸다! 이렇게 안으면 상처를 건드릴 수밖에 없는 데다 그는 반쯤 누워 있어서 팔을 움직이면 통증이 생길 수밖에 없었다!

상처가 벌어지면 큰일이었다!

이 바보!

한운석은 제 뺨이라도 때리고 싶었다.

조금 전만 해도 토끼처럼 가련하기 그지없던 여자는 순식간에 놀랄 만큼 엄숙해져 명령하듯 말했다.

"용비야, 놔요. 어서!"

"걱정 마라. 본 왕은 죽지 않을 테니."

도리어 용비야는 느긋했다.

한운석은 함부로 움직일 수가 없어 진지하게 달랬다.

“당신은 아직 위험해요.”

“네가 본 왕을 구했느냐?”

용비야는 놓아줄 생각이 없는지 화제를 돌렸다.

자신의 몸은 자신이 제일 잘 아는 법이었다. 비록 상처가 아프지만 지금 상태로 보아 목숨이 위험하지는 않았다.

다친 부위를 보면 가까스로 죽음의 문턱에서 돌아왔다는 것은 알 수 있었다. 그를 구한 사람은 진짜 능력자였다.

“내가 아니라 고 태의예요. 고 태의가 당신에게 약을 바르고 난 지혈을 했어요. 때맞춰 치료했기 망정이지 그렇지 않았다면 생각만 해도 끔찍해요.”

용비야의 몸 위로 엎드린 한운석은 그제야 그의 숨결과 체온을 한껏 느꼈다. 조금 전에 꽉 껴안았을 때는 차분히 느껴볼 여유가 없었다.

고북월이라…….

용비야로서는 의외였지만 겉으로 드러내지 않았다. 아마 한운석이 불렀을 것이다.

한운석은 용비야가 놓아주었으면 했다. 이렇게 안고 있으면 좋을 게 없었다. 하지만 한번 말하면 결심을 바꾸지 않는 용비야의 성품을 잘 알기에 꼼짝없이 안겨 있을 수밖에 없었다.

그가 무사하다면 어떻게 하든 상관없었다.

“전하, 누가 전하를 해친 거죠? 어쩌다 이렇게 심각하게 다치셨어요?”

고북월이 줄곧 의아해하던 이 문제는 한운석도 똑같이 이해가 가지 않았다. 대체 누가 용비야에게 이런 심한 상처를 입힐 수 있을까?

가까이에서 시중들라

“본 왕도 누군지 알고 싶다.”

한운석의 질문에 용비야는 이렇게 대답했다.

그는 초서풍과 당리가 밀실에 갇힌 사람에 대해 딜어놓을 만큼 멍청하지는 않다고 생각했고, 그래서 한운석에게도 자객에 관해서는 조금도 숨기지 않았다.

“그럴 리가! 사람 몸이 버텨 낼 수 있는 범위가 아니에요!”

그렇게 말하던 한운석은 뭔가 떠올린 듯 방금 한 말을 부정했다.

“전하, 어쩌면 그런 사람이 존재할 수도 있어요. 백리명향도 존재할 수 없는 사람이잖아요?”

백리명향의 체질 또한 사람의 정상적인 생물학 법칙에 어긋났다.

운공대륙에는 이해할 수 없는 것이 너무 너무 많았다.

“그렇다면 그자는 또 어떤 체질이냐?”

용비야가 담담하게 물었다.

물론 한운석은 알지 못했다.

“전하, 그 자객이 왜 전하를 노렸죠? 원수인가요?”

“본 왕도 알고 싶다. 한 번 나타난 이상 또 나타나겠지.”

용비야는 흑의 자객의 체질에 호기심을 느꼈다. 물론 더욱 호기심을 느낀 것은 그 자객이 어떻게 유각 밀실에 갇힌 그 사람의 존재를 알아냈는가였다.

그 사람이 밀실에 갇혀 있는 이상 자객이 다시 나타나지 않을까 걱정할 필요는 없었다.

"아무래도 방비를 강화해야겠군요."

한운석은 진상을 전혀 모른 채 진지하게 말했다.

용비야는 대답하지 않고 그녀의 등을 가볍게 토닥였다. 그 동작에 한운석의 주의력은 다시금 두 사람의 몸에 쏠렸다.

얼굴을 그의 가슴에 바짝 대고 있어서 그의 표정을 볼 수가 없었다. 그녀는 이렇게 등을 토닥이는 용비야는 분명히 평온하고 부드러운 표정을 하고 있을 것이라고 상상했다.

마음 같아선 정말이지 좀 더 그에게 안겨 이 순간의 부드러움을 한껏 맛보고 싶었다.

하지만 사실이 알려 주듯, 그녀 역시 냉정하고 이성적인 사람이었고 지금은 이렇게 푹 빠져 있을 때가 아니라는 것을 더없이 명확하게 알고 있었다.

"전하, 놔주지 않으시면 아마 침상에 한 달 이상 누워 있으셔야 할 거예요."

한운석이 심각하게 말했다.

용비야도 가슴께의 상처가 아프고 상태가 나빠지면 잔뜩 쌓인 일들이 죄다 미뤄진다는 것도 잘 알았다. 하지만 어쩔 수 없었다. 한운석의 새빨개진 눈을 보면 도무지 자신을 제어할 수 없고 놓아주고 싶지도 않았다.

용비야가 반응이 없자 한운석은 근엄하게 말했다.

"전하, 당장 놓으세요!"

넋이 나가 있지 않았던 용비야는 곧바로 손을 놓았다.

그의 입가에 기가 막히다는 표정이 떠올랐다. 이 여자가 그에게 근엄하게 명령까지 하다니.

한운석은 조심조심 용비야의 품에서 일어난 다음 곧바로 상처를 살펴 벌어지지 않은 것을 확인한 다음에야 안도의 숨을 내쉬었다.

"전하, 고 태의를 들여보내 진맥하게 할까요?"

그래도 아직은 고분고분하게 용비야의 의견을 물을 줄 알았다.

용비야는 별말 없이 고개만 끄덕였다.

그때 문 앞에서 근심에 잠긴 채 기다리던 당리 일행은 한운석이 느닷없이 문을 열고 나오자 펄쩍 뛸 만큼 놀랐다.

"왕비마마, 전하께서는 어떠십니까?"

초서풍이 묻는 사이 당리는 쏜살같이 방으로 뛰어 들어갔다.

"깨어났어요. 고 태의, 어서 들어가 진맥해 봐요."

한운석의 말이 떨어지기 무섭게 초서풍도 안으로 달려 들어갔다.

하지만 고북월은 한운석의 눈이 빨개진 것을 보고 그녀가 울었다는 것을 알아차렸다.

그의 맑은 눈동자 위로 안타까움이 떠올랐지만 곧 기쁨으로 바뀌었다. 그 역시 한운석을 따라 바삐 안으로 들어갔다.

용비야를 보자 고북월은 여느 때처럼 비굴하지도 오만하지도 않고 공손히 예를 갖추었다.

그는 용비야의 맥을 짚으면서 몇 가지 질문을 한 뒤 곧 빙그레 미소를 지었다.

"진왕 전하께서는 복을 타고나셨군요. 이제 생명의 위험은 없습니다!"

용비야에게는 하등 쓸모없는 말이었다. 고북월이 맥을 짚어 볼 필요도 없이 그는 이미 무사하다는 것을 알고 있었다.

하지만 아무 말도 하지 않았다.

고북월은 또다시 진지하게 용비야의 상처를 살폈다.

"전하, 상처는 이제 막 아물기 시작했습니다. 상처가 깊고 상태도 심각하니 한 달간 휴양하시면서 오른손을 쓰지 않도록 하십시오. 특히 검을 쓰시면 안 됩니다."

한 달간 검을 쓰지 말라고?

초서풍과 당리는 서로 눈짓하며 걱정스러워했다.

검을 쓰는 사람에게 한 달간 검을 쓰지 말라는 것은 맹세코 몹시 성가신 일이었다.

만에 하나 다시 자객을 만나면 어쩐다?

용비야는 그래도 아무 반응 없이 고북월이 계속 말하기를 기다렸다.

하지만 고북월은 이야기를 끝내고 약방문을 지어 한운석에게 주었다.

"왕비마마, 전하께서는 한 달 동안 이 약을 바르셔야 합니다.

처음 보름 동안은 매일 약을 갈고 나머지 보름 동안은 상태를 보아 이삼일에 한 번 가십시오."

한운석은 여전히 진지한 표정을 한 채 곧바로 약방문을 받아 넣지 않고 자세히 살핀 후 갈무리했다.

용비야는 이 모든 것을 똑똑히 보았다. 고북월의 약방문은 믿지 못해도 한운석이 확인했다면 마음 놓고 쓸 수 있었다.

고북월이 약상자를 챙겨 나갈 준비를 하자 비로소 용비야가 차갑게 말했다.

"본 왕이 중상을 입어 목숨이 경각에 달렸는데 고 태의가 구해 냈군. 확실히 태의원 수석 어의다운 솜씨다."

이 말은 고북월의 의술을 칭찬하는 것이기도 했고 질문이기도 했다.

이번에 입은 상처는 용비야 자신조차 살아날 수 없다고 생각했을 만큼 심각했다.

"전하, 왕비마마께서 제때 지혈하신 덕분입니다. 왕비마마께서 옆에서 돕지 않으셨다면 소관도 해내지 못했을 겁니다."

고북월이 어찌나 진심을 담아 말했는지, 최소한 다른 사람들은 그 말을 듣자 용비야를 구하는 데 가장 어려운 부분이 지혈이라고 여길 정도였다.

한운석은 지혈보다 치료가 더욱더 어렵다는 걸 알지만 고북월이 겸양을 했다고 생각했다.

"여봐라, 고 태의에게 황금 백 냥을 내려라."

용비야가 통 크게 말했다.

"감사합니다, 진왕 전하."

고북월도 거절하지 않고 받으며 다시 진지하게 당부했다.

"전하, 앞으로 한 달은 상처가 아무는 중요한 시기입니다. 부디 지나치게 힘을 쓰지 마시고, 가능하다면 힘을 전혀 쓰지 않는 것이 좋습니다."

그는 이렇게 말하며 한 발 다가가 용비야의 귀에 나지막이 속삭였다.

"전하, 쓸데없는 말씀을 올리는 것을 용서하십시오. 부디 한 달간 밤일도 금하시기 바랍니다."

이 말을 한운석이 들었다면 어떤 반응을 보였을까?

사실 환자가 이 정도로 다쳤으니 의원인 고북월이 이런 당부를 하는 것은 무척 당연했다. 도리어 당부하지 않으면 전문적인 태도라고 볼 수 없었다.

용비야는 더없이 차분한 얼굴로 태연자약하게 말했다.

"음, 그렇게 하지."

이 대답에 담긴 의미는 설마…….

고북월은 살짝 몸이 굳었지만 곧 평소대로 돌아왔다. 아무도 그의 이상을 눈치채지 못했고, 그는 여전히 부드럽게 미소를 지으면서 약상자를 챙기러 갔다.

당부도 다 했으니 고북월이 남아 있을 필요는 없었다.

"초서풍, 고 태의를 배웅해라."

용비야의 명령이 떨어졌으니 고북월은 그만 떠나야 했다.

한운석이 문까지 배웅했다.

"고 태의, 이번에는 정말 고마웠어요."

"별말씀을 다 하십니다, 왕비마마. 저는 사실……. 하하하, 전하께서는 천복을 타고 나신 분입니다!"

고북월은 말을 얼버무렸지만 한운석은 무슨 말인지 알 수 있었다.

고북월이 한 말대로라면, 용비야가 첫날 저녁 깨어나지 않았으니 사실은 희망이 없었다.

"그래요, 정말 천복이에요!"

한운석은 용비야도 참 명이 질기다고 생각했다.

한운석은 몰랐지만, 사실 고북월은 용비야가 깨어날 줄 예측했으나 의술을 숨기기 위해 거짓말을 한 것이었다.

고북월의 계산에 따르면 용비야는 한 달이 지난 후에야 깨어나야 했는데, 그보다 한참 앞서 깨어날 줄은 예상하지 못했다.

용비야의 몸이 무서울 만큼 튼튼하다고 할 수밖에!

한운석이 고북월을 배웅하는 동안 용비야는 당리에게 그간 있었던 일을 모두 들었다.

"형, 고북월이란 자는 적이 아닐 거야."

당리는 비록 충동적이지만 바보는 아니었다. 그가 볼 때 고북월은 평범한 인물이 아니지만 그들에게 적의는 없었다.

"적은 아니지만 친구라고 할 수도 없다."

용비야는 자신만의 생각이 있었다.

한운석이 고북월을 보내고 곧바로 돌아왔기 때문에 당리도 더는 말하지 않았다.

"전하, 어쨌든 한 달은 쉬셔야 해요!"

한운석이 진지한 얼굴로 말했다. 용비야가 처리해야 할 중요한 일이 많다는 건 알지만 아무리 중요한 일이라도 건강보다 중요하지는 않았다.

그녀가 눈을 크게 뜨자 눈동자가 더욱 부어 보였다.

"울었구나!"

그제야 알아차린 당리가 외쳤다.

뭐…….

한운석은 재빨리 얼굴을 돌렸다. 침착해지고 나자 눈물을 흘린 일이 몹시 부끄러웠다.

그녀는 당리의 말을 못 들은 척하며 계속 말했다.

"전하, 유각에서 휴양하시는 것이 어떨까요? 이곳이 조용하니까요."

용비야가 대답하기도 전에 당리가 일부러 한운석 옆으로 돌아와 그녀를 쳐다보며 또 말했다.

"정말 울었어!"

당리가 아는 한, 마음도 독하고 손도 매서운 이 여장부는 절대 울 리가 없었다!

한운석은 짜증나서 퉁명스레 그를 밀어냈다.

"울면 어때요. 당신도 얼마 전엔 미치광이처럼 사람을 때리려고 했잖아요?"

감히 고북월을 때리려고 하다니 정말이지 괘씸했다!

"용비야를 걱정했기 때문이야. 마음이 있으면 흥분하기 쉽다고, 안 그래?"

당리는 언제나 가장 가까운 이 사촌 형에 대한 '정'을 표현하는 데 인색하지 않았다.

"나도 마음이 있어서 흥분한 거예요, 그럼 안 돼요?"

한운석은 용비야 앞인데도 입에서 나오는 대로 반박했다.

당리는 몹시 놀랐다. 잠깐 자리를 비운 사이 이 여자가 용비야 앞에서 저런 말을 할 정도로 용감해졌을 줄이야?

그는 용비야를 흘낏 살폈지만 놀랍게도 용비야는 입꼬리를 살짝 올린 채 아무 반응이 없었다.

왜 두 사람이 정을 과시하는 느낌이 들지?

용비야의 마음속에 이 여자가 있다는 것은 알지만, 지금 상황을 보면 진도가 너무 빠른 게 아닌가 싶었다.

"되지! 당연히 돼!"

당리는 웃으면서 의미심장하게 말했다.

"넌 용비야의 여자잖아. 네가 마음이 없으면 누가 있겠어?"

그는 이렇게 말하고는 한운석과 용비야만 남긴 채 히죽히죽 웃으며 물러갔다.

당리가 있을 때는 태연하게 말하던 한운석이지만, 당리가 사라지고 방안이 조용해지자 괜히 어색해졌다.

슬그머니 용비야를 바라보니 용비야는 흥미로운 눈길로 그녀를 응시하고 있었다.

그녀는 침착하게 대응하기로 하고 용비야가 쳐다보든 말든 아무 말 하지 않았다.

하지만 사실이 말해 주듯 그녀의 침착함은 용비야보다 한참 부족해서 오래지 않아 견디기 힘들어졌다.

"전하, 우선 쉬세요. 전 나중에 약을 갈아드릴 수 있도록 약재를 준비해 놓을게요."

한운석이 말하며 달아나려는데 용비야가 손을 흔들었다.

"이리로 와라."

이 모습에 한운석은 다급하게 말했다.

"전하, 함부로 손을 움직이시면 안 돼요!"

앞으로도 네가 하도록

용비야가 손을 흔들자 한운석은 쏜살같이 달려가 조심스럽게 그의 손을 붙잡아 살며시 내려놓았다.

그녀의 평온한 얼굴에 심각한 표정이 떠올랐다.

"전하, 한 달 동안 함부로 움직이시면 안 돼요. 신첩이 지켜볼 거예요."

"불편하군."

용비야가 태연하게 말했다.

그는 비록 황족이지만 시중 받는 것을 좋아하지 않아 여러 가지를 직접 처리했다. 게다가 매일 새벽 연검하고 차를 끓이며 명상을 하는 습관이 있어서 한 달 동안 손을 움직이지 말라는 건 불가능했다.

한운석은 생각도 해 보지 않고 말했다.

"전하께서 뭘 하고 싶으시든 신첩이 시중들게요."

용비야가 눈썹을 치키고 그녀를 바라보았다. 눈동자에 묻은 흥미로움이 한층 짙어졌다.

그러고 보니 한운석도 일이 복잡하다는 것을 깨달았다. 양손을 움직이지 못하는 사람을 시중들려면 할 일이 무척이나 많았고 그중에는 아주 개인적인 일도 포함되어 있었다.

확실히…… 불편한 게 한둘이 아니었다!

한참 후에야 그녀가 한마디 덧붙였다.

"초서풍과 당리도 돕고요."

어쩔 줄 몰라 하면서 실망하고 난처해하는 한운석의 표정을 보자 용비야는 아무 말 없이 다시 손을 뻗어 사악하게 그녀의 턱을 들어 올리더니 담담하게 말했다.

"한운석, 너는 본 왕의 약을 갈아 주면 된다."

역시 이 여자는 아직도 그를 잘 몰랐다. 그는 결벽증이 있어서 평소 다른 사람과 닿는 것을 좋아하지 않았다. 여자뿐 아니라 남자도 마찬가지였다.

그가 죽지 않는다고 말한 이상 무슨 일이 생길 리 없었다.

그의 강압적인 면과 사악한 면, 부드러운 면은 죄다 그녀의 치명적인 약점이었다.

한운석은 단숨에 조용해져서 그의 손동작에 따라 턱을 살짝 들었다. 당리의 말마따나 사나운 어미 호랑이가 지금은 온순한 새끼 양이 된 것 같았다.

뛰는 놈 위에 나는 놈 있다더니, 과연 누가 누굴 굴복시킨 걸까?

용비야는 담담하게 말했다.

"한 달은 너무 길다. 천휘가 본 왕에게 한 달을 주지는 않을 것이다."

뜻밖에도 그 말이 끝나기 무섭게 문 밖에서 비밀 시위가 보고했다.

"전하, 성안에 일이 생겼습니다."

"말해 봐라."

용비야가 차갑게 말했다

"오늘 폐하께서 전하를 구호를 담당할 흠차로 공식 임명하고, 당장 재난 지역으로 달려가 이재민을 구호하라는 명령을 내리셨습니다. 성지가 벌써 출발했으니 곧 왕부에 도착할 것입니다."

비밀 시위가 사실대로 말했다.

빌어먹을 천휘황제!

이번 사고만 아니었다면 황제가 재촉하지 않아도 벌써 출발했을 것이다.

고작 며칠 미뤘을 뿐인데 그걸 못 참고 직접 성지까지 내려? 그것도 당장 출발하라니.

한운석은 속으로 욕을 퍼부으며 반드시 이 빚을 갚겠다고 맹세했다. 중상을 입고도 조회를 나가는 기분이 어떤지 언젠가는 천휘황제에게 똑똑히 맛보여 줘야지.

"준비해라. 왕부로 돌아간다."

용비야는 본래부터 쉴 생각이 없었던 터라 이렇게 말하며 가슴께를 누른 채 몸을 일으키려고 했다.

한운석은 마음이 찢어지는 것 같았다!

그녀가 황급히 막았다.

"전하, 좀 더 누워 계세요. 신첩이 필요한 걸 챙길게요."

밀실로 가서 갇힌 사람을 살펴보려던 용비야였지만 그 말을 듣자 잠시 망설이다가 결국 다시 누웠다.

"챙길 것은 별로 없다. 옷만 갈아입으면 된다."

이 방은 유각에 있는 용비야의 침실이고 시녀는 한 사람도 없었다.

방안은 더없이 간소해서 침상 하나, 의자 하나, 궤짝 하나뿐이었다.

한운석은 폭넓은 검은색 옷을 골랐다. 폭이 넓으면 상처를 누르지 않을 것이고 검은색은 혹시라도 핏자국이 새어 나오는 것을 숨길 수 있었다.

용비야는 말하지 않았지만 한운석은 알고 있었다. 왕부로 돌아가 성지를 받을 때는 반드시 상처를 숨겨야 하고, 그가 다쳤다는 이야기는 절대로 밖으로 새어나가선 안 되었다. 그렇지 않으면 재난 지역까지 무사히 가지도 못할 가능성이 무척 컸다.

옷을 가져간 한운석은 용비야가 입은 속곳에도 피가 묻어 있는 것을 발견했다. 속곳도 갈아입어야 했다.

그녀는 다시 깨끗한 속곳을 찾으러 갈 수밖에 없었다. 그런데 돌아와 보니 용비야는 벌써 제 손으로 옷을 벗고 있었다.

"전하, 제가 할게요."

그녀는 초조한 마음에 또다시 달려가 그의 손을 붙잡았다.

"함부로 움직이지 마세요."

이번에는 용비야도 순순히 말을 들었다.

한운석의 동작은 몹시 조심스러웠다. 옷끈을 당겨 풀고 옷깃과 소맷자락을 펼친 다음 순백의 속곳을 등 뒤에서 조심조심 벗겨 내렸다.

속곳을 벗자 잘 단련되고 건장한 용비야의 등이 완전히 드러났다. 고동색 피부와 완벽에 가까운 등의 윤곽이 온갖 상상을 불러일으켰다.

바로 뒤에 앉은 한운석은 그에게서 무척 가까이 있었고 손만 뻗으면 이 모든 것을 만질 수 있었다. 비록 온 힘을 다해 억제하기는 했지만 그래도 흘끔흘끔 쳐다보게 되는 건 어쩔 수 없었다.

하지만 고작 몇 번 본 것뿐인데도 더욱 가까이, 바짝 붙어 있고 싶은 마음을 참을 수가 없었다.

"못 하겠느냐?"

갑자기 용비야가 담담하게 물었다.

한운석은 소스라치게 놀랐다. 분명히 아무것도 하지 않았는데 마치 나쁜 짓을 한 것처럼 단번에 얼굴이 빨개졌다.

"못 하겠느냐?"

용비야가 다시 물었다.

"네?"

속마음을 들킨 것 같아 한운석은 당황했다!

"옷 갈아입히는 것 말이다."

용비야의 인내심은 정말로 많이 강해져 있었다.

한운석은 그제야 깨닫고 황급히 깨끗한 속곳을 가져왔지만 곧 깨달았다……. 못 하겠어!

직업 때문에 평생 많은 사람의 옷을 벗겼지만, 입혀 주는 건 이번이 처음이었다. 그녀는 웃옷을 용비야의 등에 가져가 걸쳐 주었지만 그다음에는 어떻게 해야 할지 알 수가 없었다.

결국 그녀는 한 가지 사실을 깨달았다. 옷을 벗기는 것은 팔을 들 필요가 없으니 수월했다. 하지만 옷을 입히려면 반드시 팔을 들어야 해서 그리 간단하지 않았다.

그녀가 살그머니 용비야의 팔을 들어 올리려고 할 때 용비야가 먼저 양팔을 한 일一자로 들어 올렸다. 옷을 입는 표준 동작이었다.

한운석은 머리를 이불 속에 묻고 싶을 만큼 수줍어하면서 그제야 허둥지둥 옷을 입혀 주었다.

옷끈을 묶고 나자 용비야는 자못 만족스러운 듯 담담하게 말했다.

"음, 앞으로는 네가 시중들도록."

한운석은 무슨 말을 해야 할지 몰라 갈팡질팡하면서 처음으로 이 인간이…… 참 나쁘다는 것을 깨달았다.

한운석과 용비야가 마차에 올라 진왕부로 돌아가 보니 천휘황제 곁에서 새롭게 떠오르는 진 공공이 벌써 오랫동안 기다리고 있었다.

설 공공의 전철을 밟지 않기 위해 진 공공은 착실하게 기다리며 추호도 오만을 부리지 않았다. 그는 용비야와 한운석이 돌아오는 것을 보자 황급히 달려가 성지를 읽고 명을 정확히 전한 후 떠났다.

비밀 시위가 보고한 대로, 성지에는 구호를 위한 흠차 대신으로 용비야를 임명하니 성지를 받자마자 재난 지역으로 떠나라고 되어 있었다.

비록 성지에 그렇게 쓰여 있다 해도 용비야에게는 아직 며칠 미룰 핑계가 있었다. 하지만 이 중요한 시기에 일을 미룰 수는 없었다. 이번 일은 벌써 치열한 싸움으로 번졌기 때문이었다.

그가 어명을 받고 재난 지역에 가는 일은 내일이면 천녕국에 쫙 퍼질 것이다. 시일을 끌면 천휘황제가 그를 모함할 기회를 주는 셈이었다. 늘 그렇듯 조장하기 쉬운 게 바로 여론이었다!

듣기 좋으라고 '여론을 이끄는 것'이라고들 하지만, 솔직히 말해 '여론을 통제하는 것'이었다.

유각에서 돌아오는 동안 그는 벌써 요 며칠 간 여론의 움직임을 파악해 놓고 있었다.

태자의 혼사는 자선 경매의 열기에 묻혔지만, 요 며칠 일부 여론은 백성을 생각하는 진왕 전하를 칭송하던 것에서 그의 재산에 관한 논의로 바뀌고 있었다.

그리고 바로 오늘 민간에서 한 가지 의견이 나와 진왕부의 호의에 감격하던 민심을 요구로 바꿔 놓았다. 진왕부에 재산이 있으니 기부하는 것은 당연하고 더 많이 기부해야 한다는 의견이었다.

이 모든 것을 주도한 사람은 당연히 천휘황제였다. 그도 만만한 상대는 아니었다.

민심을 놓고 벌이는 각축전이 이제 막 시작되었으니 한 발 한 발 조심스레 내디뎌야 했다.

당일 밤 간단히 준비를 마치자 용비야와 한운석 일행은 곧장 길을 떠났다.

용비야는 공개 출발 대신 미복을 입고 몰래 움직이는 방식을 선택했다. 따르는 사람은 한운석뿐이었고 조 할멈도 거절당했다. 남몰래 몇 사람이 더 따르고 있는지는 한운석도 몰랐다.

한밤중이 되어 초서풍이 와서 국구부의 일을 보고하자 그제야 한운석도 초서풍이 함께 간다는 것을 알았다. 당리는 유각에 남겨졌는데, 흑의 자객이 다시 나타날 것을 대비하기 위해서라고 했다.

한밤중이라 주위는 조용했고 마차는 느릿느릿 천녕국 도성 남문을 나섰다.

그때 성벽 위에는 빨간 옷 하나가 바람에 휘날리며 어둠 속에서 요염한 매력을 발산하고 있었다. 마치 밤중에 활짝 핀 꽃무릇처럼 운치 있고 신비로운 장면이었다.

고칠소는 유각에 갔다가 당문 암기의 함정에 빠져 하마터면 빠져나오지 못할 뻔했다. 그가 달려왔을 때는 마차의 뒷모습밖에 볼 수 없었고, 그만의 독누이와 용비야는 보이지 않았다.

그의 얼굴에 평소 같은 웃음은 간데없었고, 좁고 긴 눈은 직선을 그릴 만큼 가늘어져 쌀쌀한 냉기를 흘리고 있었다.

한참 후 그가 한마디를 내뱉었다.

"목숨이 참 질기군!"

대체 누가 용비야를 구했는지 궁금했다. 독누이는 절대로 그만한 능력이 없었다.

물론 궁금증보다는 답답함이 더 컸다. 이럴 줄 알았다면 좀 더 잔인하게 단숨에 죽여 버렸을 텐데, 공연히 용비야의 경계심만 키운 바람에 다음에 죽이기는 쉽지 않을 것이다.

게다가 용비야의 성격상 전력을 쏟아 그의 신분을 조사할 것이 분명했다.

"귀찮게 됐군!"

고칠소는 툴툴거리며 한동안 조용히 있기로 했다. 어차피 그는 재난 지역같이 더러운 곳을 무척 싫어해서 따라가지 않을 생각이었다.

목령아가 오랫동안 소식이 없어서 약재를 찾아냈는지 어떤지 아직 몰랐고, 그래서 약성 목씨 저택에 가 보기로 했다.

그는 새빨갛고 널따란 소매를 높이 들었다가 갑작스레 아래로 떨어져 내렸다. 높디높은 성문에서 곧장 아래로 곤두박질치는 그의 모습은 마치 빨간 솔개처럼 아름다움을 뽐내며 어둠 속으로 사라졌다.

고칠소가 떠난 지 얼마 되지 않아 그가 서 있던 자리에 하얀 그림자 하나가 홀연히 모습을 드러냈다. 오랫동안 보이지 않던 백의 공자가 다시 나타난 것이다.

백의는 눈처럼 새하얗고 티끌 하나 없이 깨끗했고, 하얀 복면은 신비롭고 존귀해 보였다. 그의 눈동자는 침착하면서도 부드럽고, 몸에서는 맑고 깨끗한 기운이 서서히 흘러나와 마치 밤의 어둠을 물리치고 세상을 환히 밝히는 것 같았다. 그는 성문 아래를 내려다보며 빙그레 웃더니 곧바로 앞서간 마차를 쫓았다.

보호자에는 여러 종류가 있는데, 그중에서 '앞에 선 사람'은 나를 대신해 비바람을 막아 주고 함정을 뚫어 주는 사람으로, 가장 좋은 친구였다.

'손을 잡고 함께 가는 사람'은 나와 생사를 함께하고 영욕을 함께 누리는 사람으로, 가장 사랑하는 이였다.

그리고 '뒤에 선 사람'이란 내가 뒷걱정하지 않고 성큼성큼 앞으로 나아가도록 해 주는 사람으로, 영원히…… 그 존재를 알아차릴 수 없는 사람이었다.

백의 공자가 한운석 앞에서 복면을 벗을 날이 평생 올지 어떨지는 아무도 몰랐다…….

재해 지역으로 가지 않고

마차는 한밤중에 천천히 천녕국 도성을 나섰다. 그동안 몹시 지쳐 있던 한운석은 한숨 푹 잘 생각이었는데 뜻밖에도 마차가 교외에 도착하자 용비야는 서남쪽으로 가라고 명했다.

천녕국에서 기근이 든 주요 삼대 지역은 모두 중부에 있었다. 도성은 북쪽에 있으니 당연히 남쪽으로 쭉 가야 했다. 그런데 어째서 서남쪽으로 방향을 돌리라고 할까?

한운석은 이상했다.

"전하, 앞에 매복이 있나요?"

용비야의 부상은 비밀에 부쳐졌지만, 흑의인이 소문을 퍼트릴 수도 있으니 방비해야 했다! 운공대륙에서 용비야의 목숨을 노리는 사람은 많고도 많아 가는 동안에는 조심하고 또 조심해야 했다.

"데려갈 곳이 있다."

용비야는 높은 베개에 편안하게 기대 여유롭게 눈을 감고 잠들었다. 그 모습만 봐서는 도무지 중상을 입은 사람 같지 않았고, 구호라는 어려운 일도 별로 신경 쓰지 않는 것 같았다.

이런 때 어디로 데려가려는 거지?

분명히 구호와 관련이 있다고 짐작했지만, 구체적인 것은 아무리 머리를 굴려도 알 수가 없었다.

한운석은 창틀에 엎드려 호기심에 찬 눈길로 밤이 내린 바깥을 바라보았다. 한 번도 가 본 적이 없는 길이었다.

몹시 피곤했던 그녀는 밖을 바라보다가 잠들었다.

그런데 이튿날 일어나 보니 마차는 아직도 달리고 있었다. 용비야는 벌써 깨어나 오른손에 밀서를 몇 장 들고 읽는 중이었다.

"전하, 어디로 가는 거예요? 말씀해 주세요."

한운석은 그의 곁에 다가가 아양 떨듯 그의 소맷자락을 슬쩍 잡아당겼다.

"전하, 말씀해 보시라니까요."

용비야는 쳐다보지도 않고 무시했다.

"전하, 말씀해 보세요. 짐작이 안 가요. 아주 멀리 가나 봐요."

한운석은 자꾸만 귀찮게 굴었다. 밀서를 볼 때 방해받는 것을 싫어하던 용비야는 놀랍게도 성질부리지 않고 밀서를 한운석에게 내밀었다.

밀서 세 통은 모두 국구부가 곡식 문제에서 서둘러 손을 떼려 한다는 내용이었다.

국구부에서 호부에 백만 냥 가량을 지급해야 하는 날까지 아직 사흘이 남아 있었다. 그동안 국구부는 가진 곡식을 팔아 현금을 확보하려고 바삐 움직였다. 하지만 지금까지 한 톨도 팔지 못했다.

살 사람이 없는 게 아니라 가격을 너무 높게 불렀기 때문이었다.

국구부가 곡식을 횡령한 까닭도 가격을 올려 재판매하기 위해서였다. 그런데 어쩔 수 없이 미리 팔아야 할 처지가 되자 재물에 밝은 국구부가 가능한 높은 가격을 매긴 것이다.

더구나 지금 국구부에 필요한 것은 거금이었다! 높은 가격에 팔지 않으면 돈을 충분히 마련할 수가 없었다.

국구부가 호부에 줘야 할 현금 이백사십만 냥 중 백이십만 냥은 며칠 전에 먼저 보냈다.

먼저 준 백이십만 냥에는 태자가 목유월을 맞이하는 데 필요한 예물 비용과 국구부의 보유금, 그리고 고리로 빌린 돈이 포함되어 있었다.

물론 국구부의 자산이 고작 일, 이백만 냥일 리는 없지만 국구 나리가 워낙 영리하다 보니 땅이나 소장품 등으로 바꾸어 값이 오르기를 기다리고 있기 때문에 실제 보유한 현물은 많지 않았다.

국구부가 가진 골동품이나 땅은 하나같이 수십만 냥이나 나갔고, 어떤 것은 숫제 백만을 넘기는 것도 있었다. 다만 현물이 아닌데다 함부로 경매하거나 팔아넘길 수도 없었다. 물건을 내놓는 순간 국구부의 체면도 함께 떨어지기 때문이었다.

황제파 가운데 돈 있는 사람들은 적지 않지만, 국구부는 그들 중에서도 가장 부유해서 황제파의 든든한 버팀목이었다. 높디높은 국구부가 이런 일로 체면을 구길 수는 없었다.

덕분에 유일한 방법은 암시장에서 고리로 돈을 빌리는 것이었다. 국구부는 고액의 이자를 내는 대신 즉시 현물을 받고 비밀을 지키는 것으로 합의했다.

정확한 수치는 모르지만 대략 헤아려 볼 때 국구부가 갚아야 할 원리금과 호부에 줘야 할 돈을 합치면 이백만 냥 정도였다.

이런 상황에서 곡식을 고가에 팔지 않으면 이자를 지급하는 것은 물론 수지를 맞추기도 어려웠다.

자연히 일반 사람들은 모르는 소식이고, 나랏돈을 받아먹는 데 익숙한 도성의 존귀한 귀족들도 반드시 알지는 못했다. 도리어 남북을 오가며 푼돈까지 꼼꼼하게 셈하는 상인들이야말로 귀가 밝아 이런 소식은 절대 놓치지 않았다.

의태비의 생신 연회 자선 경매에서 일어난 일은 벌써 소문이 쫙 퍼졌고, 후각이 예민한 상인들은 귀신같이 장사 냄새를 맡았다. 그들은 이미 국구부가 곡식을 팔 것이라고 예측하고 있었다.

이익이 없으면 일찍 일어나지 않고, 간사하지 않으면 상인이 아니라는 말이 있었다. 이런 때 선량한 사람인 양 국구부를 돕고 싶어 하는 사람은 없었다. 모두 불난 집에 도둑질하듯 약속한 것처럼 가격을 낮췄다.

밀서에 똑똑히 나와 있듯, 누군가 천녕국 암시장에 쌀 삼만 섬을 팔겠다는 소식을 전했다. 증거만 없을 뿐, 기근이 든 지금 이런 대량 매매를 하려는 쪽은 필시 국구부일 것이라고 모두가 짐작했다.

국구부가 횡령을 일삼는 것은 모르는 사람이 없지만, 증거를 잡지 못해 여태 소문으로만 남아 있었다.

밀서 세 장을 다 읽은 한운석도 대강 상황을 파악했다.

그녀가 웃으며 말했다.

"전하께서 곡식을 사서 이재민을 구호하고, 그 김에 탐관오리도 제거하실 생각이신가요?"

뜻밖에도 용비야는 고개를 저었다.

"아니, 본 왕도 곡식을 팔 것이다."

한운석은 몹시 뜻밖이었다. 용비야가 농담을 하는 걸까? 곡식을 사들여도 부족한데 도리어 팔겠다고?

강남의 장원에 곡식이 제법 있다고 하지만, 시기가 시기인지라 벌써 많이 기부했을 텐데 어디서 곡식을 가져와 판다는 걸까?

설령 곡식이 있어서 판다 해도 투기를 하려는 간사한 상인들의 기세만 돋울 뿐이었다. 이런 악순환은 무엇보다 구호에 불리했다.

알다시피 간사한 상인들이 매점매석을 하는 최후의 목적은 조정이 구호를 위해 은자를 풀 때 고가로 팔기 위해서였다.

"국구에게는 아직 사흘의 시간이 있다. 본 왕은 그자가 내일 당장 가격을 내리게 할 것이다!"

용비야가 차갑게 말했다.

그 말에 한운석도 퍼뜩 깨달았다.

그녀는 참지 못하고 감탄을 터트렸다.

"전하, 이제 보니 가장 간사한 사람은 전하셨군요!"

"간사?"

용비야의 앞에서 욕을 한 사람은 그녀가 처음이었다. 하지만 그는 화를 내지도 않고 도리어 흥미로운 목소리로 물었다.

"이해가 되느냐?"

이 시대의 명문가 규수와 비교할 때 한운석은 정말로 아는 것이 아주 많았다.

그녀가 아는 건 당연했다!

상인들이 국구부에 가격을 낮춰 부르는 상황에서 용비야가 다시 개입해 곡식을 판다는 소식을 퍼트리면 국구부가 가격을 계속 내릴 것은 의심할 바 없는 사실이었다.

사흘 후면 국구부는 호부에 현물을 내야 하니 국구 나리가 제아무리 싼 값에 팔기가 싫어도 그렇게 할 수밖에 없었다.

지혜로운 사람은 분위기에 따르고 능력 있는 사람은 분위기를 조장한다고 했다. 용비야의 행동은 분위기를 조장하는 것이었고, 이에 따라 암시장 내 양곡 시장 판도는 확 바뀔 것이다!

물론 이는 모두 부차적인 문제였다. 용비야가 이렇게 심혈을 기울이는 최종 목적은 단 하나, 국구부가 횡령을 했다는 증거를 찾아내는 것이었다.

국구부가 진짜 곡식을 팔아 거래가 시작되어야만 증인과 증거를 잡을 기회가 생겼다. 그렇지 않으면 모든 것은 지금처럼 소문과 추측으로 남을 뿐이었다.

한운석의 이런 설명에 용비야는 자못 놀랐다. 당리에게는 이해관계를 한참 설명해 주어야만 알아들었는데, 한운석은 듣자마자 알아차린 것이다!

지금까지도 그는 자신이 여전히 이 여자를 과소평가했다는 생각을 멈출 수 없었다.

용비야는 별다른 말이 없었지만 이야기를 들으며 고개를 끄덕이는 모습만으로도 한운석에게는 더없이 큰 긍정의 의미였다.

설명을 마친 한운석은 쇠뿔도 단김에 빼랬다고 나지막하게 물었다.

"전하, 신첩이 추측한 게 있는데 맞는지 모르겠어요."

"말해 봐라."

용비야가 담담하게 말했다.

한운석이 씩 웃더니 가까이 가서 소리 죽여 말했다.

"전하께서는 곡식을 판다는 소문만 퍼트리고 실제로는 한 톨도 팔지 않으실 거예요."

그 말에 용비야는 소리 내어 웃음을 터트렸다. 그는 웃으면서 한운석의 턱을 들어 올리더니 사악한 목소리로 일깨워 주었다.

"한운석, 너무 영리한 것은 좋지 않다."

하지만 한운석은 그가 두렵지 않았다. 그녀는 그의 손을 잡아 천천히 내리면서 진지하게 말했다.

"전하, 말씀드렸잖아요. 오른손을 쓰시면 안 돼요! 상처가 벌어진다고요!"

유각에서 진왕부로 돌아오는 길에 두 사람은 이 일로 하마터면 말다툼을 벌일 뻔했고, 결국 왼손만 쓰고 오른손을 절대 쓰지 않기로 타협했다.

중요한 이야기를 하는 동안에도 그녀는 여전히 그의 동작과 상태를 신경 쓰고 있었다.

한운석의 진지한 얼굴을 보자 용비야는 문득 몹시 친근한 느낌이 들어 귀신에 홀린 듯 알았다고 대답했다.

용비야가 한운석을 데려가려는 곳은 물론 암시장이었다. 암시장은 이름에서 보듯 비밀스러운 거래가 이뤄지는 시장이었다. 조정에서 유통을 허가하지 않은 물품이나 정상적인 시장가를 한참 뛰어넘는 고가의 물건을 거래하는 일부터 고리대금이나 돈세탁같이 옳지 않은 방법으로 얻은 돈이 거래되기 때문에 '어두울 암暗'자가 붙었다.

천녕국에는 대규모 암시장이 둘 있는데, 하나는 천녕국 도성 서남쪽에 거점이 있는 천역天域 암시장이고 다른 하나는 천녕국과 서주국, 북려국이 교차하는 삼도전장에 있는 삼도 암시장이었다. 그중 삼도 암시장은 천녕국에서 가장 큰 암시장이자 운공대륙 전체에서 가장 큰 암시장이기도 했다. 운공대륙의 경제에 영향을 미치는 여러 가지 커다란 사건들이 모두 삼도 암시장에서 벌어졌다.

시간이 촉박하지 않았다면, 국구부는 분명 천역 암시장이 아니라 삼도 암시장을 선택했을 것이다. 삼도 암시장은 멀리 국경에 있어 황제에게서 먼 데다 암시장 내 파벌 관계가 넓고 복잡해서 증거를 찾기가 쉽지 않기 때문이었다.

하지만 이번에는 워낙 시간이 촉박해 용비야에게 절호의 기회를 주고 말았다.

그날 정오, 용비야와 한운석은 천역 암시장에 도착했다.

천역 암시장의 거점은 비밀스러운 지하 세계로, 입구는 황량한 산속에 숨겨져 있었다.

용비야와 한운석은 복면으로 얼굴을 단단히 가렸다. 산에 들어서자 용비야는 한운석의 손을 꼭 붙잡고 놓지 않았다.

그들은 사람 키만 한 높이에 글자가 없는 까만 비석 앞에서 걸음을 멈췄다. 한낮이고 해가 중천에 떠 있는데도 글자 없는 비석은 유난히 음산하고 스산해 보였다.

"이곳이 입구다."

용비야가 나지막이 말했다.

한운석도 암시장 이야기는 들은 적이 있지만 이렇게 은밀하게 숨겨져 있을 줄은 몰랐다. 그녀가 궁금해하는 사이 용비야가 아무렇지 않게 비석을 세 번 찼다.

비석 뒤로 끝이 보이지 않을 정도로 어두컴컴한 동굴 입구가 천천히 열리고, 등롱을 든 곱사등이 노인이 걸어 나왔다.

"감히 어디서 문을 차느냐! 살기 싫더냐?"

노인이 화난 소리로 꾸짖으며 천천히 고개를 들었다.

암시장, 운석의 묘책

노인이 고개를 들자 한운석은 화들짝 놀랐다.

그 노인은 한쪽 눈이 멀고 얼굴은 주름이 깊이 팬 데다 표정까지 험상궂어 끔찍하기 짝이 없었다!

용비야는 아무 말 없이 금덩이 하나를 툭 던져 주었다. 노인은 한 눈이 멀었지만 손은 빨라서 재빨리 금을 받았다.

탐욕스레 금을 깨물어 진짜인 것을 확인한 그는 태도가 180도로 바뀌고 목소리마저 훨씬 친절해졌다.

"나리, 들어오시지요!"

한운석은 금을 흘끔거리며 진심으로 안타까워했다! 이 인간은 대체 얼마나 돈이 많기에 썼다하면 저렇게 통이 큰 거야.

이 인간에게 아무리 재산이 많다지만 저렇게까지 돈을 많이 벌지는 못할 텐데. 남들은 그가 얼마나 부유한지 모르지만, 적어도 그녀는 그에게 한도 없는 금패와 값어치가 나라에 맞먹는 팔찌가 있다는 것을 알고 있었다.

설마 이 인간이 어디서 보물 창고라도 찾았나?

노인이 앞장서서 길 안내를 했고, 그들은 동굴을 뚫고 아래로 내려가기 시작했다. 곧 시끌벅적한 지하 세계가 한운석의 눈앞에 나타났다.

이곳은 그야말로 지하의 성이라 부를 만했다. 지하에 있다

뿐이지 지상에 있는 성시와 다를 것이 하나도 없어서 거리와 상점, 집과 누각 등 있을 것은 다 있고 등불도 환해 불야성이었다.

역사가 긴 삼도 암시장과는 달리 천역 암시장은 천녕국이 들어선 후에 형성되었다. 천역 암시장 배후에 조종하는 사람이 있는지는 아직 알려지지 않았다.

알려진 것은, 이곳을 관리하는 곳이 이른바 천역 협회라는 곳이고, 협회 사람들은 모두 천역 암시장 내에 각종 사업을 하는 큰 세력으로 이루어져 있다는 것이었다.

천역 협회는 천역 암시장에 크게 간여하지 않고 거래자에게 보호비를 받는 정도에 그쳤다. 천역 암시장에 드나드는 데에도 아무 제한이 없어서 아무나 들어오고 또 나갈 수 있었다.

물론 이런 느슨한 관리 방식은 이 암시장이 강력하다는 것을 암시해 주기도 했다. 조정에서 찾아와 조사하는 것도 두려워하지 않을 만큼 강력하다는 의미였다.

다만 운공대륙에는 예로부터 항상 암시장이 존재해 왔기에 조정은 작은 암시장만 단속하고 봉쇄할 뿐, 큰 암시장은 여태껏 크게 손댄 적이 없었다. 큰 암시장 뒤를 받치는 세력이 워낙 복잡해서 살짝 건드리기만 해도 줄줄이 터져 나올 가능성이 무척 컸고, 결국에는 조정도 도끼로 제 발등 찍는 셈이 되어 수습할 수 없는 지경에 처할 수 있어서였다.

용비야가 직접 암시장에 와서 국구부의 횡령 사건을 조사하는 것은 무척 위험한 일이라고 할 수밖에 없었다. 이곳의 거래는 천역 협회의 보호를 받기 때문이었다.

용비야가 천역 협회와 대립해 사고가 터지면, 용비야는 천역 암시장 전체를 적으로 삼게 되고 나아가 운공대륙 전체 암시장을 적으로 삼게 되는 셈이었다.

한운석은 용비야를 따라 한동안 거리를 걸으며 적잖은 물건들이 팔리는 것을 목격했다. 그녀가 나지막이 말했다.

"전하, 좀 위험하겠어요."

"국구부는 천휘보다 더 괘씸하니 반드시 제거해야 한다!"

용비야의 결심은 확고했다.

그는 한운석을 데리고 몇 바퀴 돌다가 마침내 양곡 거래 구역에 도착했다. 시끌시끌한 다른 구역과는 달리 이곳은 무척 썰렁해서 열린 상점은 몇 곳뿐이고 진열된 상품도 많지 않았다.

이 상점들은 곡식을 팔고 있지만 대부분 바람잡이라고 불러도 이상하지 않을 중개 판매자였다. 그들은 뒤에서 사람들을 이어줄 뿐 실제로 매매는 하지 않았다.

누군가 곡식을 팔기 위해 찾아오면 그들은 곡식을 살 적당한 사람을 찾아 주었다. 반대로 누군가 곡식을 사기 위해 찾아오면 역시 곡식을 팔 적당한 사람을 찾아 주었다.

일부는 중개만 해 주고 매매할 양쪽이 직접 와서 거래하게 하기도 하지만, 직접 대리 매매를 맡기도 했다. 이럴 때는 매매할 양쪽이 모습을 드러내지도 않고 서로가 누군지도 몰랐다. 물론 거래 방식에 따라 중개인이 받는 비용도 달랐다.

이런 비밀 매매 방식은 지상에서도 흔하게 이뤄지고 있지만, 천역 암시장에서는 중개인들이 더 전문적이고 거래 규모도 훨씬 컸다.

한운석은 이런 것들을 잘 알지 못했다.

용비야가 한운석을 데리고 길을 거닐면서 조용히 설명해 주자 영리한 한운석은 단번에 요점을 간파했고 용비야는 무척 만족했다.

두 사람은 곡식 파는 사람으로 가장해 몇 군데 상점에 들러 소식을 탐문했는데, 그 와중에 한운석은 그만 웃음을 터트릴 뻔했다. 거의 모두가 곡식 십만 섬에 관한 정보만 알려 주었고, 국구부의 오만 섬에 관해 말하는 사람은 아무도 없었다.

곡식 십만 섬은 당연히 용비야가 일부러 퍼뜨린 소식인데, 그가 도착하기도 전에 벌써 시장을 뒤집어 놓은 것이다.

본래는 국구부의 오만 섬 이야기가 오갔지만 지금은 아무도 묻는 사람이 없었고, 중개자조차 말하기를 싫어했다.

"주인장, 십만 섬은 못 살 것 같은데 오만 섬은 없나요?"

한운석이 겸손하게 물었다.

"손님, 아직은 곡식이 그리 비싸지 않아서 십만 섬이라도 돈은 얼마 안 됩니다. 이곳까지 오셨는데 그만한 돈도 없으시려고요?"

주인장이 웃으면서 말했다. 성사시킨 거래 금액이 높을수록 손에 떨어지는 돈도 많아지기 때문에 상인들은 자연히 작은 거래보다 큰 거래를 하려고 했다.

"오만 섬이 싸겠어요, 아니면 십만 섬이 싸겠어요?"

한운석이 다시 물었다.

"십만 섬입니다, 십만 섬이지요! 손님은 모르시겠지만, 십만 섬을 팔겠다는 사람은 몹시 급해서 어서 빨리 현물을 얻고 싶어 합니다! 싼값에 팔겠다고는 했는데 손님께서 정말 살 생각이 있으시다면 구체적인 값은 한 번 물어보지요."

그는 십만 섬을 적극적으로 추천했다. 용비야는 십만 섬을 팔겠다는 말만 퍼뜨리고 가격은 제시하지 않았는데, 이들은 제멋대로 이런 정보를 지어낸 것이다.

시장이란 이런 곳이었다. 이득이 있으면 죽은 것도 살았다고 하고 검은 것도 하얗다고 할 수 있었다.

하나가 열이 되고 열이 백이 되어 돌고 돌다 보면 모두 믿게 되고, 그에 따라 가격이 오르기도 하고 내리기도 했다.

주인장이 값을 물어봐 주면 돈을 내야 해서 용비야와 한운석은 당연히 거절했다.

이런 상점들은 대부분 돈을 버는 데 목적이 있었다. 큰돈을 벌 수 있는 거래가 있으면 그들은 다른 중개자를 찾아줄 뿐 진짜 매매자는 알려 주지 않았다.

한 번 둘러보면서 시장 상황을 보니 국구부가 내놓은 오만 섬의 가격이 내려갔다는 것은 충분히 짐작이 갔다.

용비야는 만족하며 한운석을 데리고 작은 양곡점으로 들어갔다.

암호를 대자 상점 주인이 몸소 그들을 후원으로 안내했는데, 그곳에는 초서풍과 중년 상인이 기다리고 있었다.

한운석은 이곳이 천역 암시장에 있는 용비야의 소굴이라는 것을 금방 알아차렸다!

"전하, 그들은 오늘 밤 자시에 임씨 양곡점에서 만나기로 했습니다. 대상인은 세 곳으로, 우성虞城의 임씨, 우주禹州의 왕씨 그리고 낙성의 구양씨입니다."

초서풍이 보고했다.

자선 경매 이후로 그는 내내 암시장에서 이 일을 조사하고 있었다. 전하가 다치는 바람에 사나흘 지체되지 않았다면 벌써 국구부의 대리인을 알아냈을지도 몰랐다.

"셋뿐이냐?"

용비야도 의외였다.

"본래는 대여섯 곳이었습니다!"

초서풍이 웃으며 말했다.

"하지만 그들은 전하의 십만 섬으로 돌아섰습니다."

"파는 사람은 어떤 자냐?"

용비야가 물었다. 진짜 배후는 국구부지만, 국구부는 자기 사람을 내세울 만큼 멍청하지 않았다. 용비야가 물은 것도 오늘 나타날 사람이었다.

그때 옆에 있던 중년 상인이 입을 열었다.

"전하, 오늘 누가 올지는 아직 모릅니다. 제가 중개인들을 여럿 보내 봤지만 모두 거절당했습니다."

이 중년 상인은 오숙吳叔이라고 하며, 이 곡식 상점의 주인이자 용비야가 암시장에 심어 둔 사람이었다.

그는 임씨 양곡점에 두 번이나 찾아가 오만 섬을 사고 싶다는 뜻을 표했지만 안타깝게도 거절당했다.

국구부가 아무리 돈이 급해도 거래에는 무척 신중해서, 단골이나 믿을 만한 손님이 아니라면 거래는 말할 것도 없고 만나 보는 것조차 거절했다.

그들을 끼워 넣지 못하면 증거를 찾기란 쉽지 않았다.

물론 용비야는 벌써 오늘 밤 자시에 있을 거래 장소를 알아냈으니 직접 사람을 보내 체포할 수도 있었다. 하지만 잡힌 자는 무슨 일이 있어도 자백하지 않을 것이고 공연히 국구부의 경계심만 돋울 뿐이었다.

국구부가 급히 손을 털게 만들긴 했지만 거래에 참여할 수 없으면 헛수고일 가능성이 컸다.

사람들은 곧 생각에 잠겼다.

한운석이 눈동자를 떼구루루 굴리다가 갑자기 웃으며 말했다.

"전하, 신첩에게 계책이 있어요!"

"말해 봐라."

용비야는 자못 기대되었다.

한운석도 그를 실망시키지 않고 웃으며 말했다.

"전하, 깜짝 세일을 하는 게 어떠세요?"

깜짝 세일?

인터넷 쇼핑 마니아에겐 무척 익숙한 단어일 테지만, 애석하게도 용비야 일행은 전혀 알아듣지 못했다.

"왕비마마, 무슨 뜻입니까?"

초서풍이 불안한 듯 물었다.

한운석은 그제야 너무 생각나는 대로 말했다는 것을 알고 헤실거리며 말을 이었다.

"염가로 구매 경쟁을 하는 거예요. 곡식 일만 섬을 가져와 사람들이 서로 경쟁해서 사들이게 만드는 거죠. 가격은 일만 섬당 일만 냥, 어떠세요?"

사람들이 여전히 멍한 표정으로 바라보자 한운석은 황급히 덧붙였다.

"오늘 밤에 먼저 장을 열고 내일과 모레에도 계속하는 거예요."

이 말이 떨어지자 초서풍과 오숙은 순간 멍해졌지만 용비야는 참지 못하고 큰 소리로 웃음을 터트렸다. 그가 처음으로 직접 칭찬을 했다.

"한운석, 훌륭하구나!"

암시장에서 곡식 일만 섬의 가격은 아무리 낮아도 삼만 냥이었다! 일만 냥을 매긴다면 경쟁이 벌어지지 않는 게 이상했다.

경쟁이 벌어지면 암시장은 반드시 들썩거릴 것이고 우성의 임씨, 우주의 왕씨, 낙성의 구양씨도 알게 될 것이다. 그러면 그들은 오늘 밤 임씨 양곡점에 가지 않을 수도 있었다.

한운석의 계책에서 가장 중요한 요소는 가격이 아니라 시간이었다.

내리 사흘 동안 이렇게 팔면 오늘 밤부터 모레 밤까지 사흘 동안 누가 국구부와 거래를 하려 할까? 일만 섬은 오만 섬보다 적지만 일단 이 광경을 목격하고 나면 모두들 비슷한 일이 계속 있지 않을까, 암시장의 곡식 가격이 계속 내려가지 않을까 하고 기다릴 것이다.

사흘. 곡식을 사려는 사람들은 기다릴 수 있지만 국구부는 기다릴 수 없는 시간이었다!

사흘이 지나면 국구부는 호부에 은자를 보내야 하고, 그렇기 때문에 사흘간 곡식을 팔아 은자를 마련하지 못 하는 상황에서는 찬밥 더운밥 가릴 처지가 아니었다.

다시 말해 그 기간 안에 누군가 곡식을 사겠다고 하면 국구부는 부처님이라도 오신 양 반가워하며 절대 거절하지 않을 것이다.

"왕비마마, 정말 대단하십니다! 탄복했습니다!"

오숙이 즉시 공손하게 읍을 했다.

반평생 넘게 살았지만 그가 탄복한 사람은 진왕 전하밖에 없었는데 오늘 또 한 사람 생긴 것이다.

바깥에 진왕비가 총애를 받는다는 소문이 떠돌아도 여태 믿지 않았지만 오늘 보니 믿을 수밖에 없었다.

이렇게 총명한 여자를 누가 싫어할까?

"오숙, 삼만 섬이 가능하겠느냐?"

용비야가 물었다. 경쟁 판매를 하려면 당연히 곡식이 있어야 했다.

"그 정도 양은 전하를 위해 남겨 두었습니다!"

오숙이 웃으며 말했다.

오늘 밤, 천역 암시장이 조용해지기는 틀린 노릇이었다.

암시장 사상 첫 번째 난동

오숙에게 곡식 삼만 섬이 있으니 한운석은 마음껏 놀아 볼 수 있었다.

상의가 끝난 그 날 오후, 오숙은 즉시 양곡점 이름으로 공고를 냈다. 공고에는 판매 가격을 강조하고 방식은 알리지 않았다.

암시장은 말할 것도 없고 바깥에서도 이런 상황에서 곡식 일만 섬에 일만 냥이라는 가격은 낮은 편이었다.

이 가격만으로도 반 시진도 못 되는 사이 암시장 양곡 시장 전체가 떠들썩해졌고, 곧 모든 이들이 이 이야기만 하게 되었다.

일만 섬이 적은 양은 아니어서, 오숙은 나눠서 팔고자 했으나 한운석은 반드시 일만 섬을 통째로 팔라고 요구했다.

시간이 모자랄까 걱정스러웠던 오숙은 용비야에게 묻는 눈길을 보냈지만 뜻밖에도 용비야가 말했다.

"왕비의 말대로 해라."

이렇게 해서 오숙은 장정 한 무리를 동원해 창고에서 곡식을 한 짐 한 짐 꺼내 왔다. 말만 한 장정들은 오후 내내 창고를 드나들며 곡식을 날랐다.

곡식 일만 섬이 양곡점 앞에 쌓인 장면이 얼마나 장관일지는 상상하고도 남았다.

경쟁 구매가 시작되지도 않았는데 상점은 어느새 구경꾼들로 빙 둘러싸였다.

밤이 가까워질수록 둘러싼 사람들이 점점 더 많아지고 점점 더 떠들썩해졌다.

경쟁 구매에는 아무 제약 조건이 없었다. 다시 말해 누구든 참여할 수 있었다. 시간이 다가오자 양곡 거래 구역은 인산인해를 이루었다.

암시장에 있는 사람 치고 이 일을 모르기란 불가능했다.

후원에서는 한운석이 용비야와 함께 차를 마시며 이야기를 나누고 있었다. 오늘 밤에 있을 경쟁 구매에 관한 이야기였다.

초서풍은 다급하게 밖에서 뛰어 들어오다가 후원 입구에서 우뚝 걸음을 멈췄다. 멀리 진왕 전하와 왕비마마가 차를 마시는 장면이 마치 꿈을 꾸는 듯 몹시 허황되고 현실 같지 않아서였다.

달빛이 흐릿하게 비추고 차 끓이는 연기가 모락모락 피어오르는 후원에서 진왕 전하는 신선처럼 준수하고 왕비마마는 꽃처럼 아름다웠다. 왕비마마는 이야기를 하다가 즐겁게 웃곤 했고, 진왕 전하는 시종 진지하게 귀를 기울이면서 이따금 몇 마디 질문을 던졌다.

지금껏 진왕 전하를 모시면서 진왕 전하가 참을성 강하게 누군가와 이렇게 오랫동안 이야기를 나누는 모습은 처음이었다.

그들은 벌써 오후 내내 이야기를 하고 있었다!

"초서풍, 무슨 일이냐?"

갑자기 용비야가 차갑게 물었다.

초서풍이 정원으로 들어서자마자 알아차렸지만 한운석을 방해하고 싶지 않아 여태 모른 척했던 것이다.

초서풍은 그제야 정신을 차리고 다가가 기쁜 목소리로 말했다.

"전하, 우성의 임씨가 왔습니다! 임 나리 본인은 아니고 가까이서 부리는 시동입니다."

"시간이 되었느냐?"

용비야가 담담하게 물었다.

"아직 반 시진 남았습니다."

초서풍은 줄곧 시간을 헤아리고 있었다.

우성의 임씨와 우주 왕씨, 낙성 구양씨가 모두 올 줄 알았지만 이 시간이 되도록 우성 임씨네 사람만 온 데다 본인도 아닌 시동이었다.

"전하, 왕비마마, 혹시 그들이……."

그들은 오늘 밤 국구부와 거래하기로 했고 임씨 양곡점에서 만나기로 했다. 초서풍이 알아낸 소식에 따르면 각 거래처의 주인이 직접 온다고 했다.

국구부는 곡식 오만 섬만 팔겠다고 했지만, 아는 사람들은 오만 섬은 하는 말일 뿐, 가격만 맞으면 국구부가 꽤 많은 곡식을 풀 것을 짐작하고 있었다. 국구부는 돈이 급했고 오만 섬만 팔아서는 충분할 리 없었다.

초서풍이 가장 걱정하는 것은 그들이 경쟁 구매 소식에 흔들리지 않고 본래 계획대로 국구부와 거래하는 것이었다.

"그럴 리 없네!"

한운석이 몹시 확신에 차서 말했다.

상인은 아니지만 상인이란 한 푼이라도 이익을 내려 하고 푼돈까지 꼬치꼬치 따진다는 것은 알고 있었다. 일반 시장에서는 인정이나 체면으로 거래를 할 수도 있었다. 하지만 암시장에서는 누구나 이익을 좇았다.

세 상인이 직접 암시장에 온다는 것은 그들이 꽤 많은 곡식을 사들일 생각이 있다는 뜻이니, 한 섬에 몇 푼 차이라도 십만 섬이나 이십만 섬이면 총액 차이가 꽤 컸다.

상인이라면 반드시 시세를 재고 또 잰 다음 최종적으로 거래를 했다!

우성 임씨네 시동이 온다면 그들이 이 건에 관심이 있다는 말이었다.

초서풍은 궁중의 싸움만 알지 상인들의 싸움은 알지 못했고, 왕비마마 같은 여자가 어디서 이런 잡다한 지식을 배웠는지도 몰랐다. 하지만 전하가 여태 말이 없는 것을 볼 때 왕비마마의 말이 틀리지는 않았다고 미루어 알 수 있었다.

과연 오래지 않아 오숙 곁에서 일하는 시종이 나타났다.

"전하, 왕비마마, 구양씨네 주인이 나타났습니다. 밖에서 오숙과 차를 마시고 있습니다!"

한운석은 몹시 기뻐 웃으면서 농담을 던졌다.

"초서풍, 자네와 내기를 할 걸 그랬군!"

초서풍은 겁을 먹었다.

"제가 어떻게 감히……."

지난 1년을 돌아볼 때 왕비마마와 내기한 사람들은 하나도 빠짐없이 끝이 좋지 못했으니 하지 않는 편이 안전했다.

또다시 얼마 후 오숙의 시종은 모여든 사람들 틈에서 임씨네 주인과 왕씨네 주인을 발견했다.

모든 것이 한운석의 예상대로였다.

한운석은 시간이 다 된 것을 확인하고 일어섰다.

"전하, 함께 구경하러 가시겠어요?"

용비야는 대답이 없었지만 일어나서 느닷없이 한운석을 잡아당겨 품에 끌어안았다.

이 인간은 갈수록 패기가 넘쳤다!

"전하……."

한운석이 말을 하려는데 용비야가 그녀를 안고 지붕 위로 날아올랐다.

"구경하려면 높은 곳이 좋겠지."

그는 그녀를 안은 채 지붕에 앉았다. 발밑은 구경꾼들로 인산인해를 이루어 몹시 시끌벅적했다.

그의 말도 일리는 있었다. 지붕 위에서 내려다보니 모든 것이 한눈에 들어왔다.

높은 곳에서 지켜보는 것이 진짜 구경이었다. 일단 무리에 섞이면 다른 사람들의 구경거리가 될 가능성이 아주 컸다.

경쟁 구매는 벌써 시작되었고, 진행자는 바로 오숙이었다.

높다란 판매대에는 온통 쌀 포대가 겹겹이 쌓여 주위는 그야말로 곡식의 바다를 이루었다.

오숙이 한 손을 들자 시끌시끌하던 주위가 순식간에 조용해졌다. 안팎으로 세 바퀴 에워싼 사람들 틈에는 온갖 사람들이 다 있었다. 대상인 몇몇이 여봐란듯이 가장 앞줄에 서 있었고 구양 씨도 그중 하나였다. 그 외에는 눈에 띄지 않게 사람들 틈에 숨었으나 제법 많은 시동을 데리고 와 있었다.

판매 방식은 아직 모르지만 '경쟁'이라는 단어만으로도 모인 이들은 충분히 긴장했다.

곡식 일만 섬은 결코 작은 장사가 아니었다. 아니, 아주 큰 장사였다!

장내는 조용했지만 사람들 마음속은 평온하지 못했다. 모두 판매 방식에 대해 호기심과 기대를 품고 있었다.

사실 경쟁 구매 소식이 공표된 후 사람들의 입에 가장 많이 오르내린 것은 '어떻게'였다. 일만 섬을 한 번에 판매할 것인지, 어떤 방식으로 경쟁하게 되는지 모두 궁금해했다.

오숙이 입을 열려는데 참다못한 누군가가 큰소리로 외쳤다.

"주인장, 경쟁 구매는 어떻게 하는 것이오? 어서 빨리 이야기해 주시오!"

그 말이 떨어지자 몸이 단 사람들은 또다시 와글와글 떠들어댔다.

"여러분, 여러분 잠시만! 제 말을 들어 보십시오!"

오숙은 곧 소란을 수습했다. 그는 판매 방식을 서둘러 밝히지 않는 대신 또 하나 중요한 사실을 공표했다.

"여러분, 오늘은 우리 상점의 5주년 기념행사 날입니다. 오랫동안 우리 상점에 베풀어 주신 사랑에 감사하는 뜻으로 쌀, 밀, 좁쌀을 각 일만 섬, 총 삼만 섬을 사흘에 걸쳐 경쟁 구매를 진행하기로 했습니다. 일만 섬을 한 번에 팔며 곡식은 그날 바로 내드립니다. 다른 비용은 절대 없습니다!"

오숙의 말이 끝나자 장내는 다시 한 번 소란스러워졌다.

단 한 번인 줄 알았는데 내일과 보레도 한다니! 게다가 파는 곡식도 달랐다.

여태 조용히 지내던 양곡점인데 갑자기 왜 이렇게 후하게 나올까?

떠들썩한 가운데 오숙이 다시 목청 높여 외쳤다.

"안심하십시오, 여러분. 우리 상점은 한다면 합니다. 비록 작은 상점이지만 곡식은 있습니다. 사흘 후 대량 매매를 원하시는 분이 있다면 가격은 얼마든지 상의할 수 있습니다!"

떡고물이라도 얻어 볼까 하고 구경 온 사람들은 대부분 오숙의 말을 흘려들었지만, 거래를 염두에 둔 상인들은 즉시 요점을 알아차렸다.

이 양곡점에는 곡식이 있고, 가격도 좋게 쳐준다는 것!

구양씨 집안 가장이 시동에게 분부했다.

"임씨 양곡점으로 가서 전해라. 내일 일이 생겨 돌아가야겠으니 며칠 후에 다시 이야기하자고."

본래는 오늘 밤 행사를 구경한 다음 내일 임씨 양곡점에서 가서 다시 흥정해 볼 생각이었는데, 오늘 보니 좀 더 기다리면서 이쪽 가격을 지켜보아야 할 것 같았다.

우성 임씨와 우주 왕씨 쪽도 똑같았지만 핑계는 달랐다. 한쪽은 자금 사정이 좋지 않아 며칠 후에나 돈이 생길 것 같다고 했고, 다른 한쪽은 갑자기 몸이 나빠져 며칠 후 정신이 맑아지면 가격을 논하자고 했다.

지붕 위에 앉은 한운석과 용비야는 높은 곳에서 세 사람의 동정을 주시했다.

한운석이 웃으며 말했다.

"전하, 모든 게 순조로운 것 같군요."

용비야는 고개를 끄덕였다.

한운석이 씩 웃었다.

"전하, 이번 일이 잘되면 신첩에게 상을 주실 건가요?"

용비야는 무척 시원시원했다.

"주겠다."

한운석이 재빨리 물었다.

"무슨 상을 주실 거예요?"

용비야는 그녀를 흘낏 바라보았다.

"일이 잘 끝난 다음 이야기하지."

그때 오숙은 판매 방식을 설명하는 중이었다.

모두 하나라도 놓칠세라 진지하게 귀를 기울였고, 초서풍과 오숙의 시종들조차 호기심과 기대에 찼다. 그들은 오후 내내 이 일 때문에 바빴지만 판매 방식은 모르고 있었다.

오숙이 수놓은 공을 하나 꺼내 높이 들었다.

공? 이건…… 뭐지?

"공을 뺏는 것이오?"

누군가가 큰소리로 물었다.

장내는 쥐죽은 듯 고요했고 폭소가 터지지도 않았다.

"그렇습니다! 여러분, 반 시진 후에 이 공을 가진 사람이 이번 구매 기회를 얻게 됩니다! 조건은 단 두 가지, 무공을 써서는 안 되고 목숨을 해쳐서도 안 됩니다!"

오숙이 큰소리로 말했다.

그 말이 떨어지자 사람들은 누구 할 것 없이 눈이 휘둥그레졌다. 초서풍은 저도 모르게 한운석을 올려다보았다.

저 여자는 무슨 생각일까?

공을 뺏는 놀이라니. 이 자리에는 최소한 오백 명이 와 있었다. 그들이 반 시진 동안 공 하나를 놓고 싸운다면 경쟁이 아니라 난동이 벌어질 것이다!

사실 한운석도 다소 어리둥절했다. 경쟁 구매는 그녀가 생각해냈지만, 적절한 방법이 생각나지 않아 진왕 전하에게 방법을 마련하게 했던 것이다.

진왕 전하는 천역 암시장의 관리자를 만나보고 싶으니 이 기회에 암시장에 한바탕 소동을 일으키겠다고 했다.

오숙이 수놓은 공을 높이 던졌다. 삽시간에 사방팔방에서 사람들이 벌떼처럼 몰려들어 서로 뺏고 뺏기고, 차고 밟고, 밀고 당기고, 주먹질 발길질을 해 댔다.

대상인들이야 당연히 뒤로 물러났지만, 그들이 데려온 시동들은 한가롭게 서 있지 못하고 제일 먼저 달려들었다. 양곡 거래 구역은 금세 혼란해져 통제 불능 상태에 빠져들었다.

한운석은 마침내 '구경하려면 높은 곳이 좋다'던 용비야의 말 뜻을 실감했다.

억제하지 못하는 건 누구

누군가 공을 낚아채 품에 감추고 바깥으로 달아났다.

이렇게 해서 모두가 미친 듯이 그 뒤를 쫓았고, 난동은 또다시 통제 불능 상태로 빠져들어 양곡 거래 구역 전체에 영향을 끼쳤다.

곧 용비야가 보낸 밀정이 돌아와 보고했다.

"전하, 천역 협회 사람이 양곡 거래 구역 전체를 포위했습니다. 동원된 이는 모두 흑의 복면인인데 아무래도 무공에 능한 자들 같습니다. 다른 물품 거래에 영향을 주지만 않으면 이곳에서는 마음껏 소란을 피워도 된다고 합니다."

용비야는 감탄한 눈빛을 띠며 손을 저어 밀정을 물렸다.

천역 협회의 이런 느슨한 관리는 확실히 감탄스러워서, 한운석조차 이 암시장에 관리자가 있기는 한지, 관리자가 대체 어떤 사람인지 궁금해졌다.

용비야의 떠보기는 실패한 셈이었다. 물론 어차피 행사를 하는 김에 떠보았을 뿐 그게 주목적은 아니었다.

그들의 주목적은 임씨 양곡점 일이었다.

한운석도 방금 물었지만 임씨 양곡점 주인도 모여든 무리에 있다고 했다.

세 곳의 상인이 왔고 임씨 양곡점 주인마저 왔으니 오늘 밤 국구부 사람이 허탕을 친 것은 틀림없었다. 어쩌면 그 사람도 무리에 섞여 있을지 몰랐다.

오늘 밤 한운석과 용비야는 움직이지 않고 구경만 했다. 이런 소란이 벌어진 이상 당장 움직이면 너무 빤히 보였다.

반 시진은 길지도 짧지도 않은 시간이었다. 정해진 시간이 가까워질수록 경쟁은 더욱 격렬해졌고, 지켜보던 초서풍마저 그 경쟁에 뛰어들 뻔했다.

하지만 끝내 꾹 참았다. 고작 곡식 일만 섬쯤이야 진왕 전하께서 충분히 내놓을 수 있다고 생각해서였다.

마지막에 공을 손에 넣은 사람은 열여섯일곱 살쯤 되는 젊은이였다. 초서풍은 한눈에 그를 알아보았지만 사람들 앞에서는 아무 말 하지 않았다.

일이 끝나고 후원으로 돌아간 그는 곧바로 젊은이를 붙잡으려고 했다. 그 젊은이는 다름 아닌 서동림徐東臨이라고 하는 진왕 전하 휘하의 비밀 시위였다.

한운석이 초서풍의 손을 가로막았다.

"뭘 하는 건가?"

초서풍은 움찔했지만 곧 깨달았다. 진왕 전하 휘하의 비밀 시위가 명령도 없이 제멋대로 행동할 리 있을까?

하지만 한운석이란 여자가 진왕 전하의 비밀 시위까지 부렸다는 사실은 충격적이었다!

"재난 지역에는 곡식이 무척 모자라니 한 톨이라도 팔 수는 없지!"

한운석은 그렇게 말하며 초서풍의 손을 놓아주었다.

"내일은 자네가 하게!"

초서풍은 입을 실룩였다. 무공을 쓰지도 못하는 상황에 맨손으로 싸우는 건 누가 뭐래도 고역이었다!

이튿날 밤 상황도 어제와 큰 차이가 없었다. 뺏고 빼앗는 혼란 속에서 초서풍의 애처로운 비명만 더해졌을 뿐.

멀리 도성에 있는 국구 나리는 암시장의 소식을 듣고 몸이 달았지만, 그래도 직접 나서지는 않고 밀서 한 통을 써서 이 사람 저 사람을 거친 끝에 마지막으로 임씨 양곡점에 보냈다.

임씨 양곡점의 중개인이 밀서를 펼쳐보니 안에는 한 줄이 적혀 있었다.

대세에 따라 모두 싸게 팔아 치워라!

국구 나리도 궁지에 몰려 어쩔 수 없이 선택한 방법이었다. 이 기회를 빌려 싼 값에 가진 곡식을 모두 팔아 치우면 비록 가격은 낮아도 총액은 적지 않았다. 적어도 호부에 줄 것은 주고 고리대금도 갚기에 충분했다.

임씨 양곡점의 중개인은 긴급 논의를 시작했다.

"싸게 팔라니 어느 선까지 싸게 팔라는 말인가? 저쪽은 일만 섬에 일만 냥 가격으로 할인하는데 내일이 지나면 다른 곳에서 값을 얼마나 부를지 알 수가 있어야지."

"저쪽은 신경 쓰지 말게. 우리는 늦어도 내일 밤까지 돈을 마련해야 하네. 안 그러면 끝장일세!"

"어쨌거나 누구든 우리 곡식을 사가야 할 텐데!"

"설마 정말 일만 섬에 일만 냥으로 팔라는 건가?"

이 말에 사람들은 곧 조용해졌다. 이리 저리 고민해 봐도 가진 곡식을 당장 돈으로 바꾸려면 그 방법밖에 없는 것 같았다.

주인은 곧바로 밀서를 써서 상부로 보냈다.

비록 최상부가 국구부라는 것은 짐작하고 있지만 지금까지 주고받은 밀서에는 국구부의 흔적이 전혀 없었다.

밀서를 받을 때건 보낼 때건 늘 여러 사람 손을 거쳤기 때문이었다.

국구 나리는 이미 궁지에 몰린 쥐 신세였지만 이런 소소한 것까지도 여전히 조심스레 다뤘다.

임씨 양곡점 사람들이 소식을 기다리는 동안 한운석 일행은 행동 개시를 준비했다.

바깥이야 시끄럽든 말든 오숙은 이미 물러나와 있었다.

그가 공손하게 보고했다.

"전하, 두 사람을 대기시켜 놓았습니다. 모두 믿을 만한 자들입니다."

이제 임씨 양곡점에 가서 곡식을 살 때였다.

오숙이 하는 일이라면 용비야도 믿었기에 고개를 끄덕이려는데, 뜻밖에도 한운석이 벌떡 일어섰다.

"전하, 신첩도 따라가겠어요!"

용비야는 불쾌하게 눈을 찡그렸다.

"네가 가서 뭘 하려느냐?"

용비야는 장막 안에서 작전을 짜며 모습을 드러내지 않는 것을 좋아하는 편이어서 한운석이 나서는 것도 좋아하지 않았다.

"값을 깎으려고요!"

한운석은 당연한 듯 대답했다.

"저들도 할 수 있다."

용비야는 담담하게 대답했다. 역시 거절이었다.

예전이었다면 한운석도 '네'하고 물러났겠지만, 지금은 담력이 꽤 커져서 그에게 다가가 웃으며 알랑거렸다.

"전하, 신첩을 보내 주시지요! 절대로 신분을 드러내지 않겠다고 약속드릴게요. 반드시 최저가로 깎아 저들 곳간을 싹쓸이하겠어요!"

용비야는 그녀를 무시한 채 왼손으로 차에 물을 부었다.

한운석이 재빨리 차 끓이는 것을 도우며 비위를 맞췄다.

"전하, 허락해 주시지요. 신첩이 가면 이것저것 알아볼 수도 있습니다."

여자들은 대부분 애교를 부릴 줄 아니, 진왕 전하가 왕비마마를 남들과 달리 대하는 데 익숙해진 오숙은 왕비마마도 당연히 애교가 있을 것이라 생각하고 기대가 컸다.

그런데 웬걸, 왕비마마가 아랫사람처럼 알랑방귀를 낄 줄이야.

혹시 애교 부릴 줄 모르시는 걸까?

한운석이 애교를 부릴 줄 아는지 어떤지, 용비야에게 애교를 부릴지 아닌지는 그녀 자신만이 알고 있었다.

어쨌든 지금은 확실히 알랑거리기만 했을 뿐이지 애교를 부린 건 아니었다.

그녀는 은근하게 용비야에게 차를 따라 준 뒤 공손하게 두 손으로 간식을 올렸다.

"전하, 허락해 주시는 거죠?"

용비야는 차를 마시고 간식을 먹었지만 말은 없었다.

그가 느릿느릿 차를 다 마실 때쯤에는 한운석도 별수 없이 포기하려고 했다. 그런데 놀랍게도 그가 몸을 일으키며 한마디 했다.

"가서 준비해라. 본 왕도 함께 가겠다."

대기하고 있던 하인 두 사람은 울상이 되었다. 가까스로 능력을 보여 줄 기회를 얻었는데 이렇게 무산되었으니 그럴 만도 했다. 반면 오숙은 믿을 수 없는 얼굴이었다. 진왕 전하는 겉으로는 쌀쌀해 보여도 분명히 왕비마마를 몹시 아끼며 하자는 대로 해 주고 있었다!

한운석은 외출 준비를 한 뒤 차가워 보이도록 짙은 화장을 하고 눈썹을 길게 그리고 입술을 새빨갛게 칠했다. 평소 화장을 거의 하지 않았기 때문에 이렇게 꾸미자 전혀 다른 사람 같아서 잘 아는 사람도 언뜻 봐서는 알아보지 못할 정도였다.

솔직히 바탕이 좋으면 뭘 해도 예쁘기 마련이어서, 짙은 화장을 한 한운석은 아름다우면서도 저속해 보이지 않았다.

그녀의 눈동자는 본래도 활달하고 비범했는데 이렇게 꾸미자 한층 도도하고 초탈하고 귀티가 났다.

이런 한운석은 여느 때보다 더 아름다웠다!

용비야는 한참 동안 그녀를 바라본 후에야 일언반구도 없이 돌아섰다.

그는 흑의에 복면을 하고 한운석의 시종 역할을 했다.

용비야가 기세를 줄인 건지 아니면 한운석이 화장 때문에 강해 보이는지는 모르지만 용비야가 몸을 낮춰 그녀 뒤에 서자 진짜 호위 무사 같았다.

두 사람이 후원을 나간 지 얼마 안 돼 공을 들고 달려오는 초서풍과 마주쳤는데 초서풍은 숫제 그들을 알아보지도 못했다.

오숙의 양곡점은 임씨네 가게와는 약간 떨어져 있었다. 그들은 앞서거니 뒤서거니 하며 공을 쫓는 인파를 피해 걸었다.

용비야라는 신 같은 존재가 뒤에서 시종하고 있으니 한운석은 안심하고 당당하게 걸을 수 있었다.

고북월의 일이 있은 뒤로 두 사람은 꽤 가까워져, 어느덧 그녀가 본래 용비야에게 느끼던 껄끄러움과 두려움은 점차 줄어들고 자신조차 알아차리지 못하는 친밀감은 더욱더 짙어졌다.

예전에 용비야가 이렇게 뒤를 따랐다면 그녀는 분명 몹시 조심스레 행동하며 아기 사슴처럼 불안해했을 것이다.

그런데 지금은 모든 것이 무척 자연스러워져 있다는 것을 그녀 자신도 알아차리지 못했다.

물론 이렇게 앞뒤로 걷다 보니 문을 나선 뒤 지금까지도 그녀는 용비야의 눈동자에 어린 이상한 빛을 발견하지 못했다.

그렇게 걷고 걷던 그녀는 장난기가 발동해 느닷없이 걸음을 멈췄다. 용비야는 당연히 부딪히지 않으려고 따라 멈춰 섰다.

용비야가 무슨 일이냐고 물으려는데 한운석은 갑자기 걸음을 빨리해서 걸어갔고 용비야도 속도를 높여 따를 수밖에 없었다.

그런데 한운석이 또 멈추는 통에 용비야도 다시 따라서 멈췄다.

이 여자가 그를 놀리는 게 분명했다.

용비야는 검은 복면을 하고 있어서 깊이를 알 수 없는 눈동자만 드러나 있을 뿐 표정은 볼 수 없었다.

한운석이 또다시 빠르게 앞으로 나아가자 용비야가 다시 쫓았다.

빠른 걸음으로 걷고 또 걷던 한운석은 영악하게 입꼬리를 씩 올리더니 느닷없이 보폭도 넓게 한 걸음 뒤로 물러섰다.

용비야가 어떤 사람인데 한운석의 이런 움직임을 모를까? 조금 전 멈추고 다시 걸을 때도 그는 그녀와 거의 동시에 움직였다.

하지만 이번에는 제자리에 서서 움직이지 않았다.

이렇게 해서 한운석은 정확하게 용비야의 몸에 부딪혔다.

"푸하하! 일부러 그랬어요!"

한운석은 즐거워하며 대범하게 시인했다. 오늘 밤은 기분이 좋아서 장난을 치고 싶었다.

그녀가 돌아서려는데 뜻밖에도 용비야가 별안간 그녀의 허리를 단단히 휘어 감으며 잠긴 목소리로 말했다.

"본 왕도 일부러 그런 것이다."

멈칫한 한운석이 뭐라고 해야 할지 몰라 하는 사이 용비야의 뜨거운 콧김이 목덜미에 뿌려졌다.

세상에나, 놀랍게도 그가 뒤에서 몸을 숙여 두 번째로 그녀의 목에 입을 맞춘 것이다!

한운석은 감전된 것처럼 온몸을 부르르 떨었고 편안하게 늘어졌던 신경은 순식간에 팽팽히 긴장되었다.

이 인간이 왜 이래!

이렇게 친밀한 행동을 갑작스럽게! 그답지 않았다!

자잘한 입맞춤이 뜨거운 숨결을 따라 한운석의 고운 목덜미에서 퍼져 나가 차츰차츰 귓바퀴를 타고 올라갔다.

한운석은 차마 움직일 수 없었지만 몸은 진실하게 반응했다. 얼마 못 가 견디다 못한 그녀는 용비야의 품에 축 늘어졌다.

"전하……."

그녀가 무의식적으로 가볍게 그를 불렀다.

용비야는 대답하지 않았지만 가벼운 입맞춤은 소리도 흔적도 없이 계속되었다. 그 자신조차 느끼지 못할 만큼 부드러운 입맞춤이었다.

이 여자는 이렇게 화장한 자신이 얼마나 매혹적인지 모르는 게 분명했다!

그럼 발을 써야겠군

감정을 억제하지 못하는 사람이 누굴까? 감정을 억제하지 못하게 만든 사람은 또 누굴까?

고요한 밤, 시끄럽게 소란을 피우는 무리들은 멀어지고 어름어름한 미묘함만이 남아 있었다. 달빛이 옅게 내려앉은 가운데 마음은 아련히 미혹에 빠졌다.

자잘한 입맞춤이 소리 없이 헤엄쳐가는 동안 등 뒤의 거대한 몸집이 주는 압박감은 점점 강해졌다. 한운석은 저도 모르게 고개를 들고 혼이 쏙 빠진 눈으로 하늘에 뜬 밝은 달을 바라보았다.

"용비야, 그만……."

무의식적으로 입에서 흘러나온 말이지만, 바로 그 '그만……'이라는 한마디가 용비야의 계속되는 움직임을 중단시켰다.

그 순간 용비야는 손을 놓았고, 아예 한 걸음 뒤로 물러났다!

천당과 지옥은 한 걸음 차이라더니.

한운석은 순식간에 깨어났다. 심장이 쿵쿵 미친 듯이 뛰어 당장 고개를 돌릴 용기가 나지 않았다.

세상에, 방금 이 인간이 뭘 한 거야? 여긴 길거리잖아!

그녀는 비록 보수적인 성격은 아니지만 그렇다고 아주 개방적이지도 않았다.

방금 그가 멈추지 않고 계속했다면 입맞춤은 어디까지 진행되었을까?

이 생각을 하자 한운석의 목과 귀는 불붙은 것처럼 홧홧해졌다.

용비야의 눈동자에서는 어느새 미혹이 가시고 짜증이 그 자리를 대신했다.

언제나 자랑하던 자제력이 이렇게 무너질 수 있다니, 그는 이런 자신이 무척 싫었다.

이 여자에 대해서라면, 그는 늘 하고 싶은 대로 하지 않도록 스스로를 다잡았다.

두 사람은 그렇게 앞뒤로 선 채 조용히 말이 없었다.

침묵은 그리 오래가지 않았다. 용비야가 곧 차갑게 입을 열었기 때문이었다.

"가자."

이 인간 좀 봐. 제멋대로 사람을 괴롭혀 놓고도 이렇게 침착하다니!

한운석은 안도하는 게 마땅했지만 이상하게도 마음이 텅 빈 느낌이었다.

이대로 넘기는 건 싫었지만, 아무리 그래도 그를 돌아볼 용기는 없었다.

용비야의 가자는 말에 한운석은 순순히 앞으로 걸음을 옮겼다.

다행히 갈 길이 짧지는 않아서 한운석이 마음을 가라앉힐 시간은 충분했다. 그들이 임씨 양곡점에 도착했을 때 그녀의 얼굴에 떠올랐던 홍조는 거의 가신 상태였다.

둘은 아무 일도 없었던 것처럼 보였지만 그들 사이에는 야릇한 분위기가 짙게 퍼져 있었다. 하지만 그들 두 사람만 느낄 수 있을 뿐, 다른 사람들이 보기에는 일반적인 주인과 시종이었다.

용비야는 시종 역할을 아주 잘 해냈다. 임씨 양곡점에 도착하자마자 그는 한운석에게 평소처럼 가까이 따라붙지 않았고 한운석이 먼저 문안으로 들어간 다음에야 뒤따랐다. 행동거지도 자못 공손해서 보면 볼수록 시종 같았다.

임씨 양곡점은 국구부가 암시장에 만들어둔 감시처로, 이곳에 있는 이들은 모두 보통 사람이 아니었기에 제대로 연극을 해야 했다.

오기 전에 오숙에게 임씨 양곡점 상황을 모두 들은 한운석은 상점에 들어가자마자 주인인 임 나리와 전문 중개인들을 볼 수 있으리라 생각했다.

그런데 지금 상점 안에는 잠든 스무 살 남짓한 남자 외에는 하인 몇 명이 전부였다.

"아무도 없느냐?"

한운석이 큰 소리로 불렀다.

남자가 나른하게 눈을 뜨고 쳐다보았지만, 눈길 한 번을 끝으로 다시 잠들었다.

뭐하자는 거야?

한운석이 다시 물으려는데 뜻밖에도 그 남자가 아무 예고도

없이 번쩍 고개를 들고 쳐다보더니 곧 음흉한 눈빛을 지었다

한운석은 즉시 상대가 나쁜 생각을 품었다는 걸 알아차렸다. 그녀가 미처 뭔가를 하기도 전에 등 뒤에서 서늘한 냉기가 느껴졌다.

그 기운이 한운석에게 안전한 느낌을 더해 주었다. 그녀는 눈썹을 치키며 차갑게 물었다.

"주인은 어디 가셨느냐?"

한운석은 차갑고 고귀하게 꾸민 자신이 얼마나 매혹적인지 알지 못했다. 거기에 지금의 도도한 표정과 싸늘한 말투까지 더해지자 그야말로 천하에 손꼽을 미녀 중의 미녀였다.

일부 남자들은 이런 도도한 미인에게 도전하는 것을 아주 좋아했다.

"흐음…… 흐으음."

남자는 말은 하지 않고 입을 삐죽거리며 그녀에게 다가왔다. 귀하게 자란 도령처럼 오만하고 경박한 태도였다.

한운석은 이 호색한에게 독을 좀 써서 혼을 내주고 싶었지만, 중요한 일을 하러 왔는데 자칫 실수해서 일이 잘못될까 봐 어쩔 수 없이 참았다.

맞은편에서 걸어온 남자는 한운석 앞에 왔는데도 멈추려 하지 않고 바짝 다가왔다.

한운석이 한 걸음 물러나자 뜻밖에도 그 남자가 또 한 걸음 다가오더니 상스럽게 웃었다.

"이봐, 미녀, 곡식을 사러 왔어?"

"주인을 불러라!"

한운석이 차갑게 말하며 또다시 한 걸음 물러섰다.

"거래할 게 있으면 뭐든 말해 봐. 내가 결정할 수 있으니까."

이 철모르는 귀한 도령은 다름 아닌 임씨 양곡점의 책임자인 임 나리의 생질 진삼소陳三少였다.

임 나리는 동료 몇 사람과 후원에서 곡식을 염가에 파는 일을 상의하는 한편 국구부의 답신을 기다리는 중이어서 상점일을 잠시 진삼소에게 맡긴 것이었다.

"거래 규모가 크니 네가 결정할 문제가 아니다. 쓸데없는 소리 말고 어서 임 나리를 불러라."

한운석의 인내심에도 한계가 있었다.

그런데 진삼소는 분수를 모르고 또다시 한운석에게 바짝 다가섰다.

이번에는 한운석도 더 물러서지 않고 양손으로 그를 힘껏 밀치며 차갑게 말했다.

"저리 꺼져!"

미처 방비하지 못한 진삼소는 탁자에 쾅 부딪히면서 차와 간식을 엎어 버리고 말았다.

그는 엉금엉금 일어서서 혀를 할짝거리더니 놀랍게도 음탕한 웃음을 터트렸다.

"이제 보니 냉미녀가 아니라 화끈한 누이였군. 하하하, 딱 내 취향이야!"

말을 마친 그가 곧 명령을 내렸다.

"여봐라, 문을 닫아라!"

벌써 하인 하나가 임 나리를 찾아 후원으로 달려갔고, 그곳에 남은 하인들은 진삼소의 눈 밖에 날 수 없어서 당장 문을 닫았다.

한운석은 이를 보고도 두려워하지 않았다. 누가 뭐래도 그녀의 등 뒤에는 산보다 더 든든한 의지처가 있었다.

문이 닫히자마자 진삼소가 다시 다가들었다.

"화끈한 누이, 어디 맛 좀 보여 줘!"

가까이 달려드는 그를 보자 한운석은 반응도 빠르게 그의 따귀를 호되게 올려붙였고 '짝'하는 명쾌한 소리가 났다!

진삼소는 아연했다. 그의 얼굴 위로 새빨간 손자국이 나타났고 주위에 있던 하인들은 눈이 휘둥그레졌다.

임씨 양곡점은 암시장 내 양곡 거래 구역에서 지위가 무척 높았고, 임 나리는 자식이 없어 생질인 그를 몹시 예뻐했다. 진삼소가 양곡 거래 구역에서 세도를 부리며 온갖 나쁜 짓을 한다는 것은 이미 모두 아는 사실이었다.

밖에 나가 대중 앞에서 여자를 희롱해도 임 나리가 무마시켜 주는 마당에 하물며 상점 안에서야 말할 것도 없었다.

그런데 이 여자가 정말 손찌검을 해 댈 줄이야.

진삼소가 아무리 그녀에게 흥미가 동했다 해도 따귀 한 번에 그 마음은 싹 사라지고 말았다!

그는 뺨을 어루만지며 흉악한 눈빛을 지었다.

"여봐라, 이 여자를 잡아 가둬라. 저것의 생가죽을 벗기지 못하면 성을 갈겠다!"

그 말이 떨어지자 갑자기 '쐑' 하는 매서운 채찍 소리가 울리더니, 사람들이 미처 반응하기도 전에 채찍이 진삼소의 얼굴을 휘갈겼다. 채찍에 맞은 얼굴은 순식간에 피부가 갈라지고 살이 터져 보기만 해도 몸이 떨릴 지경이었다.

용비야가 오른손을 가볍게 휘둘러 기다란 채찍을 거뒀다.

온 천하가 그는 검을 가장 잘 쓴다고 알고 있지만, 사실상 그의 채찍 솜씨는 검술보다 한참 위였다.

이 정도 움직임쯤은 그에게 있어 별달리 힘든 일도 아니었다.

진삼소와 안에 있던 하인들은 그제야 흑의에 복면을 한 시종의 존재를 알아차렸다!

그들의 탓은 아니었다. 암시장에는 흑의 복면인이 너무 너무 많은 데다 용비야는 들어와서 지금껏 한마디도 하지 않아 이렇게 무서운 사람일 줄 아무도 생각지 못했던 것이다.

"아악……!"

진삼소는 아파서 비명을 지르며 어쩔 줄을 몰랐다.

한운석이 썩 즐겁지 않은 얼굴로 뒤를 돌아보았다. '전하'라는 말이 거의 입 밖으로 나갈 뻔했지만 다행히 제때 멈추고 꾸짖는 척 말했다.

"손 쓰지 말라고 했지!"

손을 움직이면 안 된다는 것이 의원의 당부였다!

일상생활 중에 손을 쓰는 것은 어쩔 수 없어도 이런 식의 '손 쓰는 것'은 피할 수 있으면 피해야 했다.

"그럼 발을 써야겠군?"

용비야가 반문했다.

한운석이 채 반응하기 전에 용비야가 갑자기 발을 휘둘러 아프다며 소리소리 지르는 진삼소를 호되게 걷어차 멀리 날려 버렸다.

한운석은 참지 못하고 함박웃음을 지었다.

"그건 가능하지!"

하지만 용비야는 기분이 좋지 않은지 웃지 않았다.

철퍼덕하고 바닥에 떨어진 진삼소는 방금까지의 기세는 어디로 갔는지 엉엉 울기 시작했다.

"여봐라, 누구 없느냐! 숙부님을 모셔 와라! 어서, 어서 모셔 와!"

곧 소식을 들은 임 나리가 달려왔다. 안으로 들어서자마자 이 광경을 본 그는 대로했다.

"누구냐? 감히 우리 임씨 양곡점에서 함부로 굴다니!"

"곡식을 사러 왔소!"

한운석이 차갑게 대답했다. 신분을 숨기고 가능한 눈에 띄지 않게 행동해야 하지만, 그렇다고 아무렇게나 괴롭힘을 당할 수는 없었다.

"안 팔아!"

진삼소가 소리소리 질렀다.

"숙부님, 저 여자가 날 때리고 저 남자는 채찍까지 휘둘렀어요. 저 대신 꼭 혼내 주세요!"

이렇게 말한 그는 그래도 속이 안 풀리는지 한마디 덧붙였다.

"저놈에게 채찍질해야겠어요. 얘들아, 채찍을 가져와! 저놈의 살가죽을 벗겨 줄테다!"

그런데 분노했던 임 나리가 갑자기 말이 없어졌다. 알다시피 지금 그의 최대 고민거리가 바로 곡식을 사려는 사람이 없다는 것이었다.

그는 눈길로 용비야를 훑어보고 다시 한운석을 흘끔거리며 살핀 뒤 조심조심 물었다.

"두 분은…… 얼마나 사실 생각인지?"

지금 같은 상황에서 이 중요한 때 곡식을 사러 온 것을 보면 분명 보통 사람이 아니었다.

"숙부님……."

진삼소는 불만이었다. 먹고 마시고 노는 것에나 관심이 있는 그가 지금이 어떤 상황인지 알기나 할까?

임 나리가 한 번 노려보자 그도 비로소 겁먹은 듯 고개를 숙였다. 당장 의원에게 달려가야 했지만 이대로 물러나는 건 참을 수 없었다!

"낭자, 얼마나 사실 생각이오?"

임 나리가 다시 한 번 물었다.

"이곳에는 오만 섬이 있다고 들었소만?"

한운석이 반문했다.

이 말이 떨어지자 임 나리는 이 여자가 동종 업계에서 왔다는 것을 눈치챘다. 곡식 오만 섬을 판다는 것은 누구나 알지만 아주 정통한 사람만이 이곳에서 판다는 사실을 알기 때문이었다.

임 나리는 어서 빨리 팔고 싶어 몸이 달았지만 그래도 신중을 기하며 대답 대신 반문했다.

"얼마나 필요하시오?"

"얼마나 있소?"

한운석이 다시 물었다.

이렇게 주고받는 동안 속으로 약간 계산이 선 임 나리가 훨씬 누그러진 태도로 웃으며 말했다.

"낭자, 안으로 들어가서 상세히 이야기하는 게 어떻겠소?"

뜻밖에도 한운석은 차갑게 웃음을 터트렸다.

"일단 예를 갖춰 사과하거나 그렇지 않으면 문을 여시오. 내 비록 급히 곡식이 필요하지만 곡식을 파는 곳이 이곳밖에 없는 것도 아니니까!"

한운석의 말은 듣기에는 진삼소를 겨냥하는 듯했지만, 일부러 임 나리에게 두 가지 소식을 전하려는 목적도 있었다.

하나는 그녀가 급히 곡식을 사려 한다는 것이고, 다른 하나는 일부러 임씨 양곡점을 찾아오지는 않았다는 것이었다.

만약 한운석이 급히 곡식을 구하고 있다느니 임씨 양곡점만 골라 찾아온 게 아니라느니 하고 직접 말했다면, 영리한 임 나리는 그녀의 말을 믿지 않았을지도 몰랐다. 하지만 진삼소의 일을 핑계로 이런 말을 하자 임 나리도 기본적으로는 사실로 받아들였다.

진삼소의 천성을 누구보다 잘 아는 임 나리는 묻지 않아도 그가 또 색심이 동해 여자를 희롱했다는 걸 알 수 있었다.

어쨌든 임 나리도 만만한 사람은 아니었기 때문에 진삼소를 흘끗 보더니 진지하게 말했다.

"낭자, 내 생질이 저 모양이 되도록 얻어맞았으니 그만하면 사과를 한 셈 아니겠소?"

간교하군, 마음에 든다

암시장에서 먹고 사는 상인은 보통 상인보다 좀 더 영리하고 간교했다. 임 나리는 들어오자마자 한운석의 기질을 보고 찾아온 이가 보통 사람이 아니라는 것을 알았다. 거기다 진삼소의 상태를 보자 건드려서 좋을 게 없는 자들임을 더욱 확신했다.

우선 이렇게 좁은 공간에서 긴 채찍을 저처럼 정교하게 쓴 걸 보면 흑의를 입은 저 호위 무사는 여간내기가 아니었다. 또, 암시장 양곡 거래 구역에서 큰 세력을 가진 자신을 건드린 걸 보면 필시 저력이 있는 이들이었다.

이로 미루어 속으로는 벌써 한운석과 용비야에게 다소 거리낌을 느끼고 있었기 때문에 임 나리의 이 대답은 그저 의중을 떠보기 위해서였다.

한운석 이 여자는 용비야 앞에서는 넋이 나가지만 보통 상황에서는 뼛속까지 약아빠진 사람이어서 그가 떠보고 있다는 것을 알아차렸다.

"충분하지 않소."

그녀의 태도는 차갑고 오만했고 서슬이 퍼렜다. 그들이 진삼소를 때린 것과 진삼소가 그녀에게 사과하는 것은 별개의 문제인데 그 두 가지를 엇셈하겠다고?

"그렇다면 어쩔 생각이오?"

임 나리의 말투도 곱지 않았다.

"뭘 어쩔 생각은 없소. 임 나리가 본 낭자와 거래할 마음이 있다면 저 짐승은 반드시 내게 사과를 해야 하고, 임 나리가 거래할 마음이 없다면 그만두면 되오. 앞으로 본 낭자가 그 어떤 거래를 하든 임씨 양곡점과는 절대 하지 않을 것이오!"

한운석이 차갑게 말했다.

의중을 떠보는 건 여기까지였다. 예전이라면 임 나리는 분명히 먼저 상대를 무시하고 최소한 이삼일이 지난 다음 다시 상의하려 했을 것이다. 하지만 지금은 달랐다. 늦어도 내일 밤까지는 곳간에 있는 곡식을 돈으로 바꿔야 했다.

더는 미룰 시간이 없었다!

잠시 망설이던 임 나리는 결국 영리하게 화제를 돌렸다.

"낭자, 대체 곡식을 얼마나 살 생각이오?"

한운석은 더욱 영리하게 얼버무렸다.

"적지 않소……. 최소한 오만 섬은 살 생각이오. 그 정도 양이 있다면 잘 생각해 보시오. 사흘 말미를 주겠소."

한운석은 양보하는 척하며 실제로는 더욱 바짝 몰아붙였다! 임 나리에게 생각할 시간 같은 게 있을까?

말없이 한운석 뒤에 서 있던 용비야는 입꼬리를 올렸다. 이 여자는 나이는 젊지만 이곳의 늙은 여우들보다 더 간교했다. 마음에 쏙 들었다!

최소 오만 섬이라는 말을 듣자 아무리 참을성 많은 임 나리도 흥분했다!

그가 황급히 물었다.

"그 많은 곡식을 뭣에 쓰려 하시오?"

"암시장에서 거래하는 데 언제부터 그런 것까지 알려 주게 됐소?"

한운석은 냉소를 지었다. 이런 말이 더욱더 동종 업계 사람처럼 보이게 했다.

"그저 호기심에 물어본 것뿐이오. 혹시 요 이틀 양곡 거래 구역에서 벌어진 경쟁 구매 이야기를 들어 봤소?"

임 나리가 계속 물었다.

"방금 그쪽에서 오는 길이오."

한운석이 대답했다.

한운석이 거부하지 않자 임 나리는 속으로 기뻐하며 재빨리 계속 탐문했다.

"그쪽은 가격이 무척 낮다던데."

한운석은 고자세를 하고 있지만 사실은 이 질문을 기다리던 참이었다!

그녀는 냉소를 했다.

"그쪽도 그리 싼값은 아니오."

순간 그 자리에 있던 사람들은 모두 깜짝 놀랐고, 줄곧 악독하게 한운석 일행을 노려보던 진삼소마저 눈을 휘둥그레 떴다.

일만 섬에 일만 냥이라는 가격이 싸지 않다고? 감히 그런 말을 하다니!

용비야의 깊은 눈동자에 웃음기가 스쳤다. 역시 이 여자는 그의 취향에 꼭 맞았다. 그가 볼 때 일만 섬에 일만 냥을 주고 국구부와 거래하는 것은 확실히 국구부만 이롭게 하는 일이었다.

"그럼…… 낭자가 생각하는 싼값은 얼마요?"

임 나리가 이어서 물었다.

한운석은 웃으며 말했다.

"그건 임 나리가 곡식을 얼마나 가지고 있는지에 따라 다르오."

아니…….

이렇게 묻는 걸 보면 혹시 아주 대량으로 구매하려는 걸까?

임 나리는 분명히 계속 이 여자를 떠보았지만, 어쩐지 제 심장만 점점 더 조여드는 기분이었다.

마침내 그도 초조해졌다.

"대체 얼마나 필요하오?"

한운석은 이번에는 대답하지 않고 진삼소를 흘낏 바라보며 코웃음 쳤다.

"아무래도 임 나리는 이 거래에 생각이 없나 보군."

말을 마친 그녀는 돌아서서 걸어갔고 용비야도 묵묵히 따랐다.

내내 뒷문에서 지켜보던 몇몇 중개상들은 금세 초조해졌다. 개중 누군가 허둥거리며 뛰쳐나와 한운석을 부르려고 했지만 임 나리가 막았다.

그는 한마디도 없이 엄숙한 표정으로 한운석의 뒷모습을 바라볼 뿐, 만류할 생각이 없어 보였다.

초조해진 중개상이 화난 소리로 말했다.

"대장, 생질이 사과하지 않으면 나라도 하겠소. 저 녀석은 가정교육이 너무 덜 됐소!"

임 나리는 그래도 말이 없었다. 진삼소가 사과하는 것이 싫어서가 아니라 한운석이 정말 곡식을 사러 왔는지 아니면 누군가의 사주를 받고 그들을 조사하러 왔는지 확신이 서지 않은 것뿐이었다.

돌다리도 두들겨 보고 건너라고 했는데, 하물며 지금은 돌다리가 아니라 흔들다리 위에 있으니 더욱 조심해야 했다.

한운석과 용비야는 빠르지도 느리지도 않은 걸음으로 한 발짝 한 발짝 문밖으로 걸어갔다. 두 사람 다 뒤돌아보지 않았고 뒷모습은 존귀하면서도 소탈해 보여 눈을 뗄 수가 없었다.

한운석과 용비야가 대문과 점점 가까워짐에 따라 임 나리와 그 뒤에 선 사람들은 점점 긴장했다. 방금 보여 준 성품으로 보아 한운석이 일단 밖으로 나간 다음에는 이 거래를 되돌리기가 쉽지 않을 것이다.

"임가, 양보하지 그래?"

"임가, 내 생각에 저 여자는 정말 곡식을 사러 온 사람일세. 딱 보면 장사꾼이잖나!"

"대장, 지체할 시간이 없소. 일단 붙잡아 놓고 가격 흥정을 하면서 상부에 보고하는 게 어떻소? 상부에 내일 사람을 보내 살피라고 하면 되잖소?"

뒤에 선 사람들이 자꾸만 권하자 그러잖아도 눌러 참기 어려웠던 임 나리는 마음이 흔들렸다.

하지만 그는 직접 만류하지 않고 일부러 허세를 부렸다.

"이보오, 낭자. 사과하는 것만 아니면 뭐든 상의할 용의가 있소."

뜻밖에도 한운석은 고개조차 돌리지 않고 동요 없이 계속 걸어갔다. 이제 대문이 코앞이었다.

이를 본 임 나리도 마침내 피가 말랐다.

"낭자, 잠깐만!"

한운석의 입가에 승리의 미소가 한 줄기 피어올랐다. 그녀는 즐겁게 걸음을 멈췄지만 여전히 뒤돌아보지는 않았다.

급한 건 그녀가 아니라 임 나리 일행이었다.

담판이란 이렇게 하는 것이다. 반드시 한계선을 정해 놓고 죽어라 물고 늘어지면 일단 여기서 양보를 받는 순간 이어지는 것들은 기본적으로 정해지는 법이었다.

임 나리가 한 발 양보하면서 기세도 약해질 수밖에 없었다. 한운석이 몸을 돌리지 않자 임 나리는 더욱 초조해져 즉각 진삼소를 꾸짖었다.

"못된 녀석, 당장 사과하지 못하겠느냐!"

상황이 좋지 않은 것을 보고 내빼려던 진삼소는 이 호통에 깜짝 놀라 꼼짝도 하지 못했다.

"어서!"

임 나리가 두 번째로 외치자 진삼소는 몸을 부르르 떨며 곧바로 허둥지둥 다가갔다. 도저히 내키지 않았지만 그가 가장 두려워하는 사람이 바로 자신을 가장 예뻐해 주는 숙부였다.

태어나서 지금까지 누군가에게 사과해 본 적이 없는 그는 어떻게 사과를 해야 할지 정말 몰라서 불퉁거리며 한마디 툭 던졌다.

"미안하게 됐어!"

한운석이 진삼소를 걸고넘어진 것은 임 나리의 경계심을 낮추기 위해서일 뿐, 곡식 문제가 마음에 걸려 쓸데없는 일을 벌일 생각이 없었다. 이만 접고 넘어가려는데 뜻밖에도 내내 한마디 말이 없던 용비야가 별안간 차갑게 내뱉었다.

"그것도 사과냐?"

뭐…….

그 말투를 듣자 한운석은 이 일을 쉽게 접고 넘어갈 수 없다는 것을 깨달았다.

어쨌든 시종 역할을 하는 진왕 전하께서 나섰으니 한운석은 더욱더 고자세를 유지하며 말없이 지켜볼 수밖에 없었다.

이 모습을 보자 임 나리는 한운석이 화가 난 줄 알고 황급히 진삼소에게 눈짓했다.

진삼소는 내내 뺨을 가리고 있던 손을 떼어 두 손으로 읍을 하며 진실하게 말했다.

"낭자, 내가 잘못했소. 내 잘못이오. 이렇게 사과를 하고 있으니 그만 용서해 주시오!"

이런 일에 진왕 전하가 나선 이상 한운석도 자신이 결정할 수 없다는 것을 잘 알고 있었다.

그녀는 진삼소를 등진 채 끝까지 침묵했다.

용비야가 말을 할 줄 알았는데 뜻밖에도 진삼소가 등 뒤에 대고 읍을 하고 기다리는데도 용비야는 아무 말이 없었다.

한운석은 속으로 슬그머니 웃었다. 이 인간은 시종 노릇을 해도 주인보다 더 까다롭잖아.

진삼소는 읍 동작을 유지한 채로 임 나리를 돌아보며 구원의 눈빛을 보냈다. 처음 기분이야 어떻건 지금은 그저 이 여자를 건드린 게 몹시 후회스럽기만 했다.

임 나리도 한운석이 무슨 생각인지 알 수 없어 진삼소에게 눈을 부라렸다. 어쨌든 한운석이 무슨 생각을 하든 다 진삼소의 잘못이니 스스로 감수할 수밖에 없었다.

"낭자, 내가 잘못했소! 다시는 안 그럴 테니 용서하겠다고 말 좀 해 주시오!"

진삼소는 불안해하면서 계속 사과할 수밖에 없었다.

"낭자, 한마디만 해 주시오. 내가 어떻게 해야 용서해 주겠소?"

이 말에 한운석은 기뻐하며 우아하게 몸을 돌렸다.

"네가 처리해라!"

용비야가 어떻게 해야 용서해 줄지는 그녀도 몰라서 그에게 맡길 생각이었다.

용비야가 움직이지도 않았는데 진삼소는 지레 겁을 먹고 쭈뼛쭈뼛 뒷걸음질 쳤다. 그러나 용비야는 그에게 달아날 기회조차 주지 않고 돌아서기 무섭게 발길질을 했다. 발은 진삼소의 다친 얼굴을 정면으로 걷어찼고 진삼소는 뒷문까지 휭하고 날아가 버렸다.

괴롭힘을 당했는데 누군가 대신 복수해 줬으니 한운석은 그저 무척 행복한 기분이었다!

용비야는 긴 다리를 우아하게 거둔 뒤 양손을 뒷짐 지고 말없이 한운석 뒤로 물러섰다. 훈련이 잘된 시종 같으면서도 존귀하고 신비롭게 느껴졌다.

진삼소가 바닥에 떨어지자 '쿵' 하는 굉음만 울리고 비명은 들리지 않았다. 저 호색한은 죽었거나 폐인이 되었을 것이다.

임 나리는 피가 거꾸로 솟아 당장 달려가 살펴보고 싶은 마음이 굴뚝 같았지만, 이렇게 기세등등한 한운석 앞에서 감히 그럴 수는 없었다.

만에 하나 이 여자의 기분이 나빠지면 장사는 꽝이었다.

임 나리는 하릴없이 아픈 마음을 억누르며 대의멸친이라도 한 사람인 양 말했다.

"잘 혼내 주셨소! 이 늙은이도 세상 무서운 줄 모르는 저 못된 녀석을 따끔하게 혼내 줄 생각을 일찍부터 하고 있었소."

한운석은 냉소만 지을 뿐 가타부타 말이 없었다.

임 나리가 성마르게 본론을 꺼냈다.

"낭자, 안으로 들어가서 상세히 논의하지 않겠소?"

안 그래도 그러려고 온 것이었다!

"음."

한운석은 오만하게 차가운 목소리로 응했다.

임 나리는 허둥지둥 몸소 그들을 안으로 안내하면서 사람들에게 상부에 보고하라는 눈짓을 보냈다.

차가 끓고 간식이 들어왔다. 임 나리는 그들과 긴 이야기를 할 심산이었다.

한운석이 앉자마자 임 나리가 물었다.

"낭자, 대체 얼마나 살 생각이오?"

"가진 만큼 모두 사겠소!"

한운석은 시원시원하게 대답했다.

하지만 임 나리의 안색은 시꺼메졌다. 진심소가 맞아 그 지경이 되었는데 이 여자는 아직도 제대로 대답을 하지 않았다. 이런 대답은 대답하지 않은 것이나 마찬가지 아닌가?

형태만 달랐지 그가 얼마나 가지고 있는지 되물은 것이었다!

임 나리는 비록 마음이 급하긴 해도 참을성은 있어서 또다시 떠보았다.

"낭자, 가진 곡식이 꽤 많아서 아마 다 사기가……."

한운석은 느긋하게 차 한 잔을 마신 다음 오만방자한 투로 말했다.

"당신에게 물건이 없을까 걱정이니 본 낭자에겐 돈이 충분하오!"

그러자 임 나리가 웃었다.

"낭자, 우리 양곡점은 언제나 현물을 받고 거래해 왔는데, 알고는 있소?"

옳지, 북려국 끌어들이기

현물만 받는다고!

임 나리가 이렇게 말했을 때 한운석은 하마터면 웃음을 터트릴 뻔했다. 한참 동안 '예에'하며 역성을 든 것도 바로 이 한마디를 하기 위해서가 아니었을까?

결국 임 나리 입으로 이 말을 하게 만든 것이다.

만약 한운석이 처음부터 현물로 곡식을 구매하겠다고 했다면, 임 나리는 의심하지 않을망정 상부에 있는 사람은 의심했을 것이고, 그녀는 소식이 국구 나리 귀에 들어가기도 전에 쫓겨났을 것이다.

이제 임 나리가 제 입으로 이 말을 했으니 한운석은 이 일이 거의 성공했다고 팔 할 정도 확신했다.

대 자산가가 뒤에 버티고 있으니 한운석은 호방하게 한마디를 내뱉었다.

"곡식만 있으면 돈은 문제가 되지 않소."

임 나리도 한운석이 돈깨나 있는 사람인 줄은 알았지만 이렇게 호방하게 나오는 건 뜻밖이었다.

"허허, 아무래도 낭자께서 정말 곡식이 급한 모양이오!"

임 나리는 단념이란 말을 모르는지 계속 떠보았다.

"후후……."

한운석은 신비롭게 웃으며 으스댔다.

임 나리는 그녀의 태도를 가만히 살핀 다음 됐다 싶어 곧바로 아부를 떨었다.

"낭자는 기질이 비범하니 틀림없이 뛰어난 분일 것이오. 낭자의 신분은…… 허허허, 아무래도 알아맞힐 수가 없구려!"

한운석은 입꼬리로 교만한 미소를 그리며 겸손함이라고는 찾아볼 수 없는 투로 말했다.

"보는 눈이 있으시군."

"낭자의 기질이 범상치 않기 때문이오!"

임 나리가 껄껄 웃었다. 그는 이렇게 자존망대하게 구는 여자, 개중에서도 특히 능력 있고 자부심 강한 여자를 가장 좋아했다.

이런 여자들은 강자에겐 강하고 약자에겐 부드러워서 어떻게 상대하면 되는지 잘 알고 있었다.

"아직 낭자의 존성대명도 묻지 않았구려."

임 나리는 특별히 손을 모아 읍을 하면서 경의를 표했다.

"존성대명이랄 것은 없소. 내 성은 혁련씨요."

한운석은 주저 없이 대답했다.

혁련씨?

이건 보통 성씨가 아니라 바로 북려국의 국성이었다! 서주국과 천녕국에도 혁련이라는 성씨가 적지 않지만, 북려국에서 혁련씨는 곧 황족이었다.

재물이 많고 기세등등한 사람이 혁련씨라니, 임 나리는 깊이 생각하지 않을 수 없었다. 암시장에 오래 몸담은 그는 북려국과도 적잖이 거래를 해 봤다.

북려국은 토양과 기후 때문에 남부의 작은 지역에서만 밀을 경작할 수 있고 생산성 높은 벼는 애초에 재배할 수도 없었다. 북려국 사람들은 육류와 유제품 위주로 먹고 마셨고, 남방에서 나는 곡식을 파는 시장도 없었다.

하지만 북려국은 항상 천녕국의 곡식 생산량에 관심을 보였다. 천녕국에 가뭄이 들거나 홍수가 일어나는 해는 북려국의 적잖은 상인들이 곡식 매점매석에 나섰고, 심지어 북려국 황족 중에도 참여하는 자가 있어 곡식 가격을 올리는 한편 재난 지역에서 폭동이 일어나도록 부채질하기도 했다.

임 나리는 또 한 번 꼼꼼하게 한운석을 살펴보았다. 보면 볼수록 이 여자가 북려국에서 왔다는 의심이 들었다.

그가 알기로 북려국 여자는 대부분 냉미녀처럼 화장하는 걸 좋아했다.

임 나리가 이런 의심을 품는 사이 용비야는 무척 우스워했다. 검은 복면만 아니었다면 다들 그가 웃고 있는 것을 알아차렸을 것이다.

그는 그제야 한운석이 왜 갑자기 짙은 화장을 했는지 깨달았다. 남들이 알아보지 못하게 하기 위해서만이 아니라 바로 이 '혁련'이라는 성을 쓰기 위해서이기도 했던 것이다!

북려국을 끌어들일 만큼 영리한 이 여자에게 탄복을 금할 수 없었다.

이 여자가 남자로 태어났다면 필시 그의 첫손 꼽는 호적수가 되었을 것이다.

임 나리가 아부를 시작하자 한운석은 입가에 비웃음을 떠올리면서 그가 무슨 말을 하건 내버려 두었다.

결국 임 나리는 좋은 술과 안주까지 가져오게 한 다음 한운석과 술을 마시며 이야기를 나누었다.

물론 중요한 부분이 나오면 옆에 있던 중개상들이 때맞춰 상부에 보고했고, 이 여자의 내력이나 재력, 성격에 관한 이야기도 빠뜨리지 않았다.

"혁련 낭자, 가격 문제는…… 허허허, 부디 사정을 좀 봐주기를 바라오."

임 나리가 농담처럼 말했다.

우선 이 여자를 높이 떠받들어 올린 다음 다시 흥정하면 이 여자도 체면상 더는 깎지 못하리라 생각했다.

그런데 예상과 달리 한운석은 곧바로 가격 흥정을 하지 않았다. 대신 몇 모금 마시지도 않았지만 일부러 취한 척 말했다.

"임 나리, 가격을 흥정할 수는 있소……. 하지만 곡식을 얼마나 가졌는지 정확히 알려 줘야 하오! 본 낭자도 솔직히 말하겠소……. 가진 곡식이 많으면 가격을 흥정할 수 있지만 적으면…… 후훗……."

그녀는 이렇게 말하며 또다시 술 두 잔을 싹 비운 뒤 말을 이었다.

"하긴, 알려 줘도 상관없겠지. 저쪽…… 저쪽에서 제시한 가격은 아주 마음에 들지만 저들에겐 물건이 없소! 고작 이십만 섬도 없더군. 생각해 보시오. 삼십만 섬도 없는데 본 낭자가 뭐하러 현물로 지급해야 하오?"

말이 뒤죽박죽이었다. 이십만 섬이라다가 또 어떨 때는 삼십만 섬이라질 않나, '저쪽'이 어디를 말하는지도 명확하지 않았다. 한운석의 이런 모습은 누가 봐도 취했다고 생각할 만했다.

취담은 곧 진담이었다. 비록 뒤죽박죽이긴 해도 임 나리는 단번에 중요한 정보를 알아냈다.

이 여자가 오숙의 양곡점에 가지 않은 까닭이 짐작이 가지 않았는데 이제 알 수 있었다. 이제 보니 곡식을 아주 많이 살 생각인데 오숙의 양곡점에는 물건이 없었던 것이다.

솔직히 곡식이 부족한 시기에 십만 섬은 아무래도 적은 양이 아니었다. 특히 새로 수확한 곡식이라면.

국구부 쪽이 미루지 못하는 처지만 아니라면, 임 나리는 필시 감질나게 구미를 바짝 당겨 놓고 편안하게 가격 흥정을 했을 것이다.

이 암시장에서 임씨 양곡점을 제외하면 이삼십만 섬이나 되는 곡식을 내놓을 수 있는 곳은 결코 없었다.

아깝구나, 아까워!

가격을 정하기도 전에 임 나리는 놓친 은자가 아까워지기 시작했다.

한운석이 흠뻑 취한 듯하자 임 나리는 그제야 그녀의 뒤에 선 흑의 복면 호위 무사를 돌아보며 겸손하게 말했다.

"이보오, 호위 무사 나리. 나리의 주인이 취하신 것 같은데 누추하지만 오늘 밤은 이곳에서 쉬고 내일 다시 이야기하는 게 어떻겠소?"

사실 임 나리는 이 복면 호위 무사에게 큰 호기심을 갖고 있었다. 얼굴은 볼 수 없지만 몸에서 보이지 않는 기운이 흘러나와 보는 사람에게 절로 경계심을 불러일으키기 때문이었다.

바로 이 호위 무사의 존재 때문에 임 나리도 '혁련' 씨라는 이 낭자가 북려국 황족이 아닐까 의심한 것이다.

용비야는 한운석보다 더 영리한 사람이었다. 임 나리의 한마디에 그는 곧 임 나리의 꿍꿍이를 알아챘다.

"좋다."

그는 단 한마디로 대답했다.

임 나리는 몹시 기뻐하며 즉시 사람을 불러 객방을 준비하게 했다.

최대한 시간을 벌어 놨으니 이제 상부의 의사만 들으면 끝이었다.

용비야는 그 자리에서 한운석을 번쩍 안아들었다. 그는 키가 190센티에 가깝고 몸집이 크고 우뚝해서 한운석을 안아드는 것쯤은 일도 아니었다.

신비한 흑의인이 차가운 아름다움을 지닌 귀한 여인을 몽환적인 공주님 안기까지 시전하며 아련한 달빛 아래 점점 멀어져 가자 사람들은 하나같이 눈이 휘둥그레졌다. 어쩐지 저 두 사람이 주인과 하인이 아니라 천생배필 같은 기분이 들었다.

"임가, 저 호위 무사는…… 조금 이상하군!"

용비야와 한운석이 떠나기 무섭게 누군가 말했다. 별수 없는 일이었다. 용비야의 타고난 기운이 너무 강해 제아무리 숨기려 해도 완전히 가릴 수 없었던 것이다.

"나리, 저 여자의 성이 혁련씨라면, 혹시 저 남자도……."

누군가 소리를 낮추어 추측했다.

이 말이 나오자 또 다른 사람이 즉시 말을 받았다.

"어쩌면 저자가 진짜 주인일지도 모르네! 저 몸집을 보면 북려국 사람이 분명해!"

한운석과 용비야가 그들이 이런 추측을 하는 것을 알았다면 영리하다고 칭찬했을까 아니면 어리석다고 비웃었을까?

그때 한운석과 용비야는 이미 객방에 와 있었다.

용비야는 방에 들어서자마자 방안 구석구석을 훑어보고 안전한 것을 확인한 다음 조심조심 한운석을 침상에 내려 주었다.

"전하, 저들이 술에 독을 탔어요. 미혼약이니 저는 내일 정오에나 깨어나야 해요."

한운석이 때를 틈타 조용히 말했다. 감히 그녀 앞에서 독을 쓰다니 정말이지 사리 분별 못하는 자들이었다. 더군다나 이런 삼류 독이라니. 술이 들어오자마자 그녀는 즉시 냄새로 알아차렸고 해독시스템을 쓸 필요도 없이 분량까지 헤아렸다.

독성은 잠들었을 때 발작하기 때문에 나중에 해독해도 늦지 않았다.

안 그래도 한잠 푹 잘 생각이었다. 급한 사람은 그녀가 아니었으니까.

"어리석은 것들."

용비야가 나지막이 말했다. 뜻밖에도 한운석이 자랑스레 말했다.

"아니에요, 영리한 자들이죠. 하지만 제가 그들보다 더 영리한 거예요!"

이…… 부끄러움도 모르는 척순이!

하지만 확실히 틀린 말은 아니었다. 그녀는 분명 영리했다.

용비야는 이 여자의 눈동자가 자신감과 긍지로 이렇게 반짝반짝 빛날 때가 가장 좋았다.

그가 일어나면서 한마디 덧붙였다.

"마음 놓고 자거라."

그의 이 한마디면 바깥에서 전쟁이 벌어져도 한운석은 날이 밝을 때까지 마음 편히 잘 수 있었다.

길 안내를 한 하인이 있었기 때문에 용비야는 오래 방 안에 머물 수 없어 한운석에게 이불을 잘 덮어 준 후 나갔다.

그가 문을 나서자 한인이 말했다.

"호위 무사 나리, 나리의 방은 바로 옆방입니다. 이리로 오시지요."

"됐다."

용비야는 옆의 층계에 앉았다. 태도가 어찌나 쌀쌀한지 주위 온도가 툭 떨어지는 기분이었다.

하인은 차마 한마디도 더 하지 못하고 임 나리에게 보고하러 달려갔다.

물론 임 나리는 감히 못된 꿍꿍이를 품지 못했다. 그는 밤새 눈 붙이지 못하고 상부의 밀서를 기다렸다.

밀서는 몇 번이나 접히고 너덧 명의 손을 거친 후에 국구부에 전해졌다.

국구 나리는 밀서를 읽어 내려가면서 점점 눈을 찌푸리다가 밀서 끝자락에 있는 '혁련'이라는 글자를 본 다음에야 얼굴을 폈다.

비록 결정을 내리는 사람은 국구 나리지만, 이 정보는 모두 임 나리가 올린 것이었다. 설령 임 나리가 지극히 객관적으로 한운석과 용비야의 일거수일투족을 사실 그대로 보고했다 한들 아무래도 주관적인 의견에 영향을 받을 수밖에 없고, 글로 쓴 내용은 특히 더 그랬다.

이 밀서에 적힌 글의 행간에는 임 나리의 추측이 묻어 있어서, 임 나리의 추측은 국구 나리의 결정에 영향을 미쳤다.

예전이라면 국구 나리도 좀 더 알아본 후 결정했겠지만 지금 이 상황에서는 그럴 기회가 없었다.

밀서는 비둘기를 통해 주고받았고 많은 사람 손을 거치다 보니 아무리 빨라도 최종 목적지까지 반나절이 걸렸다.

날이 거의 밝아 오고 있었다. 국구 나리의 답신은 정오쯤에야 임 나리의 손에 들어갈 것이고 그때쯤 혁련씨라는 그 낭자도 거의 깨어날 시점이었다.

임 나리와 그녀가 가격을 정하고 다시 보고할 때쯤이면 필시 저녁이 될 것이다.

더는 미룰 수 없었다!

사실 국구 나리도 여태껏 크게 자신이 없었지만, '혁련'이라는 성을 생각하면 꽤 위안이 되었다. 북려국 황족이 남몰래 천녕국 곡식 매점매석에 개입하는 일은 그 역시 알고 있었다.

본래는 밀서를 보내 임 나리에게 맡길 생각이었으나 잠시 망설이던 그는 자신을 대표해 결정권을 가진 사람을 암시장으로 보내기로 결심했다.

상대방이 적잖은 양을 원하니 이 기회에 가진 곡식을 모두 털어 버리는 편이 가장 좋았다.

용비야가 벌써 재난 지역으로 떠났으니, 구호하면서 말단 탐관오리들부터 조사를 시작할 것이 분명했다. 상부까지 조사하게 될 쯤에는 국구부에서 증거가 될 만한 곡식 한 톨 찾아내지 못할 것이다!

국구 나리는 서재 문을 열었다. 동쪽 하늘이 벌써 어슴푸레해져 있었다.

그는 누구를 보내야 할 것인지 고민에 빠졌다.

홍정, 누가 제일 독한가

누구를 암시장에 보내야 하는가는 꽤 골치 아픈 문제였다.

암시장 사람 중에는 대장인 임 나리조차 국구부에 곡식이 얼마나 있는지 몰랐다.

암시장 사람들은 제일 꼭대기에 국구부가 있다고 추측했지만 증거는 하나도 없었다.

그들은 단지 밀서와 은자를 보내는 사람만 알 뿐 국구부 사람은 한 명도 알지 못했다.

대리로 보낼 사람은 국구부의 곡식 비축량을 잘 알고 국구 나리를 대신해 직접 가격을 정할 수 있어야 했다.

그렇지 못하고 한 번 더 밀서가 왔다 갔다 하면 시간을 맞출 수 없었다.

오늘 밤이 마지막 기한이었다!

아무리 늦어도 오늘 안에 현물을 손에 넣어야 했다. 어제 호부 사람이 또 찾아와 재촉했고, 고리대금의 복리 이자도 적잖이 쌓여 있었다.

국구 나리는 생각하고 또 생각한 끝에 마침내 적절한 사람을 떠올렸다…….

암시장 쪽에서는 어젯밤 오숙의 양곡점 경쟁 구매 행사에서 초서풍이 이겨 두 번째 일만 섬도 지켜 냈다.

오전에 오숙 양곡점은 여전히 보란 듯이 곡식 일만 섬을 꺼내 놓고 세 번째 경쟁 판매 준비를 했다.

마지막이기 때문에 누구도 이 좋은 기회를 놓치려 하지 않았다. 에워싼 사람 수는 앞선 이틀보다 더 많았고, 내내 직접 모습을 드러내지 않던 대상인들까지 차례차례 나타났다.

암시장 내 곡식 거래 구역 전체가 이 경쟁 구매로 떠들썩해서, 임씨 양곡점에서 암시장 양곡 거래 구역 사상 최대 규모의 거래가 진행되고 있다는 사실은 아무도 몰랐다.

용비야가 지켜 준 덕분에 적의 소굴에 깊숙이 들어온 한운석은 해가 중천에 솟을 때까지 잤다. 약효가 가실 때까지는 아직 두 시진 정도 남아 있어서 그녀는 늘어지게 침상에 누워 아무것도 하지 않고 의식으로 해독시스템 내 해독 공간을 노닐었다.

그동안 계속 몹시 바빴다. 일 하나가 끝나면 또 다른 일이 생기는 통에 휴식은 생각도 못 했고, 해독 공간에 있는 독 연못을 연구할 시간도 없었다.

공간 안에 들어서자 독 연못에는 벌써 독초가 그득하게 자라나 있었다. 독성이 완전히 형성된 것도 있고 아직 자라는 중인 것도 있었다.

이 새로운 독약을 보자 한운석은 저도 모르게 군역사를 떠올렸다. 지금쯤 그는 어깨에 당한 독에 실컷 시달리고 있을 것이다.

결국 견디다 못한 군역사가 해약을 얻으러 찾아오지 않을까 궁금했다.

감히 나타나기만 하면, 반드시 다른 쪽 어깨에도 독약 맛을 보여 줄 셈이었다.

지금 유일하게 마음에 걸리는 일은 군역사가 꼬맹이를 봤다는 것이었다. 아마도 꼬맹이가 누군지 짐작했을 것이다. 만에 하나 그가 이 일을 퍼트리면 보통 성가신 일이 아니었다.

그간 속으로 그런 일이 벌어질까 줄곧 주시하고 있었는데, 다행히 군역사는 아무 움직임이 없었다.

생각해 보면 그 남자는 북려국 황족 싸움과 백독문의 골칫거리 때문에 눈코 뜰 새 없이 바빠서 그녀와 꼬맹이를 생각할 여유가 없는 모양이었다.

해독 공간은 무척 컸지만 사용할 수 있는 공간은 작았고 어둠에 잠긴 곳은 한운석이 들어갈 수 없었다. 억지로 들어가려 하면 할수록 머리가 아파져 하릴없이 물러나야만 했다.

이 공간을 어떻게 여는지는 몰랐지만 어쨌든 당장 큰 공간이 필요한 건 아니어서 인연에 맡기기로 했다.

잠시 쉬었더니 정오가 되었다.

한운석은 침상에서 일어나 화장을 고친 뒤 밖으로 나갔다. 문을 열자 바깥은 텅 비었고 낯익은 모습은 보이지 않았다.

어디로 갔지?

한운석이 의아해하는 사이 용비야가 지붕에서 훌쩍 뛰어내렸다. 그는 본래 문 앞을 지키고 있었으나, 어젯밤 고수가 방에 접근하는 것을 어렴풋이 느끼고 한참 주위를 뒤졌는데도 아무도 발견하지 못하자 결국 지붕 위로 올라가 밤을 꼬박 새며 지켰던 것이다.

한운석은 용비야를 보고나서야 안심이 되었다. 물론 그가 걱정되어 나지막이 물었다.

"피곤하죠?"

"아니."

그의 대답은 짧았지만, 이 짧은 대답 뒤에는 한시도 눈을 떼지 않고 지켜본 어젯밤이 있었다. 그는 지붕 위에서 밤새도록 지키고 밤새도록 살폈다. 어쨌든 그는 심한 상처를 입었으니, 만에 하나 진짜 고수와 싸우게 되어 자칫 실수라도 하면 그녀가 위험했다.

금세 하인이 달려와 시중을 들었다. 배불리 식사한 다음 임 나리가 몸소 와서 웃으며 말했다.

"혁련 낭자, 곡식 곳간에서 사람이 왔으니 수량과 가격을 상의해 봅시다."

곡식 곳간 사람이란 당연히 국구 나리가 보낸 사람이었다.

한운석과 용비야도 이를 짐작하고 서로 눈빛을 교환한 후 임 나리와 함께 나갔다.

그들이 떠난 후 한운석의 침실 옆에 백의 복면 남자 한 명이 쓱 나타났다. 옥처럼 따사롭고 품위 있는 군자 같은 모습이었다.

용비야의 느낌이 옳았다. 부근에 확실히 고수가 있었던 것이다. 다만 그 고수가 때마침 그가 중상을 입었을 때 따라와 한운석을 보호하고 있다는 것은 알지 못했다.

임 나리는 한운석과 용비야를 데리고 은밀한 방으로 들어갔다. 안에는 중년 남자 한 명이 있었다. 쪽빛 적삼을 걸친 그는 머리에 얄따란 면사가 달린 삿갓을 써서 얼굴을 통째로 가린 바람에 하얀 면사 너머로 희미한 얼굴 윤곽밖에 볼 수 없었다.

한운석 일행이 들어오자 그가 일어났다. 한차례 소개가 오간 뒤 세 사람은 자리에 앉고 용비야는 여전히 한운석 뒤에 섰다.

중년 남자는 무심결에 용비야를 흘끔거렸다. 비록 면사 뒤에서 일어난 동작이지만 용비야의 날카로운 눈을 피하지는 못했다.

용비야는 들어오자마자 말없이 중년 남자의 신발부터 삿갓까지 한 번 훑어보았고, 마지막으로 그의 손에 시선을 고정했다.

중년 남자가 바라보자 그는 곧 시선을 돌리고 조용히 침묵을 지켰다.

"혁련 낭자께서는 곡식이 얼마나 필요한지 기탄없이 말해 보시오. 우리 곳간의 선생이 여기 있으니 정확한 수량을 알려 줄 것이오."

임 나리가 먼저 입을 열었다.

한운석은 흥미롭게 말했다.

"아니, 임 나리는 곳간에 있는 비축량조차 모르시오?"

아주 정상적인 질문이라서 하지 않으면 도리어 의심받을 것이다.

중년 남자가 즉각 웃음을 지으며 말했다.

"보십시오, 주인 나리. 혁련 낭자께서도 이리 말씀하지 않으십니까."

임 나리는 민망한 웃음을 흘렸다.

"하하하, 혁련 낭자는 모르겠지만 우리 곳간의 선생은 아주 믿음직스러운 사람이오. 선생이 있으면 곳간에 쥐새끼 한 마리 얼씬거리지 못 한다오!"

'쥐새끼'란 당연히 곡식을 훔치려는 사람을 가리켰다.

중년 남자가 재빨리 겸손을 떨었다.

"주인 나리께서 이처럼 믿어 주시니 당연히 충성을 다해 책임을 완수해야지요!"

"선생, 방금 성이 어찌 된다고 하셨소?"

한운석이 갑자기 끼어들었다.

"전錢씨입니다."

중년 남자가 한 번 더 말해 주었다.

"아아."

한운석은 고개를 끄덕였다.

사실은 일부러 장난삼아 떠본 것이었다. 조금 전에도 '전'이라고 대답한 걸 보면 나름대로 각본이 있었던 모양이었다.

사실 두 사람이 서로를 이렇게 공손하게 대하는 것이 계획된 연극이건 별 뜻 없이 나눈 대화건, 한운석은 아무 상관없었다.

모두 한자리에 모였으니 일은 거의 성사된 셈이고, 남은 것은 가격 흥정뿐이었다.

중년 남자의 신분은 그가 나타난 이상 용비야의 힘으로 끝까지 파헤칠 수 있었다!

"전 선생, 어디 곳간에 곡식이 얼마나 있는지 말해 보시오."

한운석의 태도는 오만하면서도 편안했다.

"아주 많이 있습니다. 혁련 낭자께서 얼마나 원하시든 충분히 있지요."

전 선생도 입심이 보통 아니었다!

"후후, 만약 모자란다면?"

한운석이 다시 물었다.

전 선생이 임 나리를 한 번 쳐다보자 임 나리가 황급히 나섰다.

"혁련 낭자, 얼마나 필요한지 숫자를 알려 주시오."

"제한 없소. 가지고 있는 만큼 모두 사겠소!"

한운석은 이렇게 말한 다음 한마디 덧붙였다.

"현물로!"

이 시원시원한 말에 임 나리와 전 선생 모두 충격을 받았다.

한운석은 기세를 몰아 또 말했다.

"물론 가격이 맞지 않으면 한 톨도 가져가지 않겠소."

전 선생은 잠시 망설이다가 진지하게 말했다.

"혁련 낭자, 가격을 말씀해 주시지요."

"그쪽에서 불러 보시오."

한운석도 바보가 아니었다.

그녀는 값을 깎으러 왔지 가격을 제시하러 온 것이 아니었다!

예전에 학생 때도 아르바이트로 먹고산 그녀였다. 의대생 노릇은 힘들고 돈도 많이 들었다. 임상 실습 기회를 따내려면 돈도 들고 연줄도 필요했는데 학교에서 마련해 주는 실습에는 아무래도 배우는 게 한계가 있었다. 하물며 그녀는 해독에만 치중했으니 더 말할 것도 없었다.

그래서 그녀는 물건을 살 때 유난히 인색하게 굴었고 값도 잘 깎았다.

잘못 살 수는 있어도 잘못 팔 수는 없다고 했듯, 장사란 파는 사람이 유리하기 때문에 무엇을 사든 먼저 값을 부르면 반드시 바가지를 쓰게 되어 있었다.

“낭자께서 먼저 제안해 보시지요. 규모가 크니 저는 가격이 적당한지 보겠습니다.”

전 선생이 웃으며 말했다.

“선생도 규모가 크다는 것을 알고 있으니 적당한 가격을 불러 보시오.”

한운석은 아랑곳하지 않고 말했다.

태도 면에서는 그녀가 한 수 위였다. 그러게 누가 급히 팔아야 할 처지가 되래?

“듣자니 어제 일만 냥이 비싸다고 하셨다지요?”

전 선생이 떠보기 시작했다. 일만 냥이라고만 했지 몇 섬인지는 명확히 말하지 않았다.

“비싸지 않소?”

한운석도 모호하게 물었다.

“백 섬에 일만 냥이면 확실히 비싸지요.”

전 선생이 정곡을 찔렀다.

한운석은 냉소를 터트렸다. 어젯밤에 일만 섬에 일만 냥이 비싸다고 했지, 백 섬에 일만 냥이라고 한 적은 없었다.

이 자는 일부러 이러는 것이었다!
단숨에 일만 섬을 백 섬으로 깎아내리다니 지독했다!
"아니, 내가 어젯밤에 그리 말했소?"
한운석은 시치미를 뗐다.
임 나리도 시치미를 뗐다.
"그리 말했던 것 같소."
에누리를 하는 최고의 방법은 얼굴에 철판 깔고 시치미를 뚝 떼는 것이었다!
한운석은 긴 머리카락을 쓰다듬으면서 용비야를 돌아보고 물었다.
"어젯밤엔 술을 많이 마셨군. 내가 그렇게 말했느냐?"
"그리 말씀하지 않으셨습니다, 주인님."
용비야는 말투도 아주 전문적이었다.
"그럼 뭐라고 했지?"
한운석은 속으로 남몰래 속삭였다.
'존귀하신 진왕 전하, 가격을 말씀해 보세요!'
"어젯밤에는 십만 섬에 일만 냥이라고 말씀하셨습니다, 주인님."
용비야는 태연한 말투로 대답했다.
이 말에 임 나리와 전 선생은 입에 넣었던 찻물을 와락 뿜고 말았다. 두 사람 다 눈이 휘둥그레진 채 혀를 내둘렀다.
십만 섬에 일만 냥이라니, 이, 이, 이런…… 이런 말을 입에 담을 수가!

그들은 말할 것도 없고 한운석조차 충격이 컸다.

지금껏 자신이 무척 지독한 사람이라고 생각해왔지만 제일 지독한 사람은 결국 용비야였다.

한운석은 의미심장하게 '으흠…….' 하고 추임새를 넣은 뒤 말을 이었다.

"임 나리, 아무래도 나리가 잘못 들은 모양이오."

"농담도 잘하시는구려, 혁련 낭자. 십만 섬에 일만 냥이라니 그게…… 그게 될 법이나 한 소리요? 하하하……."

임 나리의 웃음은 울음보다 보기 흉했다.

"너무 싼 것 같소? 그럼 얼마를 원하오?"

한운석은 천진하기 짝이 없는 목소리로 물었다.

에누리할 때 꼭 먼저 값을 불러야 한다면, 정상가 범위에서 한참 벗어날 정도로 사정없이 값을 내려야만 이득을 챙길 충분한 여유를 마련할 수 있었다.

십만 섬에 일만 냥이라는 기준이 정해졌으니 한운석은 임 나리가 얼마나 값을 올릴지 두고 볼 생각이었다!

깎고 깎고 깎고

누가 말하든, 어떤 방식으로 말하든 상관없었다.

한운석의 시작가는 십만 섬에 일만 냥이었고, 이 가격은 오숙의 양곡점 경쟁 구매 가격보다 열 배나 쌌나!

한운석은 느긋하게 차를 마시며 임 나리와 전 선생이 값을 부르기를 기다렸다.

암시장에서 오랜 세월 장사를 해 온 임 나리지만 이렇게 심하게 값을 깎는 것은 본 적이 없었고 이렇게 뻔뻔한 사람도 처음이었다.

아무리 지독하게 깎아도 하한선은 있는 법이고 그 선을 넘기면 결론은 하나, 상인에게 쫓겨나는 것뿐이었다!

그렇게 아부를 떨었는데도 이렇게 속 터지는 가격을 부르다니, 임 나리는 옆에 놓인 빗자루를 휘둘러 이 여자를 쫓아내고 욕을 퍼붓고 싶을 지경이었다.

하지만 감히 그럴 수는 없었다!

지금은 판매자 시장이 아니라 구매자 시장이고, 그가 제발 좀 사 달라고 빌어야 할 판국이지 상대방이 팔아 달라 부탁하는 상황이 아니었다!

임 나리는 심호흡을 하며 속으로 침착하라며 자신을 달랬다. 거래란 천천히 공을 들여야 돈을 벌 수 있었다.

전 선생은 임 나리보다 훨씬 침착했다. 그가 웃으며 말했다.
"혁련 낭자, 술에 취해 한 말은 진담으로 치지 말기로 하시지요."
진담으로 치지 말라는 게 무슨 말일까? 그 가격으로는 안 되니 다시 가격을 제시하란 뜻이었다.
한운석은 입을 삐죽였다.
"그럼 이십만 섬에 일만 냥으로 하겠소!"
이렇게 되자 아무리 침착한 전 선생도 성질을 누르지 못하고 노성을 터트렸다.
"혁련 낭자, 농담하는 자리가 아닙니다!"
뜻밖에도 한운석 역시 불쾌한 듯 차갑게 말했다.
"누가 농담이라 했소? 내가 제시하는 가격은 십만 섬에 일만 냥이오. 쓸데없이 말이 많은 건 당신들이오."
한운석이 말하며 임 나리를 돌아보고 성가신 투로 말했다.
"임 나리, 난 이미 가격을 제시했소. 얼마에 팔 수 있는지 터놓고 말해 보시오. 거래할 만하면 하고 그렇지 않으면 관두겠소! 어쨌든 난 급할 게 없소."
언젠가 임 나리와 전 선생이 한운석의 진짜 신분을 알게 된 후 오늘 그녀가 한 말을 떠올린다면 분명히 피를 토하고 쓰러질 것이다!
그렇지만 지금은 물러날 곳이 없었다.
한운석이 제시한 십만 섬에 일만 냥이라는 전제 앞에서 임 나리와 전 선생은 어떻게 값을 불러야 할지 알 수가 없었다. 낮게 부르자니 얻는 것은 손해요, 높게 부르자니 만에 하나 이 여자가 사지 않겠다며 가 버리면 남는 것은 눈물이었다.

두 사람은 입을 꾹 다물고 말이 없었다.

한운석은 그들이 속으로 무슨 생각을 하건 관심 없었다. 어차피 기다려 줄 생각이 없어서였다.

"임 나리와의 거래는 정말 답답하군!"

그녀가 말하며 찻잔을 내려놓고 일어났다.

"혁련 낭자, 잠시만! 잠시만 기다리십시오!"

전 선생이 황급히 만류했다.

"혁련 낭자, 곡식 곳간에 묵은 곡식과 햇곡식이 섞여 있어서 가격은 좀 더 논의할 시간이 필요합니다!"

묵은 곡식이니 햇곡식이니 하는 이야기를 꺼내다니, 전 선생도 제법 영리했다.

전 선생이 어떻게 논의할지 말을 꺼내기 전에 한운석이 한마디로 딱 잘라 말했다.

"본 낭자가 제시한 가격은 당연히 햇곡식이오. 곳간에 묵은 곡식이 있어도 모두 햇곡식 값으로 쳐 주겠소! 아무튼 본 낭자는 그리 따지기 좋아하는 사람이 아니니까."

그 말에 전 선생은 화가 나다 못해 코에서 연기가 날 지경이었다!

사람을 괴롭혀도 분수가 있지! 이건 너무 심하잖아! 이득을 보고도 '나 잘했네' 하고 자랑하는 사람은 본 적이 없었다!

그렇게 낮은 가격을 제시해 놓고 마치 후하게 쳐줬다는 듯이 말하다니. 너무 파렴치했다!

용비야도 이 여자에게 이런 파렴치한 구석이 있다는 것을 처음 알았지만, 이 파렴치함이 아주 마음에 들었다.

임 나리는 이미 입을 다물었고, 이제는 전 선생마저 어떻게 흥정을 이어가야 할지 알 수 없게 되었다.

결국 그가 이렇게 말했다.

"혁련 낭자, 저와 주인 나리가 잠시 이야기를 나눈 다음 최종 가격을 제시할 테니 잠시 기다려 주시지요."

그녀 몰래 할 이야기가 있다는 말이었다. 한운석은 전 선생이라는 사람도 결정권이 없는 모양이라고 생각했다. 상부에 결정해 달라고 하려는 걸까?

"얼마나 오래 걸리겠소?"

한운석이 진지하게 물었다.

"차 한 잔 마실 시간이면 됩니다."

전 선생이 대답했다.

"좋소! 기다리지."

한운석은 시원스럽게 대답하며 무심결에 용비야를 흘끗 바라보았다. 두 사람은 말은 없었지만 약속이나 한 듯 같은 생각을 했다.

상부의 주인이 임씨네 양곡점에 있지 않은 이상, 전 선생이 상부에 보고하고 의견을 받아 오려면 차 한 잔 마실 시간으로는 턱없이 부족했다.

그들이 어젯밤에 이곳에 왔을 때 용비야의 비밀 시위도 따라 들어와 벌써 임씨 양곡점을 샅샅이 뒤졌고, 지금은 아마 밀서를 주고받은 경로를 추적하고 있을 것이다.

전 선생은 주인에게 보고하려는 것이 아니라, 정말로 임 나리와 가격을 상의하려는 것이다.

다시 말해, 배후에 있는 진짜 주인을 대신해 가격을 정할 수 있다는 건 전 선생이란 자의 신분이 낮지 않다는 뜻이었다. 전 선생부터 조사에 착수하면 국구부가 나랏돈을 횡령한 증거를 찾아내기란 어렵지 않았다!

기다리는 동안 한운석은 일부러 찻물을 새로 바꾸어 용비야에게 한 잔 따라 주며 조용히 말했다.

"전하, 드시지요!"

용비야는 두 손으로 찻잔을 받으며 아주 전문적인 투로 대답했다.

"감사합니다, 주인님!"

한운석은 웃음을 터트릴 뻔했다. '삼생三生(전생, 현생, 내생을 의미)의 행운'이란 게 지금 이런 기분일까. 예전이든 나중이든, 세상을 통틀어 진왕 전하가 '주인님'이라고 부른 사람은 그녀 하나뿐일 것이다.

차 한 잔 마실 시간이 지나자 임 나리와 전 선생이 약속대로 돌아왔다.

전 선생은 국구 나리가 직접 파견한 사람이니 자연히 국구 나리를 대신해 판매 가격과 양을 정할 권한이 있었다.

그가 잠시 자리를 피한 것은 임 나리와 함께 가격과 곳간의 보유량을 꼼꼼히 계산하기 위해서였다.

국구부가 호부에 보내야 하는 은자에 암시장 고리대금업자에게 빌린 돈의 원리금을 더하면, 오늘 밤까지 갚아야 할 금액은 총 백오십만 냥 정도의 현물이었다. 그리고 곳간에는 곡식 삼백여 만 섬이 있었다.

삼백여 만 섬 중 삼분의 일은 묵은 곡식이고 나머지는 햇곡식이었는데 전부 다 횡령한 것은 아니었다. 천녕국은 올해 수확이 좋지 않아 내놓을 곡식이 많지 않고, 국고에서 나온 구휼미도 한도가 있었다. 곳간에 있는 것 중 오십여 만 섬은 국구부가 권력을 이용해 풍요로운 지방에서 토호나 지주들에게 억지로 헐값에 사들인 것으로 값이 오르면 팔려고 기다리고 있었다.

한운석이 제시한 가격대로 십만 섬에 일만 냥이라면 곡식을 다 팔아도 겨우 삼십여 만 냥밖에 되지 않았다.

삼십여 만 냥으로는 호부에 줄 돈도 부족했다!

한바탕 계산을 하고나자 전 선생은 정신이 맑게 깨고, 갈수록 혁련 낭자가 제시한 가격이 터무니없이 낮다는 것을 깨달았다. 그 역시 어쩌다 이렇게까지 되었는지 도통 알 수가 없었다.

그와 임 나리는 상의를 통해 속으로 최저가를 정했다. 십만 섬에 오만 냥이었다.

십만 섬에 오만 냥이면 곳간에 있는 곡식을 모두 팔았을 때 백오십여 만 냥을 얻을 수 있었고 국구부의 빚을 청산하기에 충분했다.

더는 낮출 수 없는 최저가였다. 여기서 더 깎으면 아무리 곡식을 판들 의미가 없었다.

물론 전 선생은 조금 더 높게 팔아서 조금이나마 남는 게 있기를 바랐다.

여기서 남는 것이란 곧 국구부의 빚을 갚고 남은 것을 가리킬 뿐 진짜 이득은 아니었다. 알다시피 이만한 곡식이면 적어도 삼백만 냥에 팔아야 국구부도 이득을 볼 수 있었다.

국구부가 황금과 은을 들여 헐값에 싼 곡식은 차치하고, 횡령한 것만 해도 비용은 들었다. 뇌물이라든지 운송비, 보관비 등등 하나같이 적잖은 비용이었다.

장사도 크게 하고 겉으로 부유해 보이는 사람이 막상 현물은 얼마 없는 때가 왕왕 있었다. 장사 규모가 클수록 무형의 비용도 많이 들어가기 때문이었다.

물론 최종적으로 조금 남기더라도 전 선생이 원하는 것이 반드시 돈은 아니었다. 곡식을 남겨 훗날 가격이 폭등했을 때 팔아 치워야 가능한 손실을 메울 수 있었다.

임 나리와 전 선생이 돌아오는 것을 보자 한운석은 기다리기 귀찮은 얼굴로 물었다.

"임 나리, 이제 가격을 제시할 수 있겠소?"

임 나리는 자리에 앉을 시간도 없었다.

"혁련 낭자, 낭자가 제시한 가격은 너무 낮아서 우리 손해가 막심하오."

"손해가 막심하면 팔지 말아야지. 아무리 그래도 나리에게 손해를 입힐 수는 없지!"

한운석은 사람 좋게 말했다!

임 나리와 전 선생은 속으로 비명을 질렀다!

임 나리는 반드시 곡식을 팔아야 하는 이유를 어떻게 설명해야 좋을지 몰라 화제를 돌려 한숨을 푹 쉬며 말했다.

"혁련 낭자, 십만 섬에 칠만 냥이 최저가요. 우리 곳간에는 곡식이 이백여 만 섬 있소. 이런 시기에는 어딜 가더라도 이만큼 많은 곡식을 구하지는 못할 것이오."

임 나리는 이렇게 말하고 한마디 덧붙였다.

"물론 값도 그리 싸지 않을 것이고."

그 말에 한운석은 칠만 냥이 최저가가 아니라는 것을 알아차렸다.

예전에 용비야가 조사한 적이 있어서 그들은 국구부의 빚이 얼마인지 대략 알고 있었다. 십만 섬에 칠만 냥이라면 이백여 만 섬을 팔았을 때 국구부의 빚에 거의 맞먹는 돈을 구할 수 있었다.

이들이 제시한 가격에는 분명히 더 깎을 여지를 두었을 것이고, 정말 양보할 수 없는 최종가일 리 없었다.

그래서 한운석은 상대의 곳간에 이백만 섬 이상이 있다고 짐작했다.

그녀와 용비야는 돈을 아끼려는 것이 아니라 곡식과 증거를 얻으려는 것이었다.

그들의 첫 번째 목적은 국구부가 가진 곡식을 죄다 끌어내 곳간을 텅 비게 만드는 것이었다!

간사하지 않으면 상인이 아니라고 했지만, 상인이 아무리 간사하더라도 상도덕은 있었다.

기근에 굶어 죽은 사람이 몇인데 그 많은 곡식을 가지고도 한 톨도 풀지 않았으니, 재물 욕심에 사람 목숨을 해친 것과 다를 바가 없었다.

국구부가 감히 한 톨이라도 남기려고 한다면 어떻게든 그 한 톨까지 빼앗고야 말 생각이었다!

"임 나리, 가격 차이가 너무 심하지 않소?"

그녀는 이렇게 말하더니 입가에 자조를 떠올리며 다시 말했다.

"아니, 이건 숫제 거래할 생각이 없다는 뜻이군! 이렇게 성의가 없으니 내 생각엔 더 이야기할 필요가 없을 것 같소."

한운석은 말을 마친 다음 곧바로 일어나 가려고 했다.

초조해진 임 나리가 나서려는데 전 선생이 선수를 쳤다.

"혁련 낭자, 낭자가 제시한 가격은 너무 낮습니다. 낭자가 값을 조금 올리고 우리가 값을 조금 내리면 어떻겠습니까?"

"얼마나 내릴 수 있소?"

한운석이 걸음을 멈췄다.

"낭자는 얼마나 올려주실 수 있소?"

임 나리가 다급하게 물었다.

이 말에 한운석은 냉소를 터트렸다.

"내가 얼마를 올리든 받아들이겠소?"

임 나리는 단숨에 말문이 막혀 대답할 말을 찾지 못했다.

"임 나리, 내가 얼마를 올리는지는 중요하지 않소. 나리가 얼마나 값을 내릴 수 있는지가 중요하오. 방금 말했다시피 나는 이 거래를 해도 좋고 안 해도 좋소."

한운석이 태도를 명확히 했다.

임 나리는 전 선생을 바라보며 아무 말도 하지 않았다.

전 선생도 임 나리와 마찬가지로 기력이 달렸지만 애써 버티려 했다. 아무래도 규모가 크다 보니 은자 한 냥 차이도 총합계를 따지면 큰돈이었다.

상, 당신의 모든 걸 원해

"혁련 낭자, 육만 냥이오. 육만 냥이면 진짜 최저가요."

전 선생이 어쩔 수 없이 말했다.

이번에는 한운석도 시원하게 응수했다.

"오만 냥. 팔기 싫으면 관두시오!"

오만 냥…….

정확했다! 임 나리와 전 선생은 힘이 쭉 빠지는 것 같았다. 이 여자는 대체 어디서 나타난 누구기에 이처럼 영리하게 단번에 최저가를 짚어 냈을까!

오만 냥이면 팔기 싫어도 팔아야 했다!

전 선생은 국구부에서 이 가격을 듣고 자신에게 불벼락을 내리지 않기만을 기도할 뿐이었다…….

이렇게 해서 십만 섬에 오만 냥이라는 가격이 정해졌다.

전 선생이 마지막으로 곳간에 있는 곡식을 모두 계산에 넣어 보니 그제야 국구부의 빚을 갚을 만했다.

"곳간에 있던 곡식이 이백만 섬 보다 많았구려?"

한운석의 말투에는 비웃음이 가득했지만 안타깝게도 임 나리와 전 선생은 알아듣지 못했다.

두 사람은 마음이 찢어졌지만 가장 관심 있는 것은 돈 문제였다.

꼼꼼하게 셈을 해 보니 혁련 낭자는 백오십삼만 냥을 현물로 지급해야 하는데, 이렇게 많은 금액을 몸에 지니고 있는지 알 수가 없었다.

만에 하나 하루 이틀 미뤄지면 끝장이었다.

현물 거래라고는 하지만 하루 이틀 미루는 것은 미룬다고 할 수도 없었다.

임 나리와 전 선생이 지급 날짜 문제로 또 이 여자와 한바탕 곡절을 겪어야 할까 걱정하고 있을 때 한운석이 웃으며 말했다.

"임 나리, 돈을 내면 물건을 주는 것이 규칙 아니겠소?"

그 말에 임 나리와 전 선생은 크게 안도했다. 임 나리가 황급히 대답했다.

"아무렴, 당연한 말씀이오!"

"좋소. 그럼 사람을 불러 곡식을 운반하라 하겠소. 운반이 끝나면 돈을 내놓지."

한운석이 진지하게 말했다.

임 나리는 깜짝 놀랐다. 암시장 안에는 곡식 일부만 있을 뿐, 곳간은 당연히 지상에 있었다.

곡식 창고로 가서 그 많은 곡식을 운반하려면 얼마나 걸릴지 하늘이나 알 일이었다. 국구부 쪽은 늦어도 오늘 밤까지 돈을 마련해야 했고, 최대한 늦추더라도 내일 아침까지는 호부에 전달해야 했다.

임 나리는 잠시 망설였으나 어쩔 수 없이 체면 불고하고 말했다.

"혁련 낭자, 잘 모르겠지만 실은 내가 급히 돈을 쓸 곳이 있어 그러니 혹시……."

사실 한운석이 이렇게 나온 건 일부러 곯려주기 위해서였다. 그녀가 망설이는 척했다.

"하지만 곡식을 보지도 못했는데 그건 좀……."

"내가 당장 곳간으로 안내해 주겠소!"

임 나리가 서둘러 말했다.

한운석과 용비야가 기다리던 것이 바로 이 한마디였다.

"좋소!"

한운석이 시원시원하게 대답했다.

임 나리와 전 선생이 몸소 길을 안내했다. 그들은 곧 한운석과 용비야를 데리고 천역 암시장을 벗어나 마차에 올랐다.

임 나리가 눈을 가리는 검은 천 두 개를 꺼냈다.

"혁련 낭자, 업계 규칙이니 양해해 주시오."

암시장에서 거래되는 것은 출처를 묻지도 않고 가는 곳도 묻지 않았다.

임 나리가 두 사람을 데리고 곳간으로 가려면, 확실히 규칙에 따라 그들의 눈을 가릴 권리가 있었다.

한운석은 호방하게 고개를 들어 임 나리가 눈을 가리게 해 주려 했으나 용비야가 임 나리의 손에서 천을 빼앗아 직접 가려주었다.

임 나리는 용비야의 서릿발 같은 눈동자 앞에서 감히 아무 말도 하지 못했다. 용비야가 자기 눈까지 직접 가리자 그는 말

없이 한쪽에 앉았다.

가는 내내 눈을 가렸기 때문에 한운석과 용비야는 확실히 아무것도 볼 수 없었지만, 용비야의 비밀 시위들이 계속 뒤를 쫓고 있었다.

길을 한참 돌아서 마침내 목적지에 도착했다.

한운석과 용비야가 마차에서 내려 눈가리개를 벗어 보니 도성 교외의 숲에 와 있었다.

한운석은 국구부의 곳간이 도성에서 멀리 떨어져 있다고 생각했는데, 뜻밖에도 국구 나리는 대담하게도 훔친 곡식을 도성 부근에 보관하고 있었다.

어찌 보면 천휘황제를 조롱한 것이나 마찬가지였다!

사실 국구부도 전에는 군현 여러 곳에 곡식 창고를 설치했는데, 나중에는 비밀 유지와 관리 편의를 위해 모든 곡식을 한곳에 모았다. 이렇게 하면 곡식 창고를 관리하는 조직이 하나만 있으면 되고 창고의 비밀을 아는 사람도 적어지기 때문이었다.

이 곡식 창고는 장원처럼 만들어 놓아 모르는 사람이 보면 어느 부잣집의 교외 별원이라고 생각할 정도였다.

"두 분, 안으로 드시오!"

임 나리가 정중하게 말했다. 아무래도 돈이 급했다.

한운석과 용비야가 들어가자 널찍한 방 곳곳마다 곡식이 가득 쌓여 있었다. 곡식 자루는 똑같은 모양인데 글자는 없었다. 다시 말해 곡식 자루에서는 출처를 밝힐 증거를 찾아낼 수 없었다.

두 사람이 장원을 완전히 한 바퀴 둘러본 뒤 대강 꼽아 보니 전 선생이 말한 양과 큰 차이가 나지 않았다.

"혁련 낭자, 물건도 봤으니 이제……."

임 나리가 말을 얼버무렸다.

한운석은 알아듣고 차갑게 말했다.

"반만 주겠소. 나머지 반은 곡식을 모두 옮긴 다음 주겠소."

이 말이 떨어지자 그녀 뒤에 있던 대부호가 돈을 꺼냈다. 한운석이 용비야가 돈을 꺼내는 모습을 보지 못했기 망정이지, 봤더라면 분명히 또 홀딱 빠졌을 것이다.

용비야는 동작도 우아하게 소매에서 칠십여 만 냥짜리 은표 한 장을 꺼내 직접 임 나리에게 내밀었다.

임 나리는 받을 수도 없고 받지 않을 수도 없어 전 선생을 바라보았다.

전 선생도 망설였다. 이 여자의 요구가 지나친 것은 아니었다. 확실히 곡식을 다 옮긴 다음에 잔금을 치르는 게 옳았다.

하지만 그들에겐 시간이 없었다!

"임 나리?"

한운석이 생각할 시간을 주지 않고 재촉했다.

임 나리는 참지 못하고 속으로 툴툴거렸다. 이 여자가 조금만 일찍 왔으면 얼마나 좋아! 단 하루만 일찍 왔어도!

하하, 무슨 소리. 한운석도 일부러 시간을 계산하고 움직였는데 일찍 왔을 리가 없었다.

결국 전 선생이 꾀를 냈다.

"혁련 낭자, 이렇게 하시지요. 제가 당장 사람을 불러 곡식을 운반할 테니 여기서 기다리십시오. 저희가 오늘 꼭 청산해야 할 돈이 있어서 그럽니다. 어떠신지요?"

한운석은 일부러 생각하는 척하다가 웃으며 대답했다.

"좋소!"

"곡식을 어디로 운반하면 되겠습니까?"

전 선생이 다시 물었다.

"남쪽 교외 진씨 사당에 직접 가져다 놓으면 되오. 받아갈 사람이 있을 것이오."

한운석 일행도 오기 전에 준비가 되어 있었다. 그 사당은 재난 지역으로 갈 때 꼭 지나야 하는 곳이었다.

곡식은 반드시 모두 재난 지역으로 가져가야 했다.

교섭이 모두 끝난 후 전 선생과 임 나리도 마침내 가슴을 짓누르던 바윗덩어리를 내려놓았다. 전 선생은 그제야 여유를 갖고 용비야가 준 은표를 자세히 살펴보았다.

물론 은표가 가짜일 리는 없었다. 전 선생이 확인하려는 것은 은표의 출처였는데 뜻밖에도 정말 북려국의 전장에서 발행한 은표였다.

이렇게 되자 그는 더욱 안심했다.

전 선생은 한운석 일행을 객청으로 안내해 자리를 권하는 한편 전문 짐꾼과 수레를 불러 곡식을 운반하게 했다.

시간을 줄이기 위해 수레를 모두 동원했다.

마침 용비야와 한운석이 앉은 객청에서는 운반하는 이들이 드나드는 것을 볼 수 있었다.

한운석은 속으로 무척 즐거워했다. 짐꾼과 수레꾼은 의심할 바 없는 최고의 증인이었으니 이번 거래는 충분한 가치가 있었다!

한밤중이 되자 드디어 곡식이 한운석이 지정한 곳으로 모두 옮겨졌다.

용비야는 두 번째 은표를 꺼냈다. 역시 북려국 전장에서 발행한 것으로 즉시 은자로 바꿀 수 있는 것이었다.

문제가 없는 것이 확인되자 전 선생은 곧장 심복을 시켜 은표를 도성에 보냈다. 부랴부랴 서두른 덕에 결국 시간에 맞출 수 있었다.

전 선생은 한운석 일행과 함께 떠나지 않고 문 앞에서 작별했다. 어쨌든 그도 이 이상 모습을 노출할 수 없었다.

한운석과 용비야를 암시장에 돌려보낸 뒤 임 나리가 웃으며 말했다.

“혁련 낭자, 다음에 또 거래할 수 있기를 바라오.”

“물론이오!”

한운석은 웃으며 대답했다. 기분이 이렇게 좋을 수 없었다.

임 나리는 다음번에는 반드시 이 여자에게 입은 손해를 만회해야겠다고 생각했지만, 다음번 같은 건 없다는 사실을 까맣게 몰랐다!

거래는 이렇게 즐겁게 끝났다.

오숙의 양곡점으로 돌아오자 한운석도 비로소 폭소를 터트렸다. 그녀는 용비야에게 손을 내밀며 말했다.

"전하, 상을 주세요!"

일을 잘 끝내면 상을 주기로 약속했던 것이다.

용비야도 한운석이 잘 처리할 줄은 알았지만, 이렇게까지 잘 해낼 줄은 몰랐다. 이 여자보다 더 철저하게 상대를 괴롭힐 수 있는 사람은 아무도 없었다!

만약 언젠가 국구부가 쓰러진다면 틀림없이 이 여자 짓일 것이다!

초서풍과 오숙 등도 그 자리에 있었는데, 이야기를 듣고 나자 하나같이 한운석에게 두 손 두 발 다 들었다.

물론 지금 이 순간, 보다 더 그들의 호기심을 자극한 것은 진왕 전하가 왕비마마께 무슨 상을 내리는가 하는 것이었다.

용비야는 한운석을 응시하며 대답을 끌었다.

"전하, 시치미 떼시면 안 돼요!"

한운석은 즐겁게 말했다. 즐거운 기분이 얼굴에 훤히 드러나 있었다.

결국 용비야가 입을 열었다.

"갖고 싶은 건 뭐든 주겠다."

한운석은 멈칫하더니 불안한 목소리로 물었다.

"전하…… 뭐라고 하셨어요?"

못 들은 것이 아니라 어쩐지…… 바로 반응할 수가 없었다.

"갖고 싶은 건 뭐든 주겠다."

용비야가 한 번 더 반복했다. 태연한 말투였지만 흘려들을 수 없는 단호함이 담겨 있었다.

일단 입 밖에 나온 말은 곧 엎어진 물이었다!

한운석의 얼굴 위로 서서히 함박웃음이 피어났다.

이런 상보다 더 마음 설레게 하는 상이 또 있을까? 원하면 뭐든 주겠다고?

용비야, 그게 허락이나 마찬가지란 거 알지?

"전하, 겁나지 않으세요? 만약 신첩이……."

한운석은 말을 하다 말고 입을 다물었다.

"무엇이냐?"

용비야가 담담하게 물었다.

"만약 신첩이 전하의 모든 걸 원한다면 어쩌시려고요?"

한운석은 자못 진지했다.

뜻밖에도 용비야는 패기 넘치는 동작으로 그녀의 턱을 잡아 올리며 격앙된 목소리로 말했다.

"정말 원하느냐?"

그에게 이런 질문을 받자 한운석은 도리어 자신이 없어졌다.

임씨 양곡점에서는 비바람이라도 부릴 듯이 당당하던 그녀지만, 용비야 앞에서는 소녀 같았다.

한참, 아주 한참이 지나도록 한운석은 차마 대답하지 못했다.

결국 용비야가 말했다.

"잘 생각해 본 다음 대답하도록."

그의 모든 것. 그의 모든 것이란 무엇일까?

그의 권력, 그의 재산, 그의 지위는 물론이고 그의 과거, 그의 현재, 그의 미래, 그리고…… 그리고 그의 비밀까지 포함되어 있었다!

한운석이 진지하게 고민해 봤을까?

무엇 때문인지 몰라도 한운석은 갑자기 분위기가 무겁게 가라앉는 것을 느꼈다. 그녀는 웃으며 말했다.

“네, 신첩, 잘 생각해 볼게요!”

용비야는 그제야 그녀를 놓아주고 담담하게 말했다.

“내일 호부에서 돈을 보내오면 바로 재난 지역으로 출발한다.”

자선 경매에서 모금한 돈은 호부가 관리하게 되어 있지만, 천휘황제가 용비야를 구호를 담당할 흠차로 임명했기에 그 돈은 용비야의 손으로 돌아왔다.

바꿔 말해 오늘 전 선생이 용비야에게서 받아간 돈이 다시 용비야의 손에 들어온 것이다.

국구 나리가 이 일을 알면 울화통이 터져 죽을지도 몰랐다!

그날, 용비야와 한운석은 암시장에서 묵었다. 그런데 뜻밖에도 다음날 호부에서 은자가 오기도 전에 나쁜 소식이 먼저 날아들었다…….

진왕 전하가 횡령했다

호부의 은자가 도착하기도 전에 한운석 일행은 나쁜 소식을 들었다.

진왕 전하가 구호할 능력이 없어 일부러 시간을 끌며 재난 지역으로 오는 것을 미루고 있다는 유언비어가 전국에 돌고 있다는 소식이었다.

이 이야기는 삼대 재해 지역에서 가장 화제가 되었고, 더 나아가 진왕 전하가 자선 경매에서 얻은 돈을 횡령해 곡식을 사는 대신 먹고 마시고 진왕비의 각종 사치비로 써 버렸다는 중상모략까지 퍼졌다.

이 소식을 들은 후 한운석은 입가를 실룩였다. 이 유언비어를 날조한 자는 너무 서두른 게 아닐까? 자선 경매에서 모금한 돈은 총 칠백사십만 냥인데, 그중 오백만 냥은 용비야가 낸 것이었다. 나머지는 국구부가 내게 되어 있는데 여태 그중 반을 보내지도 않고 있었다!

이런 와중에 진왕부에서 자선 경매 모금액을 횡령했다니? 진왕 전하에 대한 지독한 모욕이었다! 고작 은자 일, 이백만 냥이 무슨 가치가 있다고?

한운석은 재수가 없다고 해야 할지, 영광스럽게 여겨야 할지 알 수가 없었다.

그래서 용비야를 향해 소탈하게 웃어 보였다.

"전하, 신첩이 전하를 홀려 나라와 백성을 망쳤다는군요."

용비야는 차갑게 시선을 한 번 던졌을 뿐 가소로운 듯 가타부타 말이 없었다.

한운석이 낀 팔찌 하나가 나라에 맞먹을 만큼 값비싼데, 고작 일, 이백만 냥을 횡령해서 마음껏 먹고 마시게 해 줄 수나 있을까?

그를 모함한 사람은 그의 재력을 한참 얕본 게 분명했다.

비록 재난 지역으로 가지 않고 암시장에 들르기는 했지만, 그는 천휘황제에게 보여 주기 위해 내내 사람을 시켜 거짓 소식을 지어내고 행적을 꾸몄다.

이렇게 짧은 시간 안에 전국에 유언비어를 퍼트릴 수 있는 사람은 천휘황제 아니면 국구 나리였다.

"전하, 고작 그 정도를 횡령하다니 너무 우습지 않습니까? 누가 믿겠습니까?"

그 정도는 초서풍도 처리할 수 있는 금액이었다!

그러나 오숙이 진지하게 말했다.

"전하, 백성들이 옳고 그름을 판별할 수 있다면 얼마나 좋겠습니까. 소문이 호랑이보다 무섭다고 했는데 참 악독한 계책입니다!"

오숙의 말은 일반 백성들을 무시하는 것이 아니었다. 단지 일반 백성들이 접할 수 있는 소식은 아무래도 한계가 있었고 알 수 있는 사실에도 한계가 있었다.

부화뇌동하는 것은 사람의 천성이어서 아무리 황당한 소문도 퍼지기 마련이고 퍼지고 퍼지다 보면 사실이 되곤 했다. 심지어 퍼지고 퍼지다가 역사가 되어 버리는 수도 있었다.

그래서 문인들의 붓과 백성들의 입은 칼과 같아서 소리 소문 없이 사람을 죽일 수 있다고 했다.

조정에 이재민을 구할 힘이 없는 것도, 탐관오리가 구휼미를 빼돌린 것도 대단한 비밀은 아니었고, 상황이 이러니 재난 지역 백성들 사이에는 조정에 대한 불만이 만연해 있었다. 그들이 무슨 수로 진왕 전하와 천휘황제가 싸움을 벌인다는 것을 알까? 백성들 눈에 진왕전하는 구호를 맡은 흠차이자 조정을 대표하는 사람이었다.

일단 진왕이 공금을 횡령했다는 소식이 대대적으로 퍼지면 폭동이 일어날 가능성이 무척 컸다.

오숙의 말에 초서풍도 즉시 말했다.

"전하, 저들의 다음 단계는 재해 지역 백성들이 폭동을 일으키도록 부추기는 게 분명합니다!"

한운석도 동의하듯 고개를 끄덕였다. 예상대로 민심을 놓고 벌어지는 싸움이 막 시작되었다!

"전하, 신첩이 알기로 삼대 재해 지역 가운데 영남군寧南郡 상황이 가장 심각한데, 그곳은 풍속도 제일 사납다고 했어요."

한운석이 심각하게 말했다.

"알고 있었느냐?"

용비야는 뜻밖이었다.

"전하께서 어딜 먼저 가실지 몰라 조금 조사해 봤어요."

한운석은 사실대로 대답했다.

이 여자는 과연 훌륭한 조력자였다. 그가 뭔가 시키지 않아도 그녀는 뭐든 주의를 기울였다.

용비야가 한운석을 지그시 바라보자 한운석은 공연히 불편해졌다.

"초서풍, 내일부터는 본 왕의 행적을 모두 숨겨라! 비밀리에 영남군으로 간다. 영남군에 가져갈 곡식 백오십만 섬을 남기고 나머지는 다른 두 지역에 각각 나누어 보내되 모두 비밀리에 처리해라!"

용비야가 담담하게 분부했다.

그 말에 한운석은 기뻐했다.

제일 교활한 사람은 용비야였다!

유언비어가 퍼지자 놀랍게도 그는 위조한 행적마저 숨기기로 했다.

행적을 숨기기 시작하면 천휘황제조차 그를 찾을 수 없었고, 소문이 어디까지 퍼질지 아무도 몰랐다!

불난 제집에 제 손으로 부채질을 하겠다는 뜻인데, 전국 백성들의 관심은 그에게 쏠릴 것이 틀림없었다.

이런 상황에서 그가 직접 곡식을 재난 지역으로 운송해 결백을 밝히면 나라 전체가 발칵 뒤집힐 것은 불 보듯 뻔했다.

용비야는 분위기 조장에 능숙했지만, 이번에는 분위기를 따를 생각이었다. 천휘황제가 전국에 만들어 놓은 분위기를 틈타 그보다 더 큰 분위기를 조장하는 것이다.

"알겠습니다. 바로 처리하겠습니다!"

초서풍은 흥분해서 나갔다. 진왕 전하가 몸소 곡식을 이끌고 재난 지역에 들어가는 광경을 어서 빨리 보고 싶었다.

생각만 해도 흥분되는 일이었다!

그렇지만 용비야와 한운석은 태연자약했다. 용비야가 직접 한운석에게 차를 따라 주었고 부부는 말없이 약속한 듯 한가롭게 차를 마셨다.

옆에서 보는 오숙은 감개무량했다. 저 두 주인은 그야말로 똑같이 속이 시꺼멨다.

저 부부와는 대적하지 않는 것이 제일 좋았다. 그렇지 않았다간 어떻게 죽는지도 모르고 세상을 하직할 테니까.

이튿날, 용비야와 한운석은 직접 남쪽 교외에 가서 곡식을 챙겨 영남군으로 향했다. 그리고 그간 그들의 행적을 위조하기 위해 재난 지역으로 가던 마차가 갑자기 소식이 딱 끊겼다.

천휘황제와 국구 나리 쪽도 곧 소식을 들었다.

"폐하, 오늘 아침 일찍 진왕 전하와 왕비마마가 갑자기 사라지셨습니다. 마차는 길가에 버렸고 하인들조차 없었습니다."

척후병이 사실대로 보고했다.

국구 나리의 눈빛이 복잡해졌다.

"진왕이 이 무슨……."

"하하하, 무슨 장난인지 모르지만 이번에는 죗값을 치러야 할 것이네! 이재민에게 필요한 것은 곡식이고, 생명이지! 진왕이 무슨 장난질을 해도 소용없네!”

천휘황제는 가소로운 듯 냉소를 터트렸다.

그가 지나치게 자신하기 때문이 아니라, 용비야가 가진 곡식이 충분치 않고 가는 길에 조달할 곳도 없다고 굳게 믿기 때문이었다.

용비야가 가진 강남 장원의 곡식도 이제 얼마 남지 않았고, 천녕국 다른 지역에서 난 곡식은 거의 조달되었거나 일찌감치 양곡상들에게 팔렸다.

이번에는 용비야가 아무리 날고 기는 능력이 있어도, 아무리 돈이 있어도 곡식으로 바꿀 수 없었다!

“폐하, 소관은 단지 진왕이 이 중요한 시기에 모습을 감춘 이유가 궁금할 따름입니다.”

국구 나리는 본래 신중한 사람인데 어제 구휼미를 모두 돈으로 바꾼 이후로 더욱더 신중해져 있었다. 아무래도 진왕은 쉬운 상대가 아니라는 생각이 자꾸 들었다.

“여봐라, 소식을 퍼트려라!”

천휘황제는 전혀 걱정하지 않았다.

본래도 진왕이 모금액을 횡령했다는 소문이 널리 퍼지지 않을까 걱정이었는데 이틈에 이 소문으로 천녕국 전체를 떠들썩하게 만들 속셈이었다.

지금까지 ‘진왕’이라는 이름은 문무백관과 종친, 귀족 그리고 일반 백성까지 그 누구도 함부로 건드리지 못할 만큼 존귀했다. 이번에 그런 용비야를 패가망신시키고 말 생각이었다! 황권에 도전하면 좋은 최후를 맞을 수 없다는 것을 똑똑히 알려 줄 것이다!

국구 나리는 아무 말 하지 않았다. 그가 꿀꺽한 곡식은 벌써 모두 털어 냈다. 비록 손해는 봤지만 이 중요한 순간에 정리했으니 꼭 나쁘다고 할 수도 없었다.

만에 하나 용비야가 곡식 횡령 건을 조사하기 위해서 실종되었다 해도 국구부는 무사히 빠져나갈 수 있었다.

옆에 앉은 용천묵은 내내 말이 없었다.

"작은 처남, 짐과 술 한 잔 한지도 오래되었군."

천휘황제가 국구 나리를 이렇게 부르는 건 기분이 아주 좋을 때였다.

용비야의 일 외에도 그를 기쁘게 만든 것은 초청가의 일이었다. 서주국 황제와 서주국 초씨 집안은 반년 후에 초청가를 화친을 위해 시집보내기로 했고, 그 역시 초청가를 황후 바로 아래 품계인 귀비로 봉하기로 약속했다.

우선 초청가는 천휘황제가 점찍은 여인이고, 또 서주국에서 세력이 가장 강한 장군 가문 출신이기 때문에 그녀가 오면 그에게 커다란 힘이 되어 줄 것이 분명했다!

"폐하께서 아껴 주시니 소신은 명을 따를 뿐입니다!"

국구 나리는 여전히 공손하기 짝이 없었다. 그가 줄곧 한마디도 하지 않는 용천묵에게 몰래 눈짓했지만 애석하게도 용천묵은 못 본 척했다.

태자로서 부황의 기분이 좋을 때 환심을 사야 마땅하지만 용천묵은 아직도 기분이 그리 좋지 않았다.

"부황, 소자는 할 일이 남아 있으니 부황의 흥취를 깨뜨리지 않도록 물러가겠습니다."

그가 차분하게 말했다.

"목 장군부에는 최근 무슨 소식이라도 있느냐?"

천휘황제가 물었다.

"늘 그대로입니다. 소자도 어제야 겨우 소장군과 함께 훈련장에 다녀왔습니다."

용천묵이 사실대로 말했다.

예물과 혼례 문제로 목청무는 한동안 언짢아하다가 어제야 그를 만나 주었다.

천휘황제는 깊이 묻지 않고 물러가라는 손짓을 해 보였다.

용천묵도 그대로 물러났지만, 국구 나리는 영 불쾌한 표정이었다. 막고 싶었지만 막을 수도 없었다.

이번 자선 경매 일로 친아들뿐만 아니라 태자까지 그에게 호되게 야단을 들었다.

태자는 나라의 후계자이고 그는 신하지만, 사적으로 태자는 그를 외숙이라 불렀고 그는 태자의 유일한 후원자였다. 그가 아니었다면 태자는 목유월을 맞아들이지도 못했고 처지를 뒤집지도 못했다.

물론 국구 나리가 태자를 떠받드는 것은 혈연관계 때문이 아니라 태자가 곧 자신의 미래에 대한 보증이기 때문이었다.

그도 그럴 것이 후계자가 바뀌는 순간 제일 먼저 쓰러지는 건 국구부였다!

국구 나리는 천휘황제와 함께 술을 마시며 초청가와의 화친 건을 궁리했다. 지금 후궁에는 네 귀비 가운데 두 명만 남았는데, 그중 한 명은 국구부 출신 이 귀비이고 다른 한 명은 기병을 맡은 영 대장군의 누이동생 영 귀비였다. 초청가가 오는 순간 황후 자리를 차지하기 위한 싸움이 시작될 것이다.

만에 하나 초청가가 황후가 되고 황자를 낳으면 후계자 다툼이 이어질 수도 있었다!

국구 나리가 심사숙고하며 이것저것 살피든 말든 용천묵은 최근 상태가 별로 좋지 않았다. 목유월이 귀찮게 군 탓이었다!

용천묵이 동궁으로 돌아가자 목유월이 마중 나왔다.

"돌아오셨군요, 전하. 신첩이 버섯 연밥 대추갱을 만들었어요. 전하……."

"물러가시오!"

용천묵이 귀찮아하며 손을 내저었다. 듣고 싶지도 않았다.

즐거워하던 목유월은 금세 억울한 표정이 되었다.

"전하, 신첩이 직접 한참 동안 끓여 만든 거예요."

용천묵은 대답하기도 귀찮았다. 장군부의 체면만 아니었다면 벌써 이 여자를 서산에 보내 모후의 시중을 들게 했을 것이다.

용천묵이 또 나가려 하자 목유월은 도저히 참을 수가 없어 쫓아갔다.

"전하, 진왕 전하께서 자선 모금액을 횡령했다는 이야기는 신첩도 들었어요. 신첩이 아는 한운석이라면 그 일은 분명……."

용천묵이 걸음을 우뚝 멈추고 성난 목소리로 경고했다.

"진왕과 진왕비에 관해서는 당신이 입에 담을 일이 아니오! 다음에 또 본 태자의 귀에 그런 말이 들리면 후궁이 정사에 간섭한 죄를 물을 테니 조심하시오!"

본 왕이 감당할 수 있다

용천묵의 경고에 목유월은 그 자리에 얼어붙었다. 너무 억울해서 용천묵에게 달려들어 한바탕 악을 쓰며 싸우고 싶었다.

대체 어떻게 해야 만족할까?

그동안 그녀가 아무리 아양을 떨고 아무리 웃음을 팔아도 용천묵은 그녀를 거들떠보지도 않았다.

용천묵과 손을 잡고 한운석에 대항하고 싶었는데 뜻밖에 용천묵은 기회조차 주지 않았다.

태자에게 시집가면 운명이 확 달라질 줄 알았다. 그런데 혼인한 지 한 달도 못 되어 버려진 아내처럼 냉대를 당할 줄이야.

혼례 당일, 용천묵은 밤이 되기도 전에 사라졌다. 동방화촉을 밝혀야 할 밤에, 그 아름다운 시간에 그녀는 홀로 텅 빈 방을 지키며 홀로 눈물을 흘렸다.

그것까진 괜찮았다. 그런데 이튿날 태후는 낙홍파를 검사할 사람조차 보내지 않았다!

지난날 한운석이 혼례를 올렸을 때 그녀는 친구들과 한운석이 낙홍파를 내놓을 수 있는지 내기를 했고, 장평공주와 함께 한운석이 태후에게 수모를 당하기를 손꼽아 기다렸다.

이제 자신이 그런 꼴을 당하게 될 줄은 꿈에도 생각지 못했다. 게다가 태후는 아예 검사도 하려 들지 않았다! 태후는 분명 용천묵이 그녀에게 손도 대지 않았다는 것을 알고 있었고 묵인까지 해 준 것이다!

여자에게 있어 이보다 더 수치스러운 일이 또 있을까?

미리 알았더라면 애초에 아버지 말을 들었지, 죽겠다고 소동을 피우며 혼사를 허락해 달라고 위협하지는 않았을 텐데!

목유월은 생각할수록 억울하고 생각할수록 받아들일 수가 없었다. 어째서 한운석같이 뒷배 하나 없는 여자가 진왕 전하의 인정을 받은 걸까?

딱 한 가지 다행스러운 것은, 뒤에 강력한 친정이 버티고 있으니 용천묵이 그녀를 최악으로 대하지는 못한다는 것이었다!

하지만 용천묵은 누가 뭐래도 나라의 후계자이고 언젠가는 황위에 오를 사람이었다. 그때가 되면 장군부도 그를 견제할 수 없을지 몰랐다!

이런 생각을 하자 목유월은 점점 더 불안해졌다. 그녀의 마지막 무기는 아이, 남자아이였다!

자신이 좋아하지 않는 사람, 자신을 좋아하지 않는 사람과 아이를 가질 방법을 궁리해야 하다니, 죗값을 치르는 것이라고 해야 할까?

목유월은 단 한시도 한운석을 미워하지 않은 적이 없었지만, 안타깝게도 한운석은 그녀를 까맣게 잊은 지 오래였다.

그건…… 한운석이 원한을 쉽게 용서하는 사람이기 때문이 아니라 이미 철저하게 복수를 했기 때문이었다!

그때 한운석은 용비야와 같은 마차에 올라 곡식 백오십여 만 섬을 가지고 재해가 심각한 영남군 방향으로 비밀리에 달려가고 있었다.

비밀 시위가 호부에서 진왕부에 보낸 은표를 보내왔는데 비록 몇 장밖에 안되지만 모두 액면가가 커서 총 칠백여 만 냥이나 되었다.

마침 용비야는 유각에서 보낸 밀서를 읽고 있어서 은표는 쳐다보지도 않고 받자마자 아무렇지 않게 한운석에게 건넸다.

"전하, 소문처럼 전하를 홀려 돈을 빼돌리는 건 이제 그만하는 게 좋겠어요."

한운석이 농담을 했다.

용비야는 밀서에 집중하느라 나오는 대로 대답했다.

"홀려도 본 왕이 감당할 수 있다."

한운석은 그의 차가운 옆얼굴을 보면서 생각했다. 천하에 이 인간보다 더 멋진 남자는 없을 거야!

그가 이렇게까지 말하는데 왜 거절하겠어? 그녀는 일부러 점잔을 빼며 진지하게 말했다.

"그렇다면 신첩도 안심이에요."

한운석은 은표를 받았다가 다음날 몰래 서동림이라는 젊은 비밀 시위에게 주며 비밀리에 임무를 맡겼다.

이번에 따라온 비밀 시위는 모두 한운석의 명령을 들었지만 한운석은 서동림하고만 접촉했다. 서동림은 나이가 많지도 않거니와 일 처리도 꽤 믿음직했다.

한운석은 전속 비밀 시위를 몇 사람 길러야 하지 않을까 고민했다. 제일 좋은 건 독을 쓸 줄 아는 비밀 시위를 두는 것인데, 당연히 구호가 끝난 다음 고민해 볼 문제였다.

재난 지역으로 가는 동안에는 시간을 줄이기 위해 밤에도 객잔에 묵지 않고 길을 갔다.

마차가 크고 안에 긴 의자가 있어서 누울 수도 있었다. 용비야와 한운석은 각각 의자 하나를 차지하고 가운데는 앉은뱅이 탁자를 놓았다.

낮이면 용비야는 밀서를 보거나 책을 읽었고, 한운석은 이따금 그에게 질문했다. 용비야는 늘 대답해 주었지만 대답할 때도 여전히 밀서나 책에 집중했다.

이를 보자 한운석은 가능한 그를 방해하지 않았다.

심심할 때면 눈을 감고 해독시스템 안을 탐험했는데, 다행스럽게도 이번에는 필요한 물건을 모두 챙겨왔다.

백리명향이 먹은 독약을 조금씩 준비해 놓은 그녀는 한가할 때면 해독법을 연구했다.

단순히 독소를 모두 섞으면 해독시스템이 해약을 만드는 데 1분밖에 걸리지 않았지만, 안타깝게도 단순히 섞는 것이 아니라 백리명향의 특수 체질과 반응해 만들어진 독이어야 했다.

한운석은 백리명향의 피를 채취해 정상인 자신의 피와 배합하고, 연구할 만한 뭔가가 나오기만을 기대했다.

지난번 독종의 지하 미로에서 찾아낸 독 난초도 가져왔지만 당장은 살펴볼 틈이 없었다.

지난번 의성에 다녀온 후 용비야는 미접몽을 다시 그녀에게 주었다. 그 후 용비야는 다시는 미접몽에 관해 묻지 않았지만 그녀는 내내 마음이 쓰였다. 하지만 지금은 백리명향의 독이 미접몽보다 더 급했다.

낮 동안 해독시스템을 쓰느라 정신력 소모가 많은 한운석은 밤이면 유난히 깊이 잠들었고, 해가 중천에 떠오른 뒤 깨어나는 일이 종종 있었다. 깨어나 보면 언제나 얇은 모포가 하나 더 덮여 있었다. 이런 일에 익숙해진 그녀는 제일 먼저 용비야 쪽을 돌아보았고, 그럴 때마다 진지하게 글을 읽는 그의 옆얼굴이 보였다.

가끔 이런 생각이 들었다. 언젠가 깨어나 고개를 돌렸을 때 낯익은 옆얼굴을 볼 수 없다면 적응할 수 있을까?

그날 한운석은 또 늦게 일어났고 습관적으로 고개를 돌리며 물었다.

"전하, 뭘 읽으세요?"

"사서."

용비야가 담담하게 대답했다.

"다 읽으시면 신첩도 보게 빌려 주세요. 심심해요."

한운석이 나른하게 말했다.

"음."

용비야는 간단히 대답할 뿐 고개도 들지 않았다. 확실히 그는 책을 읽을 때 방해받는 것을 좋아하지 않았다. 정확히 말하자면 뭘 할 때든 방해받는 것을 좋아하지 않았다.

한운석도 자꾸 묻지 않고 마차에서 내려 세수하고 밥을 먹었다. 그때 용비야는 읽던 책을 《칠귀족지七貴族志》에서 《운공통사雲空通史》로 바꿨다.

가는 동안 용비야는 유각 쪽 소식을 확인하는 것 외에는 내내 《칠귀족지》를 읽었고, 사료史料를 뒤적이는 한편 사람을 보내 현장 답사를 진행했다. 마치 일곱 귀족의 핏줄을 찾아내려는 것 같았다.

유각 쪽에서는 당리가 흑의 자객이 나타나기를 계속 기다리고 있었다.

용비야는 그 흑의 자객의 신분이 갈수록 궁금해졌다. 그 때문에 사람을 보내 약성 목씨 집안을 조사하고 고칠소를 찾게 했는데, 왜 목씨 집안과 고칠소를 조사하는지는 그 자신만 알고 있었다.

곧 한운석이 돌아와 비밀 시위가 가져온 소식을 전했다.

"전하, 서주국 초씨 집안이 초청가의 혼수로 한혈마汗血馬 만 필을 준비했대요!"

서주국과 북려국은 군마 생산국으로, 양국에서 가장 강력한 군대도 기병이었다.

서주국 군마는 한혈마로, 가느다란 머리에 목이 높고 사지가 가늘고 길며, 걸음이 가볍고 속도가 빠르면서 지구력이 강하기로 유명했다!

북려국 군마는 몽고마로, 추위를 타지 않고 생명력이 무척 강한 데다 전쟁터에서 놀라거나 돌발적인 행동을 하지 않으며 용맹무쌍했다! 종합 전투력으로는 몽고마가 한혈마보다 뛰어났다.

천녕국은 전용 군마가 없어서 기병이 강하지 못해 서주국에도 상대가 되지 않았다.

한혈마 만 필이면 확실히 값진 혼수였기 때문에 용비야도 다소 놀랐다.

"서주국 초씨가 무슨 생각이지?"

그가 담담하게 물었다.

한운석은 서주국 초씨 집안을 잘 몰랐지만, 초청가가 천휘황제에게 시집가고 싶어 하지 않는 것은 확실히 알고 있었다!

못된 마음으로 초청가가 시집오기를 기대하면서도 이 화친 뒤에 자리한 이해관계가 걱정스러웠다.

"전하, 혹시 서주국 초씨 집안이 서주국 황족에게……."

한운석은 얼버무렸지만 용비야는 알아들었다. 서주국 초씨 집안 역시 서주국에서 황제에게 부담이 될 만큼 공이 큰 대귀족이어서 서주국 황제도 경계하고 있었다. 그래서 초씨 집안이 초청가를 이용해 바깥의 도움을 끌어들이고자 할 가능성이 컸다.

솔직하게 말해서, 만약 초청가가 천녕국 황후가 되면 서주국 초씨 집안은 서주국에서 아무도 건드리지 못하게 될 것이다.

"천휘황제가 기뻐서 펄펄 뛰겠네요!"

한운석이 유유히 말했다. 초청가를 천휘황제 품에 밀어 넣은 것이 다소 후회스러웠다.

그런데 뜻밖에도 용비야가 냉소를 지으며 말했다.

"꼭 그렇지는 않다."

천녕국 기병을 거느리는 사람은 영 대장군이고, 네 귀비 중 한 명인 영 귀비는 그의 누이동생이었다. 황후 자리싸움에서 영 귀비는 초청가의 강적이었다!

그 일에는 복잡한 관계가 얽혀 있었다.

용비야의 설명을 듣자 한운석도 복잡하다는 생각이 들었다. 확실히 천휘황제도 골치가 아플 것이다.

한운석은 초청가의 화친이 진왕부에 어떤 영향을 미칠지 몰랐지만, 어쨌든 반년 후의 일이었다.

지금은 눈앞의 일부터 처리해야 했다. 그녀는 진료 주머니에서 약과 면포를 꺼내 웃으며 말했다.

"전하, 약을 갈아야 해요."

용비야의 몸은 기본이 튼튼한데다 한운석이 열심히 보살핀 덕분에 가슴께의 상처가 금방 회복되었고, 이제는 일상생활에서 한운석이 시중들 일도 없었다.

비록 용비야가 '앞으로는 네가 시중들도록'이라고 했지만, 두 사람 다 약속이나 한 듯 농담으로 여겼다.

용비야가 옷을 벗자 한운석은 그의 옆에 앉아 족집게로 조심스레 상처에 바른 약을 떼고 약물로 깨끗이 씻은 다음 새 약을 붙였다.

"완전히 아물었느냐?"

용비야가 태연하게 물었다.

"네."

한운석은 그를 쳐다보지도 않고 대충 대답했다.

"얼마나 더 있어야 완쾌되느냐?"

용비야가 다시 물었지만 한운석은 그를 쳐다보지도 않았고 대답조차 하지 않았다.

용비야가 책을 읽을 때 방해받는 것을 싫어하듯 한운석도 약을 갈 때 방해받는 걸 싫어했다. 그녀는 고개를 숙이고 눈을 내리뜬 채 진지하게 몰입했다.

용비야라는 사람을 이렇게 무시할 수 있는 사람이 세상에 또 있을까?

몇 번 약을 갈아 본 용비야는 이런 상황에 익숙해져 더는 묻지 않고 한운석을 자세히 살피며, 그녀의 고상한 눈썹 언저리와 오뚝한 코, 빨간 입술을 마치 마음속 보물을 감상하듯 조목조목 뜯어보았다.

물론 한운석이 일을 끝내고 고개를 드는 순간 시선을 돌렸다.

이런 여정은 보름 넘게 이어졌다. 보름 동안 진왕의 횡령 소식은 북려국과 서주국까지 퍼졌고 거의 모든 사람이 진왕 전하가 돈을 갖고 달아났다고 여기게 되었다!

그날 마차가 영남군 북쪽 교외에 멈추자 용비야와 한운석은 빈손으로 마차를 갈아타고 천천히 영남군으로 들어갔다…….

뚫고…… 지나가라

영남군은 천녕국 중부에서 가장 큰 군현이었고, 이번에 심각한 기근을 입은 지역 중 하나였다.

평소에는 교외에서부터 흥청거리고 번화한 이곳 분위기를 느낄 수 있었지만, 지금은 죽은 듯 무겁게 가라앉아 있었다.

한운석과 용비야가 가는 내내 본 것은 황폐한 풍경뿐이었다. 길가의 토지는 하나같이 바싹 마르고 갈라졌고 풀 한 포기 자라지 않았다. 곡식 같은 건 말할 것도 없었다. 지나치는 촌락은 죽은 듯이 고요한 것이 마치 죽음의 기운을 덮어쓴 것 같아, 한시도 머물고 싶은 마음이 들지 않고 그저 달아나고 싶을 뿐이었다.

일반적으로 기근이 든 지역은 대부분 시골이고, 돈이 없어 곡식을 사지 못하는 이들 대부분은 하층 농민이었다. 이들은 보통 자급자족하고, 가끔 남는 돈으로 곡식이나 다른 음식을 샀다. 수확이 나쁘면 지대로 바칠 곡식조차 부족해서 자기 먹을 곡식을 남겨 두는 건 꿈도 꾸지 못했다.

예전에는 기근이 들면 이재민들이 무리 지어 산과 들판에 흩어져 배고픔을 달랠 산나물을 찾아다니거나 나물 한 포기 때문에 싸움이 일어나는 장면을 종종 볼 수 있었다. 그렇지만 이번에는 농민들을 볼 수조차 없었다. 지나온 촌락에서 주린 배를 안고 집 문가에 쪼그리고 앉아 억지로 버티는 노인 몇 사람 본 것이 고작이었다.

영남군은 큰 군현이고 교외에 사는 인구가 성안의 인구를 훌쩍 뛰어넘을 정도였다. 그들이 알기로 이번 기근에는 대규모 난민이 발생하지는 않았는데, 이는 다른 군현에서 폭동을 방지하기 위해 통제를 강화하고 이재민들이 함부로 들어오지 못하게 했기 때문이었다.

그런데 왜 이재민들이 보이지 않을까? 모두 집 안에 숨어 있는 걸까?

의문을 품은 채, 한운석과 용비야의 마차는 천천히 영남군 가운데 있는 영남성으로 들어갔다.

성은 역시 성이었다. 권세가와 부잣집이 있는 곳은 비록 스산한 분위기여도 최소한 질서는 유지되고 있었다.

붉은 칠을 한 대문 안에는 술과 고기 냄새가 진동하는데, 길가에는 얼어 죽은 사람 뼈가 그득했다. 권세가들은 언제까지나 먹을 것이 부족할 일은 없었다.

마차는 천천히 앞으로 나아갔다. 용비야는 눈을 반쯤 감고 쉬었지만 한운석은 창밖을 내다보았다. 거리에 당연히 있어야 할 번화함은 없었지만 여전히 깨끗했고, 수가 적을 뿐 길가는 사람도 있었다.

마차를 바꿔 탔지만 용비야와 한운석은 아직 행적을 노출하지 않았다. 적잖은 사람들이 마차 옆을 지나쳤고 그쪽을 보는 사람도 있었지만 이 마차에 바로 조정에서 파견한 구호 담당

흠차 대신, 전국에 떠들썩하게 소문이 퍼진 진왕 전하와 진왕비가 타고 있다는 사실은 아무도 몰랐다.

용비야와 한운석은 군수부 방향으로 달려갔다. 그런데 얼마쯤 가다보니 갑자기 저 앞에서 마차 한 대가 나는 듯이 달려오며 거리를 시끄럽게 했다.

"비켜라! 비켜! 모두 비켜라! 부딪혀도 모른다. 다들 비켜!"

마부는 젊은이로, 채찍을 춤추듯 휘두르며 마구 소리를 질러댔다. 거리 양쪽의 행인들이 허둥지둥 몸을 피했지만 미처 피하지 못한 사람들은 길가에 나동그라졌다.

창밖으로 고개를 내밀고 있던 한운석은 이 장면을 목격했다.

맞은편에서 말 두 필이 끄는 마차가 달려오고 있는데, 비단을 주렁주렁 늘어뜨리고 네 귀퉁이에는 금실로 짠 술을 달아 몹시 사치스럽게 꾸며져 있었다. 뉘 집 마차인지 표식은 보이지 않았지만 치장한 것만 봐도 탄 사람이 무척 귀한 신분임을 알 수 있었다.

한운석 일행이 탄 마차는 길 가운데를 느릿느릿 가면서 피하려고 하지 않았고, 맞은편 마차는 점점 가까이 다가올 뿐 멈출 기미가 없었다.

저런 속도라면 서로 부딪힐 때 어마어마한 충격을 받을 것이 자명했다. 충돌 사고가 일어나는 것은 당연했고 결과도 끔찍할 것이다.

한운석은 이런 상황에 부딪힌 것이 처음이었다. 눈앞에서 마차가 멈출 기미도 없이 달려오는 모습을 목격한 그녀는 다소 당황했다. 하지만 용비야를 돌아보자 불안하던 마음은 금방 가라앉았다.

용비야는 나른하게 기대앉아 눈을 반쯤 감은 채 바깥에서 벌어지는 긴박한 상황에는 신경도 쓰지 않았다.

오랫동안 그와 함께하면서 한운석도 한 가지 배운 것이 있었다. 바로 이 남자가 신경 쓰지 않는 일은 그녀 자신도 크게 마음 쓸 필요가 없다는 것이었다.

그래서 그녀는 자리로 돌아가 편안하게 둥지를 틀었다.

용비야의 마차는 비켜 주지 않았고 맞은편 마차도 멈추지 않은 채 쌍방은 20미터 안으로 가까워졌다. 주위에는 곧 구경꾼들이 가득 몰려들었다.

젊은 마부도 당연히 이 상황을 발견하고 마차를 몰면서 물었다.

"주인님, 마차 한 대가 길을 막고 비켜 주지 않습니다!"

마차 안에서 오만한 목소리가 들려왔다.

"감히 내 앞을 막아? 죽고 싶은 모양이구나. 부딪힐 때까지 달려라. 그래도 피하지 않는지 보자!"

"예! 알겠습니다!"

신나게 놀아 보고 싶어 몸이 단 젊은 마부는 흥분해서 미친 듯이 채찍을 휘두르며 더욱 속도를 높여 부딪혀갔다.

누가 봐도 무서운 속도였다!

상대 마차가 피할 줄 알았는데, 뜻밖에도 상대는 피하지도 않을뿐더러 그들이 안중에도 없는 듯 여전히 본래 속도를 유지하며 느리지도 빠르지도 않게 다가오기만 했다!

차츰차츰 두 마차의 거리가 가까워졌고, 주위에 몰려든 구경꾼들은 심장이 서늘해졌다!

마침내 겁을 먹은 젊은 마부가 황급히 말했다.

"주인님, 그래도 멈추지 않는데 어떡할까요?"

마차에서 젊은 공자가 몸을 내밀었다. 화려한 비단옷을 입고 귀티가 철철 넘치는 공자였다.

이 긴박한 상황에서도 그는 두려워하지 않고 맞은편 마차를 흘낏 보더니 가소로운 듯이 말했다.

"반드시 저들을 멈추게 하겠다. 죽는 것을 겁내지 않는 자가 있을 리 없다!"

이렇게 말한 그는 마부에게서 채찍과 고삐를 빼앗아 직접 마차를 몰았고, 더욱 속도를 높여 기세등등하게 달려갔다.

정말이지 보기만 해도 심장이 철렁 내려앉는 장면이었다. 이 기세라면 부딪히는 건 시간문제였다. 주위 사람들은 마차가 충돌하는 장면을 놓칠까 봐 눈도 깜빡이지 못하고 쳐다보았다!

거리는 계속 줄어들었다. 온 세상을 깔보던 젊은 공자의 표정은 진지하고 집중하는 표정으로 변해갔지만, 용비야의 마부는 시종일관 태연했다.

거리는 6미터! 두 사람 다 서로의 표정을 볼 수 있었다.

3미터! 부딪히기 직전이었다!

2미터! 이제 충돌이 눈앞에 있었다! 여기서 피하지 않으면 돌이킬 수 없었다.

모두들 숨조차 죽이고 용비야의 마차가 마지막 순간에 길을 피하기만을 기다렸다.

그런데 웬걸, 그 중요한 순간, 마차가 부딪치려는 그 순간에도 용비야의 마차는 피하지 않고 계속 앞으로 나아갔다.

세상에!

이제 충돌이었다!

설마 정말로…….

바로 그때!

위기일발의 순간, 젊은 공자가 느닷없이 양손으로 고삐를 힘껏 당겼다. 젖 먹던 힘까지 끌어올린 다음에야 마침내 미친 듯이 달리던 말이 방향을 틀었다. 말 두 마리가 앞발을 높이 쳐들었고 마차는 즉시 멈추면서 뒤로 쏠려 지면과 90도를 이루며 기울어졌다!

젊은 공자의 마차 모는 솜씨를 칭찬하지 않을 수 없었다. 이 긴박한 상황에서 갑자기 마차를 멈추고도 뒤집히지 않았으니 실로 대단했다!

말은 히힝거리며 울부짖으며 앞발을 내리려고 했다. 사람들은 요행에 가슴을 쓸며 안도했고, 심지어 젊은 공자의 기술을 칭찬하기도 했다.

하지만 젊은 공자는 까무러칠 듯이 놀란 상태였다!

안색은 창백하게 질리고 고삐를 잡은 손은 아직도 덜덜 떨리고 있었다. 알다시피 그가 이렇게 달려든 것은 상대를 멈추게 하고 길을 피하게 하려던 것뿐이었다!

상대가 마지막 순간에 피할 것으로 생각했는데, 예상과 달리 그들은 양보하지 않았다!

길에서 이런 짓을 셀 수 없이 해 봤지만 늘 다른 사람이 먼저 피했지, 이렇게 죽을 둥 살 둥 덤빈 사람은 없었다!

마차가 앞을 막고 있으니 용비야의 마부도 어쩔 수 없이 멈췄다. 두 마차가 정말 서로 마주 보며 대치하게 된 셈이었다.

젊은 공자는 놀라 식은땀을 뻘뻘 흘렸지만 곧 본색을 되찾고 말머리를 돌려 용비야의 마차를 정면으로 마주했다.

그가 채찍을 휘두르며 용비야의 마부에게 욕설을 퍼부었다.

"눈깔을 어디에 두고 다니느냐? 본 공자의 마차를 보고도 감히 피하지 않다니!"

마차에 탄 사람이 죽고 싶은지 어떤지는 몰라도, 어쨌든 영남군 세력 안에서는 누구든 그를 보면 길을 비켜 줘야 했다! 비키지 않으면 결과는 끔찍했다!

놀란 가슴을 진정시키지 못한 구경꾼들도 슬슬 용비야 쪽을 걱정하기 시작했다. 저 청년은 바로 영남군 군수의 귀한 아들, 남곽준南郭俊이었다.

그는 영남군 수령인 아버지를 믿고 어려서부터 횡포를 부렸고, 사람들은 남몰래 그를 영남군의 태자라고 불렀다! 영남군에는 '군수에게는 죄를 지어도 군수 아들에겐 죄짓지 말라'는 말도 있었다.

남곽준의 횡포에도 마부는 태연자약했다.

"공자, 저는 공자가 뉘신지 모릅니다. 수고스럽지만 비켜 주시지요."

용비야의 부하답게 마부라고 해도 언행이 차분하고 교양이 있었다.

"하하하하, 본 공자를 모르는 사람도 있구나. 영남군에는 초행이렷다!"

남곽준은 큰소리로 웃었다.

"공자, 공자가 뉘시든 저와는 아무 상관이 없습니다. 우리 주인께 급한 일이 있으니 비켜 주시지요."

마부는 벌써 두 번째로 비켜 달라 요구했다.

남곽준은 믿을 수 없다는 표정으로 구경꾼들을 돌아보며 껄껄 웃어 댔다.

"모두 들었느냐? 이 자가 감히 본 공자에게 비켜 달라는구나!"

사람들이 멍청하게 따라 웃었다. 실컷 웃고 난 남곽준은 고개를 쳐들고 차갑게 마부를 내려다보며 경고했다.

"마차 안에 누가 타고 있는지 모르지만 당장 내려라. 그렇지 않으면 본 공자가 가만두지 않겠다!"

뜻밖에도 마부는 별일 아니라는 듯이 고개를 돌려 보고했다.

"주인님, 길을 비켜 주지 않습니다."

사람들이 지켜보는 가운데 철저히 무시당한 남곽준이 폭발하려는 순간, 뜻밖에도 마차 안에서 묵직하고 차가운 목소리가 흘러나왔다. 한 말은 단 두 단어였다.

"뚫고 지나가라."

뚫고 지나가라?

무슨 뜻이지?

남곽준과 구경꾼들이 미처 이해하지 못하고 있을 때 마부가 갑자기 채찍을 높이 들어 말을 때렸다. 백마는 사람 마음을 아는지 달려 나갈 준비를 하듯 다리에 힘을 주었다.

마부가 두 번째로 채찍을 휘두르자 백마는 놀랄 만한 힘을 발휘해 앞에 뭐가 있건 말건 힘차게 달려들었다!

사람은 채 반응하지 못했지만 남곽준의 말은 반응했다. 말 두 필은 황급히 좌우로 달아났고 용비야의 백마는 곧장 앞으로 뛰어 들어 '쾅' 하고 마차 끌채를 들이받았다. 놀랍게도 멀쩡하던 끌채가 우지끈 부러지고 말았다!

끌채가 부러지고 말은 놀라 달아나고 남곽준과 젊은 마부는 거칠게 바닥에 나동그라진 채 눈을 휘둥그레 떴다.

'뚫고 지나가라'는 말은 이런 뜻이었다…….

구경꾼들은 하나같이 깜짝 놀랐다. 남곽준처럼 횡포를 부리고 기세등등한 자도 진짜 부딪칠 용기가 없어 마지막 순간에 멈췄는데, 뜻밖에도 상대방은 이런 식으로 부딪쳐 길을 연 것이다!

말이 다치는 것이나 마차가 부서지는 것은 아깝지 않더라도 목숨은 아까워해야 마땅했다!

모두가 멍하니 넋을 놓고 있을 때 마차 안에서 예의 차가운 목소리가 두 번째로 들려왔다.

"노임老林, 가지 않고 뭘 하느냐?"

차가운 목소리가 주위 온도를 몇 도나 떨어뜨렸다. 목소리의 주인은 보이지도 않지만 사람들은 솟아오르는 두려움을 막을 수 없어 겁먹은 눈으로 단단히 가려진 마차 가리개를 응시했다.

마부 노임이 대답했다.

"완전히 뚫지 못했습니다. 용서하십시오."

"계속해라."

용비야는 마차 안에 편안하게 기대앉아 한 손으로 머리를 받친 채 여전히 두 눈을 감고 바깥의 일은 전혀 신경 쓰지 않았다.

똑같이 편안하게 기대앉은 한운석은 용비야의 차갑고 과묵한 얼굴에서 잠시도 시선을 떼지 않았고 입가에는 내내 웃음을 머금고 있었다.

진심으로, 자신이 사람을 잘못 고르지 않았다는 생각이 들었다. 이 남자는…… 정말 패기가 넘쳤다!

계속…… 뚫어라!

이 말을 듣자 남곽준은 화들짝 놀라 퉁겨 오르듯 벌떡 일어났고, 젊은 마부도 놓칠세라 뒤따랐다. 주인과 하인은 이것저것 생각할 틈도 없이 옆으로 피했다.

알다시피 지금 그들 앞에는 장애물이 아무것도 없어서, 마차가 계속 뚫으려고 부딪쳐 오면 그들은 백마에게 들이받혀 날아가고 말 터였다!

저 덩치 큰 백마를 보면 상상만 해도 오금이 저렸다!

남곽준 일행이 몸을 피하는 순간 노임이 마차를 몰고 부딪쳐 왔다. '쾅' 하는 소리와 함께 남곽준의 마차는 산산조각 나고 파편이 사방으로 튀었다.

마차 안에 탄 두 사람은 얼굴조차 내비치지 않았고, 마부는 뒤도 돌아보지 않은 채 본래 속도대로 태연자약하고 우아하게 앞으로 달려갔다.

모두가 멍한 얼굴로 그 광경을 바라보았다. 저렇게 패기 넘치는 사람은 처음이요, 저렇게 우아하게 패기 넘치는 사람도 처음이었다.

마차 안에는 대체 누가 타고 있을까?

남곽준은 사방에 널린 파편을 바라보며 한참 동안 넋을 잃고 있다가 비로소 정신을 차리고 마부를 걷어차며 소리소리 질렀다.

"어서 사람을 불러오지 않고 뭘 하느냐! 어떻게, 어떻게 이럴 수가!"

이곳은 영남군 한가운데여서 사람을 부르는 것쯤 어렵지 않았다. 남곽준의 명령이 떨어지자 사방팔방에서 관병들이 줄지어 달려와 용비야의 마차를 에워쌌다.

마차가 멈추자 남곽준은 거들먹거리면서 다가가 말채찍으로 허공을 힘껏 내리쳐 날카로운 소리를 내며 노성을 질렀다.

“똑똑히 들어라. 본 공자는 남곽준이라는 분이다! 영남군의 젊은 주인이지! 감히 본 공자의 마차에 부딪히다니 살기가 싫구나!”

마부 노임은 성가신 듯 차갑게 말했다.

“남곽 공자, 우리 주인은 공자가 건드릴 수 있는 분이 아니니 속히 물러나십시오!”

“흥, 대체 얼마나 대난한 자기에 본 공자가 건드릴 수 없는지 꼭 봐야겠다!”

남곽준이 말하며 손을 휘젓자, 좌우 양쪽에 선 관병 십여 명이 주인을 끌어내려고 일제히 달려들었다.

그런데 그들이 마차에 가까이 가기도 전에 마차 안에서 길고 하얀 손 하나가 불쑥 튀어나왔다. 그 손에는 금빛 영패가 들려 있고 그 위에는 위풍당당한 글씨로 ‘진秦’이라고 쓰여 있었다.

이를 본 관병들은 우뚝 멈추고 그 자리에 얼어붙었다.

진왕 전하가 아니라면, 누가 감히 영패에 저런 ‘진’자를 쓸 수 있을까!

세상에! 마차 안에 있는 사람은 진왕 전하였다!

실종된 지 오래인 진왕 전하가 이곳에 나타나다니!

순간 관병들이 우르르 무릎을 꿇고 입을 모아 외쳤다.

“진왕 전하, 천세 천세 천천세!”

구경하던 백성들도 재빨리 그들을 따라 무릎을 꿇었다. 놀라고 두려워하지 않는 사람은 아무도 없었다.

남곽준도 얼이 빠지고 두 다리가 후들거려 따라서 꿇어앉았다. 그는 입을 벙긋거렸지만 할 말이 없었다.

진왕…….

그 자신은 말할 것도 없고 군수인 아버지조차 건드릴 수 없는 사람이었다!

어쩌지?

남곽준은 넋이 나가고 머리가 텅 비었다. 이렇게 큰 사고를 쳤으니 어떻게 해야 할까!

모두가 엎드려 절하는 가운데 마침내 용비야가 마차에서 내렸다. 그가 몸소 한운석을 부축해 내려 주자, 사람들도 그제야 왕비마마가 함께 왔다는 것을 알았다.

남곽준은 고개를 들고 진왕 전하의 얼굴을 보고 싶었지만, 아무래도 용기가 나지 않아 제자리에 엎드린 채 오들오들 떨었다.

용비야는 한운석을 잡고 한 발 한 발 남곽준 앞으로 걸어갔다. 놀란 남곽준은 머리가 땅에 파묻힐 정도로 바짝 엎드렸다.

"본 왕이 너를 건드려도 되겠느냐?"

용비야가 차갑게 물었다.

남곽준이 무슨 용기로 그 말에 대답할 수 있을까? 그가 울먹이며 외쳤다.

"살려 주십시오, 진왕 전하! 살려 주십시오!"

"본 왕이 널 죽이려 한다는 것을 아는구나?"

용비야는 흥미로운 듯이 반문했다.

남곽준은 소스라치게 놀라 연신 머리를 조아리며 애원했다.

"소인이 잘못했습니다. 소인이 크나큰 잘못을 저질렀습니다.

부디 이번 한 번만 용서해 주십시오. 소인이 무슨 잘못을 했는지 똑똑히 알았습니다……."

한운석은 차갑게 그를 쳐다보았다. 배짱이라곤 찾아볼 수도 없는 이런 사람이 제일 싫었다. 사람이라면 횡포를 부릴 수도 있지만 어떤 경우에도 배짱은 있어야 했다!

아주 밉살맞은 사람이긴 했지만, 한운석은 그래도 알 수가 없었다. 용비야의 성품에 이런 자에게 시간을 들일 리 없는데 뭘 하려는 걸까?

그 답은 곧 나왔다.

용비야가 차갑게 말했다.

"살려 줄 수는 있다. 다만……."

말이 끝나기도 전에 남곽준이 다급히 말했다.

"소인을 살려만 주신다면 무엇이든 하겠습니다!"

"해지기 전에 성안의 모든 사람에게 곡식을 두 근씩 나눠 주어라."

용비야가 차갑게 말했다.

그 말에 남곽준은 벼락을 맞은 듯 눈을 휘둥그레 떴고, 구경하던 백성들, 심지어 관병들은 하나같이 비명을 지를 뻔했다!

모든 사람에게 곡식 두 근이라니, 기아에 허덕이는 연말에 그야말로 꿈같이 아름다운 일이었다!

영남군은 기근 피해가 막심했지만, 영남군수는 그만한 곡식을 충분히 내놓을 수 있었다!

군수부 안에는 틀림없이 비축한 식량이 있었고, 군수 휘하

각 마을 하급 관리들도 많건 적건 가진 곡식이 있었다. 평소 농민들을 벗겨 먹은 것이거나 조정에서 보낸 구휼미를 꿀꺽한 것들이었다.

흥분과 놀람과 기쁨 속에 백성들은 앞서 돌았던 유언비어를 의심하기 시작했다. 진왕 전하가 곡식을 횡령하고 이재민을 모른 척한다고들 했지만, 직접 보니 들은 것과는 딴판이었다.

진왕 전하는 영남군에 온 첫날, 단 몇 마디로 군수가 꿀꺽했던 곡식을 토해 낼 수밖에 없도록 만들었다!

천녕국 조정에 가득한 문무백관 중에 그 누가 이만한 능력, 이만한 박력을 가지고 있을까?

"왜, 못하겠느냐?"

용비야가 말하면서 우아하게 발을 들어 남곽준의 머리를 밟았다. 몹시 모욕적이고 지나친 동작이었다.

평소라면 백성들도 진왕 전하가 사람을 너무 심하게 몰아붙인다고 느꼈을 것이다.

하지만 지금은 이 자리에 있는 백성들 모두가, 심지어 남곽준에게 시달리는데 익숙해진 관병들조차 속으로는 옳거니를 외쳤고, 좀 더 세게 짓밟아 주었으면 하는 사람들도 적지 않았다.

목숨이 남의 손에 달린 남곽준은 제아무리 용기가 있어도 감히 '못한다'는 말을 할 수 없었다!

"할 수 있습니다, 할 수 있습니다! 소인이 당장 가서 처리하겠습니다!"

남곽준은 깊이 생각할 겨를도 없었다. 어쨌든 성안에는 사람이 많지 않으니 한 사람당 두 근쯤은 아버지가 해결할 수 있을 것이다.

몇 달전 국고에서 영남군에 보낸 대량의 곡식은 상부에서 일부 챙기고 아버지 역시 일부 챙긴 뒤 남은 삼분의 일 가량만 각 현과 마을에 보냈고, 그 역시 조금씩 떼먹혔다.

아버지가 가진 곡식이 부족하면 각 현과 마을의 수령에게 빌리면 될 것이다.

"해가 떨어지기 전까지 내놓지 못하면?"

용비야가 차갑게 물었다.

장내는 극히 조용해졌다. 모두 저도 모르는 사이 진왕 전하 편에 서서 한 글자라도 놓칠세라 남곽준의 대답에 귀를 기울였다. 알다시피 그 대답에 모든 이들의 먹거리가 달려 있었다!

"못하면…… 못하면 전하 마음대로 처분하십시오!"

남곽준이 허둥지둥 약속했다.

"어떻게?"

용비야가 다시 물었다.

남곽준은 잠시 생각한 다음 대답했다.

"목숨으로 갚겠습니다!"

"네 목숨 값이 어느 정도냐?"

용비야는 다시 물었다.

옆에서 줄곧 말없이 지켜보던 한운석은 고개를 갸웃했다. 말 한마디를 금처럼 아끼는 용비야가 오늘은 왜 이렇게 쓸데없이 말이 많을까? 뭘 하고 싶은 걸까?

남곽준도 자신의 목숨 따위는 진왕 전하 앞에서 한 푼 값어치도 없다는 것을 알기 때문에 생각 끝에 이렇게 말했다.

"아버지의 목숨도 함께 바치겠습니다!"

그 한마디에 한운석도 알아차렸다! 용비야의 목표는 바로 군수 대인이었다!

그녀는 쿡쿡 웃음을 터트렸다.

"남곽준, 정말 불효막심하구나. 아버지의 목숨을 제멋대로 내놓는 아들이 어디 있느냐?"

뜻밖에도 남곽준은 당당하게 말했다.

"왕비마마, 아들을 잘못 가르친 것은 아비의 잘못입니다! 오늘 제가 이렇게 큰 잘못을 저지른 것은 아버지가 평소 가르침을 소홀히 한 까닭이니 아버지가 책임져야 합니다!"

그 말에 한운석은 하마터면 뿜을 뻔했다! 남곽 군수가 이 말을 들었다면 화병으로 죽지 않았을까!

"진왕 전하, 제발 놓아주십시오. 소인이 당장 가서 곡식을 구하겠습니다!"

남곽준은 마음이 급했다. 계속 이렇게 밟혀 있으면 숨쉬기조차 어려웠다.

조건이 정해지자 용비야도 비로소 남곽준을 놓아주었고 남곽준은 꽁지가 빠져라 달아났다.

그는 사라졌지만 수많은 관병들은 갈 생각을 하지 않고 백성들과 함께 용비야와 한운석을 에워쌌다.

누군가 큰소리로 외쳤다.

"영명하신 진왕 전하! 진왕 전하께서 우리를 구하러 오셨다!"

순간 모두가 이를 따라 우르르 절을 올리며 높이 외쳤다.

사실 백성들은 어리석은 게 아니라 선량하고 순진했다. 그들은 바라는 게 많지 않았고, 그저 배불리 먹고 따뜻하게 입는 가장 기본적인 것에만 관심이 있었다. 그들이 유언비어를 믿은 까닭도 배불리 먹고 따뜻하게 입기 위해서였지 나쁜 뜻은 아니었다. 누구든 잘해 주고 기본적인 것만 약속해 준다면 그 은혜에 감사할 것이다.

그 순박한 얼굴들과 기대에 가득한 눈동자들을 보면서 한운석은 기쁘면서도 커다란 압박을 느꼈다.

용비야를 돌아보니 용비야의 눈동자에는 굳은 의지가 번뜩이고 있었다. 그녀는 그가 반드시 구호를 성공적으로 완수하리라는 것을 알 수 있었다!

천녕국에서 가장 차가운 왕, 온 천하를 얻겠다는 야심만만한 왕, 그의 마음은 넓고도 넓은 곳을 향하고 있었지만 그 속에는 가장 눈에 띄지 않는 백성들을 품고 있었다!

용비야의 냉엄한 옆얼굴을 보면서 한운석은 갑자기 기대되었다. 이 남자가 강산을 손에 넣고 천하에 군림하는 그 날이.

용비야와 한운석은 군수부로 가지 않고 객잔에 방을 얻었다.

남곽준의 일은 곧 성 밖 구역까지 포함한 영남군 전체에 퍼졌고, 군수도 당연히 소식을 들었다.

짝!

명쾌한 마찰음이 군수부의 큰 정원에 울려 퍼졌다. 남곽준은 아버지에게 따귀를 맞고 바닥에 나동그라졌다.

"불효자식! 짐승만도 못한 놈! 아둔한 돼지! 폐물 같으니라고!"

군수는 아들을 발로 걷어찼다. 화가 나서 목까지 벌게져 있었다. 앞에 있는 사람이 친아들, 단 하나뿐인 아들이 아니었다면 벌써 단칼에 베어 버렸을 것이다!

이렇게 아둔한 놈을 낳게 될 줄은 생각조차 하지 못했는데, 그야말로 인과응보였다!

남곽준은 아버지의 태도에 놀랐지만 그래도 말대꾸를 했다.

"아버지, 진왕 전하가 올 줄 제가 어떻게 압니까! 실종되었다면서요!"

"그래도 나불대!"

군수는 다시 따귀를 날렸다. 화가 나서 제 목이라도 조르고 싶을 정도였다!

진왕 전하의 실종 소식은 상부에서 지어낸 풍문이었다. 구호하러 온 진왕 전하는 구휼미를 살 수 없으니 필시 탐관오리를 엄중하게 조사해 빼돌린 곡식을 되찾아 구호하려 할 것이다!

이렇게 중요한 때 진왕 전하에게 죄를 지으면 곧 죽음이었다!

군수는 이미 이 아둔한 아들과 쓸데없이 말을 섞을 마음이 없었다. 이제 별수 없이 한 가지를 곰곰이 생각해 봐야 했다. 국구부에서 일찍부터 한 사람을 보내 중요한 일을 공모하자고 청했던 것이다.

본래는 거절하려고 했으나 지금 보니 싫어도 승낙할 수밖에 없었다!

진왕 전하를 함정에 빠뜨리려는 자

진왕 전하가 남곽준에게 요구한 것은 해지기 전까지 성안의 모든 사람에게 곡식 두 근씩 나눠 주라는 것이었다. 지금은 정오, 해 질 녘까지는 겨우 세 시진밖에 남지 않았다. 군수인 남곽명덕南郭明德은 마음 같아서는 남곽준을 마구 두들겨 패 주고 싶었으나 시간이 없었다.

가능한 한 빨리 방법을 생각하지 않으면, 진왕 전하의 성격상 해가 떨어지자마자 달려와 그들 부자를 재해 지역 각계 관리들에게 보여 줄 본보기로 삼을 것이다!

이치대로라면 진왕 전하가 친히 영남군에 왔으니 군수로서 당장 찾아뵈야 했지만, 이렇게 큰일이 벌어지자 일말의 자신조차 사라져 감히 찾아갈 용기가 나지 않았다.

"누구 없느냐? 이 불효막심한 놈이 대문 밖으로 한 걸음도 나가지 못하게 잘 지켜라!"

남곽명덕은 이를 갈며 이렇게 분부한 뒤 바삐 군수부를 떠났다.

그가 간 곳은 군수부에서 멀지 않은 곳의 숨겨진 민가였다. 국구부에서 보낸 사람이 바로 이곳에 있었다.

일찍이 천휘황제가 진왕 전하에게 재난 지역을 구호하라고 명령했을 때 국구부는 곧장 사람을 보냈다. 그 사람은 다름 아닌 호부에서 구휼미를 맡은 우광복于廣福이었다. 기근이 터지자 우광복은 명을 받아 재해 지역의 구휼미 배포 상황을 조사했다.

본래라면 우광복이 탐관오리들을 정리해야 했지만, 그는 제 발로 국구부를 도와 적잖은 곡식을 빼돌리고 위조 장부를 썼다.

그러다 보니 하위 탐관오리들이 저지른 일도 거의 눈감아 주었고, 상도에 어긋날 정도만 아니면 증거만 챙기고 추궁하지 않았다. 윗물이 흐린 마당에 탄핵 상소가 줄줄이 올라오지 않도록 아랫사람의 입을 막으려면 아무래도 단맛을 좀 보여 줘야만 했다.

더군다나 우광복은 국구부의 뇌물만 먹은 것이 아니었다. 재해 지역에서도 그에게 슬그머니 뭔가 쥐여 주는 이들이 넘쳤다.

우광복이 영남군에 머무는 동안 남곽명덕은 보살이라도 모시듯 떠받들었고, 그가 무슨 요구를 하든 곧바로 들어주었다. 하지만 이 건만은 바로 승낙하지 않고 미루었다.

오늘, 남곽명덕이 바삐 우광복을 찾아간 것은 바로 그 일을 논하기 위해서였다.

남곽명덕이 도착했을 때 우광복은 외출하려던 중이었다.

"허, 남곽 대인, 때마침 잘 왔소. 그래, 훌륭하신 아드님께서 좋은 일을 하셨더구려! 이 몸도 대인을 찾아가려던 중이었소!"

우광복이 씩씩거리며 말했다.

남곽명덕은 어쩔 수 없는 표정으로 말했다.

"우 대인, 그러잖아도 진왕 전하를 찾아뵙기 전에 먼저 대인과 상의하러 달려왔습니다!"

"이 몸과 상의라니? 허허, 우리 둘 사이에 상의할 일이 뭐 있다고? 솔직히 내가 제안한 건은 상부에서 직접 부탁한 일인데 남곽 대인이 지금껏 망설이지 않았소. 그런데 왜, 사고가 생기니 이제야 마음이 바뀌었소?"

우광복이 비웃었다.

영남군이 가장 큰 군현이자 재해가 심각한 곳만 아니었다면, 그리고 천녕국 중부에서 중요한 성시가 아니었다면 국구부는 여태까지 태도를 명확히 하지 않는 남곽명덕을 선택하지 않았을 것이다.

"우 대인, 무슨 말씀을 그리 하십니까……."

남곽명덕은 그렇게 말하며 우광복을 잡고 안으로 들어가 소리 죽여 말했다.

"우 대인, 진왕 전하를 함부로 건드려선 안 된다는 것은 천녕국 사람이면 위아래 할 것 없이 누구나 압니다. 소관도 우리 목숨을 걱정해서 망설인 겁니다. 만에 하나 말씀하신 일이 어그러지면 우리 목숨은 끝장입니다! 언제든 꼬리를 잘라 몸보신을 하는 게 상부 아닙니까!"

우광복이 남곽명덕에게 시키려는 것은 다름이 아니라 이재민을 모아 폭동을 선동하고, 진왕 전하가 곡식을 횡령했다고 중상모략해 곡식을 내놓도록 몰아붙이는 것이었다.

그들이 꾸미려는 것은 사소한 소란이 아니라 영남군에서 시작되어 전 재해 지역으로 번지는 대폭동이었다!

진왕 전하는 홀로 재난 지역에 왔고 호위하는 군대조차 없었다. 만 명이 넘는 이재민이 한마음으로 폭동을 일으키고 하급 관리들이 이들을 부추기면, 곡식을 내놓지 않는 이상 진왕 전하는 민심을 잃을 뿐만 아니라 천휘황제의 추궁을 듣고 민심을 가라앉히기 위해 친왕 작위에서 물러나야 했다.

이는 커다란 함정이고, 남곽명덕도 신중하게 고민해 보지 않을 수 없을 만큼 중대한 문제였다.

일이 잘못 되어 진왕 전하가 반격하면 남곽명덕의 말대로 가장 먼저 죽는 사람은 바로 그와 우광복이었다.

남곽명덕의 걱정에 우광복은 코웃음을 쳤다.

"그렇다면 오늘은 왜 오셨소?"

남곽명덕은 몹시 난처해서 고개를 숙이고 연신 한숨만 쉬었다.

우광복이 입가에 냉소를 떠올렸다.

"남곽 대인, 시간이 늦었소이다. 다른 일이 없다면 어서 가서 곡식이나 구하시구려. 영남군 성에는 적어도 이만 명이 있으니 한 명당 두 근씩 주려면 적지 않을 거요!"

남곽명덕은 한숨을 푹푹 쉬었다. 아들이 예상한 대로 확실히 그는 단시간 내 그만한 곡식을 마련할 능력이 있었다. 다만 그 곡식을 내놓으면 진왕 전하가 '어디서 난 곡식이냐'고 묻는 순간 큰일이었다.

결국 그가 고개를 들고 말했다.

"우 대인, 말씀하신 그 일에 대해 한 가지 책략이 있습니다. 이번 기회에 곡식을 나눠 주면서 시험해 보시지요! 어찌 생각하십니까?"

우광복도 바로 이 말을 기다리고 있었기에 껄껄 웃었다.

"얼마든지 말해 보시오!"

남곽명덕이 다가가 우광복의 귀에 대고 소리 죽여 한참을 속삭였다. 우광복은 진지하게 귀를 기울이다가 오래지 않아 만면에 활짝 웃음을 지었다.

결국 그가 무척 기쁜 얼굴로 히죽거리며 말했다.

"좋소, 아주 좋구려! 흩어져서 움직입시다. 일이 끝나면 반드시 상부에 사실대로 보고하겠소. 도성으로 전근하는 일도...... 멀지 않았구려, 허허!"

우광복과 작별한 뒤, 남곽명덕은 서둘러 용비야와 한운석이 묵는 객잔으로 달려갔다.

나쁜 소문이 돌고 있는데도 용비야는 평소처럼 손 크게 영남군에서 가장 좋은 객잔을 전세 냈다.

횡령을 했다는 유언비어가 돌기 전에도 그는 늘 이렇게 호사를 부렸고, 신분과 행적을 숨길 필요가 없을 때는 음식이나 옷, 숙소를 무척 까다롭게 골랐다.

남곽명덕이 왔을 때 용비야는 이층 대청에서 한운석과 차를 마시고 있었다.

층계참에 도착하자 남곽명덕은 데려온 관리들과 함께 무릎을 꿇고 큰절을 올렸다.

"소관 영남군수 남곽명덕이 진왕 전하께 인사 올립니다. 진왕 전하, 천세 천세 천천세! 왕비마마께 인사 올립니다. 왕비마마, 천세 천세 천천세!"

용비야는 차가운 시선으로 그를 훑어본 뒤 냉랭하게 말했다.

"일어나라."

얼음같은 목소리는 장내에 있는 사람들을 덜덜 떨게 만들기에 충분했다. 다른 관리들은 차마 그를 쳐다보지도 못해, 일어난 후에도 고개를 푹 숙이고 제자리에서 전전긍긍했다.

남곽명덕도 불안한 마음으로 허리를 굽히고 종종걸음으로 나아갔다.

"소관의 영접이 늦었습니다. 불초한 자식이 감히 전하께 무례를 범했으나 부디 용서해 주십시오."

"그러니까, 곡식을 나눠 줄 뜻이 없다는 말이냐?"

용비야가 말하면서 고개를 돌려 쳐다보았다. 남곽명덕은 정도 욕심도 없는 것처럼 차갑디 차가운 그 눈동자를 마주하자 오싹 소름이 끼쳐 황급히 고개를 숙였다. 두려움이 왈칵 솟아 감히 다시 쳐다볼 수도 없었다.

진왕 전하가 냉혈무정한 사람이고, 수단도 악랄해 누군가의 체면을 봐준 적이 없다는 말은 익히 들었다. 오늘 직접 그 모습을 본 남곽명덕은 우광복에게 약속한 것이 다소 후회스러웠다.

하지만 다른 방법이 없었다. 화살을 시위에 올렸으니 쏠 수밖에.

"어찌 감히 그럴 수 있겠습니까! 전하께서 분부하셨으니 반드시 온 힘을 다할 터, 섶을 지고 불에 뛰어드는 것도 마다하지 않겠습니다!"

남곽명덕은 허둥지둥 각오를 표했다.

"그럼 가서 처리해라."

용비야가 말하며 창밖을 돌아보았다.

"시간이 많이 남지 않았다."

진왕 전하의 차가운 옆얼굴을 보는 순간 남곽명덕은 하마터면 모든 것을 취소할 뻔했다. 하지만 살기 위해서, 마지막 희망을 놓지 않기 위해서 두 눈 딱 감고 계속해야 했다.

그는 일부러 곤란한 표정을 지으며 무력하게 말했다.

"진왕 전하, 성안에 등록된 사람은 총 이만삼천여 명으로, 한 사람에게 곡식 두 근을 주려면 약 사만 근이 필요합니다. 흉년인 지금은 말할 것도 없고 수확이 정상인 해에도 당장 그만한 곡식을 마련할 수가 없습니다!"

"그 말인즉, 본 왕이 너희 부자를 일부러 괴롭힌다는 말이냐?"

용비야가 차갑게 물었다. 한운석은 옆에서 느긋하게 차를 마시며 용비야가 남곽명덕을 손봐주는 것을 구경했다.

남곽명덕은 놀라 이마에 땀을 뻘뻘 흘리며 황급히 해명했다.

"아닙니다, 절대 그런 뜻이 아닙니다. 허나 곡식 양이 지나치게 많아 소관의 힘으로는 방법이 없습니다! 부디 밝게 살펴 주십시오, 진왕 전하!"

"네 말을 들어 보니 본 왕이 네 아들에게 놀림을 당했구나?"

용비야가 다시 물었다.

이 말에 한운석은 차를 뿜을 뻔했고, 남곽명덕은 놀라 바닥에 털썩 엎드렸다.

"아닙니다! 오해이십니다! 불초자식이 하늘 높은 줄 모르고 함부로 말을 뱉어 전하께 무례를 범했습니다. 소관이 전하께 사죄 올리니 부디 넓은 마음으로 모자란 자를 용서해 주십시오! 이번 한 번만 불초자식을 용서해 주십시오."

그제야 용비야가 그에게 정면으로 고개를 돌리며 매섭게 말했다.

"남곽명덕, 성안에 있는 이만 백성이 식량을 기다리고 있다. 이제와서 본 왕을 찾아와 곡식을 내놓지 못하겠다고 하면 본 왕이 무슨 낯으로 백성을 대하겠느냐!"

남곽명덕은 뭐라고 대답해야 좋을지 몰라 입을 다물었다.

그때 한운석이 가볍게 한숨을 쉬었다.

"전하, 그렇게 많은 곡식을 남곽 대인이 무슨 수로 마련하겠어요. 남곽준 말대로 목숨으로 보상하게 하시지요. 두 사람 목숨으로 이만 백성의 원망을 가라앉힐 수 있다면 충분히 가치가 있지요. 호호호."

그 말에 남곽명덕은 심장이 쿵 내려앉았다. 방금까지도 다 취소하고 싶은 마음이 조금 있었지만, 지금은 우광복과 끝까지 해야겠다는 결심이 섰다.

그는 황급히 말했다.

"살려 주십시오, 전하! 살려 주십시오! 소관, 당장 가서 마련하겠습니다. 온 힘을 다하겠습니다!"

객잔 대문을 나서자 남곽명덕도 숨쉬기가 훨씬 편해졌다. 사실 그는 연극을 하러 왔을 뿐 어차피 곡식을 마련하러 갈 생각이었다. 곡식을 마련하지 않고서는 연극을 계속할 수 없었다.

오늘 밤 영남군성에는 재미있는 연극이 펼쳐질 것이다!

용비야와 한운석은 창 앞에 나란히 서서 멀어지는 남곽명덕의 뒷모습을 바라보았다.

"전하, 저 군수 대인이 정말 곡식을 내놓을 만큼 멍청하진 않겠죠?"

한운석이 아는 바에 따르면 군수는 지방에서는 높은 직위였다. 그런 자리에 오를 수 있는 사람이 평범할 리 없었다.

용비야는 대답하지 않고 가만히 혼잣말을 했다.

"이재민들은 어디로 갔을까?"

영남군성은 영남군의 한가운데 있고 그들은 북쪽에서 왔으니 군의 태반을 통과한 셈인데, 지금까지도 이재민 무리를 보지 못했다. 오늘 해지기 전 성안에서 곡식을 나눠 준다는 소식은 분명히 벌써 퍼져 나갔을 텐데, 이상하게 성으로 밀려드는 이재민도 없었다.

대체…… 어떻게 된 걸까?

곡식을 내놓을 때

용비야의 의혹은 한운석도 내내 고민하던 문제였다.

"전하, 뭔가 속임수가 있는 게 분명해요."

한운석은 확신했다. 남곽명덕이 오기 전에 비밀 시위에게 물었는데 영남성의 성문 네 곳이 하나도 닫혀 있지 않다는 것을 보면 이재민들이 들어오지 못하게 막았을 가능성은 없었다.

오는 길에는 이재민들이 성안에서 식량을 구하고 있는 줄 알았는데, 지금 상황을 보면 그렇지도 않았다.

설마…… 누군가 이재민을 통제하고 있는 걸까?

사실 흠차 대신이 재해 지역을 순시하고 이재민을 구호할 때 이재민이 보이지 않는 것은 정상이었다. 일반적으로 흠차 대신이 지방에 갈 때, 지방 관리들이 미리 그 경로를 손보고 이재민들을 쫓아내곤 했기 때문이었다. 설사 미리 손을 보지 않았다 해도, 지방 관리들은 이재민 무리를 보이지 않는 곳으로 쫓아낼 힘이 있었다.

다만 용비야가 횡령했다는 소문이 파다한 지금은 남곽 대인이 재해 상황을 숨기고자 해도 상부에서 허락하지 않았을 것이다. 도리어 이재민을 부추겨 소란을 일으키게 함으로써 용비야를 곤란하게 만들라고 했을 것이 분명했다!

용비야와 한운석이 생각에 잠겨 있을 때 초서풍이 왔다. 그가 웃으며 말했다.

"전하, 두 가지 소식이 있습니다. 좋은 소식과 나쁜 소식입니다!"

물론 거기까지였다. 초서풍은 아무래도 진왕 전하에게 좋은 소식 먼저 들을래, 나쁜 소식 먼저 들을래 하고 물을 용기까지는 없어 순순히 소식을 풀어놓았다.

"좋은 소식은, 방금 비합전서를 받았는데 다른 두 지역에 곡식이 무사히 도착했고 아무에게도 들키지 않았다고 합니다. 재해 지역에서 전하의 명을 기다리고 있습니다!"

용비야가 국구부에서 받아 낸 삼백여 만 섬의 곡식 중 절반은 영남성 밖에서 비밀리에 대기 중이었다. 나머지 절반은 다른 재해 지역 두 곳에 고루 나눠 보냈는데 이제 목적지에 도착해 용비야의 명령만 떨어지면 여봐란듯이 성에 들어가 분배하기만을 기다리고 있었다.

곡식을 나눠 주는 것도 목적이지만 탐관오리를 잡아들이는 것이 더 큰 목적이었다. 국구부에서 받아 낸 곡식이 꽤 많지만 이재민은 더 많아서 한 사람에게 줄 수 있는 양에 한계가 있었다. 그 양으로는 한 달을 버틸 수 있을까 말까 해서 겨울을 나는 것은 턱도 없었다.

벌써 초겨울이고 두 달만 지나면 섣달이었다. 그때쯤이면 한겨울이라 산나물마저 없을 텐데 이재민들이 어떻게 버틸까!

그러니까 남곽명덕의 생각이 옳았다. 곡식을 구하지 못한 진왕 전하는 반드시 탐관오리를 잡아들여 빼돌린 곡식을 모조리 토해 내게 할 것이 분명했다.

주인이 고개만 끄덕일 뿐 곡식을 분배하라는 명령을 내릴 기미가 없자 초서풍은 황급히 나쁜 소식을 전했다.

"비밀 시위가 조사를 끝냈는데, 영남군 사방 교외의 이재민은 바로 사방 교외의 촌락에 모두 모여 있습니다. 제 생각에는 조직을 만든 게 분명합니다."

이 말에 한운석은 곧 웃음을 터트렸다.

"전하, 아무래도 저들이 전하를 한참 기다린 모양이에요."

용비야는 단 한마디만 했다.

"오늘 밤에 두고 보겠다."

누구를 위해서든, 어떤 일이 벌어지든 멈추지 않는 것이 시간이었다. 세 시진은 금방 지나갔고 해가 산 너머로 내려앉았다.

군수부에 갇힌 남곽준은 서쪽으로 지는 해를 바라보며 울먹였다.

오후에 아버지가 보낸 사람이 군수부 장부에 기록된 식량을 모두 가져갔다.

장부에 기록된 식량은 횡령한 것이 아니라 정상 비축분이었다. 누가 뭐래도 군수부는 관리를 양성하고 영남군 전체를 관할하는 곳이기 때문이었다. 많은 양은 아니고, 군수부에 있는 오백 명이 한 달 먹을 만한 양이었다.

그가 알기로 군수부 지하 창고에 꽤 많은 곡식이 비축되어 있었는데 아버지는 그중의 한 톨도 건드리지 않았다. 아버지가 이번 일을 어떻게 처리할지는 그도 몰랐다. 그저 돌아온 아버지가 또다시 자신에게 화풀이하지 않기를 바랄 뿐이었다.

약속한 시각은 아직 멀었는데 성안의 백성 모두가 가족을 이끌고 군수부 대문 앞에 길게 줄을 서서 곡식 배급을 기다렸다.

해가 떨어질 때쯤 이만여 명이나 되는 백성이 거의 모두 도착했고, 군수부 대문 앞에는 스무 개에 가까운 줄이 생겨 성문 입구까지 쭉 이어졌다. 성안 사람들이 총출동했다고 해도 좋을 만큼 어마어마한 광경이었다!

질서정연한 대열이지만 그래도 군수부 대문을 단단히 틀어막고 있었다. 이렇게 많은 사람이 이렇게 빽빽하게 모여 있으니 폭동이 일어나면 어떤 결말을 맞게 될지 상상할 수도 없었다.

용비야의 마차가 골목에서 나오자 대로에 서 있던 사람들은 알아서 길을 비켜 주었다.

유언비어야 어떻든 곡식은 곧 그들의 하늘이자 땅이자 부모였다!

용비야가 군수부 대문 앞에 도착했을 때 대문은 아직도 꼭꼭 닫혀 있었다.

용비야가 장내를 진정시키지 않았다면 모두들 벌써 소란을 피웠을 것이다.

"군수 대인이 약속을 어기는 것인가?"

용비야가 차갑게 물었다.

그 말이 떨어지는 순간 남곽 대인의 목소리가 들려왔다.

"진왕 전하, 노여움을 푸십시오! 부디 노여움을 푸십시오!"

사람들이 소리 나는 쪽을 돌아보니 남곽명덕이 하인 몇 명을 데리고 멀지 않은 골목에서 종종걸음으로 뛰어나오는 것이 보였다. 얼마 지나지 않아 곡식을 실은 수레가 하나둘 느릿느릿 골목에서 나왔다.

눈앞에 나타난 곡식보다 더 백성들을 흥분하게 만드는 것이 또 있을까? 한순간 모든 이들이 공손하기 짝이 없는 태도로 대로에 길을 터주었다. 용비야가 나타났을 때보다 더 널따란 길이었다.

남곽명덕은 직접 수레를 지휘했고, 수레꾼에게 사람들을 치지 않도록 조심하라는 당부도 잊지 않았다.

솔직히 말해 백성을 아끼는 그의 모습은 오늘 아침 길에서 거칠게 마차를 몰아대던 그 아들의 모습과는 너무나도 딴판이어서 더욱더 가식적으로 느껴졌다!

수레가 하나둘 곡식을 싣고 나타나자 사람들은 흥분을 감추지 못하고 쳐다보았다. 그런데…… 얼마 지나지 않아 수레의 대오가 뚝 끊겼다!

꼼꼼히 세어 보니 남곽명덕이 데려온 수레는 열 대였고 수레마다 곡식 여덟 섬이 실려 있으니 총량은 고작 여든 섬밖에 되지 않았다.

용비야는 똑똑히 보고도 아무 말 하지 않았다.

하지만 백성들은 곧 당황해하며 수군거리기 시작했다.

"저것뿐이야?"

"충분할까? 모두에게 다 나눠 준다고 하지 않았어?"

"두 근이라던데? 오늘 아침에는 두 근이라고 했다고!"

처음에는 곡식 양에 관한 말뿐이었지만 갑자기 누군가 큰 소리로 외쳤다.

"다들 서두르지 마시오. 진왕 전하께서 약속하셨으니 반드시 지키실 것이오."

그 말이 떨어지자 주제는 곧 용비야에게로 옮겨졌다.

"맞아, 맞아. 진왕 전하께서 약속하셨으니 다들 걱정할 것 없어."

"진왕 전하는 흠차 대신이시니 약속하신 것은 반드시 지키실 거야!"

"전하께는 분명히 곡식을 마련할 방법이 있어."

한운석이 와서 이 말을 들었다면 분명히 눈을 흘겼을 것이다. 지어내는 것도 분수가 있지, 분명히 남곽준이 약속한 일인데 어쩌다 용비야가 약속한 일로 둔갑한 걸까?

애석하게도 그녀는 지금 이곳에 없었다. 현장에는 용비야 한 사람뿐, 초서풍조차 없었다.

비단 장포를 걸치고 뒷짐을 진 채 군수부 섬돌 위에 선 용비야는 이런 말들 앞에서도 고귀하고 우뚝하고 태산처럼 침착했다. 그의 차가운 시선은 시종일관 남곽명덕에게서 떨어지지 않았다.

남곽명덕은 능청스럽게 수레에 실은 곡식이 떨어질세라 붙잡으면서 군수부 대문 앞으로 왔다.

그리고 숨을 헐떡이면서도 쉬지 않고 황급히 예를 올렸다.

"진왕 전하께 인사 올립니다. 소관이 곡식을 구하느라 늦었으니 부디 용서해 주십시오."

그러자 웅성거림이 뚝 그치고 모두의 관심이 그쪽에 쏠렸다. 기다린 줄 뒤쪽에 있던 사람들도 가까이 가서 어찌 된 일인지 보고 싶었지만, 아직까지는 모두 질서를 유지했고 새치기 하거나 다투는 이는 없었다.

"얼마나 구했느냐?"

용비야의 차가운 목소리가 조용한 분위기를 좀 더 차갑게 만들었다.

"전하, 소관이 오후에 직접 성을 나가 구한 여든 섬에 군수부에 비축된 백 섬을 보태면 총 백여든 섬으로, 천 근가량 됩니다."

남곽명덕이 이렇게 말하며 문을 두드리자 군수부의 대문이 열리고 장한 몇 명이 곡식을 한 섬 한 섬 짊어지고 나왔다.

'천 근가량'이라는 말에 장내는 더욱더 조용해졌다.

천 근이면 한 사람, 혹은 한 가족에게는 절대 적은 양이 아니지만, 줄지어 선 이만 명에게는 피눈물 흘리게 만드는 양이었다.

천 근을 이만여 명이 나누면 한 사람당 얼마나 받을 수 있을까? 한 끼도 때우기 힘들었다!

사람들은 곧 불안해지기 시작했다. 수군거림이 일었지만 감히 큰소리를 내는 사람은 없었다. 어쨌든 진왕 전하가 아직 아무 말씀 없기 때문이었다.

"남곽명덕, 본 왕이 셈을 할 줄 모른다고 업신여기는 것이냐, 아니면 이 자리에 있는 이만 명이 셈을 할 줄 모른다고 생각한 것이냐?"

용비야의 노여운 질문이 떨어지자 모두가 조용해졌다.

남곽명덕은 털썩 무릎을 꿇었다.

"용서해 주십시오, 진왕 전하! 영남성 백성 이만 명에게 한 사람 당 두 근씩 나눠 주려면 사만여 근이 필요합니다. 소관에게 날고 기는 재주가 있다한들 그렇게 많은 곡식은 구할 수가 없습니다!"

남곽명덕은 이렇게 말하며 목청을 돋우어 큰소리로 외쳤다.

"전하, 이 곡식들은 소관이 각 관아에서 가져온 것으로, 조정에서 각 관아의 관리와 병졸들을 먹이기 위해 남겨 준 것입니다. 영남군 관할의 네 현, 여덟 고을 모든 관아에 비축된 곡식을 죄다 가져왔고 군수부의 곡식 역시 여기 다 있습니다. 소관은 실로 무능해 어쩔 수가 없었습니다. 부족하다 생각하신다면 소관의 목숨을 거두십시오! 불초자식은 남곽씨 집안의 유일한 핏줄이니, 부디 어리고 무지한 것을 가엾이 여겨 한 번만 놓아주십시오!"

남곽명덕은 눈물을 철철 흘리며 감정을 잔뜩 담아 말한 다음, 몸을 돌려 백성들을 향해 엎드렸다.

"여러분, 이 남곽명덕은 영남군의 본관 군수지만 고작 여러분에게 드릴 곡식 하나 지키지 못했으니 도저히 여러분을 볼 낯이 없구려!"

재미있게도 '지키지 못했다'는 표현을 썼는데, 이것이 뭔가를 암시하는 것 같았다.

백성들이 들은 소문은 많았다. 진왕 전하가 횡령했다는 소문, 군수가 횡령했다는 소문, 그리고 하급 관리가 횡령했다는 소문까지 있었다. 하지만 대체 무엇이 사실이고 무엇이 거짓인지는 확실히 판단이 서지 않았다.

남곽명덕이 이처럼 구슬프게 호소하며 목숨까지 내놓겠다고 하자 적잖은 이들이 그가 구휼미를 횡령했다는 소문에 의문을 품었다.

어쩌면 본관 군수를 오해하고 있었는지도 몰랐다. 이 위급한 때 각 관아의 비축 식량과 군수부 비축 식량까지 모두 내놓은 것도 충분히 잘한 일이었다.

백성들은 역시 마음이 약했다!

그때 군중 속에서 누군가 외쳤다.

"남곽 대인은 돌아가시면 안 됩니다! 남곽 대인은 벌써 최선을 다하셨습니다! 곡식을 구하지 못한 건 남곽 대인의 잘못이 아닙니다!"

그 말이 떨어지는 순간 군수부에서 하인 하나가 뛰쳐나와 엉엉 울면서 용비야 앞에 엎드려 외쳤다.

"진왕 전하, 살려 주십시오! 남곽 대인을 살려 주십시오! 남곽 대인께서는 노모께 드릴 곡식까지 내놓으셨습니다! 군수부에는 쌀 한 톨 남지 않았습니다!"

그 말에 백성들이 웅성거리기 시작했고, 남곽명덕은 사람들의 동정을 얻는 것은 물론 숫제 존경의 대상으로 떠올랐다.

이런…….

연극은 다 했느냐

역시 여론은 조작하기 나름이었다!

군수부 하인의 말 한마디에 이만 백성이 동요하기 시작했다. 백성들 사이사이 서로 다른 곳에서 몇몇 사람이 목청을 높여 큰 소리로 외쳐댔다.

"남곽 대인은 곡식을 횡령하지도 않았는데 어디에서 그 많은 곡식을 구하겠습니까!"

"진왕 전하, 남곽 대인을 용서해 주십시오. 남곽 대인은 오로지 백성을 위하는 마음에 노모의 식량까지 내놓으신 분입니다!"

"그럼요, 그럼요. 제발 용서해 주십시오!"

"모두들 진왕 전하께 비세나!"

남곽명덕을 용서해 달라는 목소리는 점점 커져 결국 중론이 되었고, 남곽명덕을 도울 생각이 없던 사람들도 입을 다물거나 따라서 소리를 지를 수밖에 없었다.

결국 적잖은 이들이 무릎을 꿇고 엎드려 빌게 되었다.

용비야는 백성들을 위해 곡식을 돌려받으려고 했는데 놀랍게도 그 백성들이 남곽명덕을 살려 달라고 빌고 있으니, 확실히 남곽명덕의 솜씨를 칭찬하지 않을 수 없었다.

훌륭한 솜씨였다!

이 상황에서도 용비야는 내내 방관자처럼 고개를 숙이고 발치에 꿇어앉은 남곽명덕을 굽어보며 입가에 가소로운 웃음을 머금고 있었다.

이깟 솜씨쯤 용비야는 안중에도 없었다.

남곽명덕은 감히 용비야를 올려다볼 수도 없어, 고개를 푹 숙이고 꿍꿍이 속 많은 눈동자를 데굴데굴 굴리면서 다시 백성들을 바라보았다.

그가 두 손을 들어올렸다.

"여러분, 조용, 조용! 내 말 좀 들어보시오!"

그래도 박력은 있어서, 그가 이렇게 외치자 사람들은 곧 조용해졌다.

"여러분이 이렇게 대신 용서를 빌어 주시니 이 남곽명덕이 헛살지는 않았구려. 참으로 보람을 느끼오! 오늘 여러분 앞에서 진왕 전하의 검 아래 죽는다 해도 여한이 없소! 다만 내가 이렇게 가면 누가 여러분에게 곡식을 구해 줄지 마음에 걸리는구려."

그 말과 비장한 표정에 사람들은 절로 슬퍼졌고, 안타까운 표정을 짓는 사람도 적지 않았다.

남곽 대인은 정말 늘 백성들 생각뿐이구나!

남곽명덕은 계속 큰소리로 말했다.

"솔직히 말하면 조정에서 보낸 구휼미 중 영남군에 온 것은 겨우 이천여 섬뿐이었고 지난달에 교외의 이재민들에게 나눠 주었소."

구휼미가 적다는 것은 모두 알고 있었지만, 영남군에 분배된

양이 고작 그것밖에 되지 않았다는 것은 처음 듣는 일이었다.

그 말이 나오자 사람들은 왁자하게 떠들었다. 어쩐지 남곽 대인이 곡식을 배급하지 않더라니, 이제 보니 그런 고충이 있었구나!

"여러분! 들어보시오, 여러분! 더는 나를 위해 용서를 청할 필요 없소! 본관 군수로서 이 남곽명덕은 죽음으로 사죄하고자 하오. 다만 진왕 전하께서 우리 영남군의 수만 이재민들을 가엾이 여겨 곡식을 좀 더 나눠 주시기를 바랄 뿐이오!"

말을 마친 남곽명덕은 마침내 고개를 들고 용비야를 바라보았다. 용비야의 살피는 눈빛을 대하자 양심이 찔렸지만 꾹 참았다.

갑자기 사람들 틈에서 누군가 큰소리로 외쳤다.

"조정에서 보낸 구휼미는 다 어디로 갔지? 누가 빼돌린 거야?"

다른 쪽에서도 누군가 이어서 외쳤다.

"조정에서 보낸 은자는? 그것도 구경도 못했어!"

"진왕 전하, 자선 경매 모금은 어떻게 되었습니까?"

허허 참, 누가 백성들에게 용비야에게 직접 질문을 던질 용기를 불어넣어 주었을까?

용비야의 입꼬리에 걸린 차가운 웃음이 점점 더 짙어졌다. 남곽명덕은 저 웃음이 무슨 의미인지 몰라 소리친 쪽을 돌아보며 무섭게 외쳤다.

"무례를 삼가시오! 진왕 전하는 폐하께서 구호를 위해 보내신 분이오. 흠차 대신이시니 반드시 이 어려움에서 여러분을 구하실 수 있소! 반드시 여러분에게 곡식을 배급해 주실 것이오!"

지금 상황에는 돈이 있어도 곡식을 구하기가 몹시 어렵다는 것을 뻔히 알면서, 남곽명덕은 일부러 이렇게 용비야를 치켜세웠다. 이는 틀림없이 여론으로 옭아매거나 여론에 치여 죽게 만들려는 속셈이었다!

"모두 함께 진왕 전하께 곡식을 나눠 달라고 빕시다!"

"진왕 전하, 남곽 대인은 그만 괴롭히시고 모두에게 곡식을 나눠 주십시오!"

조금씩 조금씩 줄 선 백성들이 앞쪽으로 몰려와 앞에 있던 사람들과 함께 큰소리로 곡식을 청했다.

상황은 거의 통제 불능으로 치달았다. 백성들은 입을 모아 '진왕 전하'를 불렀지만 용비야는 여태껏 그들에게 눈길조차 주지 않았다.

그는 빙산처럼 차가운 얼굴로 남곽명덕을 내려다보며 낮고 싸늘한 목소리로 물었다.

"연극은 다 했느냐?"

남곽명덕은 몸을 부르르 떨며 하마터면 층계에서 굴러 떨어질 뻔했다. 이렇게 혼란한 광경을 눈앞에 두고도 이렇게 침착하게 한눈에 그의 계략을 꿰뚫어 볼 줄이야.

두려움이 무럭무럭 솟았지만 남곽명덕은 여전히 이를 악물고 버텼다.

지금 이 순간은 생사를 판가름 짓는 관문이었다. 이 관문만 넘으면 순풍에 돛 단 듯 진급도 하고 재산도 불리고 영남군에서 멀리 떠날 수 있었다. 반면 이 관문을 넘지 못하면 죽음뿐이었다.

그는 용비야의 말을 못 들은 척하며 한 발 뒤로 물러나 과장된 동작으로 꿇어앉아 자꾸만 머리를 조아렸다.

"곡식을 나눠 주십시오, 진왕 전하! 부디 곡식을 나눠 주십시오!"

암호였다. 이 광경을 보자 그의 뒤에 있던 하인들이 슬그머니 내뺐고 오래지 않아 나쁜 소식을 갖고 돌아왔다.

"보고요! 성 남쪽에 이재민 무리가 대거 쏟아져 들어와 진왕 전하께 곡식을 나눠 달라 청하고 있습니다!"

"보고요! 성 서쪽에서 이재민 무리가 성문을 공격했는데 통제할 수가 없습니다. 진왕 전하께 곡식을 나눠 달라고 외치고 있습니다."

"보고요! 성 동쪽에서 약 사천 명의 이재민들이 폭동을 일으켰습니다. 관병으로는 막지 못해 벌써 이쪽으로 달려오고 있습니다!"

우광복이 호응하러 온 것이 틀림 없었다!

남곽명덕은 입가에 음험한 미소를 그리며 일어섰다.

"누구 없느냐, 진왕 전하를 보호해라!"

말을 하지 않았으면 모를까, 그 말을 하는 순간 사람들 틈에서 누군가 곧바로 소리를 질렀다.

"진왕 전하를 떠나시게 하면 안 되오! 진왕 전하께서 반드시 답을 주셔야 하오!"

동조하는 외침이 곳곳에서 일어났다.

"진왕 전하, 가시면 안 됩니다! 곡식이 올 때까지 진왕 전하께서는 가실 수 없습니다!"

"진왕 전하, 자선 경매 모금액이 그렇게 많은데 곡식을 사지 않으셨습니까?"

"진왕 전하, 국고에서 나온 그 많은 곡식은 어디로 갔습니까? 백성들은 한 톨도 못 봤습니다!"

이만여 백성들이 모두 혼란에 빠져 흥분한 채 앞으로 달려들었다. 누구 짓인지 울짱까지 치워져 뒤에서도 백성 한 무리가 밀려와 군수부 대문 앞을 단단히 틀어막으며 용비야를 한가운데 몰아넣었다.

곡식을 달라는 소리, 항의하는 소리, 질문하는 소리가 여기저기에서 터져 나오고, 곧이어 네 성문에서도 셀 수 없이 많은 이재민이 쏟아져 들어왔다.

그들은 조직이 되어 있었고, 일찌감치 부추김을 받아 본래 있던 이만 명보다 더 흥분하고 분개하고 광분해 있었다!

모두 필사적으로 앞으로 밀려들었고, 점점 격해지는 외침도 결국 예의 따위는 던져 버리고 노골적인 힐문이 되었다.

"진왕 전하, 자선 경매로 얻은 돈을 빼돌리고 곡식을 사지 않았다던데 정말입니까?"

"진왕 전하, 곡식을 보여 주십시오. 구호하러 오시지 않았습니까?"

"구호 흠차 대신이 곡식 하나 없을 수가 있습니까?"

"진왕비는 어디 갔습니까? 그 여자가 화근덩어립니다! 진왕비가 구호용 은자를 다 써 버린 게 아닙니까?"

"진왕 전하, 조정에서 보낸 구휼미는 어쨌습니까? 다 어디로 갔습니까? 똑똑히 설명하십시오!"

상황은 이미 통제 불능이었고 몇 군데에서는 숫제 서로 밟고 밟히는 일까지 벌어졌다.

남곽명덕은 장창을 든 관병들을 둘러 세워 사방에서 밀려드는 백성들이 가까이 오지 못하게 하면서 최후의 방어선을 구축했다.

그러면서 그는 정말 어쩔 수 없다는 얼굴로 말했다.

"전하, 사람들에게 한마디만 해 주시지요! 그렇지 않으면……."

"그렇지 않으면?"

용비야가 차갑게 반문했다.

수많은 사람이 손가락질하건 말건 그는 동요하지 않고 차가운 시선으로 주위 사람들을 일일이 훑어보았다. 줄곧 보지 못했던 이재민들이 모두 이곳에 있었다. 전부 이곳에 온 것이다.

그가 기다린 것도 이것이었다. 그들이 나타나기를, 그들이 와서 소란을 피우기를, 소란 끝에 배후의 주모자가 모습을 드러내기를.

이제 돌이킬 수도 없는 남곽명덕은 진지하게 말했다.

"전하, 영남군의 이재민은 수만 명입니다. 자리를 피하시지요."

용비야가 피할 리 없었다. 피한다는 것은 찔리는 구석이 있다는 뜻이었다!

"모두 왔느냐?"

그가 차갑게 물었다.

남곽명덕은 몹시 뜻밖이어서 그 말뜻을 꿰뚫어 볼 수가 없었다.

"모두 왔느냐?"

용비야가 다시 물었다.

남곽명덕은 불안감을 느끼며 입을 열었으나 뭐라고 대답해야 좋을지 몰랐다. 바로 그때, 위장하고 사람들 틈에 숨어 있던 우대인이 이 광경을 보고 재빨리 옆에 있는 관병에게 눈짓했다.

별안간 장창을 들고 이재민을 막아서던 관병들이 모조리 창을 내렸고, 가까이 있던 만 명에 이르는 이재민들이 벌떼같이 달려들었다. 마치 사람을 짓이겨 놓을 것 같은 그 기세는 누가 봐도 겁을 먹을 정도였다.

"못 간다!"

"진왕, 곡식을 내놔라! 빼돌린 곡식을 모두 내놔!"

"구호금도 내놔라. 진왕비도 내놔라!"

이재민들은 이미 폭도로 변했고, 그 입에서 나오는 말은 유언비어보다 더 끔찍했다. 저 분노에 찬 질책과 힐문, 요구를 들으면, 모르는 사람이라면 용비야가 은자와 곡식을 횡령했다고 믿고 지금까지의 소문이 진짜라고 생각할 정도였다.

이재민들이 덮쳐 오려는 순간, 용비야가 예고도 없이 검을 뽑아 하늘 높이 들었다!

일순, 앞으로 달려들던 이재민들이 전부 우뚝 멈췄다!

폭동은 식량을 얻기 위해서였고 식량은 목숨을 구하기 위해서였다. 그러니 누가 진짜 목숨까지 내던지려고 할까?

용비야가 동작 하나로 수만 이재민들을 제압하자 옆에 있던 남곽명덕조차 눈이 휘둥그레졌다. 진왕 전하가 부득이하게 달아날 줄 알았지, 검을 뽑을 줄은 꿈에도 몰랐다!

뭐…… 뭘 하려는 거지?

우광복도 뜻밖이었지만 그래도 입가에 음험한 미소를 머금었다. 그는 진왕이 압박을 못 이겨 백성들을 베어 물러나게 하거나 남곽명덕을 죽이려 한다고 생각했다.

어쨌든 사태는 수습하지 못할 지경까지 왔고 이재민들이 커다란 폭동을 일으켰으니 진왕 전하는 싫어도 현실과 맞닥뜨려야만 했다. 어떤 방법을 쓰든 무너진 명성을 되돌릴 수는 없었다. 진왕이 횡령했다는 유언비어가 사실이 되면 진왕은 구호흠차 대신이라는 직무를 감당할 수 없었다.

소식은 금세 전 재해 지역으로 퍼져 나갈 것이다. 우광복이 벌써 준비를 착착 해놓았으니 다른 재해 지역에서도 곧 이곳과 같은 커다란 폭동이 일어날 것이다.

재해 지역 세 곳 모두에서 폭동이 일고 진왕 전하를 규탄하는 목소리가 들리면, 천휘황제는 명령을 내려 진왕 전하를 엄히 조사하고 친왕 작위를 박탈해 민심을 가라앉힐 것이다.

이렇게 생각하자 우광복은 흥분에 겨워 진왕에게 한 주먹 더 먹이기로 했다.

그가 이재민으로 위장한 시종에게 눈짓하자 시종은 즉각 목숨을 걸고 용비야의 검으로 달려들었다.

"진왕 전하, 우리 곡식은 어디 있습니까?"

시종은 검에 찔려 죽을 준비가 되어 있었다. 이런 시점에 용비야가 사람을 죽이면 골칫거리가 더 커질 것이다!

그런데 뜻밖에도 용비야는 검을 치워 시종이 텅 빈 곳에 털썩 쓰러지게 한 다음, 발로 그 몸을 밟으며 차가운 눈으로 대중을 훑어보면서 준엄하게 말했다.

"본 왕은 곡식을 나눠 주러 왔다. 누구든 한 걸음이라도 다가오는 자에게는 한 톨도 주지 않겠다!"

이 말이 떨어지자 마구 날뛰던 사람들이 더없이 조용해졌다. 그 누구도 감히 소란을 피울 수가 없었다.

진왕 전하가 정말 곡식을 나눠 주러 왔다고?

백성들이 원하는 건 바로 곡식이었다. 그 말을 듣고도 누가 난동을 부릴 수 있을까? 그렇지만 남곽명덕과 우광복은 달랐다.

그들은 백성들을 사이에 두고 말없이 서로를 쳐다보았고 마음이 통한 듯 미소를 떠올렸다.

강남에 있는 진왕 전하의 대장원에 곡식이 얼마나 있고, 얼마나 썼는지는 상부에서 이미 명확히 조사한 후였다.

진왕 전하 손에 남은 곡식이 얼마 되지 않는다는 것을, 그들은 완전히 확신했다. 가진 돈은 있겠지만 이런 상황에서는 곡식을 사들일 곳이 없었다. 설사 암시장에 갔다 해도 그렇게 많이 사들이진 못했을 것이다.

암시장에서 거래된 대량의 곡식은 모두 국구부에서 나온 것인데 진왕 전하에게 팔 리 있을까?

남곽명덕과 우광복이 웃은 까닭은 목적을 이루었기 때문이었다!

그들이 백성을 선동해서 폭동을 일으킨 것은 진왕 전하를 물러날 곳 없도록 몰아붙이기 위해서였다.

진왕 전하가 달아나지 않고 도리어 이런 말을 한 것은 틀림없이 긁어 부스럼 만드는 짓이었다. 방금 한 말을 이행하지 못하면 백성들의 분노가 어떨지 충분히 상상할 수 있었다.

그렇게 되면 그들이 선동하지 않아도 백성들이 알아서 진왕 전하를 물고 늘어질지도 모른다!

역시 남곽명덕과 우광복이 움직이지도 않았는데 조용해진 군중들 틈에서 누군가 불안한 마음에 입을 열었다.

"진왕 전하께서는 얼마나 나눠 주실 계획이신지요?"

남곽명덕과 우광복은 속으로 낄낄거렸다. 특히 남곽명덕은 관문을 무사히 넘었구나 싶어 안도의 숨까지 내쉬었다!

이제 마음 푹 놓고, 평생 영리하게 살아왔지만 한 번의 어리석음으로 위기에 빠진 진왕 전하가 이재민의 질문에 어떻게 대답하는지 구경하면 되었다.

그는 높디높으신 왕이 얼마 못 가 자신의 귀한 아들을 건드린 것을 후회하게 되리라고 생각했다.

"국고에서 보낸 양만큼이다. 영남군은 큰 군현이니 배급한 곡식도 적지 않을 것이다."

용비야가 차갑게 대답했다.

이 말에 많은 이재민들이 기뻐했고, 누군가는 기쁨이 과한 나머지 이렇게 물었다.

"진왕 전하, 그 말씀이 사실입니까?"

하지만 용비야는 무례하다 따지지 않고 차갑게 대답했다.

"사실이다!"

이 광경을 본 사람들은 점점 담력이 커졌다.

"진왕 전하, 언제 나눠 주십니까?"

"그러게 말입니다! 진왕 전하, 요 며칠 안에 나눠 주실 겁니까?"

"진왕 전하, 가능한 한 빨리 나눠 주실 수는 없을까요? 모두 쌀 구경을 못한 지가 며칠째입니다!"

흥분한 백성들을 보면서 남곽명덕은 속으로 냉소를 금치 못했다. 진왕이 감히 이 많은 사람 앞에서 거짓말을 하다니, 나중에 어떻게 수습하려는지 궁금했다.

사람들 틈에 숨어 있던 우광복은 더욱더 냉소를 흘렸다. 그는 진왕의 거짓말이 들통났을 때 오만하기 짝이 없는 저 왕이 백성들이 뱉은 침에 빠져 죽는 꼴이 무척 보고 싶었다!

생각만 해도 흥분되었다!

우광복은 참다못해 앞으로 달려드는 사람들 뒤에 숨어서 외쳤다.

"진왕 전하, 정확한 시간을 알려 주시지요. 그래야…… 그래야 모두가 실망하지 않습니다!"

용비야가 그쪽으로 차가운 시선을 던지며 싸늘하게 대답했다.

"당장!"

당장?

그 한마디에 곧바로 귀청이 떨어질 정도로 커다란 환호성이 터졌다.

남곽명덕과 우광복도 깜짝 놀랐다. 어떻게…… 거짓말이 너무 심하군!

어떻게 당장 곡식을 나눠 줄 수 있다는 걸까? 어디에서 곡식을 구한다는 걸까?

"진왕 전하, 곡식이 어디 있습니까? 남곽 대인이 구해 오신 이 곡식은 아니겠지요?"

우광복은 정말이지 참을 수가 없어 또 물었다.

이번에는 용비야도 대답하지 않았다. 사람들 뒤쪽에서 탄성이 터져 나왔기 때문이었다.

"곡식이다! 곡식이 왔다! 먹을 것이 생겼다!"

어떻게 된 거지?

사람들이 우르르 그쪽을 돌아보았다. 남곽명덕과 우 대인도 예외는 아니었다.

하지만 사람이 너무 많아 눈에 들어오는 것은 사람 머리뿐이었다.

그래도 멀리서부터 즐거운 외침 소리는 점점 높아져 귀에 쩌렁쩌렁하게 울렸다.

"곡식이 왔다! 곡식이 생겼어! 어마어마한 양이구나! 모두 먹을 수 있겠어!"

"진왕 전하, 천세 천세 천천세! 왕비마마, 천세 천세 천천세!"

이게 무슨…….

왜 여기서 한운석 이름이 나오는 거지? 나타나지도 않았는데!

남곽명덕과 우광복은 영문을 알 수 없어 얼빠진 얼굴이었다.

조금씩 조금씩 환호성이 가까워졌고, 용비야를 에워싸고 있던 이재민들도 어떻게 된 건지 보려고 뒤쪽으로 몰려갔다.

뒤쪽에서는 대체 무슨 일이 일어났을까? 다들 곡식이 왔다고 하는데 어떻게 된 걸까?

우광복과 남곽명덕도 몸이 근질근질해졌다. 남곽명덕은 움직일 수 없었지만, 우광복은 잠시 망설이다가 참지 못하고 이재민들을 따라 뒤로 달려갔다.

그렇지만 곧 우뚝 멈췄다. 뒤로 몰려가던 이재민들이 알아서 양쪽으로 비켜나며 아주 널찍하게 길을 만들어주고 있었기 때문이었다!

멀리서 곡식을 운반하는 수레가 다가오는데 그 위에는 곡식이 첩첩이 쌓여 있었다. 커다란 용처럼 한없이 길게 이어지는 수레 행렬을 수만 이재민이 에워싼 장면은 정말이지 웅장하고 위풍당당했다.

수레 행렬을 이끄는 사람은 여자였다. 보랏빛 화려한 옷을 입고 커다란 말에 올라 사람들을 굽어보는 그녀는 마치 순행을 나온 여왕처럼 수많은 백성이 지켜보는 가운데 고귀하고 우아하고 함부로 모욕할 수 없는 기운을 쏟아내고 있었다!

그 여자는 다름 아닌 진왕비 한운석이었다!

“진짜 곡식이군!”

“왕비마마! 저 분은 틀림없이 왕비마마야!”

“왕비마마께서 우리에게 곡식을 주러 오셨어!”

“아주 많아! 정말…… 정말 많아!”

수레 행렬이 점점 가까워질수록 흥분한 이재민들은 기뻐서 덩실덩실 춤을 추었다. 진왕비가 가져온 것은 곡식이자 희망이자 그들 일가족의 목숨이었다!

선동한 사람도 없고 거짓을 꾸며 대는 사람도 없었지만, 여기저기에서 이재민들이 스스로 무릎을 꿇고 높이 외쳤다.

“진왕 전하, 천세 천세 천천세! 왕비마마, 천세 천세 천천세!”

마지막에는 결국 모두가 무릎을 꿇었다.

성안의 대로와 골목을 가득 채운 수만 이재민들이 모조리 꿇어앉은 장면이 얼마나 장관인지는 충분히 상상할 수 있었다!

남곽명덕은 제자리에 멍청하게 서서 수레에 실려 오는 곡식을 뚫어져라 쳐다볼 뿐 정신을 차리지 못했다. 자신의 눈을 믿을 수가 없었다. 어떻게 이럴 수가!

진왕 전하에게 제아무리 많은 돈이 있다한들, 대체 어디에서 저 많은 곡식을 구할 수 있었을까!

국구부를 제외하면 이 세상에서 저렇게 많은 곡식을 내놓을 수 있는 곳은 없었다. 하지만…… 하지만 국구부는 절대로 진왕 전하에게 곡식을 팔 리 없었다!

남곽명덕은 넋이 나갔고 우 대인은 숫제 충격으로 온몸이 딱딱하게 굳어 꼼짝달싹할 수가 없었다.

심지어 주변의 모두가 꿇어앉는데도 정신 차리지 못하고 멍하니 제자리에 서 있었다. 눈앞에 펼쳐진 이 광경을 도무지 믿을 수 없었다.

꿈을 꾸는 게 분명했다!

은혜에 감사하며 엎드린 백성들 사이로, 한운석은 순조로이 수레 행렬을 호송한 뒤, 커다란 말에서 내려 일부러 옷매무새를 가다듬은 다음에야 군수부의 높은 층계를 올랐다.

"진왕 전하, 신첩이 전하의 명을 저버리지 않고 곡식 백오십만 섬을 모두 호송해 왔습니다. 살펴보시지요!"

한운석의 목소리는 크지 않았지만 모두의 귀에 똑똑히 들렸다.

백오십만 섬!

세상에나, 어쩐지 운송하는 수레가 줄줄이 이어진다 싶었는데 그렇게 많은 양이었다니!

백 오십만 섬은 영남군의 이재민 모두가 두세 달은 먹고도 남을 양이었다!

백성들의 환호성과 감사의 목소리는 갈수록 커져 갔다. 파도처럼 철썩철썩 몰아치는 외침은 말로 설명할 수 없을 만큼 크고도 컸다!

바로 그 순간 백성들의 머릿속에는 곡식이 생겼다는 생각뿐이었다. 진짜 존재하는 곡식, 눈에 보이는 곡식이었다! 유언비어 같은 것은 까맣게 잊은 지 오래였다!

진왕 전하와 진왕비는 그들의 큰 은인인데 횡령 같은 걸 할 리가 없었다. 횡령을 저지른 자는 분명히 다른 사람이고, 진왕 전하는 분명히 탐관오리를 잡아들일 것이다!

"남곽명덕, 네가 세어 보는 게 어떠냐?"

용비야가 차갑게 입을 열었다.

남곽명덕은 다리가 풀려 그대로 무릎을 꿇었다. 뭐라고 대답해야 좋을지 알 수가 없었다.

그사이 우광복은 비로소 정신을 차리고 황급히 남들을 따라 무릎을 꿇으려고 했지만 애석하게도 이미 늦은 후였다. 용비야는 일찍부터 그를 눈여겨보고 있었기 때문이었다.

초서풍이 이미 이재민들이 모여 있는 곳을 알아낸 이상, 폭동을 부채질한 배후의 주모자가 호부의 우광복이라는 것을 모를 리 없었다.

"우광복, 아니면 네가 하겠느냐?"

용비야가 차갑게 물었다.

우광복은 두 다리를 부르르 떨더니 털썩 무릎을 꿇었다. 하지만 국구부에서 고르고 골라 보낸 사람답게 아직 완전히 넋이 나간 것은 아니었다.

"왕비마마께서 말씀하신 양 그대로입니다! 진왕 전하께서 드디어 곡식을 가져오셨군요. 전하는 이재민들의 복이자 천녕국의 복입니다! 소관, 진심으로 탄복했습니다……."

우광복은 주위의 백성들보다 더 흥분해서 주절거리다가 엎드려 절하고 이재민들과 함께 외쳐 댔다.

"진왕 전하, 천세 천세 천천세! 왕비마마, 천세 천세 천천세!"

이를 본 남곽명덕은 기가 막혔다. 이제 무슨 일이 벌어질지 상상할 수도 없었다.

우광복의 태도에 용비야는 코웃음을 쳤다.

그는 남곽명덕을 바라보며 물었다.

"남곽명덕, 본 왕이 이 곡식을 어디서 구했는지 알고 싶지 않느냐?"

남곽명덕도 알고 싶었지만 우광복은 더욱 알고 싶었다. 남곽명덕이 쭈뼛거리면서 멍청한 모습을 꾸며 냈다.

"아마 구호금으로 사셨겠지요."

"그렇다!"

용비야가 말했다.

남곽명덕과 우광복은 모두 당황했다. 진왕 전하가 무슨 뜻으로 이런 걸 묻는지 알 수가 없었다.

그런데 한운석이 웃음을 터트렸다.

"전하, 이 곡식들이 다 사 온 것이라면 조정에서 보낸 구휼미는 어떻게 된 건가요? 신첩이 오는 길에 들어 보니, 방금 누군가 전하께 구휼미를 어쨌느냐고 여쭙던데 도무지 이해가 가지 않아요. 구휼미를 관리한 사람은 분명히 우 대인인데 왜 전하께 여쭙는 거죠?"

우광복은 차마 고개를 들어 한운석을 쳐다보지도 못했고 남곽명덕도 입을 꾹 다물었다. 백성들은 모두 그 말에 귀를 기울였지만 방금 선동하던 사람들은 아무도 감히 입을 열지 못했다.

구휼미는 대체 어디로 갔을까?

용비야가 차갑게 명령했다.

“여봐라, 군수부를 샅샅이 수색해라. 쌀 한 톨 놓쳐서는 안 된다!”

알다시피 조금 전에 남곽명덕은 군수부에 있던 곡식을 모조리 내놓았다고 선언했다. 그런데 한 톨이라도 나온다면…….

하지만 그러고 싶지 않다

사람이 착하면 깔보고, 말이 순하면 올라타는 게 인지상정이었다.

입을 다물수록, 참고 견딜수록, 사람들은 더욱 물로 보고 한도 없이 괴롭히려 들었다.

하지만 그렇지 않을 때도 있었다.

남곽명덕과 우광복이 이렇게 한참 연극을 했는데도 진왕은 줄곧 침묵했다. 아주 연극에 푹 빠져 한도 없이 괴롭히려 든 저 두 사람은 정말 진왕 전하를 물로 본 걸까?

이제 그 결과는 생각만 해도 끔찍했다.

초서풍이 직접 부하들을 이끌고 군수부를 수색하러 들어갔고, 밖에 모여든 사람들은 모두 결과를 기다렸다!

남곽명덕의 얼굴은 백지장처럼 하얘졌고 몸도 부들부들 떨렸다. 그는 군수부 대문 안을 뚫어지게 노려보며 말도 못 하게 긴장했다. 거의 절망적이었지만 그는 아직도 약간의 요행을 바라고 있었다. 비밀 창고에 숨긴 곡식이 발각되지 않으리라는 기대였다.

오랜 시간이 지났지만 초서풍은 나오지 않았다.

남곽명덕의 기대는 더욱 커졌다. 어쩌면 운이 좋을 수도 있었다. 비밀 창고는 워낙 은밀했고 초서풍은 군수부 구조에 익숙지 못하니 쉽게 찾을 수 있을 리 없었다.

그렇게 또 한참이 지나자 마침내 초서풍이 나왔다. 그 순간 모두 그쪽을 바라보았다. 대관절 군수부에 곡식이 있는지 없는지 이제 곧 밝혀질 것이다.

초서풍은 지나치면서 남곽명덕을 흘끔 바라보며 경멸에 찬 코웃음을 쳤다.

남곽명덕은 화들짝 놀라 소매 속에 있는 손을 꽉 움켜쥐며 더없이 긴장했다.

뜻밖에도 초서풍은 이렇게 보고했다.

"진왕 전하, 군수부에서 곡식을 찾아내지 못했습니다."

못 찾았다고? 남곽명덕이 곡식을 횡령하지 않았던 걸까?

장내에 있던 사람들은 다소 실망했지만, 남곽명덕은 순간 긴장이 탁 풀렸다. 그럼 그렇지! 비밀 창고가 그렇게 쉽게 발각될 리 있나!

결국 이 관문을 넘었구나!

그런데 웬걸, 초서풍이 말을 이었다.

"전하, 제가 찾아내지는 못했으나 남곽 공자가 안내를 자원했습니다. 공자의 말로는 군수부에 커다란 비밀 창고가 하나 있는데 안에 곡식이 가득 쌓여 있다고 합니다!"

그 말에 장내가 소란스러워졌다.

초서풍은 정말 군수부를 샅샅이 뒤질 만큼 멍청한 사람이 아니었다. 방금 안에서 한 일은 남곽준을 을러댄 것뿐이었다. 단단해 보여도 속 빈 강정인 남곽준이 무슨 수로 그 협박을 견뎌

낼까? 두어 마디 하기도 전에 모두 술술 불었다.

남곽명덕은 정수리에 번개를 맞은 양 그 자리에 딱딱하게 굳었다. 최후의 순간 친아들에게 뒤통수를 맞을 줄이야!

바로 이런 게 진정한 부모 팔이였다!

용비야가 입가에 비웃음을 띠며 물었다.

"남곽명덕, 가진 곡식이 없다지 않았느냐?"

비밀 창고에 든 곡식을 눈으로 보지 않더라도 남곽준의 말이 최고의 증거였다!

주위 백성들이 잇달아 분개하고 비난하기 시작했고 유언비어는 또 한 번 뒤집혔다. 진왕 전하는 구호금을 횡령하지 않았을 뿐만 아니라 구휼미도 횡령하지 않았다.

'본관 군수'라고 자칭하던 남곽명덕이야말로 가장 큰 좀벌레였다! 노모의 식량까지 내놓았다더니, 순 거짓말이었다!

얼마 안 있어 초서풍이 데리고 들어갔던 시위들이 하나하나 곡식을 꺼내 왔고, 오래지 않아 대문 앞에는 곡식이 그득 쌓여 조그만 산을 이루었다.

한운석은 눈을 찡그린 채 그 광경을 바라보았다. 재해 지역에서 수많은 노인과 아이들이 산 채로 굶어 죽는데 그들은 곡식을 쌓아 놓고 값이 오르기를 기다리고 있었다.

어떻게 그렇게 독한 짓을 할 수 있는지 도무지 알 수가 없었다. 남곽명덕은 백번 죽어도 죄를 씻을 수 없었다!

군중의 분노와 욕설 속에 남곽명덕은 무릎을 꿇고 덜덜 떨었다. 계속해서 옆에 있는 우광복에게 눈짓했지만 제 몸 하나 구하기도 힘든 우광복이 무슨 힘으로 그를 구해 줄 수 있을까?

우광복은 남곽명덕을 지켜 주지도 않았고 도리어 구덩이로 밀어 넣기까지 했다.

"남곽명덕, 내 너를 잘못 봤구나! 네가 이런 자였다니! 영남군의 재해가 가장 심각하고 배급받은 곡식도 가장 많은데 감히 이런 짓을 저지를 줄이야. 그러고도 무슨 낯으로 백성들을 보려느냐?"

우광복이 의분에 찬 소리로 따져 물었다.

"우 대인, 무슨……."

남곽명덕이 해명하기도 전에 우 대인이 선수를 쳤다.

"남곽명덕, 네게도 노모가 있고 자식이 있을 텐데 저 많은 노인과 어린아이들이 굶어 죽는 것을 보고도 마음이 아프지 않더냐? 네 심장은 대체 뭘로 만들어졌느냐?"

얼핏 꾸짖는 말처럼 들렸지만 곰곰이 생각해 보면 조금 이상했다.

남들은 알아듣지 못해도 남곽명덕은 똑똑히 알아들었다. 우광복은 지금 노모와 자식을 빌미로 그를 위협하고 있었다!

그는 우광복이 영남군에 보낸 실제 곡식량을 정확히 알고 있었다. 비록 그도 횡령했지만 본래 영남군에 배급된 곡식은 이미 상부에서 한 번 떼먹은 후였다.

우광복의 말은 남곽명덕더러 상부를 끌어들이지 말고 잘못을 전부 떠안으라는 뜻이었다.

남곽명덕은 내키지 않았지만, 어차피 이 관문을 넘지 못하면 상부에 버림받고 사지에 처할 것은 자명한 사실이었다.

이 상황에 그가 무슨 말을 할 수 있을까? 그는 바닥에 이마를 딱 붙이고 입을 꾹 다물었다.

"영명하신 진왕 전하께서 영남군의 백성들을 위해 커다란 좀 벌레를 잡아 주셨으니 실로 백성들의 홍복입니다!"

우 대인은 태도를 싹 바꿔 아부를 떨었다.

하지만 용비야는 그에게는 눈길로 주지 않고 차갑게 말했다.

"여봐라, 남곽명덕을 성문 앞에 매달아라. 사흘 밤낮 굶긴 후 심문하겠다!"

이재민을 먹일 곡식을 횡령했으니 먼저 굶주림이 어떤 것인지 똑똑히 맛보여 줄 셈이었다!

이미 체념한 남곽명덕이지만 그래도 두려움에 휩싸였다.

그는 놀라서 연신 머리를 조아리며 애걸했다.

"살려 주십시오, 진왕 전하! 살려 주십시오! 다시는 그러지 않겠습니다. 부디 한 번만 관용을 베풀어 주십시오!"

용비야가 어떤 사람인가? 어려서부터 속고 속이며 음으로 양으로 싸움을 벌이는 조정에서 자란 그는 방금 우 대인이 남곽명덕을 위협하는 말을 듣자마자 알아차렸다.

노모와 자식을 지켜 주겠다는 조건으로 남곽명덕에게 영남군에 배급된 정확한 곡식량을 털어놓게 할 수는 있었다.

하지만 그러고 싶지 않았다!

남곽명덕은 영남군이라는 큰 군현을 맡고 있었다. 그의 협조 없이 우광복과 상부가 곡식을 그렇게 많이 챙길 수 있었을까?

용비야는 마땅히 벌을 받아야 하는 사람에게 기회를 주는 것을 좋아하지 않았다.

그는 남곽명덕의 애걸을 싹 무시하고 차갑게 말했다.

"뭣들 하느냐? 당장 끌고 가라!"

"진왕 전하! 살려 주십시오! 진왕 전하, 소관이 잘못했습니다! 잘못했습니다!"

용서를 청하는 남곽명덕의 목소리는 금세 백성들의 갈채 소리에 묻혔다. 시위 두 사람이 그를 성문으로 끌고 갔다. 누군지 모르지만 한 사람이 돌멩이를 던지자 성문까지 가는 길에 선 백성들이 모두 따라서 돌을 던졌다.

돌멩이 세례를 받은 남곽명덕은 성문에 도착하기도 전에 온몸에 상처가 나고 머리에는 커다란 혹이 몇 개나 생겼다.

남곽명덕은 진심으로 후회했다. 이럴 줄 알았다면 차라리 국구부의 미움을 샀으면 샀지, 지금처럼 진왕 전하의 눈 밖에 나지는 않았을 텐데!

조금 전에 백성들을 선동하지만 않았어도 진왕 전하께서 조금은 봐주지 않으셨을까?

하지만 세상에 후회를 치료하는 명약은 없었다.

남곽명덕의 낭패한 뒷모습이 멀어지는 것을 바라보는 우광복의 등은 식은땀으로 축축하게 젖어 있었다. 남곽명덕이 제법 눈치가 있어 쓸데없이 많은 걸 털어놓지 않은 게 그저 다행스럽기만 했다.

그는 산처럼 그득한 곡식을 흘낏 바라보며 재빨리 아부를 떨었다.

"진왕 전하, 소관은 영남군 이재민의 구체적인 숫자를 알고 있습니다. 전력을 다해 곡식 배급에 협조하겠습니다!"

그러나 용비야는 보이지 않는 공기라도 되는 양 그를 무시했다.

이 모습에 우광복도 더는 말을 붙이지 못하고 불안에 떨었다. 진왕 전하가 무시하면 할수록 점점 자신감이 줄어들었다! 그 자신조차 진왕 전하가 자신을 이대로 놓아주리라고 믿지 않았다.

그는 조마조마한 마음을 안은 채 차마 떠나지도 못하고 공손한 자세로 기다렸다.

용비야가 차갑게 분부했다.

"초서풍, 각 현과 고을에 인구수대로 곡식을 배급하도록. 하위 관리들에게는 또다시 횡령하면 단 한 톨이라 할지라도 남곽명덕 같은 최후를 맞이하게 될 것이라고 전해라!"

"예!"

초서풍이 명을 받고 물러갔다.

저 많은 곡식을 나누려면 각 관아의 관병들을 동원할 수밖에 없었다. 용비야가 데려온 사람은 그만큼 많지 않았기 때문이었다.

남곽명덕이 성문에 매달리자, 아랫사람들이 감히 소란을 피우지 못한 것은 물론이고 상부도 초조해졌다.

백성들이 흩어진 후 용비야와 한운석은 영남군 군수부에 묵었다. 우광복은 속으로는 백 번 천 번 마다하고 싶었지만 어쩔 수 없이 따라 들어갔다.

그는 진왕 전하가 대관절 어디서 저 많은 곡식을 구했는지 도무지 알 수가 없었다.

물론 지금은 생각할 겨를이 없었다. 그저 진왕 전하가 아무리 캐물어도 끝까지 버티며 진짜 배급량을 숨겨야 한다고 속으로 다짐할 뿐이었다.

어쨌든 그는 호부의 사품 관리이고 뒤에 국구부가 버티고 있는데다 황제가 곡식 배급을 위해 직접 파견한 대사였다. 진왕 전하도 진짜 배급량을 알아내지 못하는 한 그를 건드릴 수 없었다.

그러나 우광복이 진왕 전하를 과소평가했다는 것은 금방 밝혀졌다.

진왕 전하는 배급량에 관해서는 묻지도 않고 바로 명령을 내렸다.

"우광복은 곡식 배급 대사로서 영남군수가 구휼미를 횡령하도록 방임하고 알고도 보고하지 않았으니 죄가 무겁다! 이 자를 감옥에 가두어라. 본 왕이 친히 심문하겠다!"

그 말에 우광복은 얼이 빠졌다. 진왕 전하가 이런 죄목을 씌울 줄은 생각지도 못한 일이었다!

"전하, 전하! 소관은 억울합니다! 소관도 이제 막 영남군에 도착했고 이곳 상황을 잘 모릅니다!"

우광복이 즉각 변명했다.

용비야는 냉소를 지으며 말했다.

"그렇다면 오기 전에 어디에 있었느냐?"

"소관은…… 소관은 농서군에 있었습니다!"

우광복이 황급히 대답했다.

"농서군 이재민에게 배급된 곡식은 영남군보다 적어 수많은 이재민들이 죽어 묻히지도 못했고 지금까지 두 번이나 폭동이 일어났다. 본 왕이 아무것도 모르는 줄 아느냐?"

용비야가 화난 소리로 되물었다.

우광복은 깜짝 놀라 황급히 바닥에 엎드렸다.

"전하, 소관은 피해 상황에 근거해 수치대로 곡식을 배급했을 뿐입니다. 그 곡식이 어디로 갔는지는 소관도 정말 모릅니다…… 폐하께서는 소관에게 곡식 배급만 맡기셨으니 그 외의 것은 소관의 책임이 아닙니다."

천휘황제까지 끌어들여?

용비야가 가소로운 눈빛을 번뜩이며 차갑게 코웃음 쳤다.

"본 왕이 물은 죄는 상황을 알고도 보고하지 않은 것이지, 불평등하게 곡식을 배급했기 때문이 아니다! 여봐라, 어서 가두지 않고 뭘 하느냐!"

"진왕 전하, 소관은 아무것도 모릅니다! 진왕 전하, 소관은 폐하께서 파견한 대사입니다. 이렇게 하실 수는 없습니다……."

우광복이 뭐라고 변명하든 뭐라고 빌든, 또다시 천휘황제를 끌어들이든 말든, 용비야는 꿈쩍도 하지 않았다.

재해 지역에 온 이상 모든 것은 그의 결정에 달려 있었다!

"진왕 전하……."

그는 손을 내저어 시위들에게 우광복을 끌고 가게 했다…….

한운석은 내내 발악하며 끌려가는 우광복을 보면서 참지 못하고 웃음을 터트렸다.

"무엇이 우스우냐?"

용비야가 차갑게 물었다.

"전하께서 자백을 강요하시잖아요!"

한운석이 웃으며 말했다.

우광복이 가진 정보는 영남군에 보낸 곡식량뿐만이 아니었다! 다른 두 재해 지역의 곡식량 정보도 그의 손에 있었다.

장부상 배급된 곡식량과 용비야가 현지에서 조사한 곡식량의 차이가 바로 횡령이 벌어졌다는 직접적인 증거였다.

일이 이렇게까지 되었으니 용비야의 성품상 느긋하게 심혈을 들여가며 조사할 리 없었다. 우광복을 가둔 것은 당연히 그가 모든 사실을 털어놓도록 몰아붙이기 위해서였다!

'자백 강요'가 좋은 말은 아니지만, 용비야는 화내지 않고 도리어 물었다.

"좋은 방법이라도 있느냐?"

한운석은 즐거워하며 대답했다.

"사람 제대로 찾으셨어요, 전하!"

한운석에게는 사람을 죽지도 살지도 못하게 해 주는 독약이 많았다!

옆에서 이들 부부의 대화를 듣던 시위들은 마치 부부 공갈단을 보는 기분이었다.

그래, 진왕 전하와 진왕비는 좋은 분들이 아니구나. 쓸데없이 미움을 사지 않는 것이 좋겠어!

그 후 며칠간, 용비야와 한운석은 군수부에 머물며 곡식 배급 상황을 살피는 한편 천천히 우광복을 괴롭혀 주었다.

그사이 재해를 입은 다른 두 지역에서도 곡식 배급을 시작했다.

영남군수가 성문에 매달린 일도 다른 지역에 알려졌다. 어진 신하들은 손뼉을 치며 갈채를 보냈고 탐관오리들은 간담이 서늘해져 꿀꺽했던 곡식을 온갖 핑계를 대며 백성들에게 토해 냈다. 제때 토해 내지 않으면 남곽명덕보다 더 참혹한 꼴을 당할까 두려워서였다.

진왕 전하가 이번에 배급한 곡식에 탐관오리들이 토해 낸 곡식을 더하면, 아껴 먹었을 때 재해 지역 전체가 한 달하고도 반은 먹을 걱정을 하지 않아도 되는 양이었다.

용비야는 다른 두 지역에 갈 계획도 없고, 말단 관리들까지 살필 겨를도 없었다. 그가 노리는 것은 처음부터 끝까지 상부의 그 사람이었다.

며칠 지나지 않아 식량 배급 소식이 전국에 퍼졌고, 진왕 전하가 횡령했다는 유언비어는 알아서 사라졌다.

앞서는 유언비어가 떠들썩하게 퍼졌지만 이제는 칭송이 떠들썩하게 퍼졌다. 진왕의 구호는 천녕국에서 가장 큰 사건이 되다시피 했고 심지어 나라 밖까지 전해졌다! 본래도 높았던 진왕 전하의 명성은 이번 일로 더욱 높아졌다.

구호 활동이 완전히 끝나지 않았는데도 진왕 전하는 벌써 민심을 얻은 것이다!

처음 이 소식을 접한 국구 나리는 책상 앞에 주저앉아 한참 동안 움직일 수가 없었다.

지금에 와서도 용비야가 어디서 그 많은 곡식을 구했는지 모른다면 국구 나리는 그 자리에 있을 자격도 없었다.

함정!

정말 철저한 함정이었다. 자선 경매 때부터 시작된 함정!

그는 그 함정에 빠져 돈도 내놓고 곡식까지 내놓았다!

정말이지 충격이 너무 컸고, 그간의 의혹을 풀고 상황을 깨닫는 대가는 쓰디썼다.

국구 나리는 한참, 아주 한참 동안 멍하니 앉아 있다가 별안간 퍼뜩 깨어나 소리를 쳤다.

"여봐라, 가서 전영錢嶸을 불러오너라, 어서!"

용비야가 암시장에서 곡식을 구했다는 것은 암시장 임씨 양곡점이 국구부 휘하라는 사실을 안다는 뜻이었다.

국구부는 임씨 양곡점과 직접 접촉한 적이 한 번도 없었고, 밀서 한 통을 보낼 때도 여러 사람을 거쳤다.

그런데 지난번 거래에서는 급히 현물로 바꾸느라 모든 일을 전영에게 맡기고 그가 직접 나서서 처리하게 했다.

나중에 전영은 숫제 그 매수자를 곳간으로 데려가 곡식을 내주기도 했다!

국구 나리는 그제야 깨닫고 후회했지만 안타깝게도 이미 늦은 후였다!

만에 하나 용비야가 전영에게서 국구부가 관련되어 있다는 무슨 실마리라도 얻었다면 모든 것이 끝장이었다!

"나리, 전영이 저택 안에 없습니다."

시종이 금방 나타나 보고했다.

"어디 갔느냐?"

국구 나리는 놀라서 외쳤다.

"소인도 모르겠습니다. 아랫사람에게 물으니 벌써 며칠째 보이지 않는다고 합니다."

시종이 사실대로 말했다.

국구 나리의 얼굴이 하얘졌다.

"찾아라! 당장 찾아내거라!"

이튿날 저녁, 전영을 찾으러 갔던 시위들이 정확한 소식을 전해 주었다. 전영이 실종된 것이다! 고향 집에도 그의 소식은 없었다.

국구 나리는 완전히 당황했다.

그는 즉시 명령을 내려 임씨 양곡점과의 왕래를 모두 끊고, 암암리에 임씨 양곡점 사람들을 처리했다.

"여봐라, 가서 우광복의 처자식을 모두 끌고 오너라! 어서!"

국구 나리가 다급하게 명령했다.

하지만 이미 늦은 후였다. 용비야가 도성을 떠날 때 우씨 집안사람들을 미리 손에 넣었던 것이다.

존귀한 진왕 전하께서 승산 없는 싸움을 할 리 있을까?

국구 나리는 끓는 솥에 기어 올라간 개미처럼 안절부절못했지만, 그가 온힘을 쏟아부어 지지하던 생질인 태자는 뒤에서 비웃고 있었다.

정말이지 풍자 넘치는 일이었다.

용천묵은 소식을 듣기 전에 목청무에게 말했다.

"소장군, 예물을 모두 구호금으로 내놓았기 망정이지, 그렇지 않았다면 국구부가 쓰러질 때 장군부도 비난을 면치 못했을 것이오!"

목청무는 복잡한 눈빛을 띤 채 대납이 없었다.

그가 태자와 손잡기로 한 것은 기회를 보아 국구부에 섞여들어 횡령의 흑막을 밝히기 위해서였다. 그런데 용천묵과 가까워지면 가까워질수록 이 태자가 국구부의 횡령에 대해 그 누구보다 더 분개하고 있다는 것을 알게 되었다.

국구 나리도 태자를 경계해 구휼미에 관한 일은 자세히 알리지도 않았다.

"소장군, 아마 대장군께서도 훨씬 마음 편해지셨을 것이오."

용천묵이 다시 말했다.

그와 목유월의 혼사에 다리를 놓은 사람은 목청무였다. 대장군은 늘 중립을 지켰고 국구부에 호감을 느끼고 있지도 않아서 적극 반대했으나 목유월의 청을 물리칠 수 없어서 내키지 않는데도 허락했다.

이제 국구부가 쓰러지게 생겼으니, 어쩌면 대장군도 거리낌 없이 전력을 다해 사위를 지지해 주지 않을까?

목청무는 잠시 망설인 끝에 말했다.

"태자 전하, 국구부는 뿌리가 깊어 단숨에 쓰러지지 않을 겁니다!"

그 말을 듣자 용천묵은 크게 기뻐했다. 두 번 세 번 옆에서 변죽을 울렸더니 마침내 목청무가 속마음을 드러낸 것이다!

용천묵은 알고 있었다. 당당한 대장군부가 과연 그 정도 예물에 눈이 멀었을까? 고작 명성을 망친 딸의 혼사 때문에 정치적 입장을 바꿨을까?

장군부가 지지해야 할 곳이 어딘지, 아마 목 대장군도 일찌감치 알고 있었을 것이다.

"부황과 황조모를 설득하기 힘들 테니 목 대장군께서 한 번 입궁해 주셨으면 하오."

용천묵이 소리 죽여 말했다.

확실히 국구부는 특별한 지위에 있기 때문에 설사 진왕 전하가 명확한 증거를 찾아내더라도 최종적으로 벌을 내릴 수 있는 사람은 부황뿐이었다.

사실 부황은 국구부가 횡령을 저지르는 것을 진작부터 알고 있었으나 모른 척 눈감아 준 것뿐이었다. 아무래도 국구부를 건드리는 순간 조정 전체가 줄줄이 연루될 수밖에 없는 탓이었다. 지금 조정에서는 각 세력이 나름대로 균형을 이루고 있었고, 부황은 항상 그 어느 쪽도 함부로 건드리려고 하지 않았다.

하지만 목 대장군이 친히 입궁해 계속 태자를 지지하겠다는 결심을 표하면 모든 것이 달라질 것이다.

장군부의 명실상부한 지지를 받으면 태자는 조정에서 든든하게 설 수 있고, 부황은 이 기회에 국구부를 제거할 수 있었다!
목청무는 자신이 위험을 무릅쓴 결과 비록 국구부가 횡령했다는 증거를 찾지는 못했지만 적어도 그 일에 한몫 거들었다고는 생각했다. 태자의 진실한 눈빛을 보자 그는 이 길이 옳았다는 사실에 속으로 다행스럽게 생각했다.
"전하, 소장이 당장 가서 아버지를 설득하겠습니다. 태후마마 쪽은……."
목청무의 말이 채 끝나기 전에 용천묵이 가슴을 두드리며 자신 있게 말했다.
"태후 쪽은 내게 맡기시오. 마음 푹 놓아도 좋소!"
사실 천휘황제는 국구부보다 더 일찍 소식을 들었다.
그는 어서방의 문을 꼭 닫고 아무도 만나지 않았다.
"폐하, 태자 전하께서 벌써 한참 동안 문가에서 기다리고 있사옵니다."
낙 공공이 소리를 죽여 보고했다.
"짐이 아무도 만나지 않겠다 하지 않았느냐?"
천휘황제는 탁자 위에 있던 밀서를 와락 구기며 몹시 짜증스러운 듯 눈을 잔뜩 찌푸렸다.
"태자께서 아주 중요한 일이니 반드시 폐하를 뵈어야 한다고 하옵니다."
낙 공공이 간도 크게 다시 보고했다.
"짐이 다소 몸이 불편해서 사흘간 조회를 중단한다고 전해라. 급한 보고는 양심각養心閣으로 보내되 다른 일은 잠시 태자가 대신 처리하게 해라!"

천휘황제는 귀찮은 듯 손을 내저은 뒤 일어나서 뒷문을 통해 양심각으로 향했다.

구호가 끝나기도 전에 진왕이 민심을 얻었으니 마음이 편할 리 없었다.

재해 지역 일이 이렇게 떠들썩하게 퍼졌으니 국구부에 사고가 생기는 것은 시간문제였다. 요 며칠 태자뿐 아니라 조정의 문무백관들이 앞다투어 상소를 올렸는데, 개중에는 국구부를 보호하려는 자도 있고 이때다 싶어 공격하려는 사람도 있었다.

황제인 그도 결정하기 어려운 때가 있었다!

국구부는 조정에 많은 이를 거느리고 있었고 세력도 강력해서 천휘황제는 국구부를 아끼면서도 미워했다. 무너뜨리고 싶으면서도 한편으로는 충분히 이용하고 싶기도 했다.

애석하게도 어느 쪽이건 아직 때가 아니었다. 재해 지역에 간 지 고작 열흘도 되지 않아 이처럼 골치 아픈 일을 던져 주다니, 정말이지 얄밉기 짝이 없는 진왕이었다!

물론 천휘황제를 가장 골치 아프게 만든 일은 이것이 아니었다. 지금 그가 가장 골머리를 앓는 것은 어떻게 진왕에게 반격하느냐였다. 누가 뭐래도 구호는 아직 끝나지 않은 상태였다. 이대로 진왕만 이득을 얻게 내버려 두면 앞으로 백성들은 천녕국에 진왕이 있다는 것만 알고 천휘황제는 알아보지도 못할 것이다!

가까이에서 시중을 드는 낙 공공은 천휘황제의 마음을 어느 정도 짐작했다.

"폐하, 이제 초겨울이옵니다. 진짜 겨울은 아직 시작되지도 않았사옵니다."

새 곡식과 작물을 얻으려면 늦어도 내년 봄에 파종하고 여름에 수확할 때까지 기다려야만 했다. 구호의 길은 아직 까마득했다.

낙 공공의 말이 정곡을 찔렀다. 하지만 천휘황제는 마음이 복잡하고 어지러운 나머지 뭘 들어도 짜증이 치밀어 낙 공공을 노려보며 노한 목소리로 명령했다.

"물러가라!"

낙 공공은 놀라 황급히 뒷걸음질 치다가 어서방 입구에서 용천묵에게 가로막혔다.

"낙 공공, 부황께서 정말 병이 나셨는가?"

용천묵이 의아해하며 물었다.

"태자 전하, 폐하께서는 용체가 불편하시니 부디 돌아가시옵소서."

낙 공공이 권했다.

"고 태의는 불렀는가?"

용천묵이 다시 물었다. 이런 때 부황과 이야기할 수 있는 사람은 태의밖에 없었다.

"아직 태의를 부르지는 않으셨습니다만 분명히 고 태의는 아닐 것이옵니다. 고 태의는 한 달 전 병으로 휴가를 내고 고향집으로 돌아갔으니 이렇게 빨리 돌아오지는 않을 것이옵니다."

낙 공공이 사실대로 말했다.

"그렇게 오래 휴가를……."

용천묵은 의아했지만 깊이 생각하지 않았다. 그래 봤자 고작 태의 한 명에 관한 일이니 그럴 만도 했다.

그때 멀리 영남군에 있는 한운석은 마지막으로 용비야의 상처를 처치하던 중이었는데, 때마침 고북월의 이야기가 나왔다.

"듣자니 고북월은 병으로 휴가를 내고 고향으로 돌아갔다지?"

용비야가 모처럼 한운석 앞에서 먼저 그 이름을 꺼냈다.

"그래요? 누구에게 들으셨어요?"

한운석은 고개를 갸웃했다. 도성을 떠난 지 한 달이 넘었는데 이 인간이 일부러 고북월의 행적을 탐문하고 있을 줄이야.

봐줄 수 있을 때 봐주란 말이야

한운석은 용비야가 왜 갑자기 고북월에게 관심을 두는지 의아해했지만, 용비야는 그 질문에 대답하지 않고 도리어 물었다.

"고북월에게 본가가 있느냐?"

한운석은 고개를 저었다.

"잘 몰라요."

한운석은 늘 고북월에 대해 잘 안다고 생각했는데, 곰곰이 생각해 보니 고북월에 대해 생각만큼 알지는 못한다는 것을 깨달았다.

고북월의 할아버지가 천녕국 태의원 수석이자 의학원 이사로, 의성에서 명성을 꽤 날렸다는 것은 알고 있었다. 그는 의성을 떠나 천녕국 태의원에 올 때 고북월도 데리고 왔다. 할아버지가 돌아가신 후, 고북월은 가업을 이어 천녕국에서 가장 젊은 태의원 수석이 되었다.

"가족은?"

용비야가 다시 물었다.

한운석은 역시 고개를 저었다.

"그러고 보니 부모님 이야기를 들은 적도 없고, 본가가 어딘지도 몰라요."

"형제자매는 있느냐?"

용비야가 또 물었다.

한운석은 역시 알지 못했다. 그녀가 의아한 얼굴로 용비야를 바라보며 물었다.

"전하, 갑자기 그건 왜 물으세요?"

"황제가 며칠 조회를 열지 않고 쉬고 있으니 고북월이 보살피고 있을 줄 알았다."

용비야는 태연하게 설명했다.

여태까지의 질문을 당연하고 별 뜻 없이 보이도록 해 주는 설명이었지만, 영리한 한운석은 '의심'의 냄새를 맡았고, 나아가 '적의'까지 느꼈다.

만약 지난번 일로 여태 질투하는 것이라면 웃어야 할지 울어야 할지 판단하기 어렵지만, 이성적으로 고북월의 내력을 의심하는 것이라면 확실히 고민해 볼 문제였다.

"꼬맹이를 맡겼는데 데리고 달아나기야 했으려고요."

한운석이 장난스레 말했다.

"독짐승을 그자에게 주었다고?"

용비야는 의아해했다.

꼬맹이가 용비야의 이 표정을 봤다면 엉엉 울었을 것이다.

녀석이 있을 때는 하루가 멀다 하고 창밖으로 내던지던 진왕 전하가 녀석이 없어지자 어딘지 불쾌해하는 것 같았다.

아아, 남자란 정말 비위 맞추기 어렵다니까.

"전하, 고 태의는 믿을 만한 사람이에요."

한운석이 때를 틈타 반 농담처럼 고북월 편을 들었다.

용비야는 그 말에는 대답하지 않고 태연하게 말했다.

"면포를 떼거라."

한운석이 한 달 넘게 열심히 보살피고 치료한 덕에 심장 부위에 생긴 용비야의 상처는 기본적으로는 다 나았다.

한운석은 별말 없이 조그만 도구와 해독약을 꺼냈다. 면포를 잘라 내려는데 용비야가 지나가는 투로 말했다.

"적어도 두 달은 지나야 나을 줄 알았는데, 고북월은 과연 수석 어의답군."

"태의원의 행운이죠."

한운석은 차분해 보였지만 마음은 혼란스러웠다. 용비야는 의술을 모르니 별로 의심하지 않을 줄 알았는데, 결국 그의 눈을 속이지 못한 모양이었다.

용비야의 상처가 나으려면 몇 달은 걸려야 하는데, 겨우 한 달여 만에 거의 나았다. 더군다나 그동안 용비야는 종종 경고를 무시하고 함부로 팔을 움직였다.

용비야의 기본 체력이 좋아서 자연 치유력이 강하고, 한운석의 지혈 재생약도 약효가 뛰어난 덕에 빨리 회복되긴 했으나 무엇보다 중요한 건 용비야를 치료한 고북월이었다!

고북월은 그날 저녁 용비야가 깨어나지 못하면 식물인간이 될 것이라 했는데 사실 용비야는 그보다 며칠 뒤 깨어났다.

고북월은 또, 한 달 동안 매일 약을 갈아야 하고 함부로 움직이거나 무공을 쓰면 나빠질 것이라고 했지만, 용비야는 그간 자주 움직였는데도 아무 일 없었다.

용비야를 치료한 사람이 고북월이 아니었다면 이런 말을 한 이상 돌팔이라는 평을 받기 딱 좋았지만, 용비야를 치료한 사람은 하필이면 바로 이 말을 한 고북월이었다!

용비야의 체질이 아주 특수하거나 고북월의 의술이 몹시 뛰어나거나 둘 중 하나인데, 지금 보면 후자일 가능성이 컸다.

이걸로 미뤄 보면 사실 고북월은 일부러 의술을 숨기려 한 것이다.

한운석은 곧 정신을 차리고 계속 손을 움직여 면포를 잘라 살살 풀어냈다. 상처는 벌써 아물었지만 그녀는 용비야를 아프게 할까 봐 여전히 조심조심 움직였다.

"본 왕이 목숨을 구해 준 은혜에 감사하는 뜻으로 고북월의 본가에 후한 선물을 보내야 하지 않겠느냐?"

용비야가 불쑥 말을 꺼냈다.

이렇게 되자 한운석은 침착함을 잃었다.

지금껏 남들이 진왕 전하에게 후한 선물을 보냈지, 진왕 전하가 누군가에게 후한 선물을 보낸 적은 한 번도 없었다. 팔찌를 셈에 넣지 않기로 한다면.

진왕이 고북월에게 선물을 보낸다면 솔직히 선물이라기보다 상이라고 해야 마땅했고, 그러려면 적절한 절차를 밟아야 했다.

상을 내리는 복잡한 절차를 진행하려면 우선 태의원에서 고북월의 본가가 어딘지 확인한 다음 고북월을 찾아내야 했다.

만에 하나 고북월을 찾지 못할 경우, 상을 주지 못한 것은 사소한 문제지만 황제를 속이고 거짓 병가를 낸 것은 큰 문제였다!

용비야 저 나쁜 인간이 고북월을 시험하려는 것이 분명했다!

"전하, 목숨을 구해 준 은혜를 어떻게 고작 선물로 갚을 수 있겠어요?"

그 말이 떨어지자 용비야가 눈썹을 치키고 돌아보았다. 그녀는 재빨리 덧붙였다.

"고북월은 태의이니 전하를 치료한 것은 당연히 해야 할 일이랍니다. 은혜랄 것도 없지요. 전하를 치료한 것만 해도 천지에 감사를 올려야 할 텐데 상이라니요. 신첩이 보기엔 관두시는 게 좋겠어요."

몹시 사무적이고 흠잡을 데 없이 완벽한 말이었지만 진짜 의미는 이랬다.

'용비야, 이 사람아. 고북월이 의심스럽더라도 당신 목숨이 위급할 때 해치지도 않았고 살려 주기까지 했으니 적어도 당신 원수는 아니잖아. 봐줄 수 있을 때 봐주란 말이야!'

용비야는 한참 동안 한운석을 바라보다가 말했다.

"다른 건 늘지 않아도 말솜씨는 많이 늘었군."

"과찬이십니다."

한운석은 용비야를 보지 않고 고개를 숙인 채 열심히 약을 가는 척했다.

뜻밖에 용비야도 '후한 선물'을 보내겠다는 생각은 접었으나, 뒤에서 계속 고북월을 조사할지 아닐지는 그 자신만 알고 있었다.

조용해지자 용비야는 편안하게 누워 눈을 감았다.

한운석은 금세 용비야의 상처에 완전히 몰두했다. 용비야의 일 앞에서는 그 누구도 쉽사리 그녀의 집중력을 흔들어 놓거나 주의를 앗아갈 수 없었다.

방안은 조용하고 방 바깥도 고요했다. 밤은 쌀쌀하고 북풍이 점점 세게 불어왔다.

백의 공자는 잠그지 않은 창문 밖에 서서 입꼬리에 희미한 웃음을 머금고 있었다. 마치 그 누구도, 그 어떤 일도 마음속 깊은 곳에서 우러나오는 평온함을 깨뜨리지 못할 것 같았다.

한운석이 면포를 다 풀자 백의 공자는 상처의 회복 상태에는 전혀 흥미가 없는 듯 고개를 돌리고 그대로 기척도 없이 어둠 속으로 사라졌다.

면포를 풀어내고 보니, 한 달 동안 꽁꽁 싸맨 탓에 상처 부위 피부는 무척 창백했고 검푸른 색 약 찌꺼기가 군데군데 묻어 있었다.

심장 바로 옆에 난 한 치가 좀 넘는 길이의 칼자국이 창백한 피부와 어우러져 몹시 흉측해 보였다.

흉터는 몸이 주인을 위해 남겨 준 기억이었다.

이 칼자국을 본 한운석은 유각에서 있었던 일들이 떠올라, 여전히 차갑고 과묵한 용비야의 준수한 얼굴이 바로 앞에 있는데도 불안해졌다.

용비야, 다행이야……. 이 세상에 아직 당신이 있어서 다행이야.

한참 움직임이 없자 용비야가 눈을 떴다.

"왜 그러느냐?"

"아, 아니에요. 상처에 바람 좀 쐬게 하려고요."

한운석은 그렇게 해명하면서 약 찌꺼기를 닦아 내고 다시 소독해서 처치를 마무리했다.

옷을 다시 입기 전에 초서풍이 바삐 뛰어들었다.

"전하, 전하!"

손에 밀서를 들고 있는 것을 보아 무척 급한 일인 것 같았다.

하지만 용비야는 서두르지 않고 아무 말 없이 손을 저어 우선 물러나 있게 했다.

침상 위의 풍경을 본 초서풍은 왕비마마가 진왕 전하의 상처를 치료하는 중이라는 것을 알면서도 일부러 의미심장하게 헛기침을 몇 번 한 다음에야 물러갔다.

떳떳하던 한운석은 공연히 나쁜 짓이라도 한 기분이었다.

하지만 용비야는 태연자약하게도 나른한 목소리로 말했다.

"옷을 갈아입히도록."

그러더니 일어나서 침상에서 내려와 두 팔을 양쪽으로 쭉 뻗었다.

상처도 다 나았는데 나더러 하라고?

한운석은 배알도 없는지 따지기는커녕 도리어 무척 기뻐했다.

소리 내어 웃지는 않았지만 얼굴에 훤히 쓰여 있었다.

그녀는 깨끗한 순백색 속곳과 품이 넓은 보라색 부드러운 장포를 가져와 입혀 주었다. 약 한 달 동안 옷을 갈아입혀 줄 기회는 많지 않았지만 아주 적지도 않았기 때문에 이제는 꽤 익숙해졌다. 옷을 입히고, 옷깃과 소매를 다듬고, 끈을 묶고, 허리띠를 채우고, 옥패를 다는 것까지 단숨에 해냈다.

독술 다음으로 잘하는 일이 이 인간의 옷을 갈아입히는 것이라고 한다면, 남들이 무시할까?

하지만 한운석은 기쁘고 만족스러웠다! 남들이야 뭐라건 자신이 기쁘면 그만이었다.

그녀는 자신이 대단한 여장부라고 생각하지도 않았고 그렇다고 보잘것없는 여자라고도 생각하지도 않았다. 그녀는 바로 그녀 자신, 한운석이었다!

깔끔하게 옷을 입히고 나자 한운석은 시녀 흉내를 내 몸을 숙이며 공손하게 물었다.

"전하, 초 시위를 부를까요?"

용비야는 멈칫했으나, 별말 없이 손을 뻗어 그녀의 앞머리를 쓰다듬은 뒤 직접 밖으로 나갔다.

한운석은 그의 이런 동작에 넘어갈 듯 좋아하면서 제 손으로도 앞머리를 만져 정리한 뒤 따라 나갔다.

"전하, 도성에서 온 소식입니다. 전영과 곳간에서 곡식을 운반한 자들이 저희가 산 곡식이 국구부에서 나왔다는 것을 증명해 주었습니다."

초서풍이 가져온 건 희소식이었다.

천녕국 전체가 용비야의 위대한 공적을 칭송하는 동시에 그가 어디서 그 많은 곡식을 구했는지에 대해 의견이 분분했다.

그는 자연스레 그 답을 줄 참이었다.

물론 직접 대답하는 것이 아니라 국구부가 대답하도록 만들 생각이었다.

"우광복은 아직 아무 말도 하지 않느냐?"

용비야가 담담하게 물었다.

한운석은 단 한마디로 대답했다.

"유언을 남겼죠."

초서풍은 웃음을 터트릴 뻔했다. 그는 어제 우광복을 만나러 군수부 감옥에 다녀왔다. 우광복은 호부에서 상서 다음가는 직위인 호부 시랑으로서 재정을 손에 쥔 데다 조정에서 까다롭기로 유명했다. 그런데 왕비마마가 어떻게 괴롭혔는지 몰라도, 아주 고분고분해져 시위인 그를 보고도 공손하기 짝이 없는 태도로 묻는 말에 뭐든 대답했다.

무엇보다 신기한 것은, 우광복의 몸에 상처 하나 없어서 잔인한 고문을 당해 억지로 털어놓은 것 같지 않다는 사실이었다.

왕비에게 알리지 마라

확실히 우광복은 '유언'을 남겼다.

요 며칠 사이 한운석은 이미 그의 입을 통해 조정에서 세 재난 지역에 보낸 곡식량과 실제로 도착한 곡식량을 알아냈다. 공교롭게도 그 차이는 그들이 국구부에서 사들인 햇곡식량과 거의 비슷했다.

한운석은 누가 곡식을 빼돌렸느냐며 우광복을 심문하지 않았다. 우광복이 수결한 자백서를 천휘황제에게 보내고 국구 나리와 암시장 임씨 양곡점의 관계를 보고하기만 하면 모든 일은 국구 나리 스스로 해명해야 했다. 어쩌면 재미있고 황당한 해명을 잔뜩 들을 수 있을지도 몰랐다.

물론 용비야는 몸소 상소를 올릴 만큼 어리석지 않았다.

용비야가 직접 상소를 올리면 오로지 천휘황제 혼자만 증거를 볼 수 있었다. 국구 나리는 누가 뭐래도 권세가 높고 영향력도 지극히 커서 천휘황제가 함부로 손을 대지 못할 수도 있었다. 하지만 다른 사람 손을 빌리면 상황이 달랐다.

한운석은 용비야가 태자의 손을 빌릴 것으로 생각했다. 태자가 어떤 성품인지, 국구부에 어떤 불만을 품고 있는지, 용비야는 누구보다 잘 알고 있었다. 그런데 예상과 달리 용비야는 이렇게 말했다.

"초서풍, 모든 증거를 정리해 목 대장군에게 보내도록."

목 대장군이라니!

한운석은 깜짝 놀랐다. 목 대장군을 이용할 수 있다고는 생각조차 해 본 적이 없었다.

목 대장군이 딸을 시집보낸 것은 당연히 그 많은 예물 때문이 아니라 딸에게 좋은 의지처를 마련해 주기 위해서였다.

괘씸하긴 했으나 목 대장군도 어쩔 수 없는 처지였다. 세상에 가엾은 게 부모의 마음이었다.

이럴 때 목 대장군에게 국구부를 쓰러뜨릴 기회를 주면, 태자와 국구부를 이어 주는 수천수만의 끈을 단번에 끊어 낼 수 있었다. 이렇게 되면 태자는 결백해지고 목 대장군부도 손가락질 받지 않을 수 있었다.

이건 목 대장군에게 주는 기회이자, 진왕 전하가 목 대장군부에 베푸는 커다란 관용이었다!

설사 목 대장군부가 정말 태자에게 충성을 바치기로 했다 해도 최소한 대놓고 진왕부와 맞설 수는 없을 것이다.

"전하, 밀정의 보고로는 최근 목청무가 태자와 가깝게 지낸다고 합니다."

초서풍이 나지막하게 보고했다. 비록 도성은 멀리 떨어져 있지만 그곳에서 일어나는 모든 일은 진왕 전하의 눈에서 벗어나지 못했다.

"용천묵은 누가 뭐라 해도 천휘가 가르친 사람이다. 그렇게까지 어리석겠느냐?"

이건 칭찬일까, 비웃음일까?

설사 용천묵이 목 대장군을 설득해 천휘황제에게 의견을 내게 한다 해도 이쪽에서 제공하는 증거가 필요했다.

곰곰이 들여다보면 진왕 역시 이번 일에서 용천묵을 거든 셈이었다. 국구부와 관계를 정리하지 않으면 용천묵은 결코 오래 갈 수 없었다!

한운석은 말없이 듣기만 했다. 저도 모르게 목청무가 처음 진왕부에 찾아와 목숨을 구해 준 은혜에 감사하던 장면이 생각났다.

그 당당하던 불굴의 대장부. 짙은 눈썹 아래 자리한 커다란 눈에서 형형하게 빛을 발하고, 앉으나 서나 일거수일투족 모범적인 군인 자세를 유지하던 그는 침착하면서도 힘이 넘쳤다.

국구부가 쓰러지면 그 대장부도 혼탁한 물에서 빠져나오는 셈이었다. 하지만 결국 태자 편에 섰으니 진왕부와 적대할 운명이었다.

목청무, 당신은 쓸모없는 누이동생의 혼사를 위해 태자를 선택하고 진왕을 버렸어요. 그럴 만한 가치가 있었나요?

그로부터 몇 년이 지난 후에야 한운석은 목청무가 태자도, 진왕도 아닌 바로 그녀를 선택했다는 사실을 알게 되었다.

때로는 아무리 총명한 사람도 꿰뚫어 보지 못하는 일이 있었다. 머리가 아니라 마음으로 봐야 하는 일이기 때문이었다.

헤아리기 어려운 것이 사람 마음이었다!

초서풍은 증거를 잘 정리한 뒤 직접 우광복과 굶어서 숨만

간당간당한 남곽명덕을 압송해 도성으로 돌아갔다.

그리고 증거와 증인을 커다란 나무 상자에 넣어 장군부 정원으로 보냈다.

"목 대장군, 진왕 전하께서 재해 지역에서 보내신 선물입니다. 부디 받아 주십시오."

초서풍이 공손하게 말했다.

"어허, 황송하구려!"

목 대장군은 황급히 읍을 했다. 대장군의 위엄도 진왕의 위세 앞에서는 온데간데없었다.

시국이 어수선하고 여론이 분분한 지금 목 대장군은 목유월의 혼사가 있은 뒤로 대장군부에서 거의 나오지 않았지만 상황은 주시하고 있었다.

진왕이 선물을 보낼 줄은 몰랐지만 일단 받고 나자 무엇인지 짐작이 갔다.

"진왕 전하의 후의에 감사드리오. 초 시위가 대신 감사를 전해 주오."

"그렇게 하겠습니다. 잘 넣어 두십시오. 이만 물러갑니다."

초서풍은 별말 없이 떠나갔다.

며칠 후, 멀리 재해 지역에 있는 용비야와 한운석은 비합전서飛鴿傳書(비둘기를 통해 보내는 서신)를 받았다. 도성에 풍운이 불어닥쳐 상황이 크게 변했다는 소식이었다!

천휘황제는 여전히 휴양 중이었는데, 목 대장군이 소장군 목청무와 조정의 중신 십여 명을 이끌고 궁궐 문 앞에 오랫동안 꿇어앉아 국구 이세영李世榮이 호부시랑 우광복에게 뇌물을 주고 위아래로 관리를 매수한 뒤 암시장과 결탁해 구휼미를 횡령했다고 고발했다.

천휘황제는 결국 병석에서 그들을 알현한 뒤 태자에게 심리를 맡기고 형부의 적극적 협조 아래 엄히 조사하라는 명령을 내렸다!

천휘황제가 태자에게 이 사건을 맡긴 일로 태후가 양심전에서 사흘 밤낮 소란을 피웠지만 천휘황제는 피하기만 했다는 소문이 있었다.

일이 이 지경이 되었는데 천휘황제가 뭘 할 수 있을까? 그저 흐름에 맞춰 태자를 밀어주고 대의멸친했다는 좋은 평을 듣게 해 줄 수밖에 없었다.

보름도 되지 않았지만 증거가 워낙 불 보듯 확실했기 때문에 국구 나리는 작위를 박탈당해 평민이 되고 재산의 태반을 몰수당함으로써 높디높은 구름 위에서 진흙탕으로 곤두박질쳤다.

이 사건을 태자가 맡지 않았더라면, 어쩌면 국구 나리도 그렇게까지 비참하지 않았을지도 몰랐다. 잃은 작위나 빼앗긴 재산이야 다시 얻을 수 있지만 이번에 그가 잃은 것은 태자였다!

태자는 바로 국구부의 미래였다. 국구부는 미래를 잃어버린 것이다! 이제 조정에서 감히 그들과 교분을 맺고 당파를 형성하려는 사람이 또 있을까?

반면 내내 중립을 지키던 목 대장군부는 국구부를 대신해 또 다른 세력의 중심이 되었고, 목유월의 혼사로 떨어졌던 체면을 되찾았다. 그리고 그때부터 목 대장군은 태자의 진정한 지지자가 되었다.

천휘황제는 높은 누각에 올라 도성을 굽어보았다.

"낙 공공, 결과를 보아하니 천묵도 한몫 얻었다고 볼 수 있겠구나."

결과에 대해서는 천휘황제도 제법 만족스러웠다. 적어도 목 대장군과 태자도 민심을 챙겼기 때문이었다. 특히 태자는 지병이 나은 뒤 처음으로 성취를 이룬 셈이었다.

"폐하께서는 역시 태자 전하를 아끼시는군요."

낙 공공이 히죽 웃으며 말했다.

낙 공공이 그 깊은 속을 알 리가 없었다. 다만 듣기 좋으라고 하는 말일 뿐이었다.

천휘황제는 웃으며 대답하지 않았다.

아들은 아버지의 가업을 잇기 마련이다. 황위도 마찬가지였다.

황제인 그는 지금 가장 좋은 선택은 태자뿐이라는 것을 잘 알고 있었다.

그때 용비야도 한운석과 높은 곳에 올라가 있었다. 둘은 영남군에서 가장 높은 산꼭대기에 올라 멀리 북쪽을 내다보았다.

"전하, 전하 손으로 태자라는 강적을 키우셨군요."

한운석이 웃으며 말했다.

"본 왕은 우선 태자를 천휘의 강적으로 만들 것이다!"

용비야가 직설적으로 말했다.

아버지인 천휘황제 보다는 황숙인 용비야가 용천묵을 훨씬 잘 알았다. 천휘황제는 자신이 용천묵에게 얼마나 잔인한 짓을 했는지 잊어버린 게 분명했지만, 용비야는 기억하고 있었고 용천묵은 더욱더 똑똑히 기억하고 있었다.

만족스러워하는 천휘황제는 오늘 태자의 성공이 바로 자신의 황제 생활의 끝을 향해 가는 첫걸음이라는 것을 꿈에도 생각지 못했다!

용비야의 쌀쌀한 옆얼굴과 고요한 눈을 바라보면서 한운석은 '멀리 장막에 앉아 천리 밖의 싸움을 이긴다'는 말을 떠올렸다.

옆에 있는 이 남자는 사실 천녕국 황위를 얻을 힘이 충분했지만, 그 자신은 이처럼 태연자약하고 관심이 없었다.

누군가 건드리면 잔인하게 반격하지만, 그 외에는 모든 것이 균형을 이루는 상태를 좋아하는 것 같았다.

그가 원하는 것이 천녕국만이 아니라는 것은 그녀도 알지만, 우선 천녕국을 손에 넣는 것도 좋은 방법이었다. 그런데 왜 그러지 않을까?

그녀는 저 인간이 뭔가를 기다리고 있다는 생각이 들었다.

대체 뭘까?

그녀가 가진 미접몽과 관계있을까?

찬바람이 얼굴로 불어닥치자 한운석은 저도 모르게 부르르 떨었다.

용비야가 곧바로 바람막이를 벗어 덮어 준 뒤 그녀를 품에 안았다.

"좀 더 본 왕 곁에 있어라."

"예."

한운석은 가볍게 대답했다. 그때 갑자기 초서풍이 다급하게 모습을 드러냈다. 보고할 것이 있는 것 같았지만 꾹 참고 이렇게만 말했다.

"전하, 바람이 거세니 돌아가시지요."

한운석은 생각에 잠겨 초서풍의 이상함을 알아차리지 못했다.

용비야는 초서풍을 흘끗 보더니 정말 산에서 내려갔다.

군수부에 돌아오자 한운석은 옷을 껴입으러 갔다. 날씨가 점점 추워지고 있었다!

그녀가 멀어지자 초서풍은 다급하게 보고했다.

"전하, 유각 쪽 사람이 깨어났는데 문제가 생겼습니다!"

유각 쪽 사람이란 바로 유각에 갇힌 수수께끼 인물이었다. 지난번 흑의 자객의 출현에 크게 놀란 데다 머리를 부딪혀 혼절했다가 이제야 깨어난 것이다.

용비야가 차가운 시선을 보냈다. 질문을 던지는 눈빛이었다.

흑의인에게 발각된 후로 수수께끼 인물을 계속 본래 장소에 가둘 수 없는 건 당연했다. 당리를 유각에 남긴 것은 흑의인을 끌어들이기 위한 미끼에 불과했다.

그들은 그 수수께끼 인물을 일찌감치 재해 지역에 데려다 놓았고, 지금은 영남군 부근에 가두어 초서풍이 보낸 사람을 시켜 내내 감시하고 있었다.

"전하, 저는 아무것도 하지 않았습니다! 그 사람이 가겠다고 고집을 피우면서 풀어 주지 않으면 자결하겠다고 시위들을 협박하고 있습니다."

초서풍은 사실대로 보고했다.

예전에 유각에 갇혀 있을 때도 그랬지만 나중에는 조용해졌다. 어쩌면 납치당할 뻔하고 환경이 바뀌자 충격이 컸던 모양이었다.

용비야는 소매 속에서 그림 한 장을 꺼냈다.

"이걸 주도록."

하지만 초서풍이 받기도 전에 곧 다시 넣었다.

"본 왕이 직접 가겠다."

언젠가 그 여자를 만나 찬찬히 이야기해야 할 테니 지금쯤 한 번 찾아가야 했다.

"전하, 좋은 생각이 아닌 듯합니다. 만에 하나 왕비마마께서 의심하시면……."

초서풍은 겁이 났다. 이 일을 알면 왕비마마의 성품으로 보아 세상을 발칵 뒤집어 놓을 것이다.

"네가 입을 다물면 된다."

용비야가 차갑게 말했다.

초서풍은 그래도 무척 긴장했다. 아무래도 이번 일은 사소한 일도 아니고 단순히 큰일도 아닌, 굉장히 큰일이기 때문이었다.

"전하, 만에 하나 왕비마마께서 전하의 행방을 물으시면 어쩝니까?"

초서풍이 다시 물었다.

용비야는 대답도 없이 곧장 나갔다.

초서풍은 한참 망설이다가 결국 다급히 뒤쫓았다. 왕비마마 눈에 띄지만 않으면 거짓말 할 필요도 없겠다 싶어서였다.

용비야가 교외의 버려진 원락에 도착하자 주변을 지키던 시위들이 모두 나타났다.

그는 손짓해서 사람들을 물린 후 직접 문을 밀어 열었다…….

안에 갇힌 사람은 누구일까?

차 마시러 온 백의 공자

끼이익…….

용비야가 폐허가 된 저택의 문을 밀자 조용하던 원락에 소음이 울려 퍼져 정원에 머물던 새들이 놀라 날아올랐다.

안으로 들어간 용비야는 손수 문을 닫아 초서풍이 허둥지둥 쫓아왔을 때는 이미 들어갈 수 없는 상황이었다.

초서풍이 도착하자 비밀 시위 몇 명이 모습을 드러냈다.

"대장, 어쩌다 전하께서 친히 오셨습니까?"

"대장, 안에 갇힌 사람은 대체 누굽니까? 오는 내내 그렇게나 비밀스럽게 굴다니 설마…… 사람이 아닌 겁니까?"

"대장, 솔직히 말씀드리지요. 그렇게 오래 함께 일했는데도 아직 저희를 못 믿으십니까? 이소사李小四는 아는데 저희가 몰라야 할 이유가 뭡니까?"

비밀 시위들이 푸념하건 말건 늘 내버려 두던 초서풍도 이 말에는 눈을 찌푸린 채 돌아보며 차갑게 말했다.

"믿음? 너희 입이 죽은 사람 입보다 무겁겠느냐?"

그 한마디에 장내가 쥐죽은 듯 고요해졌다.

죽은 사람의 입은 그 누구보다 무거웠다. 이소사는 오래 살지 못할 게 뻔했다.

"전하의 일은 나도 함부로 여쭙지 못하는데 하물며 너희가 웬 말이냐? 조용히 할 일이나 해라!"

초서풍은 그렇게 말하고 담장으로 뛰어올라 지켰다.

새들마저 날아가 버린 황량한 정원은 다시금 고요함을 되찾았다. 그러나 이곳이 조용하든 시끄럽든 안에 갇힌 사람에게는 아무 차이도 없었다. 그녀는 아무것도 들을 수 없는 사람이었다.

그녀는 벽 쪽에 서서 날카로운 돌멩이를 양손에 쥐고 조금씩 조금씩 벽을 파헤치고 있었다. 안타깝게도 가진 힘에 한계가 있어 한참을 팠는데도 구멍을 뚫지 못했다.

그녀는 무척 흥분해 있었고, 엄숙한 표정에 이를 악문 모습은 소처럼 고집스러워 보였다.

용비야가 등 뒤로 걸어갔지만 그녀는 알아차리지 못했다.

차가운 시선으로 위아래를 훑어본 용비야가 차갑게 물었다.

"누가 돌멩이를 주었느냐?"

가까이 지키던 이소사가 즉시 나타나 보고했다.

"스스로 찾아낸 것입니다, 전하. 제가 빼앗으려고 하니 죽느니 마니 하며 버티는 통에 내버려 둘 수 밖에 없었습니다."

"쓸모없는 것."

용비야가 고개를 돌려 쳐다보자 이소사는 오싹 소름이 끼쳤다. 본능적으로 뒷걸음질 치고 싶었지만 이미 늦은 후였다.

용비야의 검은 놀라우리만치 빨라 이소사는 그가 검을 뽑는 것을 알아차리지도 못했고, 정신이 들었을 때는 이미 배에서 새빨간 피가 쏟아지고 있었다.

용비야가 검을 닦아 검집에 넣자 이소사는 쿵하고 바닥에 쓰러졌다. 등 뒤에서 이렇게 큰 소리가 나는데도 그녀는 여전히 아무것도 알아차리지 못했다.

용비야도 한때 수없이 시험해 보았지만 그녀의 귀가 먼 것은 확실했다. 이번은 시험이 아니었다. 그가 죽인 비밀 시위는 이소사가 처음도 아니었다.

비밀을 지키기 위해, 오는 동안 감시하는 시위를 벌써 대여섯 번이나 바꿨다.

"초서풍, 깨끗이 처리해라."

용비야는 차가운 말 한마디만 남기고 먼저 방으로 들어갔다.

초서풍은 진왕 전하가 갇힌 사람과 직접 소통할 줄 알았는데, 뜻밖에도 전하는 그녀가 계속 벽을 파도록 내버려 두었다.

이해는 가지 않았지만 감히 물어볼 용기는 없었다. 그는 직접 이소사의 시체를 치웠다.

오랫동안 전하를 따랐으나 지금처럼 조심스럽게 비밀을 다루는 모습은 처음이었다. 전하 자신의 목숨이라도 이렇게 조심스럽게 다루지 않았을 것이다!

비밀이란 이곳에 갇힌 그 사람이 아니라, 그 사람이 아는 어떤 비밀이라는 것은 그도 알고 있었다.

그때 군수부에서 옷을 갈아입고 객청으로 돌아온 한운석은 용비야를 찾아내지 못했다. 객청 안팎을 샅샅이 뒤졌지만 용비야는 보이지 않았다.

어디로 갔지?

"서동림."

한운석의 부름이 떨어지자 젊은 비밀 시위 서동림이 곧 모습을 드러냈다. 암시장을 떠난 후부터 용비야는 그를 한운석의 시종으로 보내 주었다.

"전하는 어디 가셨지?"

한운석이 물었다.

"뵙지 못했습니다만 대장이 나가는 것은 봤습니다. 남쪽 교외 방향입니다."

서동림이 사실대로 말했다.

한운석은 고개를 갸웃했다. 용비야가 외출한 모양인데 급한 일이라도 생긴 걸까?

남쪽으로 내려와 이재민을 구호하느라 한 달이 넘는 기간 동안 용비야와 함께 보냈는데, 이는 지난 1년간 함께한 시간보다 더 길었다. 용비야는 일부러 그녀에게 행적을 알린 적이 없지만, 일이 생겨 외출할 때는 기본적으로 그녀도 알고 있었다.

이번에는 어디로 갔을까? 무슨 일일까? 식량을 구하러 갔을까?

국구부는 이미 쓰러졌지만 구호는 계속해야 했다. 그들이 나눠 준 곡식으로는 이재민들이 겨우 겨울을 날 정도에 불과했다. 내년 봄 꽃샘추위가 찾아올 때쯤이 이재민들에게는 가장 견디기 힘든 시기였다!

그들은 식량을 구할 방법을 계속 찾아야 했다!

한운석은 이런저런 생각을 해 보았다. 옷을 갈아입으러 간 것뿐이니 용비야가 급히 식량을 구하러 갔다면 기다리지는 않더라도 말 한마디는 남겼을 것이다.

혹시…… 개인적인 일일까?

"당문 사람이 또 찾아왔나?"

한운석이 혼잣말을 중얼거렸다.

"왕비마마, 뭐라고 하셨습니까?"

서동림이 불안하게 물었다.

"아무것도 아니다. 식사를 올려라."

습관이란 참 무서운 것이었다!

도성에 돌아간 후 용비야가 종일 바쁘게 동에 번쩍 서에 번쩍하면 분명히 적응이 안 되겠지.

한운석은 홀로 문가에 서서 환한 하늘을 바라보았다. 무슨 생각을 하는지는 모르지만 생각에 생각이 꼬리를 물다 보니 저도 모르게 넋이 빠졌다.

갑자기 등 뒤에서 부드러운 목소리가 들렸다.

"운석 낭자, 오랜만입니다. 차 한 잔 얻어 마실 수 있겠습니까?"

한운석은 화들짝 놀라 몸을 홱 돌리며 방안을 돌아보았다. 놀랍게도 갱에서 만났던 백의 복면 공자가 차 탁자 옆에 앉아 벌써 차까지 끓여 놓고 있었다.

한운석은 황급히 안으로 들어가 문을 닫았다!

"다…… 당신이 어떻게……."

그녀는 비록 놀랐지만 흥분하기도 했다.

"긴장하신 것 같군요."

백의 공자의 부드럽고 따스한 웃음소리는 복면 뒤에 가려진 얼굴이 어떤 모습을 하고 있는지 무한한 상상을 불러일으켰다.

"바깥에 비밀 시위가 얼마나 많은 줄 알아요?"

용비야가 군수부에 비밀 시위를 수없이 남겨 두었는데, 백의 공자는 그들을 모두 속이고 마치 주인이라도 된 양 용비야의 자리에 앉아 차를 끓이고 있었다!

한운석은 마음이 놓이지 않아 일부러 눈을 걸어 잠갔다.

"설마 진왕 전하께서 이 몸을 환영하지 않으시는 겁니까?"

백의 공자는 농담조로 물었다.

용비야는 한운석이 영족이나 서진 황족 이야기를 꺼낼 때마다 화제를 돌렸는데, 흥미가 없기 때문인지 이야기하고 싶지 않기 때문인지 알 수가 없었다. 용비야가 이 영족의 공자를 어떻게 생각하는지는 그녀도 몰랐다.

하지만 그녀는 바보가 아니었다!

용비야가 사라지자마자 백의 공자가 나타났으니, 세상에 이런 우연이란 있을 수 없었다.

백의 공자는 분명히 용비야가 없는 틈을 타 찾아온 것이다!

"환영하는지 아닌지는 당신이 나보다 더 잘 알겠죠."

한운석도 웃으며 말했다.

"운석 낭자는 참으로 총명하시군요."

백의 공자가 그녀에게 차를 따라 주었다. 동작이 우아하고 자연스러워서 누가 봐도 이 방의 주인 같았다.

하지만 한운석은 차를 마실 기분이 아니었다. 그녀는 탁자에 손을 올리며 진지하게 물었다.

"나를 찾아왔나요, 아니면 독짐승을 찾아왔나요?"

예전에도 물은 적 있는 질문이었는데, 그때 그는 다음에 만나면 대답해 주겠다고 했다.

이제 대답해 줄 시간이었다!

그는 분명히 영족 사람이었다. 그런 그가 그녀를 찾아왔다면 그녀의 신분을 확신할 수 있었다!

한운석은 초조했지만, 백의 공자는 태연하기 짝이 없었다.

"차가 훌륭합니다. 진왕 전하께서 드시는 차는 과연 보통 차가 아니군요."

"신용 없는 사람은 벗이 될 수 없다고 했어요. 그만 가 보세요."

한운석은 불쾌한 목소리로 말했다.

한 말을 지키지 않는 사람을 친구로 삼을 수 없었다. 이 남자는 분명히 다음에 대답하겠다고 약속했다. 그녀는 몇 달째 그를 기다렸고 몇 달째 그를 만나기를 고대했다. 그런데 마침내 찾아온 그가 이런 식이라니!

"운석 낭자, 저는…… 독짐승을 찾아왔습니다."

결국 백의 공자가 말했다. 그의 눈동자에는 말할 수 없는 무력감이 숨겨져 있었다.

"그럼 왜 목숨 걸고 날 보호했죠?"

쉽사리 믿을 한운석이 아니었다.

"그날 군역사가 능욕하려던 사람이 다른 여자였다 해도 목숨 걸고 구했을 겁니다."

백의 공자는 진지하게 설명했다.

한운석은 고개를 저었다.

"거짓말 말아요."

"운석 낭자, 낭자는 설마 사람들이 반드시 목적이 있어야만 서로 돕는다고 생각하십니까?"

백의 공자가 물었다.

한운석은 차갑게 코웃음을 쳤다.

"거짓말! 당신이 정말 독짐승을 찾아왔다면 왜 데려가지 않았죠?"

백의 공자는 한운석에게는 목숨을 구해 준 은인이나 마찬가지였지만, 그렇다고 해도 한운석은 여전히 냉정하고 객관적으로 그를 대했다.

백의 공자가 반문했다.

"독짐승이 이미 주인을 선택했는데 제가 데려갈 수 있으리라 생각하십니까?"

확실히 꼬맹이는 그녀에게 바짝 매달려 아무도 데려가지 못하게 했을 것이다. 한운석은 복잡한 눈빛이 되어 캐물었다.

"독짐승이 주인을 선택할 수 있다는 걸 알고 있었어요?"

백의 공자는 웃음을 터트렸다.

"운석 낭자, 독짐승이 낭자를 주인으로 선택할 줄 미리 알았다면, 제가 왜 쓸데없이 낭자를 갱으로 데려갔겠습니까?"

이야기가 한 번 돌고 나자 한운석은 백의 공자가 겨우 차분한 말 몇 마디로 자신의 의심을 씻어 냈다는 것을 깨달았다.

설마 그녀와 용비야가 잘못 생각한 걸까?

"당신은 영족 사람인가요?"

한운석이 다시 물었다.

그러나 백의 공자는 몸을 일으키며 빙그레 웃었다.

"다음에 하시지요. 다음에 만나면 대답하겠습니다."

또 그 수작!

한운석은 이렇게 쉽게 놓아줄 생각이 없었다. 하지만 애석하게도 하필이면 그때 문 밖에서 서동림의 목소리가 들려왔다.

"왕비마마, 문을 열어 주십시오. 식사를 가져왔습니다."

한운석이 돌아보니 백의 공자는 이미 어디론가 사라진 후였고, 차 탁자에 놓였던 다기까지 깨끗이 치워져 일말의 흔적도 없었다.

이봐요, 백의 공자. 당신은 내 질문에는 대답했지만, 왜 용비야를 피하는지는 말해 주지 않았어요.

한운석은 문을 열었지만 식사를 할 기분이 아니었다. 오늘 일을 용비야에게 말해야 하는지 일단 숨겨야 하는지 망설여졌다.

백의 공자는 멀리 간 것이 아니었다. 어쩌면 늘 곁에 있다고 해도 이상하지 않았다.

영원히 만나지 않으면 속일 일도 절대 없다고 생각했는데, 20여 년 간 길러 온 침착함이 홀로 외로이 선 그녀의 뒷모습에 무너질 줄이야.

식사 생각이 없는 한운석을 바라보는 백의 공자는 소리 없이 탄식하며 돌아서서 방 바깥 어둠 속에 숨었다.

그때 남쪽 교외의 폐허가 된 저택에서 벽을 파내던 사람도 겨우 침착해졌다. 흙으로 만든 벽은 조그마하게 움푹 들어갔을 뿐 크게 망가지지는 않았다.

그녀는 낙담한 듯 뾰족한 돌멩이를 버리고 천천히 돌아섰다. 고개를 푹 숙인 채였고 얼굴에는 절망이 가득했다.

옆에서 한 시진 넘게 지키던 초서풍은 그녀가 포기하자 마침내 안도의 숨을 내쉬며 황급히 앞으로 나아가 손짓을 했다.

"벙어리 할멈, 전하께서 친히 오셨소. 영광인 줄 아시오!"

그랬다!

용비야에게 갇힌 사람은 바로 애초에 초서풍이 천녕국 도성으로 호송하던 벙어리 노파였다. 도중에 습격을 받았느니, 벙어리 노파가 절벽에서 떨어져 생사가 불명확하다느니 하는 말은 모두 날조한 거짓말이었다.

용비야가 처음부터 내린 명령은 벙어리 노파를 유각으로 데려가 감금하라는 것이었다!

벙어리 노파는 물론 초서풍이 하는 말을 듣지 못했다. 그녀는 초서풍은 쳐다보지도 않고 노기충천하게 방 안으로 들어갔다.

방 안에서는 용비야가 기다린 지 오래였다.

그는 왜 벙어리 노파를 감금했을까? 한운석까지 속이면서!

그의 기만과 그녀의 솔직함

벙어리 노파는 기세등등하게 방으로 들어갔으나 들어서자마자 직접 차를 끓이는 용비야와 마주쳤다.

용비야의 몸에는 분노하지 않아도 위엄이 느껴지는 강력한 기운이 있어 누구나 보기만 해도 두려움을 느꼈다. 하지만 놀랍게도 벙어리 노파는 전혀 두려워하지 않고 당당하게 안으로 들어갔다.

그녀는 지금껏 그가 나타나기를 기다리고 있었다!

목령아의 친구가 소저를 데리고 목씨 저택으로 찾아왔고, 나중에 목영동의 시위들이 나타나 쌍방이 싸움을 벌인 것은 똑똑히 기억했다. 그 후 그녀는 혼수상태에 빠졌다.

다시 깨어났을 때 그녀는 이미 이들에게 붙잡혀 있었다.

이들은 누구일까? 그리고 어떻게 그녀를 목씨 저택에서 데리고 나왔을까?

본래는 어떤 밀실에 갇혀 있었고 얼음장처럼 차가운 얼굴을 한 젊은이가 가끔 찾아왔다. 그 후 누군가 침입했으나 안타깝게도 실패해 그녀를 데려가지 못했다.

그녀는 기다렸다. 대관절 뭘 하려는 것인지 계속 기다렸다. 하지만 뜻밖에도 그들은 지금까지도 움직임이 없었다.

그들이 움직이지 않자 그녀는 소란을 피워 이 남자가 나타나도록 몰아붙였다.

벙어리 노파는 한 걸음 한 걸음 용비야에게 다가갔다. 용비야가 눈을 들어 그녀를 흘끗 보더니 맞은편 자리에 찻잔을 놓고 차를 따랐다.

벙어리 노파는 듣지도 못하고 말하지도 못하니, 용비야가 무슨 말을 하든 헛수고였다. 방금 그 동작은 앉으라는 뜻이었다.

벙어리 노파는 그쪽을 흘끗 보았다. 무슨 뜻인지는 알아들었지만 그녀는 앉지 않았다.

그녀는 용비야의 앞에 섰다. 용비야더러 일어나라는 뜻이었다.

용비야는 그녀에게 준 찻잔 옆을 톡톡 두드리며 여전히 고개를 숙이고 있었다. 뜻밖에도 벙어리 노파는 느닷없이 소매에서 끝을 갈아 뾰족하게 만든 돌멩이를 꺼내 목에 가져갔다.

무슨 말을 하고 싶은 듯 입을 벙긋거렸지만, 애석하게도 소리를 낼 수가 없었다.

"전하, 자살하려고 합니다!"

뒤에서 초서풍이 놀란 소리로 외쳤다. 본래는 이소사를 가엾게 생각한 그였지만 지금은 한 번 더 죽이고 싶어 이가 갈렸다. 벙어리 노파를 가까이에서 지켜보라고 했는데 저렇게 날카로운 돌멩이를 몸에 숨기도록 내버려 두다니!

용비야는 동요하지 않았다. 그는 눈앞에 서 있는 사람의 일거수일투족을 절대 놓치지 않았다.

그는 여전히 고개를 들지도 않고 다시 한 번 벙어리 노파의 찻잔 옆을 두드렸다.

벙어리 노파는 움직이지 않았고, 용비야도 움직이지 않았다. 두 사람은 한참 대치했다. 초서풍은 날카로운 돌멩이 때문에 벙어리 노파의 목에 혈흔이 생기는 것을 보자 참지 못하고 또 외쳤다.

"전하, 피가 납니다!"

그렇게 공들여 노파를 손에 넣었는데, 미독의 해약도 구하지 못하고 비밀을 듣지도 못한 지금 만에 하나 무슨 일이라도 생기면 얼마나 애석할까?

하지만 용비야는 움직이지 않았다.

뜻밖에도 벙어리 노파가 갑자기 돌멩이를 높이 들어 힘껏 목을 찔렀다. 바로 그 순간 용비야가 찻잔을 집어 던져 벙어리 노파가 든 돌멩이를 후려쳐 떨어뜨렸다.

벙어리 노파가 허둥지둥 주우려고 했지만 초서풍이 다가가 걷어찼다.

벙어리 노파는 분노한 얼굴로 용비야를 노려보며 입을 벌렸다. 소리를 낼 수만 있다면 용비야에게 분통을 터트렸을 게 분명했다.

소리를 지르지 못하자 벙어리 노파는 용비야에게 와락 달려들어 죽자 사자 싸우려고 했다. 초서풍이 재빨리 끌어당겨 그녀의 두 손을 등 뒤로 단단히 붙잡았다.

벙어리 노파는 힘껏 발버둥 치고 몸을 뒤틀었지만, 아무리 그래도 초서풍의 힘을 이길 수는 없었다.

용비야는 잔에 든 차를 다 마신 뒤 마침내 입을 열었다.

"성미가 불 같군. 목씨 집안 목심 소저에게 성미 급한 하녀가 있었다던데 아마 이 여자겠지."

목심은 바로 목령아의 넷째 고모이자 독종과 연을 맺었다는 소문이 있는 목씨 집안의 딸이었다. 사실 벙어리 노파의 존재를 알았을 때부터 용비야는 곧 약성에서 목심을 조사했다.

목심이 독종과 연을 맺었다는 것이 소문에 불과한지 아니면 진짜인지 아는 사람은 아무도 없었고, 만약 진짜라고 해도 당시 목심과 독종이 대체 어떤 관계였는지 아는 사람 역시 없었다…… 이 하녀만 빼고.

그렇지만 무슨 이유에서든 목영동은 벙어리 노파를 남겨 두지 말았어야 했다!

목심은 이미 목씨 집안의 금기이자 의성의 금기였다. 목영동에게 있어 가장 좋은 방법은 사실이 새어 나가지 않도록 벙어리 노파를 죽이는 것이었다.

설마 목영동이 벙어리 노파를 살려 둔 것이 누군가를 유인하기 위해서일까?

용비야는 더는 추측하고 싶지 않았다. 그저 어서 빨리 해약을 찾아 벙어리 노파에게 진실을 털어놓게 할 생각뿐이었다.

그는 품에서 그림 한 폭을 꺼내 차 탁자 위에 천천히 펼쳤다. 이를 보자 힘껏 발버둥 치던 벙어리 노파가 갑자기 조용해졌다.

그림에 그려진 젊은 여자는 의원 차림에 한운석의 진료 주머니와 거의 비슷한 천 주머니를 메고 있었다.

여자는 이목구비가 단정했지만 그뿐, 미인이라고 할 수는 없었다. 하지만 얼굴에 떠오른 웃음은 찬란하면서도 달콤해서 뭐라고 형용할 수 없는 진실한 아름다움이 느껴졌다.

이 그림은 바로 목씨 저택의 숲속 대나무 집에 걸려 있던 목심의 초상화였다.

벙어리 노파는 잠시 조용해졌다가 곧 흥분해서 눈물이 가득 고인 채 와락 달려들었다. 그녀는 끊임없이 입을 움직이며 소리도 없이 계속 '소저'를 불렀다.

그랬다. 목심은 바로 그녀가 어려서부터 돌봐 온 넷째 소저였다!

목심 소저는 그녀를 어머니처럼 대했고, 그녀도 목심 소저를 친딸보다 더 친근하게 대했다.

목심 소저는 돌아오겠다고 했지만, 떠난 후 다시는 돌아오지 않았다. 그녀는 계속 이 그림을 지켰는데 그게 벌써 20년이 넘었다.

흥분하고 슬픈 와중에도 벙어리 노파는 곧 경계를 돋우고 화난 눈길로 용비야를 노려보았다.

이 범상치 않은 이 젊은이가 어떻게 목씨 저택에 있던 이 그림을 손에 넣었을까? 목심 소저를 찾고 싶은 걸까? 아니면 자신에게 궁금한 것을 물으려는 걸까?

대체 뭘 하려는 걸까?

"초서풍, 놓아주어라."

용비야는 세 번째로 벙어리 노파의 찻잔 옆을 두드리며 앉으라는 뜻을 전했다.

"조심하십시오, 전하!"

초서풍이 참지 못하고 경고했다. 벙어리 노파는 성질이 불같아 정말 막기 힘들었다.

그렇지만 그가 손을 놓자 벙어리 노파는 달려드는 대신, 시선을 그림에서 떼지 않은 채 계속 그림을 살피며 자리에 앉았다.

용비야는 시원시원하게 그림을 말아 선물로 벙어리 노파 앞에 내밀었다.

벙어리 노파는 냉큼 그림을 받아 주름투성이 손을 벌벌 떨면서 조심스레 다시 말았고, 다 말고 나자 소매 속에 넣고 제대로 넣었는지 몇 번 두드려 확인까지 했다.

마치 보물이라도 얻은 것 같은 그 모습과 거칠고 노쇠한 두 손은 보는 이들의 마음을 까닭 없이 아프게 했다.

"주인을 기다리는 충실한 하인이군. 하지만 목심은 이미 죽었다."

용비야가 담담하게 말했다.

목심이 바로 천심이면, 천심부인은 이미 죽었다. 벙어리 노파가 이 사실을 알면 어떻게 될까?

한운석과 고칠소가 그녀를 찾아갔을 때는 너무 서두르느라 찬찬히 소통할 틈이 없었다.

초상화를 받자 벙어리 노파는 곧바로 일어서려고 했지만, 용비야가 또 다른 그림을 꺼냈다. 이번 그림은 바로 지난번 현상금을 걸고 한운석을 찾을 때 사용한 초상화였다.

벙어리 노파는 한운석을 알고 있었다. 한운석의 진료 주머니에 수놓인 '심' 자를 보자 그녀는 한운석이 목심의 딸이라고 확신할 수 있었다.

벙어리 노파는 허겁지겁 손을 뻗어 초상화를 잡으려 했지만, 용비야가 재빨리 치우고 꼼꼼하게 말아 단단히 품에 갈무리했다.

벙어리 노파는 움직이지 않고 묻는 얼굴로 용비야를 바라보았다. 하지만 용비야는 더는 아무것도 하지 않았다.

그는 일어나서 나가면서 초서풍에게 한마디 했다.

"사람을 골라 지키게 하도록. 또다시 소란이 벌어지면 네가 직접 지켜라!"

벙어리 노파는 좇아 나오려 했지만 안타깝게도 용비야를 좇을 수는 없었다.

용비야가 떠나는 것을 보자 벙어리 노파는 그제야 포기하고 느릿느릿 방으로 돌아갔다. 그리고 초서풍에게는 눈길조차 주지 않은 채 곧바로 앉았다.

본래도 푹 꺼진 눈두덩이가 더욱 깊이 꺼진 것 같았다. 노파는 소매 속에 넣은 그림을 꽉 움켜쥔 채 너무나도 간절하게 말을 할 수 있기를, 말을 해서 명확하게 물어볼 수 있기를 바랐다.

영리한 사람이니 이 젊은이가 위협하러 왔다는 것은 분명히 알 수 있었다. 목심의 딸을 이용해 그녀를 위협하려는 것이다! 그녀는 함부로 소란을 피우지 않았다. 더는 제멋대로 소란을 피울 수가 없었다.

이제 기다리는 수밖에 없었다. 이들이 대체 뭘 원하는지 기다리는 수밖에.

도리어 초서풍이 어리둥절했다. 전하께서 그림을 주러 직접 오신 건가? 내게 시키시면 될 일인데.

하긴 지금 초서풍이 더 관심을 쏟는 것은 벙어리 노파가 아니라 미독의 해약이었다.

사과는 손에 넣었으니, 이제 웅천과 미천홍련 두 가지만 남았다.

전하께서는 약귀곡 고칠찰에게 1년 안에 이 약재를 찾아오라고 했지만 여태 감감무소식이었다.

초서풍은 고칠찰이 한시바삐 웅천과 미천홍련을 찾아내기만을 바랐다. 하루빨리 찾아낼수록 비밀 시위들도 하루빨리 해탈을 얻을 수 있었다. 무엇보다 중요한 것은 그 자신도 왕비마마가 이 일을 알게 될까 봐 전전긍긍하는 나날에서 하루빨리 벗어날 수 있다는 사실이었다.

한운석이 이 일을 아는지 모르는지, 누구도 확신할 수 없었다!

하지만 지금 이 순간은 절대로 모르고 있었다.

용비야는 또 무슨 일로 바빴는지 한밤중이 되어서야 군수부에 돌아왔다. 한운석은 잠들지 않았지만 이미 방에 들어가 있었다.

그들 부부는 재산 몰수라는 이름으로 군수부를 통째로 점유했지만 객잔처럼 객방을 썼고 각자 쓰는 방은 벽 하나 건너에 있었다.

건넛방에서 문 여는 소리가 들리자 한운석은 즉시 밖으로 나갔다.

“전하, 돌아오셨어요?”

“음.”

용비야는 태연하게 대답했다.

“무슨 일로 나가셨어요? 저도 안 데려가시고요.”

한운석이 장난스레 물었다.

용비야는 대답을 피하고 반문했다.

“아직 안 잤느냐?”

한운석은 이런 반응에 익숙했다. 어쨌든 별 뜻 없이 물어본 것뿐이고 정말 그의 행적을 따질 생각은 아니었다.

지금까지 기다린 것은 용비야와 이야기를 나누고 싶어서였다.

“전하, 영족 공자가 다녀갔어요.”

한운석이 소리 죽여 말했다.

오후 내내 고민했지만 결국 용비야에게 말해 주기로 결심했다. 아무래도 자신의 신분과 관련있는 내용이기 때문이었다.

사실 그녀는 자신의 숨겨진 신분에 대해 그렇게 관심이 많지 않았다. 아무래도 자신은 미래에서 왔고 진짜 한씨 집안 딸이 아니었다. 신분을 밝혀내려는 것은 약간의 사심 때문이었다. 그녀는 자신이 서진 황족의 핏줄이기를 어느 정도 기대하고 있었다. 만약 그렇다면 용비야에게 더 큰 도움이 될 수도 있었으니까!

사실 신분의 수수께끼보다는 천심부인의 난산에 얽힌 진실이 더 궁금했다. 정말 사고였을까? 아니면 누군가 일부러 해친 걸까?

천심부인은 존경받을 만한 의원이었고, 그녀에게 몸을 준 위대한 어머니였다! 반드시 명확히 밝혀내야 했다! 사고가 아니었다면 대체 누가 한 짓일까? 무엇 때문일까?

"백의 복면인 말이냐?"

용비야는 무척 의외였다.

"네, 오후에 왔었어요."

한운석이 사실대로 대답했다.

"뭐라고 하더냐?"

용비야는 확실히 초조해 보였다.

"부인했어요. 꼬맹이를 찾아갔던 건데 꼬맹이가 주인을 선택했기 때문에 데려갈 수 없었대요."

용비야 앞에서는 한운석은 늘 이렇게 솔직했다.

"그리고?"

용비야가 다시 물었다.

한운석은 몸을 움츠리며 가엾은 척 물었다.

"전하, 들어가서 이야기하면 안 될까요?"

운석의 직감

뼈를 에는 겨울바람이 불어와 한운석이 몸을 움츠리자 용비야는 그제야 그녀가 속적삼 차림에 바람막이도 걸치지 않은 것을 알아차렸다.

그는 아래위로 그녀를 훑어본 후 팔을 잡아 방 안으로 데려간 뒤 불쾌하게 따졌다.

"체통은 어디에 팽개쳤느냐?"

한운석은 저녁 내내 기다리다가 문소리를 듣자마자 달려 나오느라 옷차림에 신경 쓸 틈이 없었다.

그녀는 변명하지 않았다. 변명해 봤자 소용없을 테니까. 그의 앞에서 버선을 벗은 날부터 이 인간이 이런 일을 아주 싫어한다는 것을 알고 있었다.

방 안에는 난로가 있어서 찬 기운은 금세 가셨다. 하지만 용비야는 겉옷을 벗어 한운석에게 던져 주었다.

"걸쳐라."

책망하는 투였지만 사실은 보살피는 말이었다.

용비야의 쌀쌀한 얼굴을 보면서도 한운석은 그저 좋아서 기쁘게 옷을 걸치고 단단히 몸을 감쌌다. 옷에는 온통 용비야 특유의 냄새가 배어 있었다.

"그자가 또 뭐라고 했느냐?"

용비야는 백의 공자의 일에 집중했다.

"영족 사람이냐고 물었더니 다음에 만나면 알려 주겠대요."

한운석이 사실대로 말했다.

"그렇다면 다시 오겠다는 말이냐?"

용비야는 겉으로 이렇게 말하면서 속으로는 최근에 주위에 잠복하고 있던 고수가 그 영족이었구나 하는 생각을 했다.

천역 암시장 내 임씨네 양곡점에 머물던 날 밤, 그는 주위에 고수가 있다는 것을 느꼈다. 그 후 재해 지역으로 오는 동안 그 느낌이 사라졌지만 군수부에 들어온 후로 또 느껴졌다.

"그럴 거예요."

한운석이 말하다가 목소리를 낮췄다.

"전하, 그 사람이 일부러 전하를 피하는 것 같죠?"

그 점은 용비야도 이미 알고 있었다. 단지 한운석이 이렇게 물은 것은 뜻밖이었다.

처음 영족 이야기를 나눴을 때도 그녀는 이렇게 직접적으로 자신이 서진 황족의 핏줄이 아니냐고 물었다.

언젠가 모든 비밀을 알게 되었을 때도 이렇게 경계심 하나 없이 천진난만하게 질문을 던질까?

용비야는 담담하게 말했다.

"너를 구해 주었으니 본 왕이 큰 상을 내릴 텐데, 피할 까닭이 없다."

"다음에 찾아오면 물어봐야겠어요."

한운석도 고개를 갸웃했다.

백의 공자는 고칠소처럼 나부대지도 않았고, 그녀를 희롱한 것도 모자라 용비야를 도발하고 두 번 세 번 흉계를 꾸미지도 않았다!

고칠소가 용비야를 피하는 건 더없이 정상이지만, 백의 공자는 분명 그럴 필요가 없었다!

한운석은 속으로 곰곰이 생각했다. 아무래도 이 일에 숨겨진 내막이 있는 것 같았다.

그녀는 잠시 생각하다가 농담을 던졌다.

"전하, 혹시 전하께서 영족과 원한이 있는 건 아니시죠?"

"한 번도 만난 적이 없는데 무슨 원한이 있겠느냐?"

용비야가 반문했다.

한운석은 웃으며 말했다.

"만일 전하께서 동진 황족의 핏줄이라면 영족과는 철천지원수잖아요!"

이리 생각하고 저리 생각해 보니 가능성은 이것밖에 없었다.

영족은 서진 황족에게 충성을 바쳤다. 지난날 동진과 서진은 내란 끝에 종족의 씨를 말리고 나라까지 무너뜨렸으니 두 집안은 불구대천의 원수였다.

영족이 동진 황족에게 가진 원한은 서진 황족이 동진 황족에게 가진 원한과 똑같았다.

그 순간 용비야의 눈에 칼날처럼 예리하고 싸늘한 빛이 번뜩였지만, 안타깝게도 한운석은 보지 못했다.

"그럴 가능성이 있는 것 같으냐?"

용비야가 차갑게 물었다.

한운석은 까르르 웃었다. 그냥 생각나는 대로 농담을 던져 본 것뿐이었다.

정말 그렇다면 용비야가 내력이 불분명한 그녀를 곁에 둘 리도 없고, 백의 공자가 그녀를 용비야 곁에 남겨 둘 리도 없었다.

"전하, 벙어리 노파는 소식이 있나요?"

그제야 한운석도 진짜 묻고 싶었던 것을 물었다.

석 달이 지났는데 아직도 찾아내지 못했다면 희망은 거의 없었다.

용비야는 추호의 망설임도 없이 태연하게 대답했다.

"아마 시체도 찾기 어려울 것이다."

이 말은 벙어리 노파가 죽었다는 뜻이었다.

용비야를 가만히 바라보던 한운석의 반짝이던 눈동자가 순식간에 어두워졌다. 한참 후 비로소 그녀가 중얼거리듯 말했다.

"목령아에게 뭐라고 하지?"

벙어리 노파가 유일한 단서는 아니었다. 벙어리 노파가 아는 일은 목씨 집안 가장 목영동도 분명 알고 있을 것이다. 다만 목영동 앞에서 너무 많은 정보를 노출하고 싶지 않은 것뿐이었다.

한운석은 출신의 수수께끼보다 벙어리 노파 자체가 마음에 걸렸다. 대나무 집에서 그녀가 목심의 딸이라는 것을 안 벙어리 노파가 뜨거운 눈물을 흘리던 장면을 영원히 잊을 수 없었다.

움푹 들어간 노파의 눈동자는 죽은 것처럼 착 가라앉아 있었지만 그녀가 나타나자 다시금 믿음과 기대로 불타올랐다.

애초에 목령아의 질책이 옳았다. 그녀가 벙어리 노파를 데리고 나오는 바람에 노파에게 문제가 생겼으니 모두 그녀 탓이었다.

"전하, 습격한 자객들은 찾아내셨나요?"

이렇게 묻는 한운석의 눈동자에 원한의 빛이 스쳤다.

차라리 그녀를 공격할 것이지, 왜 반평생 고생만 해 온 귀먹고 말도 못 하는 노인을 괴롭혔을까?

"아니."

용비야의 대답은 그게 전부였다.

"석 달이 지났는데도 실마리 하나 찾지 못하다니, 초서풍은 대체 일을 어떻게 하고 있는 거죠?"

한운석은 약간 화가 났다.

한참 묵묵히 있던 용비야가 대놓고 이야기를 끝냈다.

"늦었으니 가서 자거라."

"전하, 설마 이대로 끝내는 건가요?"

한운석은 믿을 수 없다는 얼굴로 말했다. 용비야다운 방식이 아니었다.

"당연히 본 왕이 계속 찾아볼 것이다. 하지만 너무 기대하지는 마라. 벙어리 노파가 유일한 단서는 아니다."

용비야는 담담하게 설명했다.

한운석은 그제야 자신이 너무 흥분했다는 것을 깨달았다. 그녀는 기분이 별로 좋지 않아서 몸을 일으켜 돌아섰다.

용비야가 그녀의 방문 앞까지 바래다주며 지나가듯 한마디

했다.

“한운석, 출신은 이미 지난 일이고 윗대의 문제다. 돌아보기보다 앞을 더 보도록 해라.”

“전하, 사실 전…….”

한운석은 설명하고 싶었지만 용비야가 그녀를 방 안으로 밀어 넣었다.

“늦었으니 자거라.”

“전하도 일찍 쉬세요.”

한운석은 차분하게 대답했다.

두 방 모두 곧 불이 꺼졌지만, 안타깝게도 그날은 잠 못 이루는 밤이었다.

한운석은 침상에 누워 이리 뒹굴 저리 뒹굴 했다. 어쩐지 마음이 불안했다. 예민한 직감이 용비야가 일부러 이 문제를 피하려는 것 같다는 사실을 일러 주었다.

직감이 틀렸을까 아니면 그가 정말 뭔가 숨기고 있을까?

그의 비밀이 궁금했지만 알려 달라고 떼를 쓴 적은 한 번도 없었다. 그런데 그는 왜 그녀의 비밀까지 숨길까?

한운석은 자신의 직감이 틀렸기를, 자신이 쓸데없는 생각을 했기를 바랐다.

용비야는 아예 방 안에 머물지도 않았다. 그는 지붕 위에 앉아 있었다. 군수부에 온 후로 자주 이런 식으로 주변을 지켰다. 오늘 밤에는 그 고수의 존재가 느껴지지 않은 것을 보니 이미 가 버린 모양이었다. 그러니 꼭 지킬 필요는 없었다.

하지만 그는 계속 앉아 있었다. 맑고 싸늘한 달빛이 내려앉은 혼자뿐인 그의 그림자는 고독한 가운데 쓸쓸함이 묻어 있었다.

밤은 깊고 달은 고요했다.

군수부 주변 골목에서 오랫동안 모습을 감췄던 여 이모가 나타났다.

"여 이모님, 그 고수는 떠났습니다."

흑의 복면인이 나지막하게 보고했다. 여 이모를 '여 이모'라고 부르는 사람은 용비야와 당리뿐만이 아니었다. 당문에서도 많은 이들이 그렇게 불렀다.

'여 이모'란 이미 신분이나 혈연관계에 무관한 호칭이 되어 있었다.

당자진은 아들이 혼사를 팽개치고 달아나는 바람에 신부 측 세력에 죄를 짓자, 한 달 동안 골치를 앓으면서 바삐 움직여 당리를 찾는 한편 혼사를 돌이키려고 애썼다. 그래서 당장은 한운석 문제를 처리할 틈이 없었다.

당리의 혼례 때 용비야와 한운석을 초청해 흉계를 꾸미려던 당자진의 계획은 목적을 이루지 못했다.

당자진은 한동안 경거망동하지 말고 용비야의 성질을 건드리지도 말라고 여 이모를 설득했었지만, 애석하게도 여 이모는 말을 듣지 않았다.

그녀는 영족과 연이 닿은 여자가 용비야 곁에 머무는 것을 도저히 용납할 수 없었다.

다른 사람들은 용비야가 다친 것을 모르지만 그녀는 똑똑히 알고 있었다.

유각에 갇힌 사람이 누군지 몰라도, 용비야가 유각에서 다쳤다는 소식을 알아낼 수는 있었다.

용비야와 한운석이 영남군에 도착하자 그녀는 당문에서 이곳까지 쫓아와 내내 한운석을 처리할 기회를 엿보고 있었다.

용비야가 부상을 입었으니 그녀의 실력으로 한운석을 죽이는 것쯤은 간단했다.

하지만 백의 고수가 남몰래 한운석을 보호하고 있을 줄은 생각지도 못한 일이었다. 그녀가 공격하려 할 때마다 백의 고수가 나타나 숫제 한운석에게 가까이 갈수도 없었다.

그녀의 추측이 맞다면, 그 백의 고수가 바로 영족 사람일 것이다. 영족만이 가질 수 있는 속도였다!

“떠나?”

여 이모가 중얼거렸다.

“확실합니다. 방금 군수부 뒷문까지 가 봤지만 막는 자가 없었습니다.”

흑의인이 사실대로 보고했다.

하지만 여 이모는 냉소를 터트렸다.

“시간을 딱 맞췄군!”

백의 고수는 떠났지만 용비야의 상처가 나았으니 여 이모에게 기회가 있기나 할까?

용비야도 백의 고수의 존재를 알았을까?

한운석은? 백의 고수와 연락이 닿았을까?

"여 이모님, 전하께서는 왜 저러십니까? 그자가 정말 영족 사람이라면 왕비마마는 바로……."

흑의인의 말이 끝나기도 전에 여 이모가 몸을 확 돌려 그의 목을 움켜쥐었다.

"그자가 영족이라고 누가 말하더냐?"

"그…… 그 속도가……."

흑의인은 해명하려고 했지만 곧 잘못을 깨달았다. 너무 많은 것을 알게 된 것이다.

"여 이모님, 저는 절대……."

말이 끝나지 않았지만, 그는 이미 영원히 말을 할 수 없게 되었다.

여 이모는 느릿느릿 손에 묻은 핏자국을 닦으며 눈빛을 착 가라앉혔다. 영족에 관해 아는 사람이 많을수록 용비야에게 좋을 것이 없었다!

그녀도 용비야가 원망스러웠지만 어떻게든 숨겨 줘야 했다.

용비야의 부상이 나았으니 이제 손쓸 수 없게 된 그녀는 씩씩거리며 당문으로 돌아갈 수밖에 없었다…….

이재민의 수가 워낙 많아 곡식 배급은 며칠 만에 끝나지 않았다. 군수부와 각지 관아 사람들로도 손이 부족해서, 용비야는 곡식을 운반한 마부와 시위까지 하위 고을로 보내 돕게 했다.

그와 한운석에게는 더 중요한 일이 있었다. 바로 식량을 더 구하는 것이었다.

어젯밤의 울적함은 어젯밤이 끝나면서 사라져 버린 듯, 오늘 한운석은 여전히 생기발랄했다.

이 여자는 다소 울적해할 때가 종종 있지만 전체적으로는 적극적이고 밝은 소녀였다.

무슨 말로 자신을 위로했는지 몰라도 어쨌든 점심 즈음에 깨어났을 때는 다시 혈기왕성해져 용비야와 함께 식량을 구하는 일을 진지하게 이야기했고 용비야가 생각지 못한 제안도 여럿 꺼냈다.

용비야는 진지하게 귀를 기울이며 연신 고개를 끄덕였다. 정말 어젯밤에 아무 일도 없었던 것처럼.

두 사람이 막 상의를 끝냈을 때 천휘황제의 성지가 도착했다.

용비야와 한운석도 그들이 재해 지역에 들어선 이상 천휘황제가 결코 쉽게 놓아주지 않을 것은 알고 있었다.

이번에는 또 어떤 성지일까?

칠 오라버니

이런 때 내린 성지라면 당연히 칭찬을 해야 했다.

성지는 진왕과 진왕비가 성공적으로 이재민을 구호하고 백성들을 위해 탐관오리를 밝혀낸 것을 축하했다. 하지만 중요한 것은 뒷부분이었다.

축하하고 상을 내린 뒤, 천휘황제는 진왕에게 계속 구호를 맡기는 한편 이재민들이 무사히 겨울을 넘기도록 보장해야 한다고 전했다.

성지에는 재해 지역 세 곳의 농경지가 모두 복구된 다음 도성으로 돌아오라고 명확히 쓰여 있었다.

어렵사리 용비야와 한운석을 재해 지역으로 보내 버렸는데 쉽사리 도성으로 돌아오게 해 줄 천휘황제가 아니었다.

"농경지를 복구하라니! 못돼 먹은 황제 같으니라고!"

한운석이 참지 못하고 욕을 했다.

'농경지 복구'는 겉보기엔 쉬운 일이었다. 내년 봄이 찾아와 봄비가 내리고 강물이 불어나 토지가 촉촉해질 때쯤이면 백성들도 배불리 먹고 힘이 생겨 윗사람이 재촉하지 않아도 알아서 앞다투어 씨를 뿌리려 할 것이다.

하지만 사람들이 봄비가 내릴 때까지 버텨야 한다는 전제 조건이 있었다! 더욱이 어느 정도까지 복구해야 제대로 복구했다고 할 것인지는 천휘황제 마음먹기에 달려 있었다.

천휘황제가 큰 수를 던진 것이라고 할 수밖에 없었다!

분개한 한운석과는 달리 용비야는 시종일관 차분하고 침착했다. 그는 잔에 든 차를 다 마신 후 차갑게 한마디 했다.

"그때가 되었을 때 본 왕에게 돌아와 달라고 빌지나 말아야 할 것이다."

그 말에 한운석의 입가에도 기대에 찬 웃음이 떠올랐다.

꽃샘추위가 올 때까지 이재민들을 보호할 수 있을지는 확실치 않지만, 용비야의 이 말만으로도 뒷일이 재미있어지리란 것은 알 수 있었다.

어서 두어 달이 지나갔으면 싶었다!

진왕 전하가 누군가를 응징하는 장면을 구경하는 것은 직접 응징하는 것보다 더 즐거웠다.

성지를 받은 후 한운석은 곧 안으로 돌아갔다. 그녀는 백리명향의 몸속에 있는 독소를 만들어 내기 위해 줄곧 해독시스템에서 시뮬레이션을 해 왔는데, 요 며칠이 가장 중요한 시기여서 눈을 감고 정신을 집중해 해독 공간에 머물러 있어야 했다.

다행히 용비야도 별달리 일이 없어 그녀를 찾지 않았다.

한운석은 뒤도 돌아보지 않고 후원으로 향했다. 용비야가 깊고 까만 눈동자를 무겁게 가라앉힌 채 줄곧 자신을 바라보고 있다는 것도 모른 채.

평소 감정을 드러내지 않던 진왕 전하가 지금은 눈동자에 시름을 가득 담고 있었다.

이를 본 초서풍은 어리둥절했다.

알 수가 없었다!

진왕 전하와 왕비마마 중에서 태연자약하고 흔들림 없는 사람은 언제나 진왕 전하였다. 그런데 어젯밤 대체 무슨 일이 있었기에 진왕 전하는 근심이 가득해지고 왕비마마는 도리어 편안해 보이는 것일까?

초서풍은 도저히 참을 수가 없어, 한운석의 뒷모습이 완전히 사라진 후 다가가 소리 죽여 물었다.

"전하, 벙어리 노파 때문입니까?"

용비야는 대답은 말할 것도 없고 그를 쳐다보지도 않았다.

초서풍은 슬그머니 겁이 나서 다시 물어볼 수도 없었다.

얼마 지나지 않아 비밀 시위가 찾아왔다.

"전하, 약귀곡에서 소식이 왔습니다. 고칠찰은 지난번 외출한 뒤로 돌아오지 않았는데, 아직도 그 약재들을 찾고 있다고 합니다."

"본 왕이 필요한 것은 그 약재에 관한 소식이다!"

용비야는 불쾌한 투로 말했다.

"당장은…… 소식이 없습니다."

비밀 시위가 겁먹은 소리로 대답했다.

"약성 왕씨 집안에 사람을 보내 이것을 전달하고 왕공에게 방법을 모색하게 해라. 서둘러야 한다고 전해라!"

용비야가 말하며 목영동이 준 출입증을 내밀었다. 이것이 있으면 목씨 집안 약재 곳간에서 언제든 약재를 가지고 나올 수 있었다.

비밀 시위는 출입증을 받고 곧 돌아섰다.

초서풍은 나서고 싶지 않아 잠시 망설였지만 결국 죽더라도 할 말은 해야겠다 싶어 일단 비밀 시위를 막아섰다.

"전하, 목씨 저택에 가는 일은 한 번 더 생각해 주십시오!"

전하는 고칠찰에게 1년 기한을 주었지만 워낙 희귀한 약재이기 때문에 그리 긴 시간은 아니었다. 그런데 지금 전하는 더욱 서두르고 있었다.

왕씨 집안에 도움을 청하고 목씨 집안 약재 곳간을 들락거리는 것은 지나친 행동이었다.

더 큰 문제는 따로 있었다. 벙어리 노파에게 독을 쓴 사람은 목영동일 가능성이 컸고, 목영동은 당연히 해독 방법을 알고 있을 것이다. 목씨 집안에서 진짜 약재를 찾아내면 목영동은 분명 벙어리 노파가 아직 살아 있다고 의심할 것이다.

이 일이 알려지면 왕비마마에게 해명할 말이 없었다.

초서풍이 깨우쳐 주자 용비야는 곧 침착함을 되찾고 자신이 너무 서둘렀다는 것을 깨달았다.

애초에 고칠찰을 찾아간 것도 고칠찰이 약재를 찾아내는 데는 일류이기 때문이었다. 약성에 그 약재가 있다면 고칠찰이 분명 찾아냈을 것이다.

고칠찰이 약재를 구하러 다니면 용비야를 의심할 사람은 없었다.

용비야는 눈썹을 잔뜩 찌푸린 채 자리에 앉았다. 초서풍이 재빨리 차를 따라 주었다.

"전하, 마음이 있으면 흥분하기 쉽습니다."

마음이 있으면 흥분하기 쉽다?

확실히 그는 벙어리 노파 일로 몇 차례나 흥분에 빠졌다. 심장 부위에 칼을 맞은 것도 다 '서두름' 때문이었다!

한운석은 어젯밤에는 실망했지만 오늘은 본래 모습을 되찾았다. 하지만 그는 차라리 그녀가 계속 실망해 있었으면 했다.

생기발랄한 그녀를 보고 있자니, 처음으로 자신이 저 여자를 잘 모른다는 생각이 들었다. 난생처음 통제력을 잃어버리는 기분이었다.

지금까지는 늘 그녀가 그를 맴돌았지만, 부지불식간에 그 역시 그녀의 감정에 이리저리 흔들리고 있었다.

용비야는 한참 동안 침묵하다가 결국 초서풍에게 명령했다.

"네가 직접 고칠찰을 찾아가 전해라. 반년 안에 약재를 찾아내면 본 왕이 빚을 진 것으로 알겠다고!"

그런…….

빚을 지면 반드시 갚아야 했다! 앞으로 고칠찰이 뭔가 부탁하면 진왕 전하는 거절할 수 없었다.

초서풍은 더 설득하려고 했지만 진왕 전하의 단호한 눈빛을 보자 명령을 따를 수밖에 없었다.

용비야가 약재를 찾아내려고 안달일 때 멀리 약성에 있는 목령아도 몹시 안달하고 있었다.

태후의 생신연회 때 제멋대로 약성을 대표해 저지른 일로 인해 그녀는 약성 각 세력의 성토 대상이 되었고, 그녀를 가장 예뻐해 주던 목영동조차 보호해 줄 수 없어 소란이 가라앉을 때까지 피해 있으라고 했다.

하지만 어쩌나. 그녀는 약성을 떠나려다 말고 고칠소의 한마디에 다시 돌아갔다.

물론 돌아왔다는 사실을 차마 아버지에게 알릴 수는 없었다.

그녀는 목씨 저택으로 돌아가 직접 써 놓은 약재에 관한 기록을 챙기고, 살그머니 약재 곳간으로 숨어들어 줄곧 그곳에 머물렀다.

기록에는 미천홍련의 행방이 남아 있었다. 아주 어렸을 때의 기록으로 목씨 집안 약재 곳간에 한 뿌리 있다고 했다.

그렇지만 안타깝게도 거의 석 달이 지나도록 약재 그림자조차 찾을 수가 없었다.

다른 집안의 약재 곳간은 한씨 집안 곳간처럼 일반적인 창고에 불과했다.

하지만 약성 삼대 명가의 약재 곳간은 커다란 산이었다! 목씨 집안 약재 곳간은 약성 전체에서 가장 커서 큰 산 세 개 정도 되는 크기였고, 그 안에 있는 크고 작은 골짜기는 셀 수 없을 정도로 많았다.

목령아는 약재를 찾아 헤매는 한편 밤낮 순찰하는 시위들과 약재를 보살피는 동자들까지 피하느라 몹시 고생스러웠다.

그녀는 날이 밝자마자 약재를 찾기 시작해서 날이 어두워지면 커다란 나무에 기대 잠들었다. 그렇게 석 달 동안 건량만 먹었고 불 피우면 발각될까 두려워서 한겨울에 뜨거운 탕 한 그릇 마시지 못했다.

본래도 야윈 몸인데 지금은 더욱 야위어 초췌해 보일 지경이었다.

이날도 그녀는 평소처럼 날이 밝자마자 출발했다. 그런데 오후가 되자 갑자기 하늘에 먹구름이 깔렸다.

"젠장!"

그녀는 짜증을 내며 조그마한 입술을 삐죽 내밀었다.

욕설이 끝나기 무섭게 콩알만 한 빗방울이 후두둑 떨어졌다. 한겨울에 내리는 비는 얼음물이나 다름 없었다!

목령아가 사방을 두루 살펴보니 유일하게 비를 피할 수 있는 곳은 어젯밤 잤던 오래된 나무밖에 없었다. 그 근처에는 동굴도 있고 수풀도 있었지만, 하나같이 동자와 시위들이 있어서 발각되기 딱 좋았다.

콩알만 한 빗방울은 점점 빠르게 떨어지더니 금세 빗줄기로 변해 쏴아아 소리를 내며 갈수록 거세게 쏟아져 내렸다!

목령아는 황급히 나무 아래로 달려가 가로로 뻗은 나뭇가지 밑에 숨어 몸을 피했다. 하지만 몸은 이미 흠뻑 젖어 있었다.

오슬오슬 춥긴 했지만 그녀는 별로 신경 쓰지 않았다. 누가 뭐래도 그녀는 온실 안 화초처럼 곱게 자란 사람은 아니었다.

그녀는 시원시원하게 축축한 땅에 책상다리를 하고 앉아 양손으로 턱을 괴고 귀찮은 표정으로 날이 개기를 기다렸다.

길게 뻗은 나뭇가지로는 아무리 굵어도 비를 모두 막아 줄 수는 없었다.

얼마 지나지 않아 목령아도 더는 앉아 있을 수 없게 되어 몸을 바짝 웅크리고 덜덜 떨었다.

추워!

쏟아져 내리는 빗줄기 속에 앉은 그녀의 모습은, 멀리서 보면 마치 버림받은 동물 같아서 보기만 해도 마음이 아팠다.

하지만 이 소녀는 이런 처지가 되어서도 원망 한마디, 후회 한 번 하지 않았다.

그녀는 고개를 숙인 채 머리에서부터 흘러내린 빗줄기가 뺨을 타고 주르륵 흘러내리도록 내버려 두었다.

그녀는 오들오들 떨면서 열심히 기억을 돌이키려 애썼다. 어렸을 때 대체 어디서 미천홍련을 봤을까?

기억이 잘못된 것은 아니었다. 미천홍련은 분명히 이 산에 있었다.

더구나 그렇게 귀한 약재라면 아버지만 딸 수 있었는데, 요 몇 년간 아버지가 그 약재를 쓰지 않은 것은 확실했다.

그녀는 얼굴을 쓱 훔친 뒤 자신 있게 혼잣말을 했다.

"분명히 있어!"

그 말이 끝나기 무섭게 비가 뚝 그쳤다!

그럴 리가. 눈앞에서는 여전히 비가 쏴아아 소리를 내며 바닥을 때리고 있는데 어째서 머리에는 빗물이 떨어지지 않을까?

목령아는 의아한 얼굴로 고개를 들다가 요사한 아름다움을 풍기는 빨간 옷자락을 발견했다. 옷자락은 한겨울에 쏟아지는 얼음비 속에서 새빨간 홍련처럼 뜨겁게 불타오르고 있었다!

불꽃 같은 새빨간 옷자락 속에 그 남자가 가느다란 눈으로 아름답게 웃고 있었다.

그 순간, 목령아의 세상에는 하늘이 맑게 개고 꽃이 비단처럼 활짝 피었다.

"칠 오라버니!"

그녀는 놀라고 기쁜 마음에 벌떡 일어나 아무것도 생각지 않고 고칠소에게 달려들었다.

고칠소는 길게 뻗은 나뭇가지 위에 앉아 한 손으로는 눈썹을 매만지고 한 손으로는 커다란 빨강 우산을 들고 있었다. 목령아가 달려들든 말든 그의 입가에 어린 미소는 늘어나지도, 줄어들지도 않았다.

하지만 들풀보다 더 꿋꿋한 이 소녀는 따스한 품속에 달려들자마자 갑작스레 방성통곡을 했다.

"으흑…… 칠 오라버니…… 으아앙……!"

"왜 그래?"

고칠소가 부드럽게 물었다.

"엉엉…… 사람들이…… 엉엉……!"

목령아는 조금 전의 꿋꿋함은 어디로 갔는지 계속 울기만 했다. 어찌나 처량하게 우는지 말도 제대로 하지 못하는 품이 몹시 가엾어 보였다.

고칠수는 하는 수 없는 얼굴로 하늘을 올려다보았다.

"울보 같으니……. 울어. 실컷 울어."

그가 없을 때는 들풀처럼 꿋꿋하던 그녀가 그가 나타나는 순간 울보가 되었다.

연기일까?

아니었다.

아무리 굳센 여자도 의지할 어깨가 생기는 순간 본래 있던 꿋꿋함은 순식간에 무너지기 마련이었다.

목령아는 한참 동안 울고 또 울었다. '엉엉'하는 울음소리를 제외하면 그저 '칠 오라버니'라는 말뿐, 원망이나 하소연은 한 마디도 없었다.

한참 후에야 비로소 울음을 그친 그녀가 코를 훌쩍이며 고칠소를 올려다보았다.

"칠 오라버니!"

"다 울었어?"

고칠소가 눈썹을 치키며 물었다.

"실컷 울었으니 됐어요!"

목령아가 활짝 웃었다.

괴롭힐 수 있는 사람은 나뿐이야

목령아는 소탈하고 털털한 소녀였지만 고칠소 앞에서는 울보로 변했다.

하지만 그녀는 결코 끝없이 훌쩍거리기만 하는 성가신 여자가 아니어서 실컷 울고 나자 곧 환하게 웃었다.

그녀는 달아날까 두려운 듯 서둘러 고칠소의 팔을 끌어안았다.

"칠 오라버니, 오라버니가 올 줄 알았어요."

고칠소는 축축하게 젖은 그녀가 싫어서 밀어내려고 했지만 안타깝게도 목령아는 단단히 매달렸다.

고칠소가 쏘아보자 그녀는 도전하듯 눈썹을 치키며 절대 놓지 않겠다는 태도를 고수했다.

"후훗, 약재를 찾을 수가 없으니 당연히 널 찾아와야지."

고칠소는 냉소를 지으며 말했다.

그 말에 목령아는 겁을 먹고 손을 놓았다.

칠 오라버니는 약재를 찾아온 것이지 그녀를 찾아온 것이 아니었다. 그녀도 그건 잘 알았다.

별로 신경 쓰지 않는 것처럼 행동했지만 속으로는 누구보다 잘 알고 있었다. 지금까지 알고 지내는 동안 칠 오라버니는 일이 없으면 거의 그녀를 찾아오지 않았다.

"약재를 찾아내지 못하면 영원히 날 용서하지 않을 거예요?"

목령아가 진지하게 물었다.

칠 오라버니는 그녀가 약재를 찾아 주기만 하면 갱에서 한 일을 용서해 주겠다고 했다.

고칠소는 그녀가 귀찮게 구는 것도 견딜 수 있었고 눈물 콧물 철철 흘리는 모습도 봐줄 수 있었지만, 진지한 모습은 견딜 수 없었다.

"자자, 일단 비부터 피하자. 너하고 상의할 일이 있어."

사실 그는 일찌감치 와 있었다. 그 역시 한 달가량 목씨 집안 약재 곳간을 뒤졌지만 아쉽게도 아무 소득이 없었다.

주변에는 아무래도 비를 피할 곳이 없어서 두 사람이 안전한 동굴을 찾아냈을 때 비는 이미 그친 후였다.

목령아의 옷과 머리카락, 신발은 모두 축축하게 젖어서 동굴로 들어가자 물이 뚝뚝 떨어졌지만, 그녀는 아랑곳하지 않고 초조하게 물었다.

"칠 오라버니, 상의하려는 일이 뭐예요?"

고칠소는 서두르지 않고 여유롭게 몸에 묻은 빗방울을 툭툭 털어 낸 뒤 마르고 깨끗한 바위를 찾아 앉았다.

그가 손을 비비며 한마디 했다.

"춥군!"

허, 저 못된 놈!

제 몸 추운 줄만 알지, 목령아 같은 소녀가 온몸이 흠뻑 젖은 건 안 보이는 모양이었다.

이 자리에 있는 사람이 한운석이었다면 저 인간은 벌써 불을 피웠을 것이고, 어쩌면 비를 무릅쓰고 나가 마른 옷을 구해 왔을지도 몰랐다.

그도 남을 보살피는 법을 모르는 건 아니지만, 목령아에게는 꼭 이랬다.

감정이란 마음에 달린 문제여서 남을 원망할 수는 없었다.

목령아는 추워서 오들오들 떨고 입술에 핏기가 싹 가셨지만 고칠소가 춥다고 하자 그를 위해 동굴 안에 있는 마른 나뭇가지를 모두 긁어모아 화접자로 불을 피웠다.

그녀가 부르지 않아도 고칠소는 알아서 불가로 다가와 편안한 표정을 지었다.

"칠 오라버니, 무슨 일인지 말해 봐요."

목령아는 무척 궁금해했다.

"반년 안에 그 약재를 구할 수 있어?"

여전히 약재 이야기였다.

"반년이요?"

목령아는 고개를 갸웃했다.

"대체 어디에 쓰려고요? 누가 중독됐어요? 반년 안에 발작해요?"

"쓸데없는 건 신경 쓰지 말고 할 수 있는지 없는지나 말해."

고칠소가 툴툴거렸다.

"기분이 좋으면 할 수 있지만 기분이 나쁘면…… 못해요!"

목령아도 성질을 부렸다.

고칠소는 흥미로운 듯 눈을 가늘게 뜨고 웃었다.
“아이고, 우리 꼬마 아가씨도 오라버니에게 성질을 부리네?”
목령아는 도도하게 그를 흘기며 아무 말 하지 않았다.
갑자기 고칠소가 바짝 다가서서 목령아의 턱을 잡아채더니 사악한 목소리로 속삭였다.
“어떻게 하면 기분이 좋아질까?”
사악하고 유혹적인 숨결이 얼굴에 쏟아지고 세상 만물이 빛을 잃을 것처럼 아름다운 얼굴이 바로 앞에 나타나자, 목령아의 심장은 미친 듯이 쿵쿵 뛰었다. 단순한 농담이라고 해도 그녀는 대책 없이 그 속에 빠져들었다.
마음을 빼앗기고 정신도 빼앗겼다.
“칠 오라버니가 기분 좋으면 나도 기분이 좋아요.”
봄날 물처럼 부드러운 목소리가 흘러나왔다.
봄처럼 고운 미인이 눈앞에 있는데도 고칠소는 즉시 손을 놓으며 흥분해서 말했다.
“령아, 정말 자신 있어?”
언제나 그렇듯 아름다움은 짧았다. 목령아는 가슴속에 피어오르는 실망감을 무시하며 여전히 도도한 태도로 턱을 쳐들었다.
“미천홍련은 바로 이 곳간에 있고, 웅천은…… 사실…….”
목령아의 말이 끝나기도 전에 동굴 밖에서 ‘쉬쉬식’하고 공기를 가르는 날카로운 소리가 들려왔다.
두 사람은 일제히 고개를 젖혀 피했다. 곧이어 귀에 익은 목소리가 들려왔다.

"목령아, 당장 나와. 안에 있다는 걸 다 안다!"

이 목소리는 바로 목씨 집안 큰 도령 목초연이었다. 그가 어떻게 이곳을 찾아냈을까?

알다시피 목초연은 목영동의 장남일 뿐 아니라 적자이기 때문에 집안에서 무척 귀한 존재였고, 명분으로 따지면 마땅히 목씨 집안 가장 자리를 이어야 했다.

그렇지만 안타깝게도 그의 재능은 서출 딸인 목령아보다 한참 부족했다.

약재 명가는 아무리 그래도 황실은 아니었고, 이런 집안에서는 능력이 제일이고 출신은 다음이었다.

목령아는 바로 목영동이 내정한 가주 후계자였다.

목초연은 일찍부터 그녀를 눈엣가시로 여겼다. 예전에는 목영동이 마음에 걸려 목령아를 건드리지 못했으나 이제 목령아가 큰 잘못을 저질렀으니 절호의 기회를 놓칠 수 없었다.

천녕국 태후의 생신 연회에서 있었던 일로 약성 전체가 목령아를 처벌하라고 난리를 부리자 목초연은 한시도 쉬지 않고 목령아를 찾아다녔다.

오늘 이렇게 마주친 것은 우연이었다.

목령아는 집안의 형제자매들이 성가셔 죽을 지경이었고, 큰오라버니는 특히 더 그랬다.

예전에는 도발을 받아도 어디서 개가 짖는구나 하고 무시했지만 지금은 얽힌 일이 있어서 목초연에게 끌려 나가면 큰일이었다.

목령아가 잠시 망설이다가 말했다.

"칠 오라버니, 먼저 피해 계세요. 큰 오라버니와 상의 좀 할 게요."

이렇게 말하는 동안 바깥에 있는 사람은 참을성 없게 외쳐 댔다.

"목령아, 나오지 않으면 당장 어머니께 고발하겠다!"

아버지에게 고발하면 저 못된 계집애를 두둔할 수도 있지만, 어머니에게 고발하면 상황이 달랐다. 어머니는 아버지조차 수습하지 못할 만큼 일을 크게 벌일 것이 분명했다.

고칠소는 한마디도 하지 않고 옆에 있는 커다란 바위 뒤로 몸을 숨겼다.

목초연이 저렇게 큰소리만 떵떵 치는 것은 정말 고발할 생각이 없다는 뜻이었다. 필시 목령아에게 부탁할 일이 있는 것이다.

고칠소가 숨자 목령아는 당당하게 밖으로 나가 동굴 입구에서 걸음을 멈췄다. 과연 목초연은 혼자였다.

"할 말이 있으면 어서 하시고, 방귀가 마려우면 어서 뀌세요!"

목령아가 차갑게 말했다.

"배운 데 없는 막돼먹은 것. 교양 없게 어디서 그런 말을 배웠느냐!"

목초연이 야단을 쳤다.

목령아는 눈을 가늘게 떴다.

"대체 어쩔 생각이에요?"

"네가 가진 약재 기록 서른 권을 내놔라. 단 한 권도 빠뜨리지 말고. 그렇지 않으면……."

목초연이 대놓고 요구했다.

목령아는 헉 하고 찬 숨을 들이켰다.

"날강도!"

약재 기록은 목령아의 보물이었다. 어려서부터 지금까지 익힌 것의 정수가 담겨 있을 뿐 아니라 그녀만의 비법도 가득했다!

한 권도 값을 책정할 수 없을 만큼 귀한데 서른 권이라니?

"도둑맞은 셈 치면 되지 않느냐?"

목초연은 어쩔 수 없다는 이 어깨를 으쓱했다.

"싫다면요?"

목령아가 차갑게 물었다.

"흐흐, 싫으면 안 줘도 좋다! 당장 가서 어머니께 말씀드리거나 아니면……."

목초연은 잠시 생각한 후 히죽거리며 말했다.

"그렇지, 그래도 내 동생이니까 기회는 주지. 무릎을 꿇고 네 입으로 네 재주가 나보다 못하다고 말해라. 그렇게만 하면 오늘 못 본 척해 주고 외부인을 약재 곳간에 데려온 것도 눈감아 주겠다."

불난 집에 부채질도 유분수지, 너무 심한 모욕이었다!

사실 목초연은 그녀를 모욕하러 온 것이었다!

이 일을 어머니에게 알려 어머니가 소란을 피우면 결국 아버지의 미움만 살 뿐, 그들 모자에게 하등 좋을 것이 없었다.

목령아를 처치할 방도는 없지만 최소한 모욕을 가해 콧대를 눌러 줘야 했다!

목령아는 양손으로 주먹을 꽉 쥐었다. 가슴이 격렬하게 오르락내리락했다. 지금까지 늘 양보하고 피해 왔는데도 그들은 그녀를 내버려 두지 않았다.

말이야 하늘이 천재를 질투한다고들 하지만, 사실 질투하는 이는 사람이었다!

"내가 안 하겠다면요?"

목령아가 또 차갑게 물었다.

뜻밖에도 그 말이 떨어지자마자 목초연이 와락 소리를 질렀다.

"여봐라…… 누구 없…….”

"닥쳐요!"

초조해진 목령아가 외쳤다. 목씨 집안을 통틀어 아버지를 제외하면 하나같이 그녀를 끌어내 약재협회에 처벌을 맡기려는 사람들뿐이었다! 이 중요한 시점에 공연히 오기를 부려 소란을 피울 수는 없었다. 그녀는 약재를 찾아야 했다.

"왜, 이제 깨달았느냐?"

목초연이 득의양양하게 웃었다.

목령아는 이를 악물었다. 대답하기 싫었지만 그래도…….

"나는 참을성이 많지 않다!"

목초연이 재촉했다.

목령아는 죽일 듯이 그를 노려보았다. 그녀가 막 무릎을 꿇으려는 순간, 동굴 안에서 빨간 그림자 하나가 휙 날아올랐다.

고칠소의 속도는 무척 빨라서 목초연이 그의 모습을 제대로 보기도 전에 벌써 그 뒤에 내려섰다. 그는 관리를 잘해 하얗고 매끈한 손가락으로 단번에 목초연의 목을 틀어쥐었다.

"죽이지 말아요!"

목령아가 초조하게 외쳤다.

목씨 집안에는 혈육 간에 서로 죽이는 일이 많고 많았지만 그녀는 자기 손에 혈육의 피를 묻히고 싶지 않았다. 그렇지 않았다면 벌써 칠 오라버니에게 목초연을 죽여 문제가 생길 여지를 없애 달라고 했을 것이다.

고칠소는 입가에 냉소를 떠올리더니 목령아의 저지에도 불구하고 천천히 목초연의 목에 손톱을 박았다.

"살려 줘! 난 아무것도 못 봤어!"

목초연은 까무러칠 듯이 놀라 외쳤다.

하지만 곧 목소리조차 내지 못하게 되었다. 새빨간 피가 주르륵 흐르고 목구멍에 침이 박힌 것 같은 통증이 느껴져 말을 하기만 해도 견딜 수 없을 만큼 고통스러웠다.

"저 계집애를 괴롭힐 수 있는 사람은 나뿐이야. 명심해."

고칠소의 목소리는 지옥에서 흘러나오는 것처럼 낮고 어두웠다. 그는 늘 목령아를 괴롭혔지만 남들이 괴롭히는 것은 절대 허락하지 않았다.

괴롭히는 것도 그만의 특권이었다.

목초연은 놀라 몸을 덜덜 떨면서 목령아에게 도와 달라는 눈빛을 보냈다.

고칠소가 방금 한 말을 듣지 못한 목령아도 놀란 소리로 외쳤다.

"칠 오라버니, 그 사람은 누가 뭐래도 제 오라버니예요!"

고칠소는 목초연을 홱 밀어내며 차갑게 말했다.

"감히 오늘 일을 떠들면 어떻게 되는지 어디 시험해 보시지!"

목초연도 무예를 익힌 사람이라 그 위협의 무게를 충분히 느낄 수 있었다.

"난 아무것도 못 봤어. 아무것도!"

그는 이렇게 외치며 꽁지가 빠져라 달아났다.

목령아는 그제야 안도했다.

"역시 칠 오라버니예요. 협박을 당했으니 적어도 반년 동안은 감히 아무 짓도 못할 거예요."

반년간 칠 오라버니를 위해 약재를 찾을 수만 있다면 약재협회의 판결 같은 건 뭐가 되든 상관없었다. 어쨌든 그녀는 계속 약성에서 살 생각이었고 평생 이곳을 벗어날 수 없었다.

고칠소는 태연자약하게 손을 닦으면서 물었다.

"방금 누가 웅천을 가지고 있다고 했지?"

전하, 깜짝 선물인가요

벙어리 노파의 미독을 해독하는 약방문에는 세 가지 약재밖에 없었다. 사과, 웅천, 그리고 미천홍련.

사과는 이미 용비야가 갖고 있고, 미천홍련은 목씨 집안 약재 곳간에 있는 것이 확실하니 웅천만 행방이 묘연했다.

목령아가 교활한 눈빛을 반짝이며 득의양양하게 웃어 보였다.

"칠 오라버니, 나중에는 제가 약귀곡 고칠찰보다 더 대단해질 것 같지 않아요?"

"맞아!"

고칠소도 인정했다.

"후후, 세상에 웅천은 단 하나뿐이에요. 고칠찰도 그게 어딨는지 모를걸요."

목령아가 신비한 척 말했다.

"빨리 말 못 해?"

고칠소의 인내심도 한계에 다다른 게 분명했다.

목령아가 그의 귓가에 속삭였다.

"북려국 강왕이에요!"

"군역사!"

고칠소는 무척 뜻밖이었다.

"어떻게 알았어?"

군역사는 지난번 의성에서 패해 물러간 후 오랫동안 조용했지만, 고칠소는 그를 잊지 않고 있었다.

그는 언제나 원한은 잊지 않는 사람이었다. 자신의 원한도 갚아야 하고 독누이의 원한도 갚아야 했다!

군역사는 독누이의 독에 당해 영원히 해독할 수 없다지만, 그건 독누이가 직접 한 복수였다!

고칠소는 내내 독누이를 위해 한 번 더 복수할 때를 기다리고 있었다!

"웅천은 백독문 독초 창고에서 자라고 있어요. 친구에게 적잖은 대가를 치르고 얻은 소식이에요."

고칠찰과는 비교할 수 없는 것이, 고칠찰은 의약계에 온통 적뿐이지만 목령아는 친구가 많아 소식을 얻기 쉬웠다.

"칠 오라버니, 미천홍련을 찾고 나면 같이 백독문 독초 창고에 쳐들어가요, 네?"

목령아가 흥분해서 말했다.

고칠소에게 보낸 서신에는 이 이야기를 쓰지 않았다. 직접 이야기하고 같이 가자는 약속을 얻어 내기 위해서였다!

칠 오라버니와 함께 위험을 무릅쓰고 생사를 같이하고 기쁨과 슬픔을 함께 나누는 것처럼 기쁜 일은 없었다.

"군역사라……."

고칠소는 턱을 매만지며 한참 생각했다.

"서두를 것 없어. 먼저 미천홍련부터 찾자."

웅천이 군역사의 손에 있다는 것이 확실하다면 안심이었다.

"칠 오라버니……."

목령아가 더 말하려다가 갑작스레 재채기를 했다.

온몸이 축축하게 젖어 바람이 불기만 하면 정말 뼛속까지 얼어붙는 것 같았다.

"착하지, 우선 옷부터 말려. 내가 밖을 지켜 줄게."

고칠소는 기분이 좋아서 내내 입가에서 웃음을 감추지 못했다. 무심결에 입에서 나온 '착하지.' 한마디에 목령아는 곧바로 착하게 굴었다.

그녀는 기뻐서 생글거리며 대답했다.

"네!"

목령아가 옷을 말리고 나왔을 때 고칠소는 담장에 기대 한 손으로 팔베개를 하고 한 손으로는 깨끗한 턱을 매만지며, 무슨 계략이라도 꾸미듯 좁고 가느다란 눈을 가늘게 뜨고 있었다.

"칠 오라버니, 무슨 생각해요?"

목령아는 그에게 무슨 일이 생겼다는 것을 직감했다.

"아무것도."

고칠소가 나른하게 몸을 일으켰다.

"계획을 세워서 길을 나눠 움직이자."

목령아는 기뻐했다. 칠 오라버니와 오랫동안 함께 있게 되었으니 나중에 천천히 물어볼 시간은 얼마든지 있었다.

방대한 목씨 집안 약재 곳간은 이미 살펴본 곳을 제외하더라도 아직 살필 곳이 절반 이상 남아 있었다. 정말 힘든 임무였다.

두 사람은 노선을 정한 다음 길을 나눠 찾다가 밤이 되어서야 다시 만나는 식으로 두 달이나 찾아 헤맸다.

두 달 후는 연말이었다.

천녕국 재해 지역의 곡식은 이제 얼마 남지 않았다. 두 달 여간 전국 각지에서 제법 많은 곡식을 보내왔지만 언 발에 오줌 누기였다.

천휘황제가 불을 지펴 놓은 덕분에 천녕국 전체, 조정 안팎이 온통 연말 재해 지역의 구호 상황에 관심을 쏟았다.

그러나 구호를 맡은 진왕 전하는 이미 재해 지역에 없었다.

"폐하, 영남군의 밀정이 보낸 소식에 따르면 진왕 전하는 영남군을 떠났다고 하옵니다!"

낙 공공이 보고했다.

"어디로 갔느냐?"

천휘황제는 몹시 뜻밖이었다. 진왕을 재해 지역으로 보낸 사람도 그이지만, 가장 마음이 놓이지 않는 사람도 그였다.

낙 공공은 겁먹은 목소리로 대답했다.

"아직 찾는 중이옵니다."

그 대답에 천휘황제는 버럭 화를 내며 탁자를 내리쳤다.

"쓸모없는 놈들! 하나같이 쓸모없는 놈들뿐이구나! 그 많은 자들이 한 사람을 지켜보는데도 어떻게 놓칠 수 있단 말이냐!"

천휘황제에게 있어 이것은 마지막 싸움이었다. 무슨 일이든 각별히 조심해야 했다.

"폐하, 진왕 전하가 비밀리에 곡식을 구하러 간 것은 아니겠지요?"

낙 공공은 의심스레 물었다.

두 달 동안 곡식을 구하지 못했다! 천휘황제는 진왕과 진왕비가 영남군에서 벌이는 일거수일투족을 줄곧 지켜보았다.

사실은 천휘황제뿐만 아니라 모두가 그랬다. 모두들 진왕 전하와 왕비마마가 곡식을 구하러 방방곡곡 뛰어다니리라 생각했다.

그런데 웬걸, 두 달 동안 진왕 전하는 곡식 한 톨 찾아내지 않았고, 마치 휴가를 즐기듯 왕비마마와 함께 영남군 군수부에 머물며 거의 외출하지 않았다.

"두 달 동안 곡식을 구하지 못했는데 이런 시기에 어디 가서 구하겠느냐?"

천휘황제가 불쾌한 목소리로 물었다.

올해 전체적으로 수확이 나빠서 식량이 많이 필요한 연말이 되자 어디에나 곡식이 부족했다.

"그렇다면…… 어디로 갔을지요?"

낙 공공이 생각에 잠긴 듯이 물었다.

천휘황제는 그를 노려보았지만 화가 나서 말조차 나오지 않았다. 감히 낙 공공이 황제에게 질문을 하다니? 태감이 황제에게 물으면 황제는 누구에게 물으란 말인가?

낙 공공은 천휘황제의 눈빛을 보자마자 놀라 허둥지둥 뒷걸음질 치며 입을 꾹 다물었다.

천휘황제는 미친 듯이 탁자를 내리쳤다.

"찾아라! 땅을 파내서라도 찾아내라! 그렇지 않으면 올해 연말 편히 쉴 생각은 꿈도 꾸지 말아야 할 것이다!"

낙 공공은 화들짝 놀라 황급히 명을 받들었다.

용비야와 한운석은 대체 어디에 있을까?

천휘황제는 그들에게 이처럼 신경을 곤두세우고 있었지만, 용비야가 피하고자 한 대상은 천휘황제가 아니라 당문이었다.

앞으로 열흘 후면 섣달그믐날이었다. 용비야가 당문에서 들은 소식에 따르면, 당리가 혼례를 팽개치고 달아난 일을 무사히 마무리한 당자진이 직접 영남군 군수부에 와서 그와 한운석을 당문으로 데려가 새해를 맞이하려고 한다는 것이었다.

영남군은 당문에서 그리 멀지 않았다.

이 소식을 들은 다음날 밤, 용비야는 한운석을 데리고 밤을 틈타 그곳을 떠났다.

가지 않을 핑계쯤은 쉽게 만들 수 있지만 그러기도 귀찮았다.

"전하, 대체 어디로 가는 거죠?"

한운석은 아직 무슨 일이 벌어졌는지 몰라 어리둥절했다.

"새해맞이를 하러 간다."

용비야가 태연하게 말했다.

"도성으로 돌아가는 건가요? 지금 출발해도 늦지 않을까요?"

한운석은 깜짝 놀랐다.

천녕국 황족의 규칙에 따라 도성 밖으로 나간 황자와 친왕, 군왕은 섣달그믐이면 도성으로 돌아가야 했으니, 나라에서 가장 존귀한 친왕 용비야는 말할 것도 없었다.

그렇지만 어렵사리 그를 재난 지역으로 보낸 천휘황제가 이렇게 쉽게 돌아오도록 놔둘 리 없었다.

게다가 열흘이 지나면 섣달그믐이니 아무리 서둘러도 제때 도착할 수 없었다.

용비야는 말해 주려다가 그만두었다.

"자거라. 도착하면 알게 된다."

두 달 동안 그는 내내 일곱 귀족 후예의 행방을 추적했고, 한운석은 해독 공간 속에서 백리명향의 몸에 든 독을 해독하는 법에 골몰했다.

두 사람 다 곡식을 구하는 일에는 정말로 신경을 쓰지 않았다. 남들이 볼 때는 휴가를 즐기는 것 같았지만 얼마나 바쁜 나날이었는지는 그들 자신만 알고 있었다.

늘 해독 공간 속에 있다 보니 한운석의 기력은 썩 좋지 못했고, 날까지 추워지면서 점점 더 잠이 많아졌다.

"전하, 혹시 신첩에게 깜짝 선물이라도 하시려는 건가요?"

한운석이 재미 삼아 물었다.

깜짝 선물? 그런 걸까?

용비야는 여자에게 호감을 사는 법을 알지 못했고 깜짝 선물을 어떻게 하는지도 몰랐다.

어쩌면 그런 것일지도.

"도착하면 알게 된다."

그의 대답은 여전했다.

"그렇다면…… 기대할게요."

한운석은 살그머니 그를 흘끔거렸다. 마침 용비야의 시선도

날아들었지만 그는 그녀가 자신을 바라보는 것을 알자 곧 시선을 옮겼다.

한운석은 옷깃에 하얀 여우털이 달린 겉옷을 여미며 한쪽에 앉아 눈을 감고 명상에 잠겼다.

계속 해독 공간에 들어가 일할 생각이었지만, 용비야가 구미를 당겨 놓은 바람에 정신을 집중할 수가 없었다.

세상에 몇 마디로 그녀의 평정심을 흩뜨려 놓고 한참 동안 마음을 가라앉히지 못하게 만들 수 있는 사람은 옆에 있는 저 남자뿐이었다.

새해맞이는 꽤 큰 행사이고 집안일이기도 했으니 가족들과 함께 보내야 했다.

도성에는 돌아갈 수 없는데, 혹시 진짜 가족들에게 데려가려나?

당문으로?

그가 말했듯 그의 부모는 모두 당문 사람이었다.

한운석은 여 이모의 얄미운 낯짝을 보고 싶지는 않지만, 용비야와 당문에 가서 새해맞이를 할 수 있다면 그래도 기뻤다.

어쨌든 그를 따라 집안 어른들을 뵈러 가는 셈이고, 그 말은 곧 그가 그녀를 완전히 자기 세상으로 데려간다는 의미였다.

물론 그는 말하지 않았고 그녀 역시 묻지 않았다.

하지만 그래도 기대가 되었다. 그녀는 그가 자신의 비밀을 좀 더 알려 주기를 기대했다.

그는 신분이란 과거의 일이고 윗대의 문제이니 좀 더 앞을,

미래를 내다보라고 했다.

그렇지만 그 사람의 과거를 알지 못하면, 무슨 수로 그 사람을 이해하고, 아끼고, 보호하고, 사랑할 수 있을까?

백리명향은 무척 어렸을 때부터 미인혈을 길러 왔는데 그는 어떨까? 그는 얼마나 어렸을 때부터 천하를 얻으려는 마음을 품었을까? 피곤하지 않을까?

용비야, 내 과거는 영혼이 죽어 버린 한운석의 것이니 무시해 버릴 수 있어. 하지만 당신 과거는 당신이 하루하루 살아온 나날인데 어떻게 신경 쓰지 않을 수 있겠어?

한운석은 살그머니 눈을 떴다. 용비야는 손에 든 책을 진지하게 읽고 있었다.

그는 눈처럼 하얀 백의 위에 호화스러운 여우털 가죽을 걸친 차림이었다. 하얀 옷은 티 하나 없어서 깨끗하고 표표한 느낌을 주었고, 보랏빛은 귀하기 짝이 없어 속인 같지 않게 보이게 했다.

이 고요하고 차분한 장면은 한 폭의 그림처럼 한운석의 마음에 영원히 아로새겨졌다.

용비야, 난 기다리고 있어…… 당신과 가까워지기, 당신과 좀 더 가까워지기를 말이야.

백 걸음, 반드시 다 걸어갈 거야.

마차는 눈에 띄지 않는 오솔길을 골라 달렸고 속도도 빠르지 않아서 목적지에 도착했을 때 섣달그믐까지는 겨우 이틀밖에 남아 있지 않았다.

어쩌다 생긴 습관인지 몰라도 두 사람이 함께 마차에 타면 늘 용비야가 먼저 내려 한운석이 내릴 때 직접 부축해 주었다.

이번에 그녀는 눈을 감고 문지방을 더듬어 나오다가 굴러 떨어질 뻔했다. 이를 본 용비야가 황급히 부축해 일으켰다.

"뭘 하는 거냐?"

"깜짝 선물이라면서요?"

한운석이 웃으며 물었다.

그녀는 줄곧 기억하고 있었는데 그는 깨끗이 잊어버린 것이다.

한운석은 기다렸다. 그가 뭐라고 대답할지 정말 궁금했다. 안타깝게도 기다리고 또 기다려도 용비야는 미적거리며 답이 없었다.

기다림이 한참 이어지자 한운석의 즐거움이 결국 타격을 받았다.

하긴, 쓸데없는 짓이었어. 이 인간이, 얼음장처럼 차가워서 농담조차 하지 못하는 이 인간이 무슨 깜짝 선물이람?

그가 대답이 없다면 직접 대답하면 그뿐이었다.

"후훗, 눈을 뜨면 알겠죠!"

한운석이 이렇게 말하면서 눈을 뜨려고 하자, 뜻밖에도 용비야가 갑자기 손을 뻗어 그녀의 눈을 가렸다.

"잠깐!"

한 사람의 마음을 얻어

용비야는 한겨울보다 차가운 사람이었지만 그의 손바닥은 불타오르듯 뜨거웠다.

익숙한 온도가 눈꺼풀을 덮자 몹시 따뜻해서 다시는 눈을 뜨고 싶지 않을 정도였다.

한운석은 이 남자를 보는 것보다 이렇게 그의 존재를 느끼는 것이 좋았다. 비록 영원할 수는 없지만 이 순간이 좀 더 오래 이어지기를 바랐다.

한운석은 눈을 감고 모처럼의 따스함을 즐기면서 기다렸다.

그런데 뜻밖에도 용비야가 갑자기 패기 넘치게 그녀를 번쩍 안아 올리더니 대문 안으로 성큼성큼 들어갔다.

"일단 눈을 뜨지 말아라."

정말 깜짝 선물이 있는 거야?

오는 동안 기대에 부풀었던 건 사실이지만 정말 깜짝 선물이 있다니 몹시 뜻밖이었다.

그녀는 긴장한 채 순순히 그에게 안겨 들어가며 두 눈을 꼭 감았다.

한참 걷는 동안 그의 바쁜 발소리 외에는 아무 소리도 들리지 않았다. 그녀의 심장이 콩콩 뛰었다.

한참을 걸어간 후 마침내 용비야가 한운석을 내려놓았다.

"전하, 눈을 떠도 되나요?"

한운석이 불안한 듯 물었다.

"음."

용비야는 한마디만 했을 뿐 더는 말이 없었다.

한운석은 눈을 반짝 떴다. 그 순간 눈앞에 펼쳐진 모든 것에 압도되고 말았다.

"아름다워라!"

그녀는 매화 농장 깊숙이 들어와 있었다. 은백색으로 단장한 세상에서 눈과 어우러진 매화의 숲은 흡사 신선들이 사는 곳 같았다.

한운석은 주위를 둘러보았다. 매화 농장이 얼마나 큰지 끝이 보이지 않았다. 매화 농장이라기보다는 차라리 매화의 바다라고 해야 할 것처럼 어느 쪽으로 고개를 돌려도 끝을 볼 수가 없었다. 이 세상에는 오직 눈과 매화, 그리고 그와 그녀뿐이어서 세외도원처럼 순수했다.

한운석의 탄성 속에서 뒤에 서 있던 용비야가 조용히 시를 읊었다.

"비바람이 봄을 몰아오고, 눈보라가 봄을 맞이하노라. 절벽에는 얼음이 꽁꽁한데, 고운 꽃가지 여전하다. 그 고운 봄을 다투지 않고 그저 봄이 옴을 알리노라. 산속에 꽃이 만발할 때 그 속에서 웃으리."

이 시는 바로 작년, 매화가 활짝 폈을 때 장평공주의 초대를 받고 참석한 매화연에서 어쩔 수 없이 임시로 지어낸 것이었다.

사실은 남의 시를 도용했으니 지었다고 할 수는 없었다.

이 시 덕분에 장평공주 일행에게 제대로 한 방 먹였고, 이 시 덕분에 단목요가 다시는 시를 짓지 못하게 만들 수 있었다.

그 싸움은 정말 완벽한 승리였다!

성가신 일들이 줄줄이 일어나고 그 속에서 고군분투하던 나날 동안, 그녀는 그가 전혀 관심을 두지 않았다고 생각해 왔다. 그런데 이 시를 기억하고 있을 줄이야.

한운석은 말로 표현하기 힘든 놀람과 기쁨을 안고 그를 돌아보았다. 농장 가득 핀 매화는 깜짝 선물이 아니었다. 그가 가볍게 읊은 시야말로 진짜 깜짝 선물이었다!

"전하, 그 시를 알고 계셨군요!"

한운석은 티 없이 새하얀 치마에 눈처럼 하얀 털가죽 옷을 걸치고 눈 속에 새빨갛게 피어난 매화 속에 서서 눈부시게 웃었다. 딱 시에서 읊은 모습 그대로 꽃 속에서 웃고 있는 것이었다!

용비야가 마음먹고 준비한 것은 아니었다. 그저 이 풍경을 보자 그 시가 떠오른 것뿐이었다.

확실히 그는 작년 장평공주의 매화연을 남몰래 지켜보았었다.

"들은 적이 있다."

그는 담담하게 대답했다.

"외우셨잖아요?"

한운석이 캐물었다.

용비야는 그녀를 흘끗 보더니 대답하지 않고 걸음을 옮겨 매화 바다 속 깊숙이 꽃을 감상하러 들어갔다.

한운석은 제자리에 못 박혀 그의 뒷모습을 바라보았다.

한참 멀어지는 데도 한운석이 따라오지 않자 용비야도 비로소 걸음을 멈췄다.

"시가 좋으니 절로 외워지더군."

바로 그 한마디면 충분했다!

한운석은 몹시 기뻐하며 쫄랑쫄랑 뒤를 쫓았다.

"전하, 이곳은 어디죠? 보기 드물게 큰 농장이군요."

"강남의 매해梅海라는 곳인데 연말 선물로 네게 주마. 올해는 이곳에서 새해맞이를 하자."

용비야는 매화를 감상하면서 별로 중요하지 않은 것처럼 건성으로 대답했다.

하지만 한운석은 몹시 놀랐다!

강남의 매해!

강남 삼대 원림 중에서 가장 유명한 곳으로, 매년 겨울과 봄에 매화가 활짝 피어 바다를 이룬다고 해서 얻은 이름이었다.

이 원림은 진왕부를 세 개 합친 것만큼 커서 전부 둘러보려면 적어도 사흘 밤낮은 걸렸다. 지금까지 비밀에 싸여 있던 이곳 주인이 뜻밖에도 용비야였던 것이다!

그가 방금 이 원림을 그녀에게 주겠다고 한 거야?

첫 번째 선물은 값어치가 나라에 맞먹는 팔찌였고, 두 번째 선물은 값어치를 헤아릴 수도 없는 원림이었다.

아무리 합법적인 부부라고 해도 씀씀이가 너무 큰 거 아냐?

한운석은 기쁨을 넘어 다소 충격적이었다. 이 인간 집은 대체 얼마나 부유한 거야?

용비야는 한참 멀어졌지만 한운석은 여전히 그 자리에 서 있었다.

그가 돌아보며 손가락을 까딱였다.

"오너라."

"전하, 너무 귀한 선물이에요."

한운석이 솔직히 말했다.

"싫으냐?"

용비야가 물었다.

한운석은 즉시 고개를 저었다. 시 한 편에 원림 하나, 이런 깜짝 선물이 싫을 리가?

"좋으면 됐다. 모두 속세의 물건이니 귀하고 말고 할 것도 없다."

용비야는 그렇게 말하며 소매에서 매화 모양 영패를 꺼내 한운석의 손에 쥐여 주었다.

이 영패를 가진 사람이 곧 매해의 주인이고, 원림에 있는 하인과 호위병 모두 그 명령에 따라야 했다.

영패까지 쥐여 주자 그의 성품을 잘 아는 한운석은 거절할 수도 없었다.

"그럼 전하께서는 어떤 것을 귀하다고 생각하세요?"

그녀는 호기심이 나서 물었다.

용비야가 고개를 돌려 바라보았다.

"너는 어떠냐?"

한운석은 진지하게 용비야를 바라보며 추호도 망설이지 않고 대답했다.

"한 사람의 마음을 얻어 백발이 될 때까지 함께하는 거예요."

용비야, 당신도 속세의 물건은 가치가 없다는 걸 알아!

아무리 귀한 물건이라도, 설령 세상 모두가 갖고 싶어 하는 것이라 해도, 날 향해 걸어오는 당신의 한 걸음만 못해.

용비야, 당신이 보기에 우리 두 사람 사이에는 몇 걸음이나 남아 있어?

한운석의 진지하면서도 꿋꿋한 눈빛을 보면서 용비야는 아무 말도 하지 않았다. 한참이 흐른 다음 비로소 그가 천천히 그녀를 품에 안았다.

눈발이 날리기 시작하더니 그들의 머리카락과 어깨 위로 소리 없이 내려앉았다.

눈 속에 펼쳐진 매화 바다 속에서 두 사람은 침묵에 빠져들었다.

한 사람의 마음을 얻어 백발이 될 때까지 함께하는 것.

용비야, 언젠가 선택을 해야 할 때 당신에게 가장 중요한 건 뭘까?

매화 숲 한가운데에는 대칭을 이룬 나지막한 일본식 가옥이 하나 있었는데, 가운데는 차를 마시는 곳이고 좌우 양쪽은 곁채였다. 그리고 집 뒤에는 천연 열탕이 있었다.

용비야와 한운석은 그곳에 묵었다. 저녁이 되자 한운석은 '이곳에서 새해맞이를 하자'던 용비야의 말에 담긴 진짜 의미를 알게 되었다.

그건 정말 단둘이서 새해를 맞이하자는 말이었다. 당문 사람은 한 명도 오지 않았다.

이러면 어쩐지…… 더 좋잖아!

섣달그믐 밤 좋은 술과 요리를 준비한 다음 용비야와 한운석은 마주 앉아 함께 술을 마셨다.

옆에는 하인 두세 명이 서 있고, 문 밖에는 눈송이가 훨훨 날리고, 등 뒤의 열탕에서는 뜨거운 김이 모락모락 피어올랐다. 모든 것이 한 폭의 그림처럼 조용하고 잠잠했지만 쌀쌀하지는 않았다.

용비야는 술을 즐기는 편이 아니었고, 술을 마실 때도 차를 마실 때처럼 움직임 하나하나가 우아하고 존귀했다.

한운석도 술을 좋아하지 않았지만 오늘은 진지하게 맛보았고, 술 마시는 것 역시 하나의 즐거움이라는 것을 처음으로 깨달았다.

멀리서 종소리가 울렸다. 자시였다.

한운석이 일어나 큰절을 올렸다.

"전하, 신첩이 세배를 올립니다. 올해 만사형통하시고 건강하시기를 기원합니다."

그는 집안의 가장이고 그녀의 지아비였으니 이 정도 예는 갖추어야 했다.

"올해는……."

용비야가 혼잣말처럼 중얼거렸다. 뭔가 생각하는 것 같기도 하고 어떤 기대를 품은 것 같기도 했다.

그는 한운석에게 커다란 홍포紅包(세뱃돈 등을 넣어 주는 빨간 주머니)를 주었다.

"일어나거라."

용비야는 술자리에서 벗어나 문가에 앉아 멍하니 설경을 바라보았다.

"전하, 근심이라도 있으세요?"

한운석이 걱정스레 물었다.

용비야는 말없이 가까이 오라는 손짓을 했다.

한운석은 그와 나란히 앉았다. 용비야가 무슨 말이라도 할 줄 알았지만 뜻밖에도 그는 계속 침묵을 지켰다.

한참 앉아 있다 보니 피곤해졌다.

최근 들어 해독시스템에 너무 빠져 있다 보니 몸이 쇠약해질 정도는 아니지만 그래도 피곤했고, 밤을 새울 만한 체력은 남아 있지 않았다.

한운석은 앉아서 기다리다가 졸음이 밀려와 저도 모르게 용비야의 팔에 스르르 기댔다.

용비야는 흘낏 바라보았지만 내버려 두었다.

한운석은 금세 잠이 들어 그에게 완전히 몸을 기댔다.

"왕비의 털옷을 가져오너라."

용비야가 나지막하게 명령했다.

용비야는 잠든 사람을 조심조심 품에 옮겨 안고 털옷을 덮어 더욱 편안히 잘 수 있게 해 주었다.

"전하, 날이 추운데 들어가서 주무시지요."

하녀가 조용히 말했다.

용비야는 손을 내저어 그들을 물러가게 했다. 하녀들은 더 권하지 못하고 조용히 흩어졌다.

눈은 점점 더 많이 내렸지만 그럴수록 소리도 기척도 없었다.

용비야는 눈을 내리뜨고 눈 쌓인 땅을 바라보며 깊은 생각에 잠겼다.

지금껏 보낸 수많은 섣달그믐날 밤, 자시가 지나고 의태비가 잠들면 모비는 건녕궁 후원의 매화나무 아래에서 그를 기다렸다가 세배를 받았다.

매년 모비는 그에게 이렇게 물었다.

'야아, 또 1년이 흘렀구나. 준비는 되었니?'

모비가 세상을 떠난 이후, 그는 다시는 섣달그믐날 밤을 새우지 않았다.

'또 1년이 흘렀구나……. 한 사람의 마음을 얻어 백발이 될 때까지 함께…….'

"한운석, 언젠가 선택을 해야 할 때 네게 가장 중요한 것은 무엇이겠느냐?"

그는 혼잣말을 하며 한운석의 소매에서 미접몽을 꺼내 만지작거렸다.

그날 밤 한운석은 용비야의 품에서 다디달게 잤지만, 용비야의 마음속에 자리한 온갖 복잡한 심사는 전혀 알아차리지 못했다.

그녀는 아름다운 꿈을 꾸었다. 꿈속에서는 겨울이 지나 봄이 왔고, 매화 농장에는 매화꽃잎이 이리저리 휘날리고 있었다. 용비야가 꽃밭 가운데 서서 그녀를 돌아보며 손을 흔들었다.

이튿날 아침, 한운석이 깨어나 보니 방에 누워 있었다.

문을 나서자 비밀 시위가 용비야에게 보고를 하고 있었다.

겨우 며칠 평온한 나날을 보내다가 새해 첫날이 되자마자 천휘황제가 또 트집을 잡은 것이다.

"전하, 오늘 아침 일찍 세 군의 하위 고을 현령들이 군수부 문 앞에 무릎을 꿇고 전하를 뵙기 전에는 돌아가지 않겠다고 우기고 있습니다."

비밀 시위는 사실대로 말했다.

"꿇어앉아 있도록 내버려 두라죠!"

한운석이 불쾌하게 말했다.

고작 현령인 그들이 감히 이렇게 나오는 것을 보면 천휘황제가 뒤에서 조종했다는 걸 묻지 않아도 알 수 있었다. 틀림없이 식량 때문이었다.

비록 식량은 부족하지만 적어도 이번 춘절春節(음력 설날로 중국의 큰 명절)까지 이재민들이 배곯을 일은 없는데 천휘황제는 이 이상 어쩌라는 걸까?

용비야가 민심을 빼앗아가긴 했지만 천녕국 재해 지역안정시킨 공도 있었다!

이번에 용비야가 국구부의 곳간에서 구호 곡식을 끌어내지 않았다면 천휘황제는 연말을 편안히 보내지도 못했을 것이다!

비밀 시위는 난처했다. 세 군 십여 명의 현령을 새해 첫날부터 무릎 꿇리는 것은 적절한 처사가 아니었다.

그런데 용비야는 한운석의 의견을 따랐다.

"꿇어앉아 있으라고 해라. 본 왕은 보름을 지낸 뒤 돌아가겠다."

보름…….

한운석은 웃음을 터트릴 뻔했다. 현령들이 그 말을 들으면 아마 반나절도 못 버티고 앞다투어 돌아갈 것이다.

"전하, 식량을 구하러 가나요?"

한운석이 궁금해하며 물었다.

용비야가 자신 있다는 것은 알고 있었지만, 구체적으로 어디에서 식량을 구하려는지는 아무래도 알 수가 없었다!

"준비하거라. 오후에 외출하겠다."

용비야가 태연하게 말했다.

새해맞이를 했으니 이제 천휘황제가 제발 돌아오라고 빌도록 만들어 줄 때였다…….

뜻밖이야, 그녀를 만나다니

이제 정월이고 절기상 입춘이 막 지났다. 천녕국 북방은 여전히 얼음 천지였고 중부에도 아직 진눈깨비가 내렸으나 남방은 꽃샘추위가 찾아오는 시기였다.

입춘이 지나면 경작을 시작할 수 있다지만 대부분 비가 내릴 때까지 기다려야 했다. 특히 재해 지역인 중부는 비가 빨리 오지 않아서 더 기다려야 했다.

한운석이 헤아려 보니 아무리 빡빡하게 계산해도 재해 지역에는 최소한 한 달 동안 먹을 식량이 부족했다.

한 달 후면 농작물은 덜 자랐을 때지만 들풀이나 산나물이 마구 자라나기 때문에 먹을 것이 없지는 않았다.

부족한 한 달 치를 어떻게 메울 수 있을까?

천녕국 위아래 모든 이들이 지켜보고, 또 기다리고 있었다.

한운석은 사냥을 해서 잡은 동물을 먹는 것도 생각해 보았다. 멀리 북려국 북부에서는 한겨울이 올 때마다 사냥꾼들이 사냥감을 그득그득 쌓아 둔다고 했다.

하지만 사냥은 미리 해 두어야 하는 것이었다. 한겨울 숲에서는 짐승을 찾기도 어려웠다.

마차는 빠르게 달려갔다. 한운석은 어디로 가는지 몰랐지만 이번에는 묻지 않고 열심히 추측해 보았다.

뜻밖에도 용비야는 그녀를 어느 항구에 데려갔다!

한운석이 마차에서 내리자 호화롭게 꾸민 싸움배 한 척이 보이고 배 갑판에서 낯익은 그림자가 총총히 내려왔다.

다름 아닌 백리 장군이었다.

"전하, 바다에서 물고기를 잡으시려는 거군요! 시간을 맞출 수 있을까요?"

물고기를 잡아먹을 생각을 하다니, 한운석은 정말이지 용비야에게 감탄했다.

다만 지금 출발해도 시간이 충분할까?

겨울 어획기가 지난 것은 말할 것도 없고, 설사 그렇지 않다 해도 고기잡이를 하러 바다에 나갔다 오려면 적어도 석 달은 걸렸다!

석 달 후 돌아왔을 때 그들을 기다리는 것은 아마 백성들의 욕설과 천휘황제의 엄벌일 것이다.

그녀가 그런 생각을 하고 있을 때 백리 장군이 다가왔다.

"전하께 인사 올립니다. 왕비마마께 인사 올립니다."

백리 장군은 무척 공손했다.

예를 올리고 일어난 그는 웃으며 말했다.

"왕비마마께서는 어주도漁州島에 관해 들어 보지 못하신 모양이군요."

"어주도?"

확실히 처음 듣는 말이었다.

"어주도는 동해에 있는데 섬 안에 환해호幻海湖라는 거대한 호수가 있습니다. 호수 밑바닥이 바다와 통하는데 입춘이 되면 대량의 물고기 떼가 호수에 모여들지요. 올바른 '물고기 눈'을 찾아 얼음을 깨고 그물을 던지면 풍성하게 건져 올릴 수 있습니다!"

백리 장군이 설명해 주었다.

그 말을 듣자 한운석은 즉시 깨달았다. 이제 보니 '얼음 낚시'를 하려는 것이다!

본 적은 없지만 들어 본 적은 있었다. 이런 낚시 방법은 운이 좋아 위치를 잘 잡으면 수십만 근 낚는 것은 일도 아니었다! 게다가 얼은 곳이기 때문에 신선도를 유지할 수도 있었다.

옳거니, 정말 물고기를 잡을 수 있다면 이재민들은 배를 곯지 않아도 되고 고기 맛도 볼 수 있었다!

한운석은 천휘황제가 이 사실을 알면 어떤 표정을 지을지 무척 궁금했다.

그녀가 용비야를 바라보았다.

"대단하시군요, 전하!"

용비야는 그녀를 데리고 백리 장군을 따라 싸움배에 올랐다.

"어민들은 찾았는가?"

용비야가 담담하게 물었다.

어주도의 환해호는 한없이 넓어서 호수 밑에 물고기 떼가 아무리 많아도 정확한 지점을 찾지 못하면 헛수고만 하고 빈손으로 돌아가야 할 때도 있었다.

얼음을 깰 곳을 찾으려면 기본적으로 자주 바다에 나가는 어민들의 도움이 필요했다. 그들도 종종 실패하지만 문외한보다는 성공 가능성이 컸다.

"전하, 딸 명향이 그 일을 잘 알기에 일부러 데려왔습니다."

백리 장군이 말을 마치자 백리명향이 선창에서 종종 걸음으로 나왔다.

두꺼운 여우가죽 외투를 걸쳤지만 몸이 어찌나 약해 보이는지 바람만 불어도 쓰러질 것 같았다. 그녀는 고개를 숙이고 재빨리 다가와 예를 올렸다.

"백리명향이 진왕 전하와 왕비마마께 인사 올립니다."

한운석은 몹시 의외였다. 이런 곳에서 백리명향을 만날 줄은 생각지도 못한 일이었다.

적어도 반년 후에나 다시 만날 수 있겠다고 생각했는데. 그녀는 늘 백리명향이 버텨 낼 수 있을지 걱정스러웠다.

"그녀가?"

용비야 역시 의외인 것이 분명했다.

"평소 호기심으로 익힌 적이 있고, 어주도에 몇 번 가 본 적도 있으니 어민들보다 경험이 풍부합니다. 전하께서 바다에 나가신다는 말을 듣고 이렇게 데려왔습니다."

설명한 사람은 백리 장군이었고 백리명향은 공손하게 서서 고개를 들어 용비야를 쳐다보지도 못했다.

"버텨 낼 수 있겠느냐?"

용비야가 다시 물었다.

그 말에 백리명향의 심장이 빠르게 뛰었다. 전하의 관심이 순수하게 자신을 걱정하는 것이 아니라는 것은 알지만 그래도 만족스러웠다.

설사 평생토록 이 한마디가 전부라 해도 그녀는 충분히 만족스러웠다. 적어도 이런 말을 듣긴 했으니까.

이번에도 대답한 사람은 백리 장군이었다.

"버틸 만합니다. 전하를 위해 일하는 것은 이 아이에게 큰 영광입니다."

용비야는 고개를 끄덕였다.

"선창에 가서 쉬어라."

"감사합니다, 전하."

백리명향은 그제야 대답했다.

오랫동안 기다리고 오랫동안 기대한 끝에 마침내 진왕 전하와 정식으로 이야기를 나눌 기회가 찾아왔다. 하지만 그녀는 차마 그를 쳐다보지도 못했다.

한 번 보면 눈을 떼지 못할까 봐, 한 번 보면 마음에서 내려놓지 못할까 봐, 한 번 보면 흠모의 마음이 드러날까 봐 겁이 났다.

마음이 온통 혼란스럽고 헤어지기가 너무나 아쉬웠지만 그녀는 결국 고개를 숙인 채 한참이나 뒷걸음질 친 다음에야 돌아서서 물러갔다.

이 모든 것을 한운석은 똑똑히 지켜보았다. 그녀는 백리명향이 내내 손을 떨고 있는 것을 놓치지 않았다.

처음에는 백리명향을 불러 세우려고 했지만, 바람이 강한 데다 용비야를 몹시 두려워하는 것을 보자 그만두었다.

선단이 출발하자 용비야와 한운석이 탄 싸움배가 앞장서고 어선들이 뒤를 따랐다.

싸움배가 먼저 떠나고 어선들은 당연히 잡은 물고기를 운반해 돌아갈 예정이었다.

한운석은 용비야, 백리 장군과 함께 한동안 갑판에 서 있다가 백리명향을 찾아 선창으로 들어갔다.

선창에 들어서자 백리명향은 홀로 화로를 끼고 앉아 불을 쬐면서 몸을 잔뜩 웅크리고 있었다. 어쩐지 쓸쓸해 보이는 모습이었다.

한운석이 들어가자 그녀는 재빨리 일어났다.

"왕비마마."

"그래, 차마 고개도 못 들겠던가요?"

한운석이 장난스레 물었다.

백리명향은 빙그레 웃으며 아무 말도 하지 않았다.

"진왕 전하가 무서워요?"

한운석은 궁금했다. 백리 장군부 사람들은 누구랄 것 없이 용비야에게 무척 공손했지만, 백리명향처럼 덜덜 떠는 사람은 처음이었다.

"네."

백리명향은 사실대로 대답했다.

"왜요? 낭자는 그 사람을 위해 미인혈을 만들고 있잖아요! 나쁜 짓을 한 것도 아닌데 손을 떨 만큼 무서워할 필요가 있어요?"

한운석은 의아한 목소리로 말했다.

본래는 떳떳하던 백리명향도 이 말을 듣자 마음이 켕겨 황급히 해명했다.

“추워서 떤 거예요.”

“그간 전하를 자주 만나 보지 않았군요?”

한운석은 그렇게 물으면서 백리명향의 손을 잡고 맥을 짚었다.

“의심받지 않으려고 거의 만나지 않았어요.”

백리명향이 소리 죽여 대답했다.

“그렇게 무서운 사람은 아니에요. 앞으로 그를 만나면 하인처럼 그러지 말고 고개를 들어요.”

한운석은 백리명향의 이런 처신을 도저히 두고 볼 수가 없었다.

백리명향은 깊이 이야기할 생각이 없었지만 아무래도 이 화제를 끝내기가 아쉬웠다.

“왕비마마께야 당연히 무섭게 대하지 않으시겠지요.”

그녀가 담담하게 말했다.

“설마 그 사람이 부하들에게 모질게 굴어요?”

한운석은 정말 이해가 가지 않았다.

“전하께서는 쓸모 있는 사람만 곁에 두시고 반항이나 배신은 절대로 용납하지 않으시지요…….”

백리명향은 말하다말고 잠시 망설이더니 덧붙였다.

“아버지께 들었는데, 전하께서는 하녀를 두신 적이 없고 곁에는 시종 겸 호위인 초서풍밖에 없다더군요.”

"그건 사실이에요."

한운석이 중얼거렸다. 그 인간 침궁에 하녀는 한 명도 없었다.

"그리고요?"

한운석이 진지한 얼굴로 물었다. 사실 그녀도 용비야에 관해 아는 게 많지 않았다.

백리명향은 너무 많이 알고 있었지만 함부로 입에 담을 수는 없었다.

"왕비마마는 전하와 가장 가까운 분이시니 당연히 제일 잘 아시겠지요. 저는 그저 주워들은 것뿐이랍니다."

가까워?

딱 잘라 말하기가 어려운 말이었다.

한운석은 말없이 웃다가 백리명향의 손을 내려놓고 진지하게 말했다.

"이렇게 오느라 바빴겠군요!"

"전하께서 갑작스레 바다에 나가신다기에 밤낮없이 서둘렀답니다."

백리명향도 지금은 차분하게 말했지만, 진왕 전하와 함께 바다에 나간다는 소식을 처음 들었을 때는 평생 한 번도 겪지 못한 놀람과 기쁨에 심장이 미친 듯이 두근거려 꼬박 사흘 밤낮이 지난 후에야 겨우 마음을 가라앉힐 수 있었다.

그녀는 반드시 성공해야 한다고, 절대 실패해서는 안 된다고 자신에게 다짐했다. 반드시 전하께 정확한 물고기 눈을 찾아드려야 했다!

"풍한에 걸리지 않아 다행이에요. 아니면 고생할 뻔했어요! 바닷바람이 거세니 가능한 선창 안에서 나오지 말아요."

한운석이 진지하게 권했다.

백리명향은 순순히 고개를 끄덕였다.

"감사합니다, 왕비마마."

한운석이 눈을 찡그린 채 꼼꼼히 그녀를 살피자 백리명향은 그 시선에 마음이 어지러워졌다.

"왕비마마, 왜 그러시지요?"

"당신, 정말 자기 목숨에는 관심이 없는 거죠?"

한운석이 장난스레 물었다.

그녀가 일부러 찾아온 것은 백리명향이 해약을 찾아냈는지 궁금해할 것 같아서였다. 그런데 예상과 달리 백리명향은 그 이야기는 꺼내지도 않았다.

"생사를 달관했어요?"

한운석이 또 장난스레 물었다.

백리명향의 눈동자에 당황한 빛이 스쳐갔다. 너무 흥분한 나머지 자신의 목숨이 걸린 일마저 까맣게 잊어버렸던 것이다.

이곳에 오는 동안, 그리고 지금까지도 그녀의 머릿속은 온통 전하와 함께 간다는 생각, 전하와 몇 마디 나눌 기회가 생기지 않을까 하는 생각뿐이었다.

그래도 영리한 그녀는 곧 고개를 숙이며 말했다.

"왕비마마, 좋은 소식은 천천히 들어도 괜찮지만 나쁜 소식은…… 듣지 않는 것이 좋답니다."

한운석은 한숨을 푹 쉬었다.

"안심해요. 비록 좋은 소식은 없지만 나쁜 소식도 없어요. 아직 연구 중이에요."

"폐를 끼쳐드리는군요."

백리명향은 남몰래 안도의 숨을 내쉬었다.

언젠가 왕비마마가 자신이 전하에게 애정을 품고 있다는 것을 알아차리면 무슨 일이 벌어질지 상상할 수도 없었다…….

그들은 닷새 밤낮을 항해했으나 백리명향은 몸이 약해 선창에서 나오지 못했다.

이럴 줄 알았더라면 애초에 뭐 하러 그렇게 들떴을까?

하지만 그렇다 해도 후회하지는 않았다.

싸움배가 어주도에 가까워졌을 때 백리 장군은 멀지 않은 곳에서 자신들과 규모가 비슷한 싸움배 한 척을 발견했다.

자세히 살펴본 백리 장군이 깜짝 놀라 외쳤다.

"전하, 북려국 황족의 싸움배입니다!"

어주도 주변에는 널따란 여울이 쫙 펼쳐져 있어 가까이에서 닻을 내릴 만한 항구는 하나밖에 없었다.

섬에 상륙한 뒤 물고기 눈을 두고 싸우는 것은 말할 것도 없고 항구까지 싸워서 빼앗아야 할 상황이었다!

"북려국 황족?"

용비야의 입가에 무시무시한 냉기가 어렸다.

압도적인 승리

어주도의 어획기는 짧지 않지만 이제 막 새해가 된 만큼 용비야 일행도 제법 일찍 온 셈인데, 북려국 황족도 오다니 뜻밖이었다.

북려국은 유목 중심 국가여서 물고기는 간식으로도 잘 쓰이지 않았다. 막 연말이 지난 지금 북려국 황족이 어주도에는 무슨 일일까?

나타난 자는 북려국 황족 중 누구일까?

어주도의 항구는 하나뿐이고, 어주도 서쪽 방향에 있었다. 항구가 무척 작아서 쌍방 싸움배의 규모로 보아 하나가 먼저 정박하면 다른 배는 구경만 하는 수밖에 없었다.

그때 용비야의 배는 항구 서남쪽에 있었고 북려국 황족의 배는 항구 서북쪽에 있었다. 양쪽 배와 항구의 거리는 거의 비슷했다.

쌍방의 거리가 꽤 멀어 아직 서로를 볼 수 없기에 누가 타고 있는지는 모르지만, 벌써부터 싸움의 기운이 바다 위로 퍼지고 있었다.

항구는 하나뿐이니 바깥에 배를 대고 싶지 않으면 방법은 오직 하나, 선점하는 것뿐이었다!

항구를 선점하는 유일한 방법은 속도였다. 하지만 바다에서는 속도에 영향을 주는 요소가 무척 많았다.

용비야와 한운석, 백리 장군은 뱃머리에 서서 멀리 상대방 싸움배를 바라보았다. 상대방은 아직도 돛을 펴고 있었다.

배가 바다를 항해할 때는 사람 힘도 중요하지만 바람의 힘도 컸다. 바람의 힘을 빌리는 것이 바로 돛이었다.

일반적으로 출발할 때는 돛을 펴고 항구에 들어갈 때는 돛을 접는데, 두 척 모두 항구에 들어가는 중인데도 상대방이 돛을 활짝 펴고 바람을 양껏 안은 것을 보면 먼저 항구를 선점하겠다는 의도가 분명했다.

"보아하니 상대방도 싸우려는 것 같군요."

한운석이 차분하게 말했다.

"전하, 바람이 붑니다. 풍향이나 물길이 저쪽에 유리합니다."

백리 장군은 비록 수전이나 해전에 실전 경험이 없지만 바다를 나가본 경험은 풍부했다.

천녕국 수군을 조직하기 위해 원항 어선을 타고 2, 3년 바다에 나간 적도 있어서 바다의 기후나 해류에 관해 남들보다는 잘 알고 있었다.

지금은 북려국 싸움배의 방향이 확실히 유리했다.

"명령을 전하게. 속도를 높여 나아간다!"

용비야가 차갑게 명령했다.

지리적 이점이 없어도 용비야는 걱정하지 않았다. 이번 어주도 행은 반드시 결과를 내야 했기 때문에 그는 일찍부터 준비가 되어 있었다.

백리 장군이 명령을 내리자 싸움배 양쪽의 노잡이가 스무 명에서 서른 명으로 늘어나 힘이 배가되었다. 한운석 같은 문외한도 배가 빨라지는 것을 느낄 정도였다.

"백리 장군, 쓰지도 않는 노잡이를 이렇게 많이 숨겨 놓은 줄은 몰랐군요."

한운석은 배 양쪽을 흥미롭게 바라보았다. 하나같이 튼튼한 장한들이고 팔심도 넉넉했다.

"왕비마마, 아직 소개 올리지 못했습니다만 이 싸움배는 '왕주王舟'라고 하는데 수군에서 으뜸가는 싸움배입니다."

다른 것은 다 빼고 '으뜸가는 싸움배'라는 말만으로도 모든 것을 설명하기에 충분했다.

한운석은 무척 기뻐했다.

"위엄이 넘치는군요! 후후, 이제 장군의 솜씨 구경을 할 차례군요."

용비야의 싸움배가 속도를 올리자 곧 북려국 싸움배의 속도를 뛰어넘었다.

북려국 싸움배의 주인은 차분하게 앉아 있지 못하고 성큼성큼 선창에서 걸어 나와 상대방을 바라보았다.

"어째서 갑자기 저렇게 빨라졌느냐?"

"주인님, 순풍이 아니니 필시 노잡이를 늘렸을 것입니다. 그 밖에는 방법이 없습니다!"

뱃사공이 황급히 대답했다.

주인은 몹시 가소로운 듯 차갑게 코웃음을 쳤다.

"사람의 힘이 어떻게 하늘의 힘에 비할 수 있겠느냐? 분수를 모르는군! 여봐라, 돛을 모두 펼쳐라! 전속력으로 나아간다!"

뱃사공들이 즉시 움직였고 곧 크고 작은 돛이 모두 활짝 펼쳐졌다. 돛이 펼쳐지자마자 바람이 더욱 거세어져 씽씽 소리를 내며 몰아쳤다.

주인은 광풍에 머리카락이 휘날리고 입은 장포가 펄럭거리는 것도 아랑곳하지 않고 뱃머리 갑판 위로 올라갔다.

"때맞춰 바람도 부는군! 하늘이 나를 돕는구나!"

그가 오만하기 짝이 없게 외치며 껄껄 웃었다.

바람이 돛을 잔뜩 부풀리자 본래도 빠르게 나아가던 배는 보이지 않는 손이 힘차게 밀어 주기라도 하듯 쏜살같이 항구로 미끄러져 갔다.

용비야와 한운석은 뱃머리에 나란히 서서 똑같이 양손을 뒷짐 지고 점점 가까워지는 싸움배를 싸늘한 눈길로 바라보며 아무 말도 하지 않았다.

"여봐라, 노잡이 스무 명을 더 투입해 속도를 높여라!"

백리 장군이 재빨리 판단을 내렸다.

명령이 떨어지자 싸움배 좌우에 각각 노잡이 스무 명이 더해졌다. 이렇게 되자 노잡이는 양쪽에 쉰 명씩 총 백 명이 되었다.

사람의 힘은 하늘의 힘에 비할 수 없다고 누가 그랬을까?

노잡이 백 명은 커다란 노 백 개를 질서정연하게 움직이며 쓰윽쓰윽 물살을 갈랐다. 둥둥 울리는 북소리와 철썩거리는 파도 소리에 박자를 맞춰 움직이는 노 백 개는 힘차고 사기도 어마어마했다.

전속력으로 나아가는 싸움배의 속도는 북려국 황족 싸움배에 뒤지지 않았다.

양쪽은 서로 마주한 채 뒤질세라 동시에 항구로 달려들었고, 누가 먼저 도착할지는 당장 판가름할 수가 없었다.

"주인님, 저쪽 노잡이의 솜씨가 보통이 아닙니다!"

뱃사공이 놀라 보고했다.

"몇 명이나 되느냐?"

이 기세는 주인도 무척 뜻밖이었다.

"아직 보이지 않습니다만 저만한 힘이면 바람이 멈추는 순간 저희가 위험합니다!"

뱃사공은 무척 걱정스러웠다. 그들 쪽 노잡이들은 이미 힘이 다해 바람이 받쳐 주지 않으면 차이가 두드러질 것이다.

주인이 눈을 희번덕거리며 노려보자 뱃사공은 즉시 입을 다물었다.

두 배는 점점 항구와 가까워졌고 바다 위에는 긴장된 분위기가 점점 짙어졌다.

주인은 흉악한 눈빛을 지으며 몸소 뱃고물로 날아가더니 북채를 빼앗아 북을 세 번 힘껏 두드렸다.

"본 왕의 말을 똑똑히 들어라. 온 힘을 다해 전속력으로 달린다! 항구에 들어가면 무거운 상을 내리겠다!"

그 말이 떨어지자 사기가 크게 올랐다. 그가 직접 북을 두드리며 힘을 북돋웠다. 둥둥 소리가 조금씩 조금씩 박자를 빨리

하자 노잡이들은 게으름 피지 않고 박자에 맞춰 힘껏 노를 저었다.

그러잖아도 바람이 도와주던 차에 사기가 높아지자 배 속도는 더한층 빨라졌다.

주인은 북을 치면서 상대방을 바라보며 입가에 경멸에 찬 냉소를 떠올렸다. 그는 천녕국 싸움배에 탄 사람이 누군지 알고 있었고, 이번에는 그 남자에게 패배를 맛보여 줄 생각이었다!

북려국 쪽에서는 왕이 친히 나와 사기를 북돋우고 있었지만, 천녕국 쪽 용비야와 한운석은 여전히 수수방관하며 뱃머리에서 있었다. 상대방의 속도가 이쪽보다 점점 빨라지는 것을 보고도 두 사람은 흔들리지 않았고, 옆에서 대기하는 백리 장군 또한 움직임이 없었다.

다른 방법이 없는 걸까?

오랜 시간이 지나도록 그들의 속도는 변함이 없었고 속도를 올릴 기미도 없었다.

북려국 싸움배 주인의 입가에 떠오른 경멸은 점점 더 짙어졌다. 그는 오만방자하게 웃음을 터트렸다.

"여봐라, 속도를 더 올려라. 저들을 철저하게 패배하도록 만들어 주마!"

사기가 높아지고 북소리가 하늘을 찌를 듯 울렸다. 속도는 한계에 도달해 더는 올라가지 않았지만 기세가 흉흉해 아무도 맞설 수 없을 정도였다.

예상대로 곧 거리가 벌어졌다. 북려국 싸움배는 항구에 거의 다가섰지만 천녕국 싸움배는 아직 얼마쯤 떨어져 있었다.

승부는 이미 정해진 것 같았다.

북려국 쪽 주인은 흥분에 휩싸여 끊임없이 북을 쳐 댔다. 격앙과 흥분이 북채를 쥔 그의 손을 멈추지 못하게 만들었다!

그런데 그 누가 짐작이나 했을까? 북려국 싸움배가 항구에서 100미터 거리에 접어들자 용비야가 차갑게 말했다.

"전력을 다해도 겨우 저 정도군."

백리 장군도 가볍게 코웃음을 치더니 곧바로 명령을 내렸다.

"노잡이 전체, 위치로!"

그 말이 떨어지자 놀랍게도 커다란 배 좌우 양쪽의 앞과 뒤에서 날개가 내려오더니 곧이어 노잡이 한 무리가 날개를 가득 채웠다. 양쪽에 늘어난 사람 수는 적게 잡아 백 명이었다!

앞서 늘어난 노잡이까지 더하면 이 싸움배에는 노잡이가 이백 명이나 타고 있었다. 양쪽에 각 백 명씩 붙어 가지런하게 노를 젓자 속도는 완전히 뒤집혔다!

배는 시위를 벗어난 화살처럼 쏜살같이 달려 나갔다!

번개 같은 속도란 무엇일까? 막을 수 없는 기세란 또 어떤 것일까? 바로 이것이었다!

천녕국 싸움배는 흑마처럼 질주하기 시작해 손쉽게 항구에서 100여 미터 떨어진 북려국 싸움배를 따라잡았다.

이렇게 되자 쌍방은 서로를 똑똑히 볼 수 있었다.

용비야는 뱃고물에서 북을 치는 군역사를 한눈에 알아보았다. 예상하지 못한 것도 아니었다. 연말이 갓 지난 지금 어주도에 올 만한 북려국 황족은 군역사 밖에 없었다.

군역사는 북 치던 것을 멈추고 턱을 높이 쳐들고 내려다보았다. 그는 용비야와 시선을 마주친 지 오래지 않아 곧 한운석을 바라보았다.

한운석의 고운 눈매는 이미 가느다란 실선을 그린 채 소름 끼치는 살기를 쏟아 내고 있었다.

군역사, 오랜만이야!

여섯 개의 눈동자가 부딪치며 살기가 짙게 피어올랐다.

천녕국 싸움배는 북려국 싸움배 옆을 쏜살같이 지나쳐 압도적인 기세로 항구에 들어갔다!

이제야 진짜 승부가 난 것이다. 용비야의 완승이었다!

군역사는 죽일 듯이 그들을 노려보며 두 주먹을 움켜쥐었다. 절대 인정하고 싶지 않았지만 어쩔 수 없는 상황이었다.

북려국 노잡이들은 천녕국 싸움배 양쪽에 늘어선 이백 명에 이르는 노잡이를 보자 충격을 받아 노 젓는 것마저 잊었다.

바다에 나온 이래 지금껏 이처럼 기세당당하고 위풍 넘치는 노잡이 무리는 처음이었다.

이제 보니 상대방은 지금껏 전력을 다하지도 않았고 그들을 비웃고 있었던 것이다.

군역사는 인정하고 싶지 않았지만 그래도 상대의 실력을 다시 볼 수밖에 없었다.

북려국의 배는 싸움배처럼 생겼지만, 겉모습만 화려하지 실제로는 황족이 바다를 유람할 때 쓰기 위해 만들어졌을 뿐이었다. 하지만 천녕국 싸움배는 진짜 싸움배였다!

체면이 깎인 군역사는 혼잣말을 중얼거렸다.

"천녕국이 언제 수군을 양성했지?"

그때 천녕국 싸움배는 이미 항구에 정박해 항구를 통째로 점거했다. 천녕국 싸움배의 실력을 보지 못했다면 군역사도 배로 항구를 틀어막고 용비야와 대치했겠지만, 지금 상황을 보니 그랬다가는 죽음뿐이었다.

그렇게 힘을 들이고도 항구를 얻지 못하고 용비야에게 위세만 깎인 셈이었다. 분통이 터졌지만 어쨌든 항구를 차지하는 것이 여기까지 온 주목적은 아니었다.

진짜 싸움은 어주도에 상륙한 다음이었다.

"여봐라, 닻을 내리고 배를 세워라!"

그가 명령을 내린 후 경공을 펼쳐 항구를 넘어 상륙하려는데, 뜻밖에도 천녕국 싸움배 뱃머리에서 용비야가 어느새 검을 뽑아 그를 겨누고 있었다.

그가 천녕국에서 한운석을 납치했던 일을 용비야는 잊은 적이 없었다. 비록 찾아가서 복수하지는 않았지만 오늘 이렇게 마주친 이상 쉽게 놓아줄 까닭이 없었다.

군역사는 싸늘하고 오만한 눈빛으로 그를 굽어보았다. 도발의 기색이 다분한 눈빛이었다.

한운석이 그의 어깨에 독을 뿌리고, 의성 사람들 앞에서 그와 단목요가 결탁한 것을 떠벌리고, 용천묵이 고에 당했다고 고발한 일은, 그 역시 항상 마음에 새기고 있었다. 그리고 독짐승과 영족 백의 공자 문제도 기억하고 있었다.

그간 북려국 황족의 몇몇 황자들이 끈질기게 물고 늘어지고 백독문 쪽도 의성에서 단단히 감시하는 바람에 그 문제를 따질 틈이 없었지만 그래도 그는 사람을 보내 남몰래 조사하고 있었다.

사실 이렇게 빨리 용비야와 한운석을 만날 생각은 없었지만, 이렇게 마주친 이상 손봐 줘도 상관없었다. 그래도 그의 계획이 어긋나지는 않을 테니까.

상인 협회, 한 발 양보하지

용비야가 검을 들고 군역사를 겨눈 것은 싸우자는 뜻이었다. 군역사가 두려움도 없이 차갑게 굽어보는 것은 응전하겠다는 뜻일까?

두 사람은 운공대륙 세 왕 중에서 가장 유명했고, 세력도 엇비슷했다.

한운석이 나타나기 전에는 확실히 그랬다. 한 사람은 무공이 무척 높고 한 사람은 독술이 무척 높아 막상막하로 승부를 가리지 못했다.

그렇지만 한운석이란 여자가 나타나면서 균형이 깨졌다. 한운석의 도움으로 용비야는 군역사의 독술을 덜 꺼리게 되었고 승산이 삼 푼 높아졌다.

고수의 싸움에서는 삼 푼은 말할 것도 없고 단 반 푼의 승산이라도 무시무시했다. 그래서 요 1년간 벌어진 몇 차례 싸움에서 군역사는 늘 용비야의 검에 패했다.

그 분노를 한운석에게 풀지 않으면 누구에게 풀어야 할까?

두 왕이 대치하자 가장 흥분한 사람은 한운석이었다. 그녀는 칼날처럼 날카로운 눈빛으로 죽일 듯이 군역사를 노려보았다. 저 짐승 같은 놈을 천 갈래 만 갈래 찢어 죽이고 싶었다.

입장 차이로 싸우는 것은 정상적인 일이니, 설사 남자가 여자를 상대로 싸운다 해도 문제시하지 않았다. 하지만 군역사의 행동은 치가 떨렸다. 그날 백의 공자가 목숨 걸고 구해 주지 않았다면 무슨 일이 벌어졌을지 상상도 할 수 없었다.

본래는 군역사가 제법 대단한 인물이라고 생각했던 그녀도 이제는 철저하게 경멸하고 있었다. 그녀는 부끄러운 일을 입에 담을 생각도 없고, 더욱이 그런 일 때문에 눈물 바람을 하며 용비야에게 고자질하고 가엾은 척하고 싶지도 않았다.

그저 용비야가 움직이면 전력을 다해 돕겠다고 생각할 뿐이었다. 군역사 같은 짐승에게는 원칙 같은 걸 따질 필요도 없었다.

용비야의 검이 '찡'하고 떨리더니 무시무시하게 울부짖었다. 곧이어 검이 환영을 자아내더니 사람도 따라 그림자가 되어 허공에 번쩍이면서 곧바로 군역사를 향해 짓쳐갔다.

두 배 사이는 제법 거리가 있었다. 한운석은 자신이 무공을 할 줄 알아서 용비야를 쫓아갈 수 있으면 얼마나 좋을까 생각했지만 안타깝게도 불가능했다.

하지만 낙담하지는 않았다. 그녀는 군역사에게 온 신경을 집중하고 그가 독을 쓰는지 살피는 동시에 자신도 독을 쓸 기회를 노렸다!

"진왕, 오랜만이군. 이야기나 하지 않겠나?"

군역사는 오만한 척했지만 역시 싸움은 피하려고 했다.

"너는 본 왕과 이야기할 자격이 없다!"

오만한 것을 따지자면 용비야만한 사람이 없었다. 그는 적의 싸움배에 오를 만큼 어리석지 않아서 바다 위에 멈추고 검으로 허공을 내리찍었다. 검기가 무지개를 그리며 곧바로 군역사에게 날아갔다.

군역사는 즉시 피했다. 군역사가 응전할 준비를 하지 않고 피하기만 하자 용비야는 무슨 함정이 있다는 것을 알아차렸다.

"뭐지? 오랫동안 못 본 사이 북려국 강왕이 목을 움츠린 자라가 되었던가?"

용비야가 차갑게 물었다.

군역사는 불쾌한 눈빛이었지만 대답하지 않고 몸을 돌려 검기를 피했다가 갑작스레 물에 뛰어들었다.

아니…….

"역시 자라였군!"

용비야가 경멸스럽게 코웃음을 치며 날카로운 눈빛으로 해수면의 움직임을 주시했다. 그렇지만 군역사는 깊이 잠수해서 이미 어디로 갔는지 보이지 않았다.

"백리 장군, 대비하게!"

용비야가 외치자 백리 장군은 당연히 무슨 말인지 알아들었다. 바다에서 싸움할 때 가장 무서운 것은 바로 바다 밑에서 습격하는 것이었다. 막으려야 막을 수도 없고 가장 치명적인 공격이었다.

한운석도 놓칠세라 바다를 살폈다. 이렇게 넓은 바다에서 독을 쓴다는 것은 한운석도 못하고 군역사 역시 할 수 없었지만, 그래도 신중한 편이 좋았다.

백리 장군은 잠수병을 보내 배를 보호했다. 물속에서 싸우려면 제약이 많아서 군역사 같은 고수라도 반드시 잠수병을 이긴다는 보장이 없었다.

시간이 조금씩 조금씩 흘렀지만 군역사는 모습조차 보이지 않았다. 마치 진짜 멀리 달아난 것 같았다.

하지만 이건 그답지 않은 행동이었다!

군역사가 무슨 생각을 하건 결과적으로 용비야는 참을성이 그리 많지 않았다.

중은 달아나도 절까지 달아날 수는 없었다!

그는 예리한 시선으로 바다를 한 번 훑은 뒤 북려국 싸움배에 내려섰다. 싸움배를 무너뜨려도 군역사가 나타나지 않는지 두고 볼 참이었다!

그런데 용비야가 막 공격하려는 순간, 선창 누각 안에서 비단옷을 입은 남자 한 명이 걸어 나왔다.

비단옷을 입은 그 남자는 스무 살이 갓 넘은 나이에 단정하고 기개가 넘쳤다. 가장자리를 금실로 장식한 흰옷을 입었는데 동작 하나 하나에서 함부로 볼 수 없는 귀티가 뚝뚝 흘렀다. 겉보기에는 온화하고 우아해 보이지만 눈동자에는 장사꾼 특유의 교활함이 담겨 있었다.

"진왕 전하, 몇 년 뵙지 못했으나 풍채가 여전하시군요!"

그가 두 손을 모아 읍을 하며 깍듯이 예를 차렸다.

"구양영락歐陽寧諾."

용비야는 뜻밖이었다. 군역사의 배에서 이자를 만날 줄은 생각조차 못한 일이었다.

용비야가 부른 이름에 한운석의 표정이 복잡해졌다. 비록 저 남자를 알지는 못하지만 이름은 들은 적이 있었다.

구양영락. 운공 상인 협회 회장으로 우아하고 점잖아 보여도 사실은 두뇌 회전이 빠르고 간사한 사람이었다! 그는 운공대륙 곳곳의 경제를 틀어쥐고 있어서 나라 경제에 직접적인 영향을 미쳤다.

예를 들어, 약성의 약재 교역은 삼대 명가가 손에 쥐고 있는 것 같지만 사실은 그렇지 않았다. 구양영락의 기분이 틀어지면 약성은 생산한 약재의 삼분의 이를 팔 수 없었다. 소문에 따르면, 약성과 의성 간의 약재 거래에도 구양영락이 의학원과 삼대 명가의 여러 사람을 매수해 간섭하고 있다고 했다.

더욱이 천녕국과 서주국 변경의 거래도 실제로 변경의 도독부에서 관리하지 못하고 있었다. 진짜 관리자는 이 남자였다. 각 부락이나 종족과 관계를 트는 일은 그가 도독부보다 훨씬 뛰어났던 것이다.

소문에 따르면, 운공대륙 양대 암시장에서도 구양영락이 한몫 차지하고 있다고 했다.

진짜인지 아닌지 모를 소문들은 차치하더라도, 운공 상인 협회 회장이라는 신분만으로도 여간내기는 아니었다.

그는 각 세력들이 예의상 삼 푼 쯤 양보하는 사람이었다.

그가 왜 군역사와 함께 어주도에 왔을까? 설마 어획기를 노리고 온 걸까?

"이 몸의 천한 이름을 진왕 전하께서 기억해 주시다니 평생의 영광입니다."

구양영락은 겸손하게 말했다.

용비야는 그 말에 넘어가지 않고 차갑게 물었다.

"운공 상인 협회가 언제부터 북려국 황족의 앞잡이가 되었던가?"

듣기 흉한 말이었지만 구양영락은 화내지 않고 참을성 있게 해명했다.

"진왕 전하, 이 몸은 강왕과 거래를 하나 했을 뿐입니다. 부디 상인 협회를 보아 전하와 강왕의 사사로운 은원은 나중에 다시 해결해 주시기를 청합니다."

용비야와 구양영락은 원한이 없었고 심지어 사사롭게는 상업적으로 협력하는 일도 있었다. 그가 대놓고 이렇게 말하면 확실히 용비야로선 반박하기가 쉽지 않았다.

물론 용비야는 바보가 아니었기 때문에 차갑게 물었다.

"왜, 운공 상인 협회도 우리 천녕국이 기근에 빠진 틈을 노려 장사를 하려느냐?"

단도직입적인 질문이었다.

일반적으로 영리한 사람은 구양영락과 군역사가 손을 잡고 어주도에 물고기를 낚으러 왔다고만 생각했겠지만, 용비야는 한눈에 그들의 음모를 파악했다.

두 사람이 물고기를 낚으러 온 것은 필요해서도 아니고 재미 때문도 아니었다. 분명히 장사 때문이었다.

운공대륙 세 나라 중 천녕국 백성만 물고기를 좋아했고 마침

기근에 시달리고 있었다. 그래서 구양영락은 물고기를 잡아 구호에 바쁜 천녕국 조정에 팔려는 것이다!

"진왕 전하, 장사는 자유입니다. 팔 식량이 있다면 천휘황제께서도 진왕 전하께서도 기꺼이 이재민을 위해 돈을 내놓으시겠지요. 어주도에서 물고기를 잡는 것 또한 자유, 잡으면 물고기는 곧 그 사람의 것입니다. 설마 진왕 전하께서 무공을 써서 독차지하시려는 건 아니겠지요. 그런 소문이 나면 전하의 명성에 누가 됩니다."

역시, 구양영락은 말솜씨가 좋았다.

분명히 남부끄러운 수작을 부려놓고 겉만 번지르르한 이유를 내세워 제법 일리가 있는 것처럼 꾸며 댄 것이다.

그가 이렇게 말하는데도 용비야가 양보하지 않으면 군역사와의 사사로운 은원을 핑계로 어주도를 강제 점거했다고 하지 않을까?

한운석은 입가에 냉소를 지었다. 그녀가 받은 구양영락의 첫 인상은…… 철면피였다!

용비야는 구양영락을 차갑게 쏘아보며 아무 대답도 하지 않았지만, 한운석은 그 속을 알 수 있었다. 상대는 운공 상인 협회이니 체면을 세워 줄 수밖에 없었다.

사실 상대방과 군역사가 손을 잡은 상황에는 더욱더 사이가 틀어질 수 없었다. 그랬다간 운공 상인 협회라는 커다란 세력을 군역사에게 내주는 것이나 마찬가지였다.

한운석은 에누리 없이 냉정한 여자였다. 용비야 앞에서도 예외는 아니었다.

용비야가 망설이고 있을 때 별안간 그림자 하나가 물속에서 쑥 튀어나와 어주도 모래사장에 내려섰다. 다름 아닌 군역사였다!

군역사는 물에 흠뻑 젖은 얼굴로 가소로운 듯 웃음을 터트렸다.

"용비야, 오늘은 구양 공자의 체면을 보아 너와의 사사로운 은원은 잠시 미루겠다. 다음에 다시 싸우지!"

저자는 용비야를 자극해 도발하려는 게 분명했다!

용비야는 눈을 가늘게 뜨고 무시무시한 표정을 지었지만 끝내 움직이지 않았다.

그는 에누리 없이 냉정한 남자였다. 어주도에서는 무공을 사용할 수 없다는 규칙이 있었고 싸움도 금지되어 있었다. 군역사가 섬에 내려선 이상은 건드릴 수 없었다. 이런 규칙을 어기면 부도덕하다며 세상 사람들의 손가락질을 받을 것이다.

군역사를 상대할 기회는 많으니 지금 당장 서두를 필요는 없었다. 물고기를 잡은 다음 혼내 줘도 늦지 않았다!

"좋다. 구양영락, 본 왕이 자네 체면을 세워 주지!"

용비야는 시원스럽게 검을 거두고 싸움배로 돌아갔다.

"감사합니다, 진왕 전하."

구양영락은 여전히 점잖게 말했다.

작은 배로 바꿔 탄 그는 시종 한 무리와 함께 섬에 올랐고, 용비야와 한운석, 백리 장군 부녀도 역시 섬에 상륙했다.

구양영락의 체면을 세워 주기는 했으나 섬에 오른 후에는 체면이고 뭐고 따질 필요가 없었다.

방금 구양영락도 말했듯이 어주도의 물고기는 잡는 사람이 임자였다. 물고기 눈을 찾아 낚시를 하는데 주절주절 말을 늘어놓을 필요는 없었다. 실력이 곧 말이었다!

"명향 낭자, 어깨가 무겁겠어요."

한운석이 나지막이 말했다. 농담이 아니었다.

구양영락이 물고기를 잡아 천녕국에 팔겠다고 인정한 이상, 만에 하나 그들이 먼저 물고기를 잡으면 용비야와 천녕국의 체면은 크게 떨어질 것이다.

재해 지역에 물고기가 얼마나 필요한지는 나중에 생각하더라도, 이런 상황에서는 무슨 일이 있어도 이겨야만 했다!

백리명향도 막중한 책임을 느꼈지만 그래도 자신이 있었다.

"왕비마마, 걱정 마세요. 반드시 최선을 다하겠어요."

양쪽 사람들이 모두 모래사장에 올라선 뒤 군역사는 오만한 태도로 사람들을 내려다보았지만 구양영락은 시종일관 예의발랐다.

그가 말했다.

"진왕 전하, 이해해 주셔서 감사합니다. 저희는 먼저 가겠습니다."

어차피 한 발 양보했으니 용비야는 대범하게 고개를 끄덕였다. 군역사 일행이 멀리 사라진 후 비로소 그가 말했다.

"백리명향, 길을 안내하라!"

기분이 좋아

어주도는 자못 신비한 곳이었다. 섬 전체는 둥근 모양으로, 바깥을 두른 모래사장 뒤쪽으로 숲이 펼쳐져 있고 그 뒤에 어주도에서 가장 신비한 환해호가 자리하고 있었다.

백리명향은 두꺼운 여우 가죽옷을 걸치고 앞장섰다. 그녀는 환해호 물고기 눈에 관해 공부한 적이 있었고, 또 몇 차례 와 봤기 때문에 어디에서 물고기 눈을 찾을 수 있는지도 알았다.

한운석과 용비야는 백리명향의 뒤를 따랐다. 용비야는 언제부턴가 한운석의 손을 잡고 있었는데 아무래도 이미 습관이 된 모양이었다.

백리 장군은 그들 뒤에서 어부와 시종들을 이끌었다. 일행은 모래사장을 지나 수풀 속으로 들어갔다.

"정말 이상해요. 분명히 한겨울인데 이곳에는 초목이 울창하잖아요. 그런데 어째서 저 앞에 있는 호수에는 얼음이 얼죠?"

한운석이 호기심 조로 물었다.

이 섬의 위치는 북쪽이고 한겨울에 호수가 얼어붙는 것은 정상이었다. 다만 이렇게 울창한 수풀이 있으리라곤 생각지도 못한 일이었다.

한운석이 아는 지리적 상식으로는 이 상황을 설명할 방법이 없었다.

백리명향이 대답하려는데 뜻밖에도 용비야가 먼저 입을 열었다.

"이 섬 전체가 본래 비정상적인 존재다."

하긴, 이 한마디면 불합리한 모든 문제를 설명할 수 있었다.

"말하지 않느니만 못하잖아."

한운석이 대담하게 투덜거렸지만 차마 용비야에게 들릴 만큼 크게 말하지는 못했다.

그래도 곰곰이 생각해 보니 그럭저럭 이해해 줄 만했다. 누가 뭐래도 본래 지리에는 설명하기 힘든 모순적인 현상이 있기 마련이니까.

얼마쯤 걷던 한운석은 추위를 느끼고 옷깃을 여몄다.

섬에 막 올라섰을 때는 바람만 조금 거셀 뿐 기온은 별로 차이가 없다고 느꼈다. 그런데 섬 중심에 가까워질수록 확실히 기온이 점점 낮아졌다.

한운석의 움직임을 알아챈 용비야가 나지막이 물었다.

"추우냐?"

"아직 괜찮아요."

한운석이 입은 여우 가죽옷으로 충분해서 손바닥은 따뜻했다.

용비야는 말없이 그녀를 품에 안았다. 그에게 딱 붙자 정말 조금도 춥지 않았다.

이 인간은 성격은 차갑지만 몸은 따뜻해서 아주 편안했다.

"환해호는 얼마나 추울까요?"

한운석이 궁금해했다.

"호수 전체가 하반기부터 얼기 시작하는데 얼음 두께는 세 자 정도다. 그 위에 흐르는 물은 곧바로 얼어붙기 때문에 포획한 물고기를 내려놓으면 얼어서 반년 정도는 신선하게 보관할 수 있다."

대답한 사람은 역시 용비야였다.

진왕 전하를 따르는 사람들은 말 한마디를 금처럼 아끼는 진왕 전하가 왕비마마에게는 말을 많이 한다는 것을 알고 있었다.

"편리하기도 하군요. 전하께서 식량을 구하기 위해 이곳을 선택하실 만해요!"

어주도는 천녕국 재해 지역에서 그리 멀지 않아서 꽃샘추위 때 얼린 물고기를 나눠 보내면 신선도를 유지할 수 있었다.

어육은 바로 먹을 수도 있고, 소금에 절여 보관할 수도 있고, 채소와 곁들일 수도 있었다. 그리고 양이 제한된 쌀을 주식으로 삼아 함께 먹으면 쌀 소비량도 줄일 수 있었다.

이재민들에게는 훌륭한 별미가 될 것이다.

한운석은 생각할수록 기대에 들떴다. 당장 물고기를 배에 잔뜩 싣고 돌아가 백성들을 기쁘게 해 주고 천휘황제 속을 긁어 놓고 싶었다.

또다시 바람이 불었는데, 환해호의 차가움이 실린 바람이 얼굴을 스치자 콕콕 찌르는 듯 아팠다. 정말이지 갈수록 날씨가 추워졌다.

"견딜 수 있겠느냐?"

용비야가 담담하게 물었다.

그의 품에 안긴 사람은 본래도 귀하게 자라지 않았던 데다 그의 보호까지 받고 있으니 찬바람쯤 견디지 못할 리 없었다.

"괜찮아요."

한운석은 마음이 따스해졌다!

앞서가는 백리명향은 양손을 옷 속에 꼭꼭 숨기고 고개를 푹 숙인 채 길을 안내하면서 뒤쪽의 이야기 소리를 들었다.

아무 말 하지는 않았지만 아무래도 씁쓸한 기분이 솟구치는 것을 막을 수는 없었다.

진짜 추운 건 그녀였다! 그녀처럼 약한 몸이 가장 피해야 할 것이 바로 추위였다.

그녀는 진왕 전하 바로 앞에 있었지만 애석하게도 전하는 보지 못했다.

지금껏 묵묵히 장군부에 들어앉아 전하를 위해 목숨까지 내놓았는데도 남들보다 더 눈길을 준 적도 없었다. 지금도 앞장서서 걸으며 목숨을 내놓고 있는데도, 애석하게도 그는 여전히 보지 못했다.

그녀가 있든 없든 그는 늘 그랬다.

그래서 그녀가 다투건 말건 그의 마음은 그대로였다.

그 사실을 너무 잘 알기에 그녀는 항상 침묵했고 한 번도 뭔가를 얻으려 다투지 않았다.

다투고도 얻을 수 없으면 절망에 빠질 테니까.

환해호가 점점 가까워지자 바람은 더욱더 거세어졌다.

백리명향은 몸을 잔뜩 웅크렸다. 그런데 갑자기 등 뒤가 따뜻해졌다.

백리명향이 무의식적으로 고개를 돌려 보니 어느새 한운석이 다가와 모직을 덧댄 커다란 바람막이를 덮어 주고 있었다.

"그 가죽옷으로는 부족할 것 같아요."

한운석은 그렇게 말하며 손으로 꽁꽁 얼어붙은 백리명향의 귀를 덮어 따뜻하게 해 준 다음 여우 털로 만든 덮는 모자를 씌워 주었다.

"좀 더 추위를 느끼게 해서 차차 온도에 적응하도록 놔둘까 했는데, 환해호에 도착하면 너무 추워서 몸이 견뎌 내지 못할까 걱정되지 뭐예요. 지금 보니 일단 옷을 더 입는 게 낫겠어요."

한운석은 모자를 씌운 뒤 바람막이의 끈을 꼼꼼히 묶어서 백리명향을 둘둘 말다시피 감싸고 눈과 코만 내놓게 했다.

백리명향은 그녀의 진지한 표정을 바라보며 입술을 꼭 다문 채 아무 말도 하지 못했다.

자신이 완전히 잊힌 줄 알았는데 알고 보니 아니었다. 한운석이 내내 그녀를 지켜보고 있었던 것이다!

이 여자는 분명히 그녀보다 몇 살 어린데도 언니처럼 보살펴 주었다. 백리명향은 갑자기 울고 싶을 만큼 마음이 따뜻해졌다.

그녀는 백리 장군부에서 가장 어린 딸이었고 언니가 몇 명이나 있었다. 그렇지만 언니가 있다는 게 이런 기분인지는 오늘 처음 느꼈다!

눈시울이 화끈거리자 그녀는 마음을 들킬까 봐 황급히 몸을 돌리고 고개를 숙였다.

"감사합니다, 왕비마마."

"뭘요. 가요. 쓰러지면 안 돼요!"

한운석은 자신의 체온이 이 가엾은 여자에게 약간의 온기를 나눠 주기를 바라면서 백리명향을 단단히 부축했다.

백리명향은 감격하면서도 불안했다. 지금 이 순간 진왕 전하는 분명히 그들을 보고 있을 것이다.

용비야는 확실히 그들을 바라보고 있긴 했지만 머릿속으로는 미인혈을 생각하고 있었다. 미인혈을 얻으면 틀림없이 한운석이 미접몽을 연구하는 데 도움이 될 것이다.

왕비마마가 전하 곁에 없는 것을 보자 백리 장군이 다가갔다.

"전하, 구양영락이 군역사와 결탁한 것은 도저히 이해가 가지 않습니다. 물론 구양영락은 상인이고 이득이 있다면 누구와도 손잡을 수 있습니다. 하지만 단순히 물고기를 잡으러 왔다면 구양영락의 능력으로 보아 군역사와 결탁할 필요는 없지 않겠습니까?"

백리 장군이 생각하던 문제는 용비야 역시 줄곧 고민하던 것이었다.

"아마 또 다른 거래가 있을 것이네."

"전하, 운공 상인 협회라는 큰 세력을 이대로 군역사에게 넘길 수는 없습니다!"

백리 장군이 다급하게 말했다.

그 점은 용비야가 그 누구보다 잘 알고 있었다. 조금 전에 그가 양보한 것도 그 때문이었다.

"그 일은 신경 쓰지 말게. 본 왕에게 생각이 있네."

용비야는 담담하게 말했다. 그는 일찍이 몇 년 전 변경에서 구양영락을 만난 이후로 이 남자에 관해 조사를 시작했다.

용비야와 한운석 일행은 환해호 방향으로 걸어갔고, 군역사와 구양영락도 어부들을 이끌고 수풀을 통과했다.

사실 이번에 먼저 군역사를 찾아간 것은 구양영락이었고, 군역사도 처음에는 놀라면서도 불안해 다소 경계했다.

나중에 구양영락이 말을 거래하러 왔다가 북려국 변경에 억류당한 일로 도움을 청하러 온 것을 안 뒤에야 비로소 경계를 풀었다.

용비야가 이재민을 구호한 일로 천녕국이 떠들썩했기 때문에 군역사는 일찍부터 암암리에 그를 주시하고 있었고 그가 물고기를 잡으려 할 것이라고 짐작했다.

때마침 구양영락에게는 물고기 눈을 찾아내는 고수들이 있었다. 두 사람은 이럭저럭 왕래하면서 조건을 논의한 후 함께 움직였다.

군역사는 구양영락을 위해 억류된 말을 거래할 수 있도록 해주었고, 구양영락은 그가 물고기 눈을 찾아 물고기를 구하는 일을 도와주기로 했다.

군역사는 무슨 일이 있어도 물고기를 손에 넣어야 했다. 그 물고기를 핑계로 한운석이 가진 해약과 바꾸자고 할 계획이었다!

용비야와 딱 마주치긴 했지만 그의 계획에는 영향을 주지 않았다.

알다시피 구양영락이 데리고 있는 사람이 공밥을 먹을 리 없고, 이 세상에 구양영락이 데리고 있는 어부들보다 더 물고기 눈에 관해 잘 아는 사람은 어디에도 없었다.

"강왕 전하와 진왕은 꽤 원한이 깊으신 것 같군요."

구양영락이 웃으며 물었다. 그도 두 사람이 평소 적대하고 있다는 것은 알았지만 마주치자마자 싸움을 벌일 정도인 줄은 몰랐다.

군역사는 냉소를 흘리며 아무 말 하지 않았다. 바람이 얼굴로 불어 닥치자 그는 저도 모르게 팔을 움켜쥐며 고통스러운 표정을 지었다.

한운석의 독에 당해 아직껏 해독하지 못한 팔이었다.

날씨가 추워질수록 통증이 점점 더 심해졌으나, 마치 풍습 같아서 치료할 수도 없었다. 비록 참을성이 강한 그도 이따금 도저히 참을 수 없을 때가 있었다.

아직도 이게 무슨 독인지 알아내지 못했지만, 경험에 비추어 볼 때 통증이 점점 심해져 결국 팔을 잘라 내야 한다는 것은 알 수 있었다.

그는 일단 해약을 손에 넣은 다음 천천히 한운석을 갖고 놀아 줄 생각이었다! 독짐승에 관한 소문이 퍼지면 한운석에게 한 방 먹여 주기에 충분했다!

군역사가 대답이 없자 구양영락도 캐묻지 않고 한운석에게 관심을 보였다.

"듣자니 진왕비는 독의 고수라지요?"

"흐흐, 가서 시험해 보면 고수인지 아닌지 알 수 있을 것이다."

군역사는 나름대로 기분이 좋아서 장난스레 말했다.

구양영락은 웃으면서 고개를 저었는데 역시 기분이 좋아 보였다.

하는 양으로 보아 둘 다 물고기 눈을 찾는 일에 무척 자신이 있는 것 같았다.

어부들이 앞장서서 길을 안내했고 그들은 곧 환해호에 도착했다. 우연인지 수풀을 나서자마자 막 호숫가에 도착한 용비야 일행이 보였다. 멀지 않은 곳이었다.

환해호는 둥그렇고 큰 호수로, 호수 안에는 물고기가 천 종 넘게 있었다. 호수면은 꽁꽁 얼었지만 아래쪽에는 아직 물이 흘렀고 물고기들이 정상적으로 살고 있었다.

얼음 위에 아무렇게나 구멍을 뚫어도 수면 위로 올라와 숨을 쉬려는 물고기들이 대거 몰려들었다.

이른바 '물고기 눈'이란 얼음 위의 특정한 위치를 의미하는데, 이곳을 뚫으면 물고기들을 잔뜩 끌어들일 수 있었다. 물고기 눈은 큰 것, 중간 것, 작은 것으로 나뉘고, 끌어들이는 물고기 떼도 큰 무리, 중간 무리, 작은 무리로 나뉘었다.

물고기 눈은 쉽사리 찾아낼 수 있는 것이 아니었다. 비전문가는 애초에 찾아낼 수도 없지만, 전문가라고 해도 작은 물고기 눈을 찾아내는 것이 대부분이고 중간 물고기 눈을 찾아내는 사람조차 드물었다. 어주도의 기록에 따르면, 지금까지 큰 물고기 눈을 찾아낸 사람은 아무도 없었다!

큰 물고기 눈을 찾아내면 환해호의 물고기를 모조리 잡을 수 있다는 소문이 있었다.

용비야와 한운석도 곧 군역사 일행을 발견했다. 원수는 외나무다리에서 만난다더니!

백리명향은 바람막이를 두 개나 걸치고도 추워서 오들오들 떨고 있었다. 하지만 그녀는 망설임 없이 얼음판을 밟았다.

"전하, 이 구역은 물고기 떼가 모여드는 곳입니다. 물고기 눈이 가장 많이 있는 곳이기도 하지요."

속으로는 겁이 나고 긴장되었지만, 워낙 중대한 사안이기 때문에 그녀도 무척 진지했다.

물고기 눈의 수는 정해져 있어서 먼저 발견한 사람이 임자고 많이 찾아낼수록 물고기도 많이 잡을 수 있었다.

"네게 맡기겠다!"

용비야는 오로지 군역사에게만 신경을 쏟으며 차갑게 그를 바라보았다.

군역사도 용비야를 바라보았다.

"구양영락, 부하들을 모두 동원해라!"

격렬한 각축전

환해호에는 정적이 내려앉았다.

용비야와 한운석 일행은 호숫가에 불을 피우고 몸을 녹였다. 그들 앞 얼음판 위에는 백리명향 홀로 서 있었다.

군역사와 구양영락 일행도 호숫가에 불을 피우고 몸을 녹였는데, 그들 앞에 선 어부의 수는 족히 열 명이나 되었다.

쌍방의 거리는 고작 100미터여서 실력 차이가 훤히 드러나는 듯 했다. 쌍방은 서로 대치했다. 비록 날카로운 대화를 주고받지는 않았지만 상대를 단단히 주시하고 있었다.

어느새 격렬한 경쟁의 기운이 얼음판 위로 퍼져 나갔다. 백리명향이든 어부들이든, 동작 하나하나가 경쟁이었다.

갑자기 어부 한 명이 발로 얼음판을 힘껏 찍었다. 신발 바닥에 뭘 달았는지 모르지만 그 동작 한 번에 얼음판에 균열이 생겼다.

그는 잇달아 세 번 얼음판을 짓밟았고, 얼음판에는 구멍이 뻥 뚫렸다. 저렇게 대충 발길질하는 것을 볼 때 당연히 물고기 눈은 아니었다. 그런데도 장기간 산소 부족에 시달린 물고기들이 모여들었다.

어부가 기다란 장대를 아무렇게나 찔렀다가 들어 올리자 장대 끝에 물고기가 가득 꽂혀 있었다. 적게 잡아 스무 마리는 되었고 모두 큼직했다.

"하하하, 그러잖아도 배가 고팠는데 잘됐군!"

군역사는 기뻐하며 장대를 받아 직접 불에 구웠다.

대놓고 과시하는 것이 분명했다!

얼음 구멍에서 물고기를 잡는 것은 누구나 할 수 있지만 이렇게 재빨리 해내는 것을 보면 확실히 고수였다. 보통 사람이라면 얼음을 깨는 데만 반나절이 걸릴 것이다.

용비야와 한운석은 차갑게 바라보기만 할 뿐 표정 변화는 없었다.

백리명향은 아주 침착한 여자였다. 그녀도 어부들이 여간내기가 아니라는 것은 알지만 겁을 내지는 않았다.

비록 물고기 눈은 많지만 이를 찾으려면 누가 뭐래도 기술이 있어야 했다.

머릿수보다는 정통한 것이 중요했다.

물고기 잡이로 먹고 사는 어부들이 필요했다면 그녀도 얼마든지 데려올 수 있었다.

그녀는 한운석을 돌아보며 장난스레 말했다.

"왕비마마, 배고프신가요?"

"밥맛 떨어지는 사람을 봤더니 배고프진 않아요. 우리도 시작해요."

한운석은 눈부시게 웃었다. 그녀는 백리명향보다 더 침착했다. 상대가 저렇게 실력을 과시하며 겁먹게 하려는 것은 이쪽을 너무 과소평가한 행동이었다.

백리 장군이 백리명향만 데려온 데에는 당연히 그만한 이유가 있었다.

"예!"

왕비마마가 굳게 믿어 주자 백리명향은 기뻤다.

돌아서는 순간 그녀의 시선이 무심결에 진왕 전하를 스쳐갔다.

짧은 순간이지만 위풍당당하고 잘생긴 그의 얼굴과 바다처럼 깊은 눈동자, 그리고 세 자 두께 얼음장 같은 마음이 보였다.

진왕 전하, 오늘 이렇게 전하를 뵐 수 있었으니 반드시 이 싸움에서 이기겠어요.

백리명향은 상대방의 과시를 무시하고 몸을 웅크려 얼음 위를 조사하기 시작했다. 고운 손가락으로 얼음판을 두드려 소리를 듣고, 얼음판을 쓸어 촉감을 느껴보았다. 그녀의 몸과 마음은 차츰차츰 그 일에 빠져들었고, 어느덧 추위조차 잊은 듯 저도 모르게 소매를 걷어 고운 살결을 드러내 놓고 얼음판을 쓰다듬었다.

도발이 무시당하자 어부들은 물론이고 군역사와 구양영락도 흥이 가셨다.

"찾아라. 물고기 눈 하나에 배 한 척을 내리겠다."

이 운공대륙에서 구양영락의 씀씀이도 진왕 전하 못지않았다.

그는 별것 아닌 듯이 말했지만 어부들은 기쁨에 사로잡혀 온힘을 다해 얼음판 위를 헤매기 시작했다.

모든 것이 고요해 보였지만 격렬한 경쟁이 시작된 것이다!

군역사는 일부러 일어나 호숫가에 서서 백리명향을 살폈다. 구양영락도 다가와 소리 죽여 말했다.

"저 낭자는 보통이 아닙니다."

용비야가 저렇게 병약한 낭자를 데려온 데는 분명히 이유가 있었다.

"왜, 두려운가?"

군역사가 반문했다.

구양영락은 웃으며 대답하지 않았다. 그가 데려온 어부 열 명 중에 둘은 절정 고수로, 어주도에서 물고기 눈을 가장 많이 발견한 기록 보유자였다.

구양영락이 뭐 하러 두려워할까? 뭐 하러 손해 보는 장사를 할까?

백리명향을 한참 살피던 군역사는 보면 볼수록 안색이 이상하다고 느꼈다. 저 병약한 미인은 병으로 아픈 것이 아니라 중독된 것 같았다.

단지 거리가 제법 멀어 확신할 수는 없었다.

그는 궁금해졌다. 저 여자가 무슨 독에 중독되었기에 한운석도 해독하지 못했을까? 어쩌다 중독되었을까?

그러는 동안 갑자기 '퍽'하고 큰소리가 들렸다!

소리 나는 쪽을 돌아보니 어부 한 명이 장대를 얼음판에 힘껏 꽂아 얼음판에 쩍쩍 금이 생기고 있었다.

설마…….

문외한인 군역사는 영문을 몰랐으나 구양영락은 큰 소리로 웃었다.

"노여老餘, 솜씨가 늘었군!"

어부 노여가 웃음을 터트렸다.

"과찬이십니다. 이 늙은이가 찾아낸 것은 고작 작은 물고기 눈일 뿐이지요."

노여가 말하며 장대를 뽑아내자 두꺼운 얼음이 와장창 깨지고 구멍이 생겨났다. 우렁찬 물소리로 보아 아래에 물고기가 얼마나 많이 펄떡이고 있는지 짐작이 갔다.

물고기 눈을 찾아내자 옆에 있던 어부가 즉시 다가와 그물을 쳤다. 휘어지는 대나무 막대를 물고기 눈에 넣어 다른 쪽은 멀리 떨어진 곳에 대충 구멍을 뚫어 고정한 뒤 그물을 치자 오래지 않아 그물 안에 물고기가 가득 잡혔다.

"빠르군! 쉬엄쉬엄 해라. 이곳 물고기를 다 잡아 버리면 어쩌려고!"

군역사가 미친 듯이 웃어 대며 일부러 물고기 눈으로 다가갔다.

"강왕 전하, 다 잡기란 불가능합니다. 이 구역의 물고기 눈을 모두 찾아내더라도 다 잡을 수는 없지요."

노여가 히죽거리며 대답했다.

"그럼 서둘러라. 물고기 눈을 모두 찾아내면 큰 상을 내리겠다!"

군역사가 큰 소리로 말했다.

백리명향도 당연히 들었지만 처음부터 끝까지 그쪽을 바라보지 않고 여전히 진지하게 얼음판만 살폈다.

그 뒤에 있는 용비야와 한운석, 백리 장군은 한마디도 하지 않고 참을성 있게 기다렸다.

오래지 않아 또다시 '퍽' 소리가 들렸다. 어부가 또 물고기 눈을 찾았는데 역시 작은 물고기 눈이었다.

"뭣들 하느냐, 그물을 쳐라!"

군역사는 보란 듯이 손을 휘저었고 어부들이 우르르 달려왔다.

또 얼마쯤 지난 후 역시 '퍽' 하는 소리와 함께 세 번째 작은 물고기 눈이 나타났다. 찾은 사람은 이번에도 노여였다.

군역사와 구양영락은 호숫가에 앉았다. 군역사는 구운 생선을 과장되게 뜯으면서 으스대는 표정으로 오만하게 용비야 일행을 바라보았다. 구양영락도 어부들의 솜씨에 무척 만족해 입가에 웃음이 가시지 않았다.

첫 번째 물고기 눈에서는 이미 그물을 걷기 시작했다. 어부 십여 명이 한꺼번에 그물을 당기는데도 몹시 힘을 들여야 했다. 그물이 얼음을 깨뜨리며 튀어나오자, 누가 봐도 눈독 들일 만큼 많은 물고기가 생생하게 팔딱거리고 있었다!

한쪽에서 수확을 하는 동안 다른 쪽에서는 어부 두 사람이 동시에 물고기 눈을 찾아냈다. '퍽퍽' 소리가 잇달아 들리자 사람들은 전에 없이 흥분했다. 비록 작은 물고기 눈이지만 그래도 벌써 다섯 개째였다!

반면 백리명향 쪽은 하나도 찾아내지 못했다. 물고기 눈이 모여 있는 구역에서 다섯 개면 이미 많은 수였다.

이제 이 구역에는 물고기 눈이 없을 가능성이 컸다.

한창 신나게 그물을 건지는 상대방을 바라보는 용비야의 눈동자는 호수면보다 더 차가워 감히 아무도 쳐다볼 수 없을 정도였다.

한운석은 말없이 백리명향만 바라보았다. 그때 백리명향은 거의 얼음판에 엎드리다시피하고 무슨 소리라도 듣는 양 귀를 얼음판에 바짝 붙이고 있었다.

한운석은 이해가 가지 않았지만, 계속 저렇게 하면 백리명향이 버티지 못한다는 것은 알았다.

얼음판은 본래 찬 기운이 강한 데다 백리명향은 필사적이었다. 만에 하나 버티지 못하면 그들 쪽에는 물고기 눈을 찾을 사람이 없었다.

상황이 이렇게 되자 백리 장군도 몸이 달 수밖에 없었다.

딸의 능력을 믿지만, 척척 찾아내는 어부들을 보니 상대방의 실력을 너무 얕보았다는 생각이 들었다.

처음에는 군역사를 만날 줄 모르고 딸을 시켜 천천히 찾으면 된다고 생각했다. 그때만 해도 서두를 이유가 없었다.

다른 구역을 찾아보자 말하고 싶었지만, 그랬다간 상대의 비웃음을 살 게 뻔했다.

꼬리를 말고 달아나는 것과 다를 바 없는 행동이었다.

하지만 위치를 옮기지 않고 고집을 피우다가 만에 하나 정말 물고기 눈이 없으면 딸이 공연히 헛수고만 하고 몸을 축내게 될 것이다.

펵!

여섯 번째 소리였다. 이번에도 노여라는 어부였고 작은 물고기 눈이었다.

결국 백리 장군이 견디지 못하고 나섰다.

"전하, 구역을 바꾸는 것이 어떻겠습니까? 명향이 버티지 못할까 걱정입니다."

"구역을 바꿔야 하는지 아닌지는 그녀 스스로 잘 알 것이네."

용비야가 차갑게 말했다. 상대방이 어마어마하게 기세를 올리고 있지만 그는 표정 한 번 바꾸지 않은 채 당황하지도, 서두르지도 않았다.

백리 장군은 몹시 난처해졌다. 진왕 전하는 백리명향의 성품을 모르지만 아버지인 그는 잘 알았다.

딸은 필시 전하의 체면을 깎지 않으려고 억지로 버틸 것이다.

별도리가 없는 백리 장군은 한운석에게 도움의 눈길을 보냈다. 한운석도 백리명향이 헛수고만 하고 쓸데없이 몸이 상할까 봐 걱정스러웠다. 그렇게 되면 도리어 큰일을 그르칠 수 있었다.

한운석이 나서려는 순간, 뜻밖에도 얼음판에 엎드려 있던 백리명향이 벌떡 일어났다. 얼어서 발그레해진 얼굴에 기쁨이 가득했다. 그녀는 흥분한 나머지 모든 것을 까맣게 잊고 대담하게 용비야의 차가운 눈을 마주 보다 큰 소리로 말했다.

"전하, 찾았어요! 중간 물고기 눈이에요!"

중간 물고기 눈!

순간, 모든 사람이 그쪽을 돌아보았다. 군역사 일행까지 포함해서.

고수라면 작은 물고기 눈을 찾기는 쉽지만, 중간 물고기 눈을 찾기는 어려웠다! 중간 물고기 눈 하나는 작은 물고기 눈 열 개에 상당했다!

"좋다!"

용비야는 백리명향을 바라보며 말했다. 단 한마디였지만 백리명향에게는 처음으로 그에게 정면으로 시선을 받고 인정을 얻은 순간이었다.

제자리에 우뚝 선 백리명향은 감격한 나머지 어쩔 줄을 몰랐다. 해냈다. 드디어 해냈다.

미인혈이 아니더라도, 그녀는 여전히 그의 눈길을 좀 더 받을 수 있고 그의 기억에 좀 더 깊이 새겨질 수도 있었다.

"얼음을 깨뜨리고 그물을 쳐요!"

한운석이 높이 외치며 차가운 눈으로 군역사 쪽을 흘겨보았다.

군역사 쪽은 조용해졌다. 그렇게 많은 물고기 눈을 찾았지만 백리명향이 찾은 하나에도 비할 수 없었다! 자랑은 무슨 자랑?

"뭘하느냐, 서둘러라!"

백리 장군도 몹시 신이 나고 흥분했다. 딸이 아비의 체면도 살리고 진왕 전하의 체면도 살린 것이다! 구역을 바꾸지 않았기 망정이지 큰일 날 뻔했다 싶었다.

군역사는 구운 생선을 힘껏 팽개치고 일어났다.

"구양영락, 구역을 바꾸자는 말은 마라!"

일반적으로 중간 물고기 눈 반경 수백 미터 안에는 다른 중간 물고기 눈이 생기지 않았다.

그런데 이 말이 떨어지기 무섭게 갑자기 어부 노여가 소리소리 질렀다.

"주인님! 어서 와 보십시오. 찾았습니다! 찾았어요!"

구양영락이 눈을 번쩍이며 쏜살같이 달려갔고, 군역사도 다소 어리둥절한 얼굴로 다급히 뒤따랐다.

노여가 발견한 것은…… 뭘까?

정말 찾아내다니

사람들이 백리명향이 찾은 '중간 물고기 눈'에 놀란 사이 어부 노여는 미친 듯이 소리를 질렀다.

"찾았다! 아하하하! 내가 드디어 찾았다! 수년이 걸렸지만 결국 찾아냈구나!"

구양영락과 군역사는 서둘러 노여 쪽으로 달려갔고, 다른 어부들도 동작을 멈추고 바라보았다.

노여가 왜 저럴까?

"혹시 저들도 중간 물고기 눈을 찾았을까요?"

한운석이 의아한 듯 물었다.

"그럴 리 없어요!"

백리명향이 즉시 부인했다.

"왕비마마, 이렇게 가까운 거리에 중간 물고기 눈이 두 개나 생기지는 않아요!"

노여는 200미터가량 떨어진 곳에서 몹시 흥분한 듯 소리를 지르며 펄쩍펄쩍 뛰고 있었다.

용비야가 진지하게 물었다.

"확신하느냐?"

백리명향은 용비야의 엄숙하고 진지한 눈동자를 마주하자 겁이 났지만 그래도 꿋꿋했다.

"안심하시지요, 전하. 확신하지만 절대로 중간 물고기 눈은 아닙니다!"

전하, 오랜 세월을 기다린 끝에 마침내 전하와 이야기할 기회를 얻었는데 제가 어떻게 거짓말을 할 수 있겠어요?

"전하, 아무래도 상대방이 허장성세를 부리는 모양입니다. 어서 그물을 치시지요."

백리 장군이 권했다.

용비야는 고개를 끄덕였지만 시선은 여전히 노여 쪽을 향하고 있었다. 한운석 역시 계속 그쪽을 바라보았다.

용비야가 별말이 없자 다소 실망스러워진 백리명향이 해명하려고 하는데 갑자기 한운석이 놀란 목소리로 외쳤다.

"저 노인이 큰 물고기 눈을 찾아낸 건 아니겠죠?"

"왕비마마, 공연한 생각이십니다! 하하하!"

백리 장군은 황당하다는 듯이 웃음을 터트렸다. 그도 물고기 눈에 관해 제법 알고 있어서 그런 말은 우스개로밖에 들리지 않았다.

어주도의 기록에 따르면 큰 물고기 눈을 찾아낸 사람은 한 번도 없었다! 큰 물고기 눈을 찾으면 환해호 물고기를 모두 잡을 수 있다는 소문이 있었다.

"허장성세는 아닌 것 같아요. 중간 물고기 눈이 아니라면 큰 물고기 눈밖에 없어요."

한운석은 서두르는 구양영락과 군역사를 바라보며 점점 더 잘못되어 간다는 느낌을 받았다.

백리명향이 황급히 설명했다.

"왕비마마께서는 모르시겠지만 큰 물고기 눈은 전설에만 나오는 이야기이고 진짜 존재하는 것을 본 사람이 없어요."

"본 사람이 없다고 해서 존재하지 않는 건 아니죠!"

한운석은 엄숙하게 반박했다.

그 차가운 기세에 놀란 백리명향은 곧 말문이 막혔다. 백리 장군은 딸이 공을 세우자마자 의심을 받자 다소 불쾌해져 용비야를 돌아보았다.

"전하, 물고기 눈에 관해서는 전하께서도 아실 겁니다."

한운석은 다소 초조했지만 옳고 그름을 따질 생각은 없었다. 그녀가 걱정하는 것은 상대방이 큰 물고기 눈을 찾아 모든 것이 끝장나는 것이었다!

백리명향 역시 다투려던 게 아니라 단순히 사실을 말했을 뿐이지만, 아버지가 진왕에게 이런 말을 하자 아무래도 참을 수가 없어 용비야를 쳐다보았다.

왕비마마는 물고기 눈을 잘 모르지만 전하는 알고 있었다. 전하는 큰 물고기 눈이 전설에 불과하다는 그녀의 말이 틀리지 않았음을 아실 것이다.

그녀는 물고기 눈을 찾으려는 목적으로 왔지, 별생각 없이 왔다가 심심해서 찾아본 것이 아니었다. 그래서 주도면밀하게 생각해 두었다.

이 구역부터 찾기 시작한 것도 이 구역에 중간 물고기 눈이 나타날 가능성이 컸기 때문이었다. 사실은 저 어부들보다 빨리 작은 물고기 눈을 찾아낼 수 있었지만, 작은 것은 포기하고 오로지 중간 물고기 눈을 먼저 찾아내기로 마음먹었다.

그녀는 이 구역 방원 500미터 안에 다른 중간 물고기 눈이 없다는 것을 무척 확신했다! 작은 물고기 눈도 많아야 일고여덟 개이고 절대 열 개를 넘지 않았다.

그녀는 진왕 전하에게 단순한 승리가 아니라 완벽한 승리를 가져다주려고 했다. 그렇게 해서 상대방을 속수무책으로 만들어 줄 생각이었다.

왕비마마가 '큰 물고기 눈' 이야기를 꺼낸 것은 그녀가 졌다고 돌려 말한 것이나 다름없었다.

그때쯤 구양영락과 군역사가 노여 곁에 도착했다. 구양영락이 뭐라고 했는지 모르지만 노여는 더는 소리를 지르지 않았고 군역사도 더는 큰소리를 내거나 으스대지 않았다.

세 사람은 한데 모여 뭐라고 속삭였고, 오래지 않아 구양영락이 어부를 모두 불러들였다.

한참 바라보던 용비야는 복잡한 눈빛을 지으며 담담하게 말했다.

"정말 큰 물고기 눈일지도 모르겠군……."

"전하, 아시다시피 불가능한 일입니다! 저들이 패배하자 연기를 하는 것이 분명합니다! 함정일지도 모릅니다!"

백리 장군은 인정할 수 없었다!

백리명향은 묵묵히 고개를 숙였다. 비록 다툴 마음은 없지만 아무래도 억울했다. 전하는 분명히 왕비마마 편을 들고 있었다.

용비야는 백리 장군은 쳐다보지 않고 계속 군역사 쪽을 주시했다. 어부들이 그물을 치기 시작했고 옆에는 커다란 그물이 하나 더 준비되어 있었다.

"상황이 좋지 않아요."

한운석은 걱정스러웠다.

백리 장군이 다시 말하려는 순간, 중간 물고기 눈에서 그물을 치던 어부가 갑자기 소리를 질렀다.

"전하, 큰일 났습니다! 큰일입니다!"

"무슨 일이냐?"

용비야가 즉시 돌아보았다.

"전하, 물고기 눈에 있던 물고기 떼가 물러가고 있습니다. 그물을 치기는 늦었습니다."

어부는 놀라고 초조한 목소리로 말했다.

"그럴 수가!"

백리 장군은 어리둥절했지만 백리명향은 놀라 그쪽으로 달려가고 있었다.

물고기 눈이 열리면 한 번 모인 물고기 떼는 절대 흩어지지 않았고 오히려 더 많이 모여들었다. 물러간다는 것은 말이 되지 않았다!

설마…….

백리명향은 중간 물고기 눈 옆에 쓰러질 뻔했다. 물고기 떼가 들끓어야 할 중간 물고기 눈에는 고작 몇 마리만 펄떡이며 거품을 만들고 있었다.

백리명향의 창백한 얼굴이 더욱더 하얘졌다. 그녀는 추위도 아랑곳하지 않고 물고기 눈 가장자리로 다가가 손을 뻗었다.

"백리명향!"

한운석이 소리를 지르며 달려가 백리명향의 손을 잡아끌었다.

물고기 눈 속의 물이 얼어붙기 직전인데 미치기라도 했나? 손도 버리고 목숨까지 버리려고?

한운석은 백리명향의 손을 끌어낸 후 곧바로 그녀를 부축해 일으켰다.

백리명향은 한운석이 이끄는 대로 움직이며 절망한 표정으로 중얼거렸다.

"틀렸어……. 제가 틀렸어요……. 왕비마마, 제가 큰 잘못을 저질렀어요."

백리 장군이 달려와 충격 받은 표정으로 연신 고개를 저었다.

"큰 물고기 눈이다. 저들이 정말 큰 물고기 눈을 찾았구나!"

전설은 사실이었다. 큰 물고기 눈을 발견하면 환해호 물고기를 모두 잡을 수 있다던.

큰 물고기 눈이 열리는 순간 작은 물고기 눈과 중간 물고기 눈에 있던 물고기가 모조리 이끌려갔다. 큰 물고기 눈을 차지한다는 것은 다른 곳에서 물고기를 낚는 기회까지 빼앗아가는 것이나 마찬가지였다.

그러는 사이 어부가 다시 보고했다.

"전하, 왕비마마, 물고기가 모두 흩어졌습니다! 어떻게 할까요?"

용비야는 그를 흘낏 바라보며 준수한 눈썹을 잔뜩 찌푸렸다.
그때 멀리서 군역사의 껄껄거리는 웃음소리가 들려왔다.
"중간 물고기 눈을 찾아 놓고 왜 그물을 치지 않느냐?"
"진왕 전하께서 워낙 눈이 높다 보니 저 정도는 성에 차지 않는 모양이군요. 쯧쯧, 아까워서 어쩝니까."
구양영락도 큰소리로 말했다.
"하하하, 중간 물고기 눈도 마다하면 뭘 원하지?"
군역사는 오만방자하게 웃어 댔다.
두 사람이 주거니 받거니 하는 소리가 고요한 얼음판 위에 유난히 크게 울려 퍼져 그곳에 있는 모두가 똑똑히 들을 수 있었다.
분명한 도발이었다.
그들은 큰 물고기 눈을 찾고도 조용히 있다가 중간 물고기 눈에 있던 물고기를 모두 빼앗아간 다음에야 기다렸다는 듯 약을 올렸다.
얄미운 놈들!
용비야는 두 눈을 가늘게 뜬 채 과감하게 명령을 내렸다.
"백리명향, 큰 물고기 눈을 찾도록!"
큰 물고기 눈이 존재하는 이상 하나뿐이라고는 믿을 수 없었다.
백리명향은 자신의 능력에 한계가 있다는 것을 누구보다 잘 알고 있었다. 큰 물고기 눈을 찾는 것은 하루아침에 되는 일이 아니고, 상대방이 찾아낸 것도 운이 좋았기 때문이었다.

그녀더러 찾아내라는 것은 정말이지 어렵고도 어려운 일이었다!

희망이 없다는 것은 알지만, 진왕 전하가 이렇게 말한 이상 반드시 최선을 다해야 했다!

찾자!

목숨을 던져서라도 반드시 찾아내자!

"예! 명령대로 하겠습니다!"

백리명향은 몸을 짓누르는 한기와 무력감을 애써 무시하며 다시 얼음판 위를 걸었다. 그러다가 곧 한 곳을 골라 엎드리다시피하고 열심히 찾기 시작했다.

하지만 시간이 조금씩 조금씩 흐르고 군역사 쪽이 그물을 두 번이나 거두어 물고기를 가득가득 건져 올리는데도 백리명향은 아무 소득이 없었다.

용비야는 눈썹을 잔뜩 찌푸렸고 백리 장군은 몹시 초조했다. 하지만 한운석은 걱정이 앞섰다. 이렇게 가다간 백리명향은 절대로 버티지 못할 것이다.

하지만 지금 그들의 유일한 희망은 백리명향이었다. 정말 이율배반적인 일이었다!

상대가 큰 물고기 눈을 차지했으니, 환해호 물고기를 전부 잡아들일 인력이나 물자가 없다손 치더라도 그 자리를 지키고만 있으면 천녕국의 이재민 구호를 그르치기에 충분했다.

지금까지는 단순히 자존심 싸움이었지만, 이제는 숫제 물고기를 한 마리도 손에 넣지 못하는 상황에 처했다.

백리명향 자신도 초조해져 처음의 태연자약함은 온데간데없이 두 손으로 얼음판을 마구잡이로 더듬어 댔다.

그녀가 손바닥으로 얼음판을 힘껏 때렸다. 자책과 분노, 억울함, 갖가지 감정이 솟구쳐 냉정해지기가 더욱더 어려웠다.

지켜보던 용비야가 입을 열려는데 한운석이 과감하게 나섰다.

"백리 장군, 어서 일으키세요. 몸이 상하면 손해가 더 커요."

백리 장군도 '손해가 더 크다'는 말을 알아들었다. 이재민보다 미인혈이 훨씬 중요했다.

용비야는 말이 없었고 이는 묵인이었다. 백리 장군이 재빨리 다가가 딸을 일으키려 했지만 백리명향은 거부했다.

"아버지, 좀 더 시간을 주세요. 버틸 수 있어요."

"전하께서 일어나라지 않느냐. 너도 알다시피 네 몸을 혹사하면 안 된다."

백리 장군은 어쩔 수 없는 목소리로 말했다.

백리명향은 차마 용비야와 한운석을 볼 용기가 없어 백리 장군의 손을 꼭 잡으며 애원했다.

"아버지, 제가 일어나면 전하께서 패배하시는 거예요. 군역사에게 패배하고, 황제께도 패배하는 거라고요. 일어날 수 없어요!"

"무엇이 더 중요한지 생각해야지!"

군인답게 모질고 과감한 백리 장군은 거칠게 백리명향을 잡아 일으킨 뒤 시종에게 떠밀었다.

"소저를 불가로 데려가 몸을 녹이게 하고 잘 살펴라!"

백리명향은 반항조차 할 수 없었다. 용비야와 한운석 옆을 지나칠 때 무슨 말이든 하고 싶었지만 그럴 수가 없었다. 역부족인데 무슨 말을 할 수 있을까?

속수무책 처량한 기분에 휩싸인 백리명향은 고개를 숙이고 입을 다물었다.

속수무책인 사람은 백리명향 혼자가 아니었다. 용비야 일행이 모두 그랬다. 상대방의 풍성한 수확을 바라보자니 분통이 치밀었지만 싸울 방도가 없었다.

백리명향이 얼음판을 떠나자 군역사는 득의양양했다. 구양영락의 어부들이 도운 덕에 그의 계획은 순조롭게 진행되고 있었다.

그는 한 마리에 족히 열 근은 되는 커다란 물고기를 용비야 앞으로 훽 걷어차며 껄껄거렸다.

“용비야, 오늘 저녁거리다. 본 왕이 내겠다!”

용비야의 소매 속에서 으드득 주먹 쥐는 소리가 났다. 어주도에서 싸움을 금지하지만 않았다면 군역사가 이렇게까지 도발하도록 놔두지 않았을 것이다.

물고기를 잡아 이재민을 구호하는 일은 물거품이 되었으니 다른 방법을 생각해 내야 했다.

한운석은 용비야보다 더 불만스러웠고 이대로 물러가기는 더욱더 싫었다. 발치에 떨어져 입을 쩍 벌린 커다란 물고기를 바라보던 그녀의 머릿속에 뭔가가 떠올랐다…….

통쾌한 복수

얼음판에 나동그라진 물고기는 이미 죽어 입만 쩍 벌리고 있었다.

이 모습이 한운석에게 한 가지를 떠올리게 했다. 낚시였다.

옛날 사람들은 낚시할 때 어떤 미끼를 쓰는지 모르지만, 현대인들은 대부분 떡밥을 썼다.

떡밥이란 보통 보릿가루, 밀가루 같은 기본 재료에 향료나 한약재, 비린내를 풍기는 물질 등 수십 가지 첨가제를 섞어 만드는 것으로 물고기라면 절대 거부할 수 없는 맛을 냈다.

낚시하기 전에 낚시 구역에 가루를 뿌리면 곧바로 고기떼가 몰려들고, 백이면 백 성공이었다.

만약 떡밥으로 호수 밑에 있는 물고기 떼를 유인한다면?

큰 물고기 눈에 물고기 떼가 전부 모여든 것을 보면 '공기' 외에 물고기를 유인하는 다른 요소가 있는 것이 분명했다. 그렇지 않고서야 큰 물고기 눈이든 중간 물고기 눈이든 공기를 공급하기는 매한가지인데 큰 물고기 눈에만 물고기들이 복작거릴 이유가 있을까?

당연히 이유가 있겠지만 깊이 생각할 겨를이 없었다. 한운석은 공기가 충분히 있다는 가정 하에 얼음 밑에 오랫동안 갇혀 있던 물고기에게 가장 필요한 것은 먹이라고 생각했다.

그녀는 즉시 결단을 내렸다.

"전하, 사람을 시켜 얼음에 구멍을 뚫게 해 주세요. 신첩에게 방법이 있어요!"

그 말이 떨어지자 백리명향을 포함해서 모두가 그쪽을 돌아보았다.

"구멍을?"

용비야는 이해가 가지 않았다.

"아무 곳이든 상관없어요. 둥글고 크게요!"

한운석은 자세하게 말했다.

"왕비마마, 그런……."

백리 장군이 참지 못하고 나섰다.

"물론 그물을 쳐서 물고기를 잡으려는 거예요. 물고기가 저렇게 많은데 한 마리도 못 잡는다곤 믿을 수 없어요."

한운석은 웃으며 말했다.

"하지만 그것이……."

백리 장군은 뭐라고 말해야 할지 알 수가 없었다. 이 여자는 정말 제멋대로였다. 환해호가 얼마나 신비한 곳인지 전혀 모르면서 무슨 엉뚱한 생각을 하는 걸까.

마음대로 구멍을 뚫는 것은 말할 것도 없고 설사 중간 물고기 눈을 몇 곳 더 뚫는다 해도 아무 쓸모없었다.

큰 물고기 눈이 나타난 이상 모든 게 끝이었다.

백리 장군이 한운석을 설득하려 했으나 뜻밖에도 용비야가 곧바로 명령을 내렸다.

"여봐라, 왕비의 말대로 당장 얼음을 뚫어라!"

용비야는 평소 자신 없는 싸움은 하지 않는 사람이었다. 그런 그가 언제부턴가 아무 조건 없이 한운석을 믿게 된 것은 그 자신조차 까맣게 몰랐다.

그는 뭘 하려는지 정확히 묻지도 않고 곧바로 승낙했다.

용비야의 전폭적인 믿음에도 한운석은 놀라지 않았다. 어느덧 그녀도 그가 베푸는 관용에 익숙해져 있었다.

백리명향도 백리 장군과 마찬가지로 한운석이 쓸데없는 일을 한다고 생각했다. 하지만 한운석의 눈동자에 떠오른 자신감을 보자 절로 기대감이 솟구쳤다.

이 여자에게는 절망 속에서 희망을 보게 만드는 마력이 있었다. 그녀의 자신감과 침착함은 온 세상을 비출 만했다.

어부들이 모두 달려와 얼음 깨는 도끼를 휘둘렀다. '퍽퍽' 하는 힘찬 소리에 얼음판이 시끌시끌해졌다.

군역사가 그쪽을 쳐다보며 영문을 모르는 얼굴로 말했다.

"저들이 다시 얼음을 깨는군."

"누구 생각일까요? 뭘 하려는지 모르겠습니다."

구양영락도 다소 어리둥절한 표정이었다. 용비야도 제법 날고 기는 인물인데 어째서 저렇게 어리석은 짓을 허락했을까?

"궁하면 호랑이도 가재를 잡아먹는다지 않느냐! 하하하!"

군역사는 냉소를 금치 못했다. 용비야와 수차례 겨뤘지만 이번처럼 통쾌한 적이 없었다!

상대방의 비웃음이 들리자 백리 장군은 도저히 참을 수가 없었다.

"전하, 공연히 힘만 빼고 비웃음만 살 뿐입니다."

용비야는 아무 말 없이 모닥불 가로 돌아가 앉아 느긋하게 불을 쬐었다.

눈을 내리뜨고 있어서 다른 사람들은 그가 초조해하는지 느긋해하는지 알 수가 없었고, 대관절 무슨 생각인지도 짐작할 수 없었다.

한운석도 옆에 앉아 두 손으로 턱을 괴고 마치 휴식을 취하듯 눈을 꼭 감았다.

이 모습을 보자 백리 장군은 속이 바짝바짝 타들어갔다. 전하께서 저 여자를 너무 너그럽게 대하시다가 언젠가 큰일을 그르칠 거라던 당문 여 이모의 말이 절로 머릿속에 떠올랐다.

날이 어두워졌다. 모닥불을 좀 더 확장해 호수면까지 비췄다.

군역사 쪽은 벌써 물고기를 몇 무더기나 잡아 얼렸고, 지금은 모닥불에 둘러앉아 고기를 구워 먹는 중이었다. 이따금 들려오는 유쾌한 웃음소리는 득의양양했다.

반면 용비야 쪽은 어부들이 반경이 50센티 쯤 되는 둥근 구멍을 팠지만, 물고기 한 마리 오지 않아서 수면이 밤하늘처럼 고요했다.

오후 내내 기다린 백리 장군이 더는 참지 못하고 나섰다.

"전하, 구멍을 다 뚫었습니다."

용비야는 한운석을 흘낏 바라보았으나 그녀가 아직도 눈을 감고 있는 것을 보자 아무 말 하지 않았다.

백리 장군은 초조해서 눈을 잔뜩 찌푸리며 직접 한운석을 재촉하려 했지만, 백리명향이 눈짓하자 겨우 침착해졌다.

사실 백리 장군 부녀도 충분히 기다렸다. 군역사와 구양영락도 기다렸다!

오후 내내 기다렸지만 본 것이라곤 어부들이 얼음판을 깨는 모습뿐이었다.

"물고기가 없는 것을 확인하더니 이제야 포기한 건가?"

군역사는 기다리는 것도 짜증이 났다.

"정말 이상하군요."

구양영락은 이상한 느낌이 들었지만 뭐가 이상한지 설명할 수 없었다.

"기다려 보지. 날이 밝으면 저들도 물러날 테니."

군역사는 자신 있게 말했다.

그런데 얼마 지나지 않아 한운석이 일어나서 뚫린 구멍으로 다가갔다. 용비야도 바짝 뒤를 따랐다.

그 순간 모든 사람의 이목이 쏠렸다.

"저 여자가 그물을 치려는 건가?"

군역사는 냉소를 터트렸다.

구양영락은 말이 없었지만 은근히 불안해졌다.

"혹시 무슨 속임수가 있는 건 아닐까요?"

그녀에게 몇 번이나 당한 군역사는 그 말을 듣자 긴장되어 저도 모르게 일어났다.

한운석은 구멍 가장자리에 웅크려 앉아 진료 주머니에서 조그마한 도자기 병을 꺼냈다.

이를 본 군역사가 번개같이 달려왔다.

"한운석, 독을 쓰려는 것이냐?"

자신이 얻지 못하는 것은 절대로 남에게 내주지 않는다는 것이 바로 군역사의 방식이었다. 이 방식은 그에게 너무도 익숙했다.

구양영락도 허둥지둥 달려와 일깨워 주었다.

"진왕비, 어주도는 평범한 곳이 아닙니다. 함부로 굴면 안 됩니다!"

어주도의 금기는 비록 명문화되지 않았지만 대부분의 방문자들은 반드시 지켰다. 예전에도 금기를 어겼다가 괴상한 죽음을 맞은 사람 이야기가 수없이 많았다.

"물고기에게 먹이를 주려는 것뿐인데 왜 이렇게 호들갑이지? 어주도에는 물고기에게 먹이를 주지 말라는 규칙도 있느냐?"

한운석이 냉소하며 반문했다.

"먹이? 본 왕이 보기에는 독을 푸는 것이 분명하다!"

군역사가 노성을 터트리며 경멸에 찬 눈길로 용비야를 바라보았다.

"용비야, 아무리 궁해도 네 신분을 생각해라!"

용비야는 차갑게 그를 바라보더니 두말없이 한운석의 손에서 도자기 병을 받아 뚜껑을 열고 물에 뿌렸다.

"용비야, 네가 감히!"

군역사는 분노한 나머지 콧방울까지 벌렁거렸다.

"호랑이는 아무리 궁해도 가재를 잡아먹지 않는다. 물고기를 잡을 뿐이지!"

용비야가 그제야 차갑게 내뱉었다. 군역사가 조금 전에 했던 말을 비웃는 것이 분명했다.

군역사는 주먹을 움켜쥐었고, 용비야의 눈동자는 칼날처럼 서늘하게 번뜩였다.

두 사람의 거리는 채 다섯 걸음도 되지 않았다. 당장 싸움이 벌어져도 이상하지 않을 상황이었다.

그러나 한운석은 싹 무시하고 한쪽에 웅크려 앉아 두 손으로 턱을 괸 채 뭔가 기다리듯 수면만 응시했다.

이를 본 구양영락은 점점 더 호기심이 생겼다. 그는 서로 대립하는 사이라는 것도 잊고 흥미로운 눈으로 한운석을 쳐다보았다.

참 재미있는 여자였다. 이 여자가 정말 독을 썼을까?

한운석은 수면에 비친 자신의 모습은 물론이고 구양영락의 모습도 볼 수 있어서 그가 자신을 쳐다보고 있다는 것을 알았다.

지금은 세상 사람 모두가 쳐다보고 있다 해도 그녀는 얼마든지 차분하게 기다릴 수 있었다.

시간은 조금씩 조금씩 흘렀다. 주위는 조용했고 멀리서 노여 일행이 큰 물고기 눈에서 계속 그물을 건져 올리는 소리만 들려왔다. 모든 것이 정상 같았다.

설마 이 여자가 독을 쓰지 않았나? 그럼 대체 뭘 뿌린 거지? 군역사는 벌써 몇 번이나 노여 쪽을 돌아보았다.

그런데 이쪽에 뚫어 놓은 구멍 안의 조용하던 수면에 찰랑찰랑 파문이 일었다.

그리고 거품도!

어떻게…….

곧 수면 위로 보글보글 거품이 솟아오르고 파문도 하나둘 퍼져 나가더니 물고기가 점점 늘어났다.

군역사와 구양영락은 눈이 휘둥그레졌고 달려온 백리 장군과 백리명향도 마찬가지였다.

어떻게 이럴 수가?

이곳은 물고기 눈도 아니고 그냥 아무데나 뚫은 구멍일 뿐이었다. 게다가 큰 물고기 눈도 열려 있는데 어째서 물고기들이 이쪽으로 오는 걸까?

눈이 침침해진 걸까?

백리 장군은 눈을 쓱쓱 비비고 다시 쳐다보았지만, 구멍 안의 물고기는 그냥 많기만 한 것이 아니라 점점 더 많아지고 있었다.

오래지 않아 구멍 전체가 북적북적해졌고 다시 얼마 지나지 않아 노여가 비명을 질렀다.

"강왕 전하, 구양 공자! 어서 와 보십시오! 큰일 났습니다!"

군역사와 구양영락은 두말없이 달려갔다. 큰 물고기 눈에 있던 물고기들이 우르르 물러나고 있었다. 수면을 꽉 채우고 경쟁하듯 고개를 내밀어 공기를 마시던 물고기들이 점점 아래로 가라앉더니 헤엄쳐 흩어졌다.

조금 전 백리명향이 찾아낸 중간 물고기 눈과 똑같은 상황이었다.
큰 물고기 눈의 전설이 깨진 것이다!
대관절 한운석이 뭘 한 걸까?
반 시진도 못되어 큰 물고기 눈은 한운석 손에 무너지고 말았다. 물고기들은 그곳에서 싹 사라져 한운석 쪽 구멍에 모여들었다.
용비야는 당연히 한운석이 약을 썼다는 것을 알고 있었다. 그 병에 든 약은 독약이 아니라 신비한 약이 분명했다!
물고기를 끌어들이면서도 죽이지는 않는 약!
정말이지 통쾌한 복수였다!
기분이 무척 좋아진 용비야가 낭랑하게 외쳤다.
"여봐라, 그물을 치고 물고기를 잡아라!"
말을 마친 그는 사람들이 보는 것도 아랑곳없이 단숨에 한운석을 잡아 일으키더니 힘차게, 그리고 정확하게 그녀의 입술을 빼앗고 강압적으로 침입해 들어와 열정적으로 입맞춤했다.
이 여자의 솜씨는 정말 완벽했다!
그때까지 성공의 기쁨에 빠져 있던 한운석도 용비야가 이렇게 패기롭게 나올 줄은 예상조차 하지 못했다. 사람들이 다 보고 있는데 좀 참지 않고! 어떤 방면으로는 지독하게 보수적인 사람이었잖아?
물론 한운석은 생각할 여유도 없었고 반항할 여유도 없었다. 촉촉한 온기와 뒤엉키는 입술 속에는 강압적인 남성미가 가득해서, 그녀는 쉽사리 항복하고 말았다.

그가 별다른 행동을 하지도 않았는데 그녀의 몸은 나긋나긋하게 녹아내려 그가 하는 대로 내맡겼다.

설사 그녀가 아무리 대단한 능력자라 해도 그의 사랑 앞에서는 물이요, 꽃이요, 그저 행복한 소녀였다.

한쪽에서는 물고기들이 수면 위로 팔딱거리고 한쪽에서는 선남선녀가 격렬한 입맞춤을 나누는 광경은 정말이지 아름답기 짝이 없었다.

백리 장군은 기뻐서 어쩔 줄 몰라 하면서도 어부들을 지휘해 물고기를 잡는 한편, 저도 모르게 전하와 왕비마마를 흘끔흘끔 쳐다보았다.

그는 생각했다. 그 자신도 틀렸고 여 이모도 틀렸다. 저 여자가 전하께 어울리지 않는다면 이 세상에 그 누가 전하께 어울릴 수 있을까?

백리명향은 온갖 복잡한 감정에 휩싸였다. 그녀는 침착함을 잃을까 봐, 마음이 산산조각 날까 봐 겁이 나 차마 쳐다보지 못하고 고개를 돌렸다…….

옆에서는 군역사 역시 피를 토할 것 같은 얼굴로 그쪽을 노려보고 있었다! 구양영락이 붙잡지 않았다면 어주도에서 싸우면 안 된다는 규칙도 있고 한운석을 공격했을 것이다!

그의 눈동자에 줄기줄기 증오가 피어올랐다.

한운석, 본 왕이 너를 얻지 못한다면 결코 용비야의 손에 남겨 두지도 않을 것이다!

철저히 망가뜨려 주마!

왕비의 격노

내가 하면 로맨스, 남이 하면 불륜이라는 말처럼 용비야의 패기 넘치는 태도를 잘 설명하는 말이 없었다.

그의 보수적인 잣대는 남에게만 유효할 뿐 그 자신에게는 적용되지 않았다.

지금 이 얼음판 위에는 적게 잡아 백 명 가까이 되는 사람들이 그들을 쳐다보고 있었지만, 그는 하고 싶은 대로 잔뜩 도취할 때까지 한운석을 희롱했다.

한운석도 처음에는 약간 수줍어했지만 용비야의 혀가 도발해 오자 차츰차츰 필사적으로 매달렸다. 이렇게 즐거울 때는 당연히 실컷 축하해야지!

'옛날 사람'인 용비야가 이렇게 시원하게 나오는데 그녀가 부끄러워할 이유가 뭐람?

사람들이 아무리 많은들 무슨 상관이야. 볼 테면 보라지! 어쨌든 두 사람은 합법적인 부부이고, 이치를 따지든 법을 따지든 문제될 것 없는 행동이었다!

한운석은 대범하게 용비야에게 반응했다. 맞닿은 혀가 싸우는 것 같기도 하고 놀리는 것 같기도 하면서 부추기자 용비야는 끊임없이 공세를 가하며 점점 더 깊이 입을 맞췄다.

백리명향은 얼굴이 빨갛게 달아올라 차마 쳐다보지 못했고,

그 자리에 있던 남자들 중에도 적잖은 이들이 민망해하며 차례차례 시선을 돌렸다.

거기 두 사람, 이제 제발 그만 좀 해!

이쪽에서 격렬한 입맞춤이 벌어지는 동안 저쪽에서는 열띤 고기잡이가 벌어졌다. 구멍이 워낙 커서 물고기 눈에서 잡는 것보다 훨씬 많이 잡혔다.

한운석이 꺼낸 도자기 병에 무엇이 들었는지 똑똑히 본 사람은 없지만, 물고기들이 힘차게 펄떡거리는 것을 보면 독약은 아니었다.

사실 한운석이 뿌린 것은 독약이었다. 떡밥과 거의 비슷한 향을 내는 농축형 독약으로 작은 병 한 병이면 호수 전체에 퍼지기에 충분했다.

이 독약은 발작 시간이 무척 길어서 적어도 하루 이틀은 지나야 했고, 물고기 몸에 들어간 양이 무척 적어 중독되더라도 가벼운 과민 반응만 나타날 뿐이고 사람이 먹어도 중독되지 않았다.

군역사 같은 독술 고수도 알아차리지 못한 것은 현대의 독이기 때문이었다.

하루 이틀이 지났을 때 잡은 물고기는 모두 얼어 있어서 아무도 증상을 알아차릴 수 없을 것이다.

호수에 남은 물고기들도 공기를 찾아 수면으로 몰려드느라 지금도 격하게 펄떡거리고 있으니 이상 증상이 드러나지 않았다.

진짜 떡밥을 썼다고 해도 될 정도였다.

군역사도 처음에는 용비야와 한운석을 뚫어지게 바라보았지만 그들이 격정적으로 변해가자 결국 자신도 모르게 시선을 돌렸다.

온갖 고심 끝에 미끼를 구해 한운석의 해약과 바꿀 계획이었는데, 성공을 눈앞에 두고 무너질 줄이야!

받아들일 수 없었다. 도저히 받아들일 수 없었다!

“놔라!”

그가 나지막이 외쳤다.

“강왕 전하, 어주도에서는 무공을 쓰시면 안 됩니다. 제발 흥분하지 마십시오.”

구양영락이 나지막하게 깨우쳐주었다.

“본 왕도 알고 있다! 놓아라!”

군역사는 음험한 눈빛을 번뜩이며 차갑게 말했다.

누가 뭐래도 군역사와 함께 온 구양영락은 군역사가 어주도의 규칙을 깨뜨리면 함께 연루될 것이 뻔해서 놓아줄 수가 없었다.

그때쯤 용비야도 한운석을 놓아주었다. 고개를 푹 숙이고 수줍어하는 한운석의 모습은 뭐라고 표현할 수 없을 만큼 아름다웠다.

용비야는 그녀를 내려다보았다. 한층 그윽하게 깊어진 눈빛은 마치 그녀를 잡아먹기라도 할 것 같았다.

그는 무척 뜻밖이었다. 이 여자가 입맞춤에 응할 줄이야. 정말 간 큰 여자였다!

한운석은 용비야가 자신을 보고 있다는 것도 알고 자신이 방금 한 일도 똑똑히 알았다.

전에는 확신이 없었지만 최근 들어 그의 마음을 믿을 수 있을 것 같았다.

남자와 여자가 서로 사랑하는 것은 지극히 정상적인데 두려워할 까닭이 있을까?

부끄러움에 얼굴은 빨갰지만, 그래도 그녀는 대담하게 고개를 들어 사랑스러워하는 용비야의 눈동자를 마주 보며 자랑스럽게 웃었다.

"전하, 신첩이 완벽하게 처리했죠?"

용비야는 처음에는 멈칫했으나 곧 큰 소리로 웃음을 터트렸다.

"모두 완벽했다!"

모두?

한운석이 물은 건 물고기 건이었지만 용비야의 대답에는 물고기 건뿐 아니라 방금 그녀의 행동까지 포함되어 있었다.

한운석은 뭐라고 해야 할지 몰랐다. 정말 뼛속까지 나쁜 인간이라니까!

이런 대화는 꼭 사랑놀이 하는 연인 같았다. 어쨌든 주변 사람들이 보기에는 그랬다!

그들이 애정을 과시하고 있을 때 가소로워하는 냉소가 끼어들었다.

"한운석의 맛은 고작 그 정도지."

군역사 말고 누가 이런 말을 할 수 있을까?

한운석은 심장이 덜컥 내려앉아 화난 눈길로 그를 노려보았다. 저 짐승이 무슨 뜻으로 하는 말이지?

용비야도 안색이 싹 변해 홱 돌아서며 화난 소리로 외쳤다.

"군역사, 무슨 말이냐?"

군역사의 이 한마디에는 분명히 복잡한 의미가 담겨 있었다!

그 자리에 있던 사람들은 모두 깜짝 놀랐다. 믿을 수도 없고 감히 상상할 수도 없지만 그래도 저도 모르게 추측하지 않을 수 없었다.

설마 한운석의 맛을 본 적이 있다는 뜻으로 말한 걸까?

그 외에 다른 뜻이 또 있을까?

그게 아니라면 저런 말을 할 일이 없지 않을까?

사람들의 눈빛이 무척 복잡해지고, 물고기를 잡던 어부들마저 하나둘 동작을 멈추고 놀란 눈으로 이쪽을 바라보았다.

어마어마한 대 사건이었다!

이런 일은 여자에게는 그 무엇보다 큰 모욕이고, 남자에게는 그 무엇보다 큰 치욕이었다!

구양영락의 눈동자에도 복잡한 빛이 스쳤다. 방금 군역사의 입에서 나온 '본 왕도 알고 있소'가 무슨 뜻인지 이제 이해가 갔다.

어주도에서는 싸움을 할 수 없기 때문에 군역사가 진짜 무슨 짓을 했더라도 용비야는 그를 건드릴 수 없었다.

이렇게 생각하자 구양영락은 벼락이라도 맞은 듯 화닥닥 군역사를 붙잡았던 손을 놓았다. 마치 아무 관계도 없는 사람이라는 듯이.

이자가 정말 무슨 짓을 한 건 아니겠지? 장난이라면 너무 심하잖아?

용비야는 함부로 건드릴 만한 사람이 아니었다!

용비야의 주의를 끄는 데 성공하자 군역사의 입가에 어린 비웃음이 더욱더 짙어졌다.

"무슨 말이냐고? 네 왕비마마께서 가장 잘 알고 있을걸."

"군역사, 그 더러운 입 닥쳐!"

폭발한 한운석이 번개처럼 군역사에게 다가가 손바닥을 쳐들었지만, 휘두르기 직전에 멈췄다.

그녀는 들었던 손으로 주먹을 꽉 쥐더니 사납게 홱 떨쳤다.

따귀 한 대면 지금껏 한 일이 수포로 돌아갈 것이다. 어주도의 금기를 깨뜨리면 이곳에서 쫓겨날 뿐 아니라 물고기 한 마리 가져갈 생각도 말아야 했다.

아무리 화가 나도 군역사의 계략에 말려들 순 없었다.

그렇지만 그녀의 분노한 행동에 사람들은 더욱 눈을 휘둥그레 떴다. 진왕비가 저렇게 반응하는 것을 보면 진왕비와 군역사 사이에…… 정말 무슨 일이 있었던 걸까?

"왕비마마, 뭘 그리 화를 내시나. 그때 일은…… 흐흐흐."

군역사는 말을 하다 말고 무례하게 웃음을 터트렸다.

용비야의 주먹에서 으드득 소리가 났다.

"군역사, 대체 무슨 말이냐?"

군역사는 턱을 치켜들고 도발하듯 내려다보며 거만하게 말했다.

"말 그대로다. 진왕비의 맛은 그 정도라는 거지!"

"그런 게 아니에요!"

한운석이 다급히 변명했다.

말을 하자마자 그녀는 곧 후회했다. 군역사는 아무 말도 하지 않았는데 이렇게 변명하면 도둑이 제 발 저리는 것이나 다름없었다.

"하하하, 진왕비, 그런 게 어떤 거지?"

군역사는 큰 소리로 웃어 댔다.

물론 군역사가 진짜 무슨 짓을 한 것은 아니지만, 여자로서 한운석이 명예에 큰 해를 입고 남편의 낯을 깎은 것은 사실이었다.

이런 공개적인 장소에서 그 일을 밝히면 용비야의 체면은 크게 떨어질 것이다.

오냐, 군역사. 반드시 그 이야기를 꺼내야겠다 이거지?

이렇게 된 이상 한운석도 더는 숨길 수 없었다. 이제 정면으로 맞서야만 했다.

"군역사, 너는 본 왕비의 독을 치료하지 못해 해약을 내놓으라고 협박했고 그래도 안 되자 본 왕비에게 무례한 짓을 하며 위협하려고 했다. 다행히 친구가 구해 준 덕분에 본 왕비도 정절을 지킬 수 있었지. 오늘 이 자리에서 패했다고 해서 지난 일을 다시 입에 담다니, 정말 부끄러운 줄 모르는구나!"

한운석은 당당한 태도로 매섭게 질책했다.

그런데 그 말이 떨어지자마자 군역사는 껄껄거리며 웃어 댔다.

"정절을 지켜? 진왕비…… 정말 확신하느냐?"

그의 한마디에 장내가 쥐 죽은 듯 조용해졌다. 들리는 것이라곤 얼음 구멍에서 물고기가 팔딱거리며 내는 물소리뿐이었다.

용비야의 얼굴은 더는 차가워질 수 없을 만큼 꽁꽁 얼어붙었고 몸에서 풍기는 분위기도 착 가라앉았다.

"닥쳐라, 군역사!"

한운석은 초조해져 외쳤다.

"왜, 본 왕이 하지 말아야 할 말을 할까 봐 두려우냐?"

군역사는 큰 소리로 껄껄거렸다. 한운석이 아무리 영리해도 이런 일 앞에서는 어떻게 할 도리가 없었다.

이런 일에는 증거가 필요한데, 이미 혼례를 올린 여인이 무슨 수로 자신의 순결을 증명할 수 있을까?

한운석은 너무 화가 난 나머지 눈동자에 새빨갛게 핏발이 섰다. 군역사가 작심하고 모함하는 줄은 알지만 이런 일에는 입이 열 개라도 해명할 말이 없었다.

믿을 사람은 믿어 주겠지만, 믿지 않으려는 사람에게는 변명할 수도 없었다.

한운석은 용비야를 바라보았다. 용비야 역시 그녀를 바라보았는데 그 눈빛은 보기만 해도 소름 끼칠 만큼 차가웠다.

그녀는 가슴이 죄어드는 것 같았다. 뭐라고 해명하고 싶어 입을 달싹였지만 무슨 까닭인지 아무 말도 나오지 않았다.

조금 전만 해도 입술과 혀를 맞대고 열정적으로 입맞춤하던 사람이, 지금은 왜 저렇게 낯선 눈빛을 하고 있을까?

용비야, 그게 무슨 눈빛이야?

의심하는 거야? 비난하는 거야?

그러니까, 당신은 내 말을 안 믿는 거구나?

당신이 단목요를 구하러 나가지만 않았다면 내가 군역사에게 끌려갈 일도 없었어!

그런데 지금 이게 무슨 태도야?

"보아하니 진왕은 이 일을 몰랐던 것 같군, 흐흐흐."

군역사의 경박한 말투가 더욱더 의심을 부채질했다.

용비야의 싸늘한 눈동자는 직선을 이룰 만큼 가늘어졌고, 온몸에서는 무시무시한 살기가 피어올랐다. 본래도 꽁꽁 얼어붙을 만큼 추운 주변의 온도가 뚝 떨어지는 것 같아서 사람들은 저도 모르게 몸서리를 쳤다.

한운석도 추웠지만 단순히 몸만 추운 것이 아니라 마음마저 추웠다.

용비야, 당신 정말 실망이야!

모질게 마음먹은 한운석은 단호하게 용비야의 시선을 피한 뒤 차가운 눈길로 군역사를 노려보았다. 그리고 모두가 보는 앞에서 두꺼운 여우 가죽옷을 벗고 힘껏 소매를 걷어붙여 옥처럼 하얀 팔을 높이 들어올렸다.

길고 균형 잡힌 팔의 새하얀 피부에는 불꽃같이 새빨간 수궁사守宮砂(고대 중국에서 여자의 순결을 확인하던 방법. 주사를 먹인 도마뱀을 갈아 처녀의 피부에 묻히면 빨간 흔적이 생기는데 성관계를 가지면 사라진다고 함. 진실 여부를 떠나 고대에 궁녀를 선발할 때 사용하기도 했음)가 뚜렷하게 찍혀 있었다.

"군역사, 본 왕비의 정절이 여기 있다! 똑똑히 봐라! 무례한 짓을 시도하다 실패하더니 악의적으로 모욕하는 까닭이 뭐지? 이런 식으로 여자를 상대하면서 네가 무슨 남자냐?"

한운석은 낭랑한 목소리로 호되게 질책했다.

옷도 얇고 몸도 왜소했지만 당당하고 기개가 넘쳤고, 팔을 높이 들고 선 모습은 마치 하늘을 떠받치고 서 있는 것 같았다.

주위는 고요했고, 군역사마저 저도 모르게 입을 다물었다…….

모두가 한운석의 팔에 찍힌 붉은 자국을 쳐다보고 있었다. 충격도 충격이지만 어쩐지 안타까운 기분이었다.

진왕비가 진왕의 총애를 받고 진왕부의 살림을 도맡았다는 소문이 파다한데, 이 여자가 여태 순결하고 깨끗한 처녀의 몸일 줄 누가 상상이나 했을까?

미인 때문에 노기충천

한운석이 가녀린 몸으로 차디찬 얼음 세상에 우뚝 선 모습은 모두의 마음을 뒤흔들어 놓았다. 새빨간 자국은 새하얀 눈밖에 없는 이곳에서 단 하나뿐인 붉은 점처럼 눈에 확 띄었고 평생 잊을 수 없는 인상을 남겼다.

이 새빨간 자국은 용비야의 깊고도 검은 눈동자에 닿자 핏자국처럼 번져 그의 얼음 같은 눈을 새빨갛게 물들였다.

사람들은 모두 한운석을 보느라 용비야의 손이 어느새 검 자루를 움켜쥐고 있다는 사실을 알아차리지 못했다.

군역사도 마찬가지였다. 아무리 그래도 한운석이 이런 방식으로 순결을 증명할 줄은 생각조차 못했던 터라 벌어진 입을 다물 수 없었다.

이 여자는 용비야에게 시집간 지 1년이 넘지 않았던가?

그런데 어떻게…….

이 여자와 용비야는 대체 무슨 사이일까? 이 여자는 용비야의 사람이었나? 용비야의 유일한 약점이 아니었나? 설마 엉뚱한 데 도박을 걸었던 걸까?

주위를 에워싼 눈동자에는 충격도 있고 비웃음도 있고 동정도 있고 안타까움도 있었다. 하지만 남들이 어떻게 보든 한운석은 태연자약했다.

사람들의 시선을 받으면서, 그녀는 아무렇지 않게 소매를 내리고 가죽옷을 걸쳤다. 우아하면서도 존귀한 동작이었다.

"군역사, 네 몸에 들어간 독의 해약은 한 병밖에 없었지만 이미 버렸다. 하지만 아직 해독하는 방법이 하나 있지. 알고 싶으냐?"

한운석은 냉소를 지으며 물었다.

"뭐냐?"

군역사가 이 모든 일을 한 까닭은 바로 그 해약 때문이었다.

"팔을 자르는 것이다."

한운석은 거만하게 웃음을 터트렸다. 방금 아무 일도 없었던 것처럼 소탈하고 시원시원한 태도였다.

군역사는 그제야 놀림을 당한 줄 알고 분통을 터트렸다.

"천한 계집!"

바로 그 순간 '쩽' 하는 소리가 울려 퍼졌다. 용비야의 패검이 분노의 울음을 터트린 것이다!

검은 하늘을 찌를 듯한 주인의 분노를 알아차린 듯 당장이라도 검집에서 날아오를 것처럼 부르르 떨렸다.

그제야 사람들은 용비야가 검을 쥐고 있는 것을 알아차리고 하나같이 찬 숨을 들이켰다!

용비야가 싸움을 하려는 것이다!

사람들이 미처 정신을 차리기 전에 또다시 '쩽' 하는 서슬 퍼런 소리와 함께 용비야가 검을 뽑아 군역사를 겨누었다!

진왕 전하의 냉정함에도 한계가 있다는 증거였다.

"전하……!"

백리명향이 놀라 외쳤다. 저렇게 냉정한 남자가 연인을 위해 분노를 터트릴 때가 있다니.

"전하, 다시 생각하십시오!"

백리 장군이 화살처럼 달려갔다.

어주도에는 싸움이 금지되어 있었다. 전하가 싸움을 벌이는 즉시 그들이 쏟은 노력은 완전히 물거품이 되는 것이다! 그렇게 되면 군역사 같은 소인배만 어부지리를 얻게 해 줄 뿐이었다!

용비야는 들은 체 만 체하며 검 끝으로 군역사를 겨누기만 했다. 얼음 같은 눈동자에는 잔혹한 분노가 번뜩였고 손에 쥔 검은 바르르 떨리며 소리를 냈다. 일촉즉발의 순간이었다.

군역사가 원한 것도 바로 이게 아니었을까?

한운석이 자신의 순결을 증명하고 그가 거짓말을 했다는 것을 증명했지만, 그건 중요하지 않았다. 이미 용비야의 분노에 불을 붙였기 때문이었다.

검이 뽑힌 이상, 단 한 수만으로도 용비야는 패배였다! 군역사가 제대로 걸었던 것이다. 한운석이 바로 용비야의 가장 치명적인 약점이었다!

이 남자는 발밑이 함정인 줄 뻔히 알면서도 뛰어내릴 수밖에 없었다!

검을 힘껏 움켜쥔 용비야의 손등에 푸른 힘줄이 울룩불룩 솟았다. 검에 내공을 밀어 넣어 내리치는 순간 어떤 힘을 발휘할지 상상할 수도 없었다.

사람들은 몹시 긴장해서 눈 하나 깜빡하지 못하고 용비야의 검을 응시했다. 마치 그의 움직임 하나라도 놓칠까 두려운 것 같았다.

오로지 한운석만이 흔들림이 없었다. 그녀는 분명히 용비야 옆에 서 있었지만 마치 천리 먼 곳에 있는 것처럼 냉정했다.

군역사가 보란 듯이 혀를 할짝였다. 사악하고 야릇한 표정으로 보아 용비야의 분노에 질투의 기름을 끼얹으려는 것이 틀림없었다.

"죽고 싶구나!"

아무리 냉정한 용비야도 더는 분노를 억누를 수가 없었다. 검이 움직였다.

그런데 그와 거의 동시에 백리 장군이 달려들어 용비야의 검을 부여잡았다.

"전하, 함정입니다!"

두 손으로 검날을 움켜쥔 바람에 손에서 새빨간 피가 뚝뚝 흘렀다. 온 힘을 쏟아부어야만 겨우 용비야를 붙잡아 놓을 수 있는 모양이었다.

핏빛 분노의 불길이 용비야의 눈동자에서 활활 타올랐다. 함정이라는 것은 용비야 자신이 누구보다 잘 알았다. 애초에 군역사가 바다를 건너 어주도에 나타났을 때부터, 그는 군역사가 어주도에서 싸움을 하면 안 된다는 금기를 이용하리라는 것을 짐작하고 있었다.

하지만 이런 일로 도발해 올 줄은 꿈에서도 생각지 못했다!

"비켜라!"

용비야가 분노를 터트렸고 검은 더욱더 환하게 빛을 발했다.

이를 본 백리명향도 마음이 급해져 아버지처럼 양손으로 용비야의 검을 붙잡고 막았다.

그녀의 손은 백리 장군보다 훨씬 부드러웠기 때문에 닿자마자 피가 흘렀다.

"전하, 왕비마마께서는 결백하십니다. 군역사가 일부러 도발한 것이니 절대 넘어가시면 안 됩니다!"

"마지막으로 말하겠다. 비켜라!"

고작 백리 장군 부녀 힘으로는 지금의 용비야를 막을 수 없었다.

백리명향은 놀란 나머지 그를 쳐다보지도 못한 채 황급히 한운석의 손을 잡아끌었다.

"왕비마마, 전하를 설득해 주세요! 마마와 전하께서 몇 달간 애쓰신 일을 수포로 돌릴 수는 없어요!"

한운석도 당연히 함정인 줄 알고 있었다. 용비야가 공격하는 순간, 성공을 눈앞에 두고 모든 것이 무너진다는 것도 알았다. 물고기를 잡는 것뿐만 아니라 천녕국 내의 싸움도 마찬가지였다.

천휘황제와 문무백관들, 그리고 천녕국 백성들 모두가 진왕 전하가 무슨 수로 이재민들을 도와 겨울을 무사히 버티고 따사로운 봄을 맞이하게 해줄지 지켜보고 있었다!

물론 이 모든 것은 이미 마음이 식어 버린 한운석에게는 별로 중요하지 않았다. 다만 군역사가 뜻을 이루게 놔두고 싶지는 않았다.

이런 일로 거짓말을 한 자가 승리하게 놔둘 수는 없었다.

아직도 얼음처럼 차가운 용비야의 눈동자를 보자 한운석도 자신의 말이 얼마나 먹혀들지 알 수가 없었다. 그녀는 다가가서 이렇게만 말했다.

"전하, 다시 생각하시지요!"

하지만 용비야는 그녀를 쳐다보지도 않았다.

한운석은 입가에 자조 섞인 미소를 떠올리며 백리 장군처럼 손을 뻗어 검을 붙잡으려고 했다.

그러자 용비야는 곧바로 백리 장군 손에서 검을 빼내 한운석의 손을 피했다.

그는 아무 말도 없이 사나운 눈길로 한운석을 흘끗 바라보았다. 그 눈빛에는 조금 전처럼 분노와 질책이 가득했지만, 애석하게도 한운석은 시선을 피하는 바람에 보지 못했다.

검은 다시 검집으로 들어갔다. 용비야가 결국 설득당한 것이다. 하지만 검을 거두었다고 군역사를 놓아주겠다는 뜻은 아니었다.

백리 장군 일행은 겨우 안도의 숨을 내쉬었다. 다행스럽게도 전하는 역시 이성적인 분이었다.

이를 본 군역사가 다시 도발하려는데, 뜻밖에도 용비야가 차갑게 명령했다.

"백리 장군, 전 수군을 동원해 어주도를 포위하게. 감히 군역사를 데리고 이곳을 나가는 자가 있다면 단 한 명도 살려 보내지 말게!"

이 명령에 그 자리에 있는 모든 이들이 경악에 빠졌다!

용비야가 이성적이라고? 이건 미친 짓이었다! 군역사 한 사람을 잡자고 천녕국의 수군을 동원하겠다고?

백리 장군은 넋이 나간 사람처럼 그 자리에 얼어붙었다. 천녕국 수군은 그가 10여 년간 나랏돈을 쏟아부어 기른 병사였고 여태껏 한 번도 쓴 적이 없었다.

그런데 그 첫 싸움이 총출동해서 섬 하나를 포위하는 것이라니?

"어서 가지 않고 뭘 하는가!"

용비야가 사납게 으르렁거렸다.

"명을 따르겠습니다!"

백리 장군은 깊이 생각할 틈도 없이 곧바로 달려갔다.

이번 출항 때 왕주 외에도 선단 하나를 데려왔는데, 본래 목적은 물고기를 재해 지역까지 무사히 호송하기 위해서였다. 백리 장군은 먼저 그 선단을 불러들여 섬을 지키게 한 뒤, 곧바로 서신을 묶은 매를 날려 보내 전 수군을 소집시키고 물고기를 운반할 소규모 선단을 보내게 했다.

상황이 좋지 않은 것을 깨달은 군역사는 재빨리 몸을 돌려 해안가 모래사장으로 달려갔다.

어주도에서 싸움을 하지 못하는 것은 용비야뿐만이 아니라 군역사도 마찬가지였다.

용비야가 이렇게 나오면 그가 선택할 수 있는 길은 딱 하나, 당장 떠나는 것이었다.

멀어지는 군역사의 모습을 보던 용비야가 입가에 싸늘한 냉기를 떠올리더니 경공을 펼쳐 화살처럼 뒤를 쫓았다. 두 사람의 무공은 막상막하여서 크게 차이 나지 않는 속도로 나란히 모래사장을 향해 날아갔다.

한운석과 백리명향, 구양영락도 뒤를 쫓았다.

용비야와 군역사는 거의 동시에 모래사장에 내려섰다. 군역사는 지체 없이 수면을 밟고 솟구쳐 자신의 싸움배를 향해 날아갔다.

어주도에 있으면 싸우지 못하니 갇혀 죽는 수밖에 없지만, 배에서는 싸울 수 있으니 희망이 있었다.

군역사에게는 독이 있고 결투할 준비도 되어 있었다. 그런데 뜻밖에도 용비야는 쫓아오지 않고 허공에 멈춰 검을 뽑았다. 검이 하늘을 찌르자 눈부신 빛이 폭사했다. 순간, 구름이 우르르 모여들고 검이 높이 울부짖었다!

군역사는 아차 싶어 검을 들어 막으려고 했지만, 눈 깜짝할 사이 용비야의 검이 허공을 갈랐다. 검기가 무지개를 그리며 산사태처럼 밀어닥쳤다.

우지끈!

굉음과 함께 커다란 누선에 큼직한 틈이 생기고 바닷물이 철철 흘러들었다. 선체는 곧바로 옆으로 기울기 시작했다.

그때 한운석 일행이 도착했다. 기울어진 누선을 보자 모두 눈이 휘둥그레졌다.

진왕 전하가 정말 화를 내자 결과는 무시무시했다.

튀어나온 뱃머리에 서 있던 군역사도 얼이 빠진 얼굴이었다. 배가 가라앉으면 어떻게 돌아간다?

마침 구양영락이 눈에 띄자 그가 대뜸 화난 소리로 외쳤다.

"구양영락, 용비야가 네 체면을 봐준 결과가 이것이냐?"

앞서 용비야가 이 배를 공격하려 했을 때 구양영락이 나서서 중재했던 것이다.

싸움 구경에 넋이 나가 있다가 군역사의 외침에 화들짝 놀란 구양영락이 허둥지둥 대답했다.

"강왕 전하, 그 배는 전하의 것이니 이 몸과는 아무 관계도 없습니다!"

조금 전까지는 함께하던 사이지만 이제는 말이 달라졌다.

한운석의 첫인상대로 이자는 확실히 철면피였다. 한운석 일행에게도 그랬지만 군역사에게도 마찬가지였다.

구양영락은 상인이고 이익을 가장 중요하게 생각했기 때문에 손해 보는 장사는 절대 하지 않았다!

북려국 쪽 말 장사도 무척 중요하지만, 아무리 중요해도 진왕 전하의 미움을 사려고 덤빌 수는 없었다.

군역사가 이런 수작을 부릴 줄 알았다면 애초에 손을 잡지도 않았을 것이다.

"구양영락!"

군역사는 화가 나서 펄펄 뛰었다.

용비야는 두말없이 다시 검을 쳐들었다. 군역사는 음흉한 눈빛을 번뜩이더니 검을 쥔 채 백리 장군의 배로 날아갔다.

그런데 뜻밖에도 백리 장군의 명령이 떨어지자 배에 있던 궁노수들이 일제히 나와 활로 군역사를 겨누었다.

아무리 사나운 고수도 화살 비를 막아낼 수는 없었다.

군역사에게는 싸움이 금지된 어주도로 돌아가는 것밖에 다른 길이 없었다.

그때 용비야가 두 번째로 휘두른 검이 튀어나온 뱃머리를 내리찍었다. 검이 떨어지는 순간 뱃머리가 와르르 무너지고 배도 완전히 부서졌다.

왕의 분노, 그리고 우르릉거리는 굉음이 지켜보는 모든 이들의 마음을 뒤흔들었다.

허공에 선 그의 뒤에는 위풍당당한 싸움배와 언제든 쏠 준비가 된 수많은 활이 늘어서 있었다.

그는 얼음처럼 차가운 얼굴을 한 채 듣기만 해도 소름 끼치는 목소리로 말했다.

"군역사, 용기가 있으면 북려국까지 헤엄쳐 돌아가거라!"

왕의 분노, 하늘을 찌르다

북려국까지 헤엄쳐 가라고?

어주도는 천녕국 중부 해역에 있었다. 아무리 빠른 배로도 천녕국 항구까지 사나흘이 걸리는데 북려국 항구까지는 얼마나 걸릴까?

물고기라고 해도 헤엄쳐 가려면 몇날며칠은 걸릴 것이다!

용비야가 군역사에게 주려는 길은 오직 하나…… 죽음의 길뿐이었다!

군역사는 어주도에 남는 것 외에 선택의 여지가 없었다.

그는 도저히 자신의 귀를 믿을 수가 없었지만, 눈앞에 펼쳐진 것은 현실이었다. 어주도는 이미 싸움배로 포위되었고 수많은 활이 그를 겨누고 있으니 제아무리 날고 기는 재주가 있어도 속수무책이었다.

그렇게 완벽한 계획이었는데 마지막에 가서야 이런 꼴이 될 줄이야. 그야말로 도끼로 제 발등을 찍은 격이었다!

그는 분노한 눈길로 구양영락을 바라보았지만, 뜻밖에도 구양영락은 재빨리 그의 시선을 피하며 용비야에게 눈을 돌렸다.

조금 전의 적대 상황 같은 건 숫제 없었던 것처럼, 그는 품위 있게 읍을 한 다음 웃으며 말했다.

"진왕 전하, 운공 상인 협회에서 구호에 미력이나마 보탬이 되기 위해 쌀 삼십만 섬을 내놓겠습니다!"

용비야조차 가진 쌀이 없는 상황인데도 운공 상인 협회에는 있었다. 그렇지 않다면 상인 협회라고 불리지도 않았을 것이다.

구양영락은 이 곡식을 다음 달까지 보관했다가 천녕국 재해 지역의 곡식이 다 떨어졌을 때 용비야에게 고가로 팔아넘길 계획이었다.

그런데 아쉽게도 사람의 헤아림은 하늘의 헤아림을 따르지 못하는 법, 배를 얻어 타기 위해서는 부득불 내놓을 수밖에 없었다.

북려국 황족의 싸움배는 망가졌으니 돌아가려면 용비야의 승낙이 필요했다.

용비야는 그를 거들떠보지도 않고 싸늘하게 한운석을 한 번 바라본 후 돌아서서 싸움배로 올라갔다.

구양영락이 뒤를 따르려는데 백리 장군이 가로막았다. 지금 전하는 그 무슨 일에도 관심을 보이지 않을 것이다.

군역사를 처리했으니 전하와 왕비마마 사이에도 청산할 일이 있었다.

왕비마마의 팔에 남겨진 수궁사에 백리 장군도 충격을 받긴 했지만, 그래도 그는 전하가 왕비마마를 진심으로 아끼는 것을 느낄 수 있었다.

어찌 됐든 왕비마마는 그처럼 큰 굴욕을 당한 사실을 전하께 알렸어야 했다.

남자로서 그런 일을 숨기는 걸 참아낼 사람이 있을까?

구양영락은 무척 기뻐하며 급히 백리 장군에게 다가갔다. 백리 장군같이 우직한 곰과 이야기하는 편이 용비야 같은 여우와 이야기하는 것보다 훨씬 나았다.

용비야가 훌쩍 멀어지는데도 한운석은 제자리에 서 있었다. 마음이 싸늘하게 식은 게 분명한데, 이제 모두 내려놓은 게 분명한데, 그래도 용비야의 차가운 뒷모습을 보고 있자니 무엇 때문인지 심장이 은은하게 아팠다.

언제부터인지 기억할 수는 없지만 함께 갈 때면 저 남자는 꼭 그녀의 손을 잡았다. 그녀가 움직이지 않으면 열 걸음 내에 반드시 고개를 돌려 쳐다보면서 차갑게 물었다.

'한운석, 따라오지 않고 뭘 하느냐?'

그렇지만 이번에는 뒤 한 번 돌아보지 않고 멀리, 열 걸음보다 훨씬 멀리 가 버렸다.

그래, 그냥 그렇게 가 버리는 거야?

대책 없이 씁쓰름한 기분이 솟구쳤다. 한운석이 이를 악물고 돌아서려는데, 뜻밖에도 바로 그 순간 용비야가 홱 돌아서서 쏜살같이 다가오더니 거칠게 한운석의 손목을 낚아채 끌고 갔다.

하늘을 찌르는 분노가 용비야의 눈동자 속에서 날뛰고 있었다. 이 들끓는 분노를 억누르고 군역사부터 처리하기까지 얼마나 자제력을 발휘해야 했는지는 하늘이나 알 것이다.

그가 단단히 붙잡고 빠르게 걸어가는 바람에 미처 반응하지 못한 한운석은 걸음이 뒤엉켜 넘어질 뻔했다.

한운석을 끌고 싸움배에 오른 다음에야 비로소 용비야가 손을 놓고 분노에 찬 목소리로 외쳤다.

"출발하라!"

갑판에 있던 사람들은 놀라 후다닥 흩어졌다. 진왕 전하를 따른 지 몇 년이 지났지만 지금처럼 불같이 화를 내는 모습은 본 적이 없었다.

한운석은 제자리에 서서 숨을 헐떡였다. 이 남자가 자신에게 왜 이렇게 화를 내는지 이해가 가지 않았다.

그런 일을 당한 게 내 탓이야?

한운석은 고개를 숙이고 눈을 내리뜬 채 이상하리만치 차분한 태도를 유지했다.

그는 눈을 가늘게 뜨고 그녀를 노려보았다. 호수 위에서 그랬듯 얼음같이 차가운 눈동자에는 여전히 분노와 질책이 담겨 있었고 보기만 해도 소름 끼칠 정도로 차가웠다.

두 사람은 채 다섯 걸음도 떨어져 있지 않았지만 마치 세상 끝과 끝에 떨어져 있는 것처럼 멀게 느껴졌다.

거대한 갑판은 텅텅 비고, 정적이 내려앉아 그들 두 사람의 숨소리만 남았다. 한운석의 숨소리는 그래도 제법 차분했지만, 용비야의 숨소리는 무척 급했다.

이 남자는 숨소리에도 분노가 묻어 있었다.

별안간 용비야가 사납게 명령했다.

"고개를 들어라!"

한운석은 입을 꾹 다문 채 꿈쩍하지 않았다.

용비야가 주먹을 움켜쥐자 우두둑 소리가 났다.

"고개를 들어라!"

그제야 한운석도 고개를 들었다. 왜 그러느냐고 물으려는데 뜻밖에도 그가 분노에 찬 목소리로 물었다.

"한운석, 감히 그런 일이 있었는데도 본 왕을 속여? 언제부터 그렇게 대담해졌느냐?"

한마디 한마디가 마치 펄펄 끓는 분노의 불길에 달구어진 것 같았다. 왕의 분노는 하늘을 찔렀다!

군역사가 처음 그 말을 꺼냈을 때, 그는 군역사가 거짓말로 자신을 격노시켜 싸움을 일으키게 하려 한다고 생각했다.

그런데 한운석이 정말 그런 일을 당했을 줄이야!

그제야 갱에서 납치되었던 그녀가 의성에 돌아왔을 때 몸에 백의를 걸치고 있던 것이 생각났다. 영족 남자의 옷이었다. 그녀가 말한 대로 그 영족 남자가 구해 준 것이었다.

그때는 왜 말하지 않았을까?

그처럼 엄청난 사건이 있었는데, 오늘 군역사가 도발하려고 말을 꺼내지 않았다면 이 여자는 평생 숨길 생각이었을까? 소리 소문 없이 넘어갈 생각이었을까?

그녀는 상대가 바로 앞에서 모욕을 가했을 때야 비로소 입을 열었다. 이 지아비를 숫제 없는 사람 취급한 게 아니면 뭐란 말인가?

그런데도 어떻게 화를 내지 않을 수 있을까?

한운석, 아아, 한운석!

제 발로 본 왕에게 온 사람도 너고, 온종일 '전하, 전하' 하며 본 왕 주위를 맴돈 것도 너다. 그런데 네 마음속에서 본 왕은 대체 어떤 존재냐?

그렇게 엄청난 일을 지금까지 숨기다니!

분노를 쏟아 내는 용비야의 얼음장 같은 눈동자를 마주하자 한운석은 심장이 덜컹했다.

이런 질문에 뭐라고 대답해야 좋을지 도무지 알 수가 없었다.

"본 왕의 물음에 답하라!"

용비야가 나지막하게 으르렁거렸다.

한운석은 화들짝 놀랐다. 뒤늦게야 이 남자의 눈동자에 담긴 차가움과 분노가 무엇 때문인지 알 수 있었다.

그녀는 무심코 한 걸음 뒤로 물러서면서 본능적으로 고개를 숙였다.

일부러 숨긴 것은 아니었다. 다만 그 일은 그가 단목요를 구하는 바람에 벌어졌고 당시 그녀는 그가 단목요를 구해 준 일에 절망한 데다 나중에는 아예 그를 떠나기도 했다.

그런 상황에 무슨 수로 그 이야기를 할 수 있었을까?

그 후 그가 목씨 저택에서 그녀를 찾아내 단목요에 관해 해명하자 그녀도 그날의 일을 더는 언급하고 싶지 않았다.

어쨌든 군역사는 뜻을 이루지 못했고, 아무래도 썩 유쾌한 이야기가 아니었기 때문이었다.

눈물 콧물을 쏟으며 그런 일을 당했다고 하소연하는 것은 성격에 맞지 않았다.

해명할 말은 수없이 많지만 그는 믿어 주지 않을 것이다. 지금 이 남자는 사람을 죽일 수도 있을 만큼 화가 나 있었다.

한운석이 고개를 숙인 채 말이 없자 용비야의 주먹이 우드득 소리를 냈고, 이 소리에 한운석은 간담이 서늘했다.

본래는 얼음처럼 냉정하던 그녀도 지금은 잘못을 저지른 어린아이처럼 턱이 가슴에 묻힐 만큼 고개를 푹 숙였다.

용비야, 미안해.

당신 앞에서는 아무래도 자신이 없어서 이렇게 당신 마음을 의심했던 거야.

"대답해라!"

용비야는 화가 나서 미칠 지경이었다. 분노가 가라앉기는커녕 점점 강렬해져 어떻게든 대답을 들어야만 했다.

그제야 한운석이 고개를 들고 그를 바라보며 차분하게 말했다.

"두려웠어요…… 당신이 날 버릴까 봐."

이유는 많고도 많았지만 진정한 이유를 아는 사람은 그녀 자신뿐이었다.

용비야, 당신에게 가는 백 걸음은 너무 힘들어. 당신이 뒤로 물러날까 봐, 너무 성큼 물러날까 봐 겁이 나.

용비야는 갑작스레 뭔가 심장을 세게 물어뜯는 것 같은 아픔을 느꼈다. 그 아픔에 끓어오르던 분노는 삽시간에 흩어졌다.

맑고 깨끗한 한운석의 눈동자를 보면서 그는 눈썹을 잔뜩 찌푸렸다. 문득, 이 여자를 어떻게 해야 좋을지 알 수 없는 기분에 사로잡혔다.

한운석, 너도 두려울 때가 있느냐?
지난날 대담무쌍하게도 제 발로 꽃가마에서 걸어 나와 진왕부의 대문 안으로 들어섰던 게 누구지?
지난날 대담무쌍하게도 소식 한 자 남기지 않고 본 왕을 떠났던 게 누구지?
그리고 지난날 대담무쌍하게도 그를 잡고 늘어지며 고집스레 고북월을 질투하느냐고 물었던 게 누구지?
한운석, 한 번, 또 한 번, 계속해서 본 왕의 한계를 시험하던 네가 두렵다고?

한운석인들 왜 두렵지 않을까?
그녀는 늘 그의 마음속으로 들어가려 애썼지만, 그에게는 비밀이 너무너무 많았다. 그녀로서는 추측할 수도 없고 꿰뚫어볼 수도 없고 물어서 알아낼 수도 없었다.
심지어 대부분의 시간 동안 그가 어디에 있는지도, 뭘 하는지도 몰랐다.
그런데 두렵지 않을 수 있을까?
그녀는 다시 고개를 숙였지만 용비야가 곧바로 노성을 터트렸다.
"고개를 들어라!"
한운석은 순순히 고개를 들었다. 그가 그녀의 턱을 붙잡고 바라보며 '내 천川'자를 그리도록 눈썹을 잔뜩 찌푸렸다.
"전하, 신경 쓰이세요?"

그녀가 나지막이 물었다.

"그렇다!"

그는 이렇게 말하더니 단숨에 그녀를 품에 안고 힘껏 끌어안았다. 그리고 한참, 아주 한참이 흐른 다음에야 중얼거리듯 말했다.

"본 왕이 소홀한 탓이다."

그날 갱에서 그녀가 납치당한 것은 결국 그가 소홀했던 탓이었다.

"전하……."

한운석이 입을 열었지만 용비야가 손으로 그녀의 입술을 눌렀다. 그는 말없이 그녀를 꼭 껴안고 끝없이 펼쳐진 너른 바다를 바라보았다. 그의 눈빛은 깊고도 깊어 바닥을 볼 수가 없었다.

한운석, 너는 분명 모르겠지. 본 왕은 너보다 더 두렵다는 것을……. 그렇기에 본 왕은 가능한 한 빨리 처리해야 할 일이 많다. 일곱 귀족이 찾아오기 전에 가능한 한 빨리 처리해야 했다!

포옹은 무척 단단했다. 이 품안은 가장 안전한 곳이어야 했지만 이상하게도 한운석은 희미한 불안감을 느꼈다. 그의 불안감이었다.

그녀는 분명 자신의 착각이라고 생각했다.

그녀는 그의 심장께에 살며시 입을 맞췄다. 더는 말하고 싶지도, 생각하고 싶지도 않았다.

그가 아직 곁에 있었다. 그거면 됐다.

싸움배는 천녕국 항구까지 느릿느릿 미끄러져 갔다. 잡은 물고기를 재해 지역으로 운반하는 일은 백리 장군이 맡았다.

군역사 문제도 처리는 끝났다. 그가 아무리 무공이 높고 독술이 뛰어나도 어주도에서는 아무것도 할 수 없었다. 어주도를 벗어나는 순간 수많은 화살이 기다리고 있으니 죽는 길밖에 없었다!

어주도에 갇혀 용비야의 부하들이 물고기를 잡아 운반하는 것을 보면서도 아무것도 할 수 없으니 죽느니만 못한 기분일 것이다!

백리 장군은 잡은 물고기를 처리한 다음에야 구양영락과 거래 조건을 논의하기 시작했다.

사실이 증명하듯 구양영락처럼 머리 회전이 빠른 사람도 위기에 빠질 수 있었다. 백리 장군은 이 위기를 놓치지 않고 배짱을 부리며 쌀 백만 섬을 요구했다.

"백리 장군, 천녕국이 유일한 쌀 생산지라는 것을 아시지 않습니까! 작년에 천녕국 전체 수확이 좋지 않아서 아무리 고가로 사들였다 해도 그렇게 많이 구할 수는 없었습니다!"

구양영락은 기가 찼다.

"있는 만큼 내놓으시오. 부족분은 2월 시가로 치르면 되오."

백리 장군은 대놓고 말했다.

물론 백리 장군은 장사에 능하지 못했지만, 지난번 전하께서 상인 협회에 사람을 보내 곡식을 사려 했을 때 상인 협회는 이렇게 말했었다.

'내년 2월 시가로 팔지요.'

진왕 전하는 돈이 많지만 바보는 아니기에 사기당하는 것을 좋아하지 않았고, 그래서 곡식을 사지 않았다.

상인 협회가 했던 말은 구양영락도 당연히 알고 있었고, 이제 패배를 인정하는 수밖에 달리 방도가 없었다!

계약서에 수인을 찍은 후 백리 장군은 그제야 구양영락을 백리명향과 같은 배에 태워 함께 돌아가게 해 주었다.

멀어지는 배를 바라보는 군역사는 구양영락을 죽여 버리고 싶을 만큼 화가 치밀었지만, 당연하게도 지금은 자신의 처지를 더 걱정해야 할 때였다.

그는 이제 어떻게 해야 할까?

핏자국, 우연한 발견

군역사 자신의 힘으로 어주도를 빠져나갈 수 없으니 기대할 것은 북려국 황족뿐이었다. 어쨌든 그가 타고 온 것은 북려국 황족의 배로, 북려국 황제에게 청해 받은 것이었다.

그의 소식은 없고 용비야가 물고기를 대량으로 운반하는 것을 알면, 북려국 황제는 자연히 그가 사고를 당했다고 짐작할 것이다.

군역사는 얼어붙은 호수 옆에 앉아 기다리는 수밖에 없었다. 앞서 잡은 물고기가 많아 다행이지, 그렇지 않았다면 굶어 죽었을지 모른다.

비록 굶어 죽지는 않더라도 앞으로 매끼 물고기로 배를 채워야 하는 처지는 천녕국 이재민들과 다를 바가 없었다.

한참 앉아 있던 그는 너무 심심해서 몸을 일으켜 물고기를 잡는 얼음 구멍으로 다가갔다.

어주도에는 어주도만의 규칙이 있어서 어부들도 그를 두려워하지 않았고 신경 쓰는 사람조차 없었다.

군역사는 손으로 얼음물을 떠서 냄새를 맡고 맛을 보았다. 한운석이 뿌린 병에 대체 뭐가 들었기에 큰 물고기 눈의 전설까지 깨뜨리고 물고기들을 끌어들였는지 궁금했다.

그렇지만 결국 한 모금 마셔 보기까지 했는데도 무엇인지 알아낼 수가 없었다.

그는 그 여자의 독술이 자신보다 훨씬 뛰어나다는 것을 인정하지 않을 수 없었다.

군역사는 물속에 비친 자신의 그림자를 넋을 놓고 바라보았다. 하얀 팔을 높이 쳐들고 얼어붙은 호수에 우뚝 서 있던 한운석의 모습이 저도 모르게 뇌리에 떠올랐다.

새빨간 자국이 눈앞에 또렷하게 보이는 것 같았다.

그 여자가 아직 순결한 몸이라니, 아직도 믿기지 않았다. 다시 말해 용비야도 그 여자를 완전히 얻지 못한 것이다.

이런 생각을 하자 군역사는 은근히 기뻤다.

젠장, 그 여자는 계속 그를 방해했으니 이가 갈리도록 미워해야 마땅한데, 그래도 마음속에서 희망이 솟구쳤다.

군역사는 이성을 찾으려고 머리를 흔들었다.

얼음 구멍에서 물러나려는데, 뜻밖에도 돌아서는 순간 독의 기운이 느껴졌다.

그는 곧 눈치챘다.

독이었다!

너무 경솔했나? 한운석이 정말 독을 썼을까?

군역사는 몸을 웅크리고 얼음물을 떠서 꼼꼼히 살폈다.

설사 손톱만한 희망이라 해도 절대 놓칠 수 없었다!

알다시피 한운석이 독을 썼다는 증거만 찾으면 결과가 뒤바뀌고 그 자신도 재기할 수 있었다!

그러나 성가신 것도 마다하지 않고 한 번, 또 한 번 꼼꼼히 살펴도 얼음물에서는 끝내 독의 흔적이 검출되지 않았다.

결국 그도 포기할 수밖에 없었다.

그가 몸을 일으키는데 얼음판 한쪽에 얼어붙은 핏자국이 보였다.

군역사는 의아해하며 다가가 살피다가 퍼뜩 깨달았다. 어쩐지 독소 냄새를 맡았는데 얼음물에 아무것도 없더라니, 이제 보니 이 피에 독이 있었다!

조금 전 백리 장군과 백리명향이 용비야를 말리느라 양손으로 검날을 붙잡다가 흘린 피였다.

군역사는 주위에 아무도 없는 것을 확인한 뒤, 몸을 웅크리고 비수로 얼음에 묻은 새빨간 피를 긁어내 손바닥에 쥐어 체온으로 녹인 다음 도자기 병에 넣었다.

모든 것이 기척도 없이 진행되어 아무도 알아차리지 못했다.

이 피는 백리 장군의 것일 수도 있고 백리명향의 것일 수도 있지만, 그는 중독된 사람이 백리명향이라고 거의 확신했다.

처음부터 병약한 백리명향을 눈여겨본 그는 그녀가 중독되었을 가능성을 알아차리고 어째서 한운석이 해독해 주지 않았는지 의아해했다.

이 피를 보면 그의 추측이 옳았다. 그 여자는 중독된 게 확실했다. 그것도 아주 깊이.

조금 전에는 용비야를 도발하는 데 너무 몰두한 나머지 백리명향의 피에 독이 든 것을 알아차리지 못한 것뿐이었다.

이제 피를 손에 넣었으니 그 병약한 미인이 대체 무슨 독에 중독되었는지 천천히 연구해 볼 시간은 차고 넘쳤다.

백리명향의 신분은 단순하지 않았다. 그녀는 왜 중독되었고, 무슨 독에 중독되었을까? 한운석은 왜 그녀를 해독해 주지 않았을까? 그는 무척 궁금했다!

그때 백리명향은 이미 어주도를 멀리 벗어난 후였다. 그녀는 선창에 앉아 다친 손을 하염없이 바라보고 있었다.

오늘 헤어지면 언제 다시 진왕 전하를 볼 수 있을지 몰랐다.

이번에는 결국 아무 도움도 되지 못했다.

생각해 봤자 좋을 게 없다는 건 알지만, 그녀는 끝내 호기심을 이겨내지 못했다. 지금쯤 전하와 왕비마마는 뭘 하고 계실까?

전하께서 그토록 화가 나셨는데 왕비마마를 어떻게 하실까?

여기까지 생각하자 자신조차 웃음이 났다.

자신과 아버지가 양손에 피를 흘려도 전하는 눈길 한 번 주지 않고 비키라고만 했다. 하지만 왕비마마가 검에 손을 대려고 하자 날에 손이 닿기도 전에 검을 치웠다.

아무리 화가 머리끝까지 나셨다 해도 왕비마마를 어떻게 하시기야 할까?

자신은 다치기까지 했는데 다른 사람 걱정이라니.

구양영락이 선창에 들어와 웃는 얼굴로 말했다.

"백리 낭자, 손은 괜찮으십니까?"

"괜찮아요. 신경 써 줘서 고맙습니다."

백리명향이 예의 바르게 말했다.

"낭자는 몸이 좋지 않으신 것 같군요. 병이 나셨습니까?"

구양영락은 영리한 인물이라 백리명향의 몸에 문제가 있다는 것을 한눈에 알아보았다.

그는 백리명향이라는 이 여자에 대해 들어본 적이 있었다. 그가 기억하기로, 몇 달 전 천녕국 태후의 생신 연회 때만 해도 이만큼 상태가 나쁘지는 않았었다.

"풍한이 들었는데 심각하지는 않습니다."

백리명향은 담담하게 대답했다.

"바닷바람이 강하니 옷을 더 입으셔야겠군요."

구양영락은 이렇게 말하며 화제를 돌렸다.

"왕비마마께서는 아주 재미있는 분이시더군요."

백리명향은 별로 이야기를 나눌 생각이 없어 가벼운 미소만 지을 뿐이었다. 구양영락 같이 원칙도 없는 간교한 상인과는 많은 이야기를 하지 않는 편이 이득이었다.

"백리 낭자, 듣자니 진왕비께서는 천심부인의 따님이시라지요?"

구양영락이 또 물었다.

"저는 잘 모르고, 또 왕비마마에 관해 함부로 이러쿵저러쿵할 수 없습니다. 몸이 피곤해서 말동무가 되어 드리지 못하는 것을 용서하시지요."

백리명향은 경계심이 일어 일어나서 자리를 피했다.

구양영락도 붙잡지 않았다. 선창에서 나와 점점 멀어지는 어주도를 바라보던 그의 입가에 옅은 미소가 피어올랐다.

"한운석…… 후후, 재미있군!"

그때 시종이 다가왔다.

"주인님, 이번에는 우리 쪽 손해가 막심합니다!"

시종의 말대로였다. 이번에 구양영락은 인력과 물자를 써가며 용비야의 미움을 샀고, 그 다음에는 군역사에게도 미움을 사 북려국 변경의 말 장사도 놓친 데다 나아가 쌀과 은자까지 내놓아야 할 처지였다.

구양영락이 상인이 된 이후 입은 가장 큰 손해라고 할 수 있었다.

"걱정하지 마라. 그렇게 큰 손해는 아니다."

구양영락은 별로 개의치 않는 것 같았다…….

배는 바다 위를 미끄러졌다. 봄날이라 바람도 파도도 크게 위험하지 않았다.

용비야가 탄 왕주가 제일 먼저 항구에 도착했다.

정월 초하루에 크고 작은 관리들이 군수부 대문 앞에 무릎 꿇고 용비야를 만나게 해 달라, 식량과 구호 방안을 내려 달라 요청한 적이 있었다.

용비야는 보름을 보내고 돌아가겠다는 말로 그들을 물리쳤다.

용비야 일행이 항구에 내려 영남군 군수부로 돌아갔을 때는 공교롭게도 보름날이었다. 관리들은 보름 내내 무릎을 꿇고 있지는 않았던 게 분명하지만, 지금은 또 죄다 몰려와 문 앞을 틀어막고 있었다.

용비야와 한운석이 마차에서 내리자 영북현의 현령이 제일 먼저 앞으로 나섰다.

"진왕 전하, 왕비마마, 돌아오셨습니까. 영북현 곡식이 거의 떨어져 이재민들이 전하와 왕비마마께서 돌아오시기만을 이제나저제나 기다리고 있었는데 드디어 돌아오셨군요!"

백성을 무기로 협박하려는 것이 분명했다.

하지만 지난번 일로 배운 것이 있었던지, 이번에는 백성의 분노가 아닌 백성의 마음을 이용했다.

생각해 보면 뻔했다. 백성들은 진왕에게 모든 희망을 걸고 있었으니, 진왕이 그들을 실망시키는 순간 민심을 잃을 것이다.

"천휘가 전보다 발전했군."

용비야가 소리 죽여 말했다.

한운석은 웃음을 터트릴 뻔했다. 이 말을 천휘황제가 들으면 아마 펄펄 뛰며 화를 내겠지.

"안심하라고 전해라. 닷새 후 본 왕은 그들에게 고기 맛을 보여 줄 것이다!"

용비야가 차갑게 말했다.

고기 맛?

누구랄 것 없이 모두 깜짝 놀랐다. 진왕 전하께서 농담하시는 건 아니겠지?

기근이 오래 이어지면서 곡식조차 입에 대기 힘든데 고기라니? 고기가 어디서 났을까?

이 이야기가 천휘황제의 귀에 들어가자 어서방에 있던 천휘황제는 큰 소리로 웃음을 터트렸다.

"고기라고? 하하하, 짐의 훌륭한 아우가 얼마나 대단한 솜씨를 보여 줄지 궁금하구나!"

닷새 후, 구양영락의 상인 협회에서 곡식 육십만 섬과 2월 시가로 계산한 은자를 보내왔고, 동시에 어주도에서 1차로 보낸 물고기 세 무더기도 도착했다.

용비야와 한운석은 나서지 않고 믿을 만한 관리 몇 사람에게 곡식과 생선을 나누는 일을 맡긴 채 휴가를 보내러 강남 매해로 돌아갔다.

이런 시기에 식량을 구해 낸 일은 온 나라를 깜짝 놀라게 했다. 그 누구도 진왕 전하가 그렇게 많은 물고기를 잡아 올 줄 예상하지 못했다. 정말로 이재민들에게 고기 맛을 보여 준 것이다!

잡은 물고기는 재해 지역 백성들이 다 먹지도 못할 양이어서, 재해 지역 주변 백성들도 가족 수에 따라 몇 차례 배급을 받았다.

알다시피 천녕국은 운공대륙 나라 중에 제법 어업이 발달한 나라였다. 그러나 아무래도 어획량의 한계 때문에 일반인들은 이렇게 신선한 생선을 먹을 기회가 많지 않았다.

봄갈이 시기가 되지도 않았는데 구호 작업은 모두 끝났다. 구호가 제때 이뤄진 덕에 병사한 사람 수가 많지 않았고 대규모 역병도 일어나지 않았다.

천녕국 사상 가장 심각한 기근은 놀랍게도 이렇게 순조롭게 지나갔다.

용비야는 한운석의 의견을 받아들여, 운공 상인 협회에서 보낸 은자로 우량한 종자를 구입해 이재민에게 기증했다.

용비야는 민심도 얻고 사관들이 기록하는 사료에도 길게 공적을 남겨 천휘황제를 능가하는 존경을 받게 되었다.

천휘황제는 화병으로 몸져눕는 바람에 며칠간 조회를 열지 못했다.

날씨는 점점 따뜻해지고 얼음도 녹았다.

강남 매해에는 농장 가득 핀 매화 꽃잎이 차례차례 떨어지고 있었다. 하늘 가득 꽃잎이 흩날리는 모습은 명불허전 매화의 바다를 이루었고, 그 아름다운 풍경에 한운석은 영원히 이곳에 살고 싶다는 생각까지 했다.

용비야는 한운석과 함께 며칠을 보냈다. 지난 일은 용비야도 다시는 꺼내지 않았고 그녀 역시 길게 말하지 않았다.

그녀의 착각인지 몰라도 요즘 들어 용비야가 마치 뭔가 보상하려는 것처럼 일부러 곁에 있어 주는 느낌이 들었다.

예전에는 어딜 가든, 외출했다가 밤까지 돌아오지 않는 날이 잦았고, 한 번 나가면 이틀 사흘은 기본이었다.

그런데 이번에 매해에 도착한 후로는 나간 적이 없었다.

정말 휴가를 보내러 온 것 같았다.

용비야는 대부분 서재에 머물며 고서를 뒤적였고 이따금 올라오는 급한 보고를 처리했다. 한운석은 대부분 햇볕을 쬐면서 해독시스템에 들어가 시간을 쪼개가며 백리명향의 해약을 만들었다.

가끔 밤에 그와 함께 책을 읽기도 했는데, 서재에서 스르르 잠이 들었다 깨어나 보면 예전처럼 자기 방에서 자지 않고 그의 품속에서 자고 있었다.

간혹 한밤중에 깨어났을 때 그가 온천욕을 하고 있을 때도 있었다. 그럴 때 그녀는 못 본 척 허둥지둥 지나가곤 했지만 사실은 그도 알고 있었다.

간혹 그가 혼자 차를 마시는 것을 보면 가까이 가서 그의 어깨에 기대 담소를 나누기도 했다. 그는 말이 별로 없었지만 그래도 대답은 꼭 했다.

한운석은 이 남자와 가까워졌다는 것을 처음으로 분명하게 느꼈다. 평범한 나날이었지만 무척 편안했다.

그렇지만 이런 나날이 그리 오래갈 리 없었다.

봄갈이 시기가 되기도 전에 천휘황제가 사람을 보내 도성으로 돌아오라고 용비야를 재근했다.

풍운이 눈앞에, 안심해라

천휘황제는 본래 진왕에게 봄갈이가 시작될 때까지 재해 지역에 있다가 도성으로 돌아오라고 명령했다. 이는 분명 진왕 전하를 재해 지역의 잡다한 업무에 묶어 두고 천녕국 권력의 중심에서 떨어뜨려 놓으려는 의도였다.

그런데 웬걸, 봄갈이가 시작되기도 전에 재해 지역 구호 활동은 순조롭게 끝났고, 봄갈이 준비도 마쳐 때가 오기만을 기다리는 중이었다.

이런 상황에서 진왕이 영남부 군수부에 머무는 날이 길어질수록 지방에 기반을 마련하고 영남군을 비롯한 재해 지역 세 곳을 완전히 손아귀에 넣는 것은 일도 아니었다.

기근 피해가 가장 컸던 세 군현은 천녕국 중부에서 무척 중요한 곳이라 할 수 있었다. 세 군현을 합치면 천녕국 중부의 절반 면적이고, 지리적으로 천녕국 남북을 잇는 중추인 데다 천녕국에서 인구가 가장 많은 곳이기도 했다. 이 세 곳이 진왕의 손아귀에 들어가는 순간, 천녕국에서 진왕의 힘은 호랑이에 날개를 단 격이 될 터였다.

그런데도 천휘황제가 가만히 있을 수 있을까?

병석에 누워 곰곰이 생각하던 그는 그제야 진왕을 남쪽으로 보내 구호를 맡긴 것이 실수라는 것을 깨달았지만 이미 늦은 후였다.

천휘황제가 보낸 유 공공은 강남 매해의 객청에 앉아 기다린 지 오래였지만, 안타깝게도 진왕 전하와 왕비마마는 끝내 만나지 못했다. 나와서 그를 맞이한 사람은 초서풍이었다.

"유 공공, 전하께서는 몸이 좋지 않아 직접 나오지 못하니 부디 양해해 주십시오."

초서풍이 예의 바르게 말했다.

유 공공 같은 사람이 무슨 배짱으로 이런 예의를 감당할 수 있을까? 당연히 놀라 허둥거리며 읍을 했다.

"아니, 무슨 그런 말씀을 다 하옵니까. 전하께서는 언제쯤 도성에 돌아오실 예정이온지요?"

"유 공공, 전하께서는 최근 무리하시는 바람에 긴 여행이 어려우십니다. 의원도 한동안 지켜봐야 한다 했습니다. 그러니 언제쯤 돌아간다고 정확히 말씀드릴 수가 없습니다."

초서풍이 어쩔 수 없는 목소리로 대답했다.

유 공공도 일이 어려워진다 싶었지만, 천휘황제에게 이 말을 전하는 것 외에는 달리 방법이 없었다.

그에게는 진왕 전하보다는 천휘황제를 상대하는 편이 훨씬 쉬웠다.

이렇게 해서 유 공공은 '정확히 알 수 없다'는 대답을 듣고 돌아갔다.

이 무성의한 대답을 들은 천휘황제는 홧김에 병상에서 벌떡 일어날 뻔했다. 당장 돌아오지 못하는 건 그렇다 쳐도 언제 오겠다 기약조차 없다니, 진왕이 일부러 저런다는 것은 바보라도 알 수 있었다.

"뭘 하느냐, 성지를 내려라! 그래도 돌아오지 않는지 어디 보자!"

천휘황제가 뒷골을 잡으며 외쳤다.

옆에서 시중들던 이 귀비가 황급히 말렸다.

"폐하, 노여움을 푸십시오. 절대 그러시면 안 됩니다."

천휘황제가 화난 눈길로 쏘아보자 이 귀비는 황급히 몸을 숙였다.

"폐하, 진왕은 중부에서 한창 칭송받고 있습니다. 바삐 일하다가 병을 얻어 돌아오지 못한다는데 성지를 내려 재촉하셨다는 소문이 퍼지면 백성들이 어떻게 생각하겠습니까?"

이 말에 천휘황제는 더욱 노했다.

"어떻게 생각하다니? 설마 모반이라도 한다는 말이냐? 아니면 용비야가 천녕국의 주인이라고 생각하기라도 한다는 말이냐?"

"폐하, 노여움을 푸십시오! 절대 그런 뜻이 아닙니다. 하지만 미천한 백성들은 본래 옳고 그름을 가리지 못합니다. 누가 잘해주면 그 사람만 바라보지요. 특히 영남군과 영북군의 백성들은 사납습니다. 부디 진왕의 궤계에 넘어가지 마시고 다시 생각해 주십시오."

이 귀비가 이렇게 설명하자 천휘황제도 받아들였다. 그 속의 이해관계를 몰라볼 황제가 아니지만 홧김에 깊이 헤아리지 못한 것뿐이었다.

한참의 침묵 끝에 천휘황제는 별수 없이 유 공공을 다시 불렀다.

"성지 내용을 바꿔라. 진왕이 구호를 잘 해냈으니 도성으로 돌아오면 큰 상을 내리겠노라고! 그리고 고북월을……."

천휘황제는 여기서 잠시 망설이며 말을 바꿨다.

"황 태의를 함께 보내거라. 진왕을 치료하는 데 가장 좋은 약을 가져가게 해라!"

민심을 되찾으려면 이런 상황에서는 진왕에게 잘하는 것이 유일한 방법이었다.

"폐하, 태의원에는 황 태의가 두 명 있는데 누구 말씀이십니까?"

낙 공공이 조용히 물었다.

"황경진黃庚辰, 고북월 다음으로 의술이 뛰어난 자다. 명심해라. 반드시 서둘러 진왕을 치료해야 한다!"

천휘황제는 특별히 강조했다. 틀림없이 황 태의를 보내 진왕을 재촉하겠다는 말이었다.

태의까지 갔는데 진왕이 계속 꾀병을 앓을 수는 없지 않을까?

줄곧 병상 곁을 지키고 있던 고북월은 나가는 낙 공공을 바라보며 말없이 미소만 지었다.

태후에게 벌을 받고 진왕부에서 휴양하는 동안 비밀리에 그를 치료해 준 사람이 바로 그 황 태의였다.

한운석은 그와 황 태의가 진짜 어떤 관계인지 몰랐지만, 한운석과 황 태의도 약간의 교분이 있었다.

일이 일단락되자 이 귀비는 황급히 약을 올렸다.

"폐하, 노여움을 푸십시오. 옥체를 아끼셔야지요!"

이 귀비는 갓 스물이 넘은 젊은 나이이고 서열은 네 귀비 가운데 세 번째였다. 국구부의 서녀이자 황후의 이복 누이동생으로 태후에게는 생질녀인 셈이었다. 국구부가 쓰러져도 태후가 건재했기 때문에 이 귀비도 큰 영향은 받지 않았다.

네 귀비 중 둘째 황자의 어머니 소 귀비는 총애를 잃었고, 영 귀비는 총애를 다투지 않았고, 운 귀비는 독살했으니 이 귀비는 그 틈을 파고들어 황제의 총애를 얻었다.

거기에 태후가 마음먹고 밀어주기까지 하자, 지금 후궁에서 그녀의 기세를 능가할 사람은 없었다.

천휘황제는 약을 마시면서 상주문을 뒤적였다. 예부의 상주문을 펼쳐 보니 서주국 군주郡主(황실 여자의 봉호로, 주로 왕의 딸이 봉해짐)와의 혼례를 청하는 내용이 있었다.

서주국 군주란 바로 초청가였다. 서주국을 대표해 시집가기로 했기에 서주국 황제는 초청가를 군주로 봉했다.

본래도 존귀한 신분인 초청가가 책봉까지 받았으니 천녕국에 시집오는 순간 황후 싸움은 재미있어질 것이다.

조정이든 후궁이든 실성한 황후를 폐위하려는 사람은 많았다.

이 귀비는 몰래 예부의 상주문을 흘낏 보고 불안에 휩싸였다. 그녀도 초청가를 본 적이 있었다. 그 여자가 오면 천녕국 후궁이 얼마나 소란스러워질지는 아무도 알 수 없는 일이었다.

이 귀비는 생각을 거듭하다가 태자비 목유월을 만나 상의해 보기로 했다. 어쨌든 그들은 한배를 탄 사이였다.

목유월이 장래 황후가 되고 싶다면 어떻게든 태자를 황위에 앉혀야 했고, 생겨날 수 있는 모든 위협은 태어나기도 전에 싹을 잘라 내야만 했다.

그날 밤이 깊었을 때 이 귀비는 몸소 동궁으로 목유월을 찾아갔다.

뜻밖에도 목유월은 그녀의 경고를 귓등으로도 듣지 않았다.

"초청가가 오자마자 폐하께 황자를 낳아드린다 해도 포대기에 싸인 아기가 뭘 할 수 있겠어요? 이 귀비, 태자 전하를 너무 얕보지 마세요."

목유월이 동궁에서 무시당하는 것은 동궁 사람들만 알고 있었다. 외부인들 앞에서는 그녀 역시 허세를 부리며 아무 문제도 없는 부부인 양 한마음으로 태자 전하 편을 들 수밖에 없었다.

"유월, 내가 태자를 얕보는 것이 아니다. 네가 서주국 초씨 집안을 얕보는 거야!"

이 귀비는 의미심장하게 말했다.

"됐어요, 됐어. 그 일은 태자 전하의 모사謀士들이 고민할 거예요. 시간이 늦었으니 그만 돌아가세요."

목유월이 성가신 듯 말했다.

이 귀비는 총애를 듬뿍 받고 있고 베갯머리에서 속닥거리며 천휘황제를 움직일 수 있는 사람이었다. 누군들 그런 그녀에게 잘 보이려고 하지 않을까? 그런데 태자비 목유월은 유독 그녀를 거들떠보지도 않았다. 따지고 보면 이 귀비의 후원자는 태후이고 태후는 모든 희망을 태자에게 걸고 있었다.

이 귀비가 아무리 화가 나도 목유월에게 함부로 할 수는 없었다.

이 귀비를 돌려보낸 뒤 목유월은 즉각 명령했다.

"누구 없느냐? 초청가에게 줄 후한 선물을 준비해라!"

사실 이 귀비가 오기 전부터 목유월은 줄곧 초청가의 화친 문제를 고민하고 있었다.

그녀의 머릿속에는 그저 한 가지 생각뿐이었다. 초청가는 한운석을 뼈에 사무치도록 미워했고 자신도 마찬가지였으니 두 사람은 한편이었다!

태자 쪽은 희망이 없으니 새로 시집오는 초청가와 함께 복수를 도모하고 싶었다!

아직 멀리 강남 매해에 있는 한운석이 목유월의 이런 생각을 안다면 어떻게 생각할까?

그녀는 초청가가 시집오는 것을 별로 신경 쓰지 않았다. 태후도 그녀를 건드리지 못하는데 하물며 후궁에 들어온 '새 사람' 쯤이야?

지금 그녀가 가장 관심 있는 것은 용비야가 대체 언제쯤 도성에 돌아가는가였다. 한가로운 나날이 오래가지 않을 줄 알았는데 뜻밖에도 용비야는 돌아갈 날을 자꾸만 미뤘다.

황 태의가 왔지만 그녀가 나설 필요도 없이 초서풍이 몇 마디로 돌려보냈다.

혹시 전에 말한 것처럼 천휘황제가 제발 돌아와 달라고 빌게 만들려는 걸까?

그래, 그렇다면 기다릴 만하지.

그날 백리 장군이 비합전서를 보내 어주도의 소식을 전했다. 한운석은 그 소식을 훑어본 후 웃으며 말했다.

"약효가 거의 사라졌겠군."

어주도의 환해호에서는 벌써 얼음이 녹기 시작했고 그녀가 뿌린 독약도 거의 사라졌다. 재해 지역 세 곳은 식량이 충분해서 계속 물고기를 잡을 필요도 없었다.

용비야는 이미 그 일은 관심 밖이었다. 그가 차갑게 말했다.

"초서풍, 명령을 전해라. 한 치도 소홀히 하지 말고 어주도를 빈틈없이 지키라고!"

군역사는 아직 어주도에 갇혀 있었다. 용비야는 그에게 단 두 가지 선택만 남겨 주었다. 바다에서 죽거나 아니면 어주도에서 늙어 죽거나.

이 남자의 분노가 아직 완전히 가시지 않은 것을 깨달은 한운석은 조용히 차를 한 잔 올린 뒤 잠시 망설이다가 입을 열었다.

"전하, 어주도의 일이 곧 소문이 날 텐데……."

한운석은 말끝을 흐렸다. 하지만 이건 확실히 성가신 문제였다.

첫째, 용비야가 수군 전체를 움직여 군역사 한 사람을 포위한 것을 천휘황제가 알면 추궁할 것이 분명했다. 백리 장군은 용비야의 사람이지만, 수군은 어쨌든 천녕국 조정에 소속된 군대였다.

둘째, 군역사와 그들 부부의 은원이 소문나면 그녀가 당한 일을 구실 삼아 용비야의 체면을 깎아내리려는 자가 수없이 나타날 수도 있었다.

셋째, 아직 그녀의 팔에 수궁사가 있다는 말을 들으면 태후는 분명히 트집을 잡을 것이다.

넷째, 군역사는 북려국 황족의 배를 타고 왔으니 북려국 황족들도 그가 어주도에 간 것을 알고 있었다. 북려국 황족들이 이 사실을 알면 역시 이러쿵저러쿵 입방아를 찧을 것이다.

한운석이 걱정하는 문제는 워낙 당연해서 용비야도 알고 있었다. 그렇지만 그는 이렇게 대답했다.

"안심하고 가서 내일 봄놀이를 나갈 준비를 해라."

봄놀이?

"참 여유로우시군요, 전하!"

한운석은 웃음을 터트렸다. 이 인간이 이렇게 여유를 부리는 걸 보면 그 문제에 관해 깊이 고민할 필요가 없을 것 같았다.

봄갈이가 벌써 시작되고, 마침 만물이 소생하고 풀이 자라고 꾀꼬리가 날아다니는 좋은 계절이었다. 춥지도 덥지도 않고 경치도 딱 좋은 이 때 나들이를 나가는 건 무척 낭만적인 일이었다.

진왕 전하도 사실은 낭만을 아는 사람이었다! 한운석은 더욱더 도성에 돌아가고 싶지 않아졌다.

한운석이 나가자 비밀 시위가 들어왔다.

"전하, 고칠찰의 소식입니다. 다음 달 보름날 뵙자고 합니다."

용비야의 차가운 눈동자가 분명하게 흔들렸다.

"약재를 찾았다더냐?"

"그 말은 하지 않았습니다. 다음 달 보름에 만나고자 하니 장소를 정해 달라고 했습니다."

비밀 시위는 사실대로 말했다.

"약귀곡에서 만나지. 본 왕이 반드시 시간 맞춰 가겠다고 전해라!"

용비야가 차갑게 말했다.

분명한 희롱

어주도의 사건 뒤 이어질 골칫거리가 적지 않은 데다 벙어리 노파 문제와 일곱 귀족 문제도 있어서, 사실 용비야는 무척이나 바빴다. 그런데 어쩌다 흥취가 났는지 놀랍게도 먼저 봄놀이를 가자고 제안한 것이다.

한운석은 용비야가 얼마나 바쁜지 몰랐지만, 기뻐하면서도 이 나들이가 단순한 봄놀이는 아니라는 생각을 했다.

그런데 용비야는 정말 그녀와 함께 나들이만 했다.

두 사람은 덮개 없는 커다란 마차에 올라 길을 나섰다. 용비야는 한운석의 손을 잡아 자신의 무릎에 올렸는데 동작이 아주 자연스러웠다.

한운석은 그를 흘낏 쳐다보았다. 어쩐지 뭐라고 설명하기 어려운 기분이었다.

두 사람 사이는 늘 잠잠했지, 뜨겁게 열정을 불태운 적도 없고 평생 함께하자 맹세한 적도 없었다. 함께한 지 오래되지 않은 어색한 사이에 가까웠다.

하지만 무의식중에 벌어지는 사소한 동작들이 마치 그와 반평생을 함께한 것 같은 착각을 불러일으켰다.

한운석은 다른 손으로 살며시 용비야의 손을 덮고 그의 어깨에 기댔다.

"전하……."

"음?"

용비야가 담담하게 대답했다.

"아니에요. 그냥 불러 보고 싶었어요."

한운석은 생긋 웃었다.

용비야가 어떤 표정을 지었는지는 모르지만, 어쨌든 말은 없었다.

오래지 않아 한운석이 또 불렀다.

"전하……."

이번에는 용비야도 대답하지 않았다.

한운석은 입을 삐죽였지만 따지지 않았다. 그렇지만 다시 얼마 후에는 갑작스레 이름을 불렀다.

"용비야!"

용비야는 그래도 말이 없었지만 한운석은 그의 손이 굳어지는 것을 분명하게 느꼈다.

그녀는 참지 못하고 그의 어깨에 기댄 채 푸하하 웃음을 터트렸다.

그때 용비야가 비로소 싸늘하게 한마디 내뱉었다.

"간이 부었느냐?"

목소리는 싸늘해도 한운석은 이제 그가 겁나지 않았다. 예전에는 종종 겁을 먹었지만 지난번 하늘을 찌르는 그의 분노를 겪은 후로는 도리어 겁나지 않게 되었다.

아무래도 그녀는 지난번 암시장에서 장난삼아 용비야를 놀린 결과가 어땠는지 까맣게 잊은 모양이었다.

한운석은 아직도 깔깔거리고 있었다. 이건 장난이 아니라 진왕에 대한 분명한 희롱이었다!

용비야가 고개를 돌리자 한운석은 그 엄숙한 표정을 보고 웃음을 뚝 그쳤지만, 눈동자에는 여전히 웃음기가 가득했다.

"기분이 좋구나?"

용비야가 눈썹을 치키며 물었다.

한운석은 솔직하게 고개를 끄덕였다. 두 사람이 순수하게 나들이를 나온 건 이번이 처음이었다. 현대식으로 말하면 데이트랄까?

"더 좋아지고 싶으냐?"

용비야가 또 물었다.

더 좋아져?

한운석이 멍한 얼굴로 무슨 말인가 하는데, 용비야가 단숨에 그녀의 뒷머리를 붙잡고 몸을 바짝 숙여 입맞춤으로 입술을 틀어막았다.

이 입맞춤은 징벌의 의미여서 무척 힘이 들어가 있었다. 한운석은 확실히 간이 부었는지 그가 이렇게 나오는데도 전혀 위축되지 않고 반격했다.

두 사람은 저도 모르는 사이 농밀한 감각에 푹 빠졌다. 그의 커다란 손이 뒷머리를 단단히 붙잡고 있는데도 그녀의 몸은 눌러 오는 힘을 이기지 못해 뒤로 기울었다.

그녀가 쓰러지는데도 용비야는 부축하기는커녕 내친김에 그녀의 몸을 덮어 누르며 커다란 손으로 그녀의 풍만한 가슴을 덮었다.

한운석은 화들짝 놀라 반사적으로 그를 밀어냈다.

"용비야!"

용비야도 정신을 차렸다. 그의 깊은 눈동자는 바닥을 들여다볼 수 없을 만큼 아득해서 무슨 생각을 하는지 알 수가 없었다. 그는 잠시 그녀를 바라보더니 잡아 일으켜 주었다.

두 사람은 각자 자리에 앉아 침묵에 잠겼다.

앞에 앉은 마부는 몸이 뻣뻣해진 채 돌아보기는커녕 움직임조차 없었다.

마부는 고민에 빠졌다. 항상 여색을 멀리하고 보수적이던 진왕 전하가 언제부터 저런 나쁜 습관을 기르셨을까? 아무래도 만일에 대비해 마차에 가리개를 쳐야겠어.

강남 매해를 나온 마차는 곧 들판으로 달려갔다. 길에는 봄빛이 흘러넘치고, 물이 뚝뚝 떨어질 것 같은 짙은 초록빛이 곳곳을 뒤덮었다. 졸졸 흐르는 개울 양쪽 잔디밭에는 이름 모를 들꽃이 가득 피어 나비가 훨훨 날아다니고 목동의 피리 소리가 울려 퍼졌다.

한운석은 높은 빌딩이나 화려한 건물에는 흥미가 없고 자연이나 명승고적도 별로 좋아하지 않았다. 그녀가 가장 좋아하는 것은 이런 소박한 경치와 신선한 공기였다.

그러나 안타깝게도 지금은 그 경치를 즐길 여유가 없었다. 고개를 숙이고 가만히 앉은 그녀의 심장은 미친 듯이 쿵쾅거리고 있었다.

방금은…… 정말 위험했다!

이제 보니 저 차가운 남자도 늑대의 화신이 될 때가 있었다.

혼례를 올린 후 지금까지 수궁사를 몸에 지닌 것은 무척 비정상이고 수치스러운 일이기도 하지만, 그건 남들 생각이었다.

그녀는 자신과 용비야가 이름뿐인 부부라는 것을 누구보다 잘 알고 있었다. 신혼 첫날밤 그를 해독해 주었을 때부터 그들은 줄곧 거래 관계를 맺고 있었다. 지금 같이 있는 것은 연분일 수도 있고 우연일 수도 있었다.

한운석은 멍하니 잡생각에 빠져들었다.

그런데 얼마 지나지 않아 용비야가 그녀를 품에 끌어안았다. 그는 마치 아무 일도 없었던 양 태연하게 마부에게 말했다.

"앞에 있는 차원에서 잠시 쉬겠다."

마부는 제삼자인데도 한운석보다 더 긴장해서 허둥지둥 대답했다.

"예, 예!"

용비야가 말한 차원은 명정대취茗酊大醉라는 곳으로, 천향차원처럼 푹 쉬면서 차를 마실 수 있는 장원이었다.

일반적으로 청명절淸明節(양력 4월 5일경에 있는 절기) 전후에 첫 번째 봄차가 시장에 나오지만, 명정대취차원에는 이 시기에 나오는 '취차醉茶'라는 차가 있었다.

용비야는 이 차원의 귀빈인데 한운석에게 그 차를 맛보여 주려고 일부러 데려온 것이 분명했다.

전용 정원에서 두 사람은 책상다리를 하고 마주 보며 앉았고, 차 시중을 드는 동자 한 명만 곁에 남았다.

한운석은 차를 좋아하지만 광신도는 아니었다. 그래도 용비야와 오래 함께하면서 영향을 받아 매일 차를 마시는 습관이 들었다.

"취차라는 이름은 처음 들어요."

한운석은 차 한 잔을 받아들고 몰래 해독시스템으로 차 성분을 분석했다. 뜻밖에도 정말 알코올 성분이 들어 있는 데다 함량도 적지 않은 편이었다.

차 한 잔이 술 한 잔과 비슷했다.

막 자리에 앉았는데 용비야는 벌써 두 잔이나 마셨다. 한운석은 이 인간의 취한 모습이 보고 싶어 속으로 주판알을 튕겼다.

주량이 세지 않은 그녀는 한 모금만 맛보고 곧 간식을 공략하기 시작했다.

그가 차를 마시고 그녀는 간식을 먹는 것은 이미 규칙이 되어 있었다. 그 역시 앞으로 차를 마실 때는 그녀더러 간식을 고르라고 말한 적이 있었다.

이번에도 한운석은 예외 없이 달콤한 간식을 잔뜩 주문했다.

"전하, 드셔 보세요. 맛있어요."

한운석은 용비야가 단것을 먹지 않는다는 것을 모르는 게 분명했다. 용비야는 조금만 맛보고 내려놓았다.

"그저 그렇군."

"그럼 이걸 드셔 보세요."

맛있는 음식은 나눠 먹어야 제맛이었다.

하지만 용비야는 냄새만 맡고 건드리지도 않았다.

“너무 달다.”

한운석은 함께 먹는 것을 포기하고 혼자 신나게 즐겼다. 이곳 간식은 어딘지 다른 것 같았는데 정확히 어떻게 다른지 알 수가 없었다.

결국 용비야는 취차 한 주전자를 다 마셨지만 여전히 멀쩡했고, 도리어 한운석이 취했다!

아무도 알려 주지 않았지만, 이곳 간식에는 취차 가루가 들어 있었다. 차가 그렇듯 알코올 맛은 나지 않지만 차에 든 것보다 함량이 훨씬 높았다.

취해서 탁자에 엎드린 한운석을 보자 용비야의 입꼬리에는 어쩔 수 없는 웃음이 떠올랐다.

“용 공자, 간식에 취하기 쉬운데 왜 미리 말씀해 주시지 않으셨는지요?”

차 시중드는 동자가 궁금증을 이기지 못하고 물었다.

“좋아하니까 내버려 두었다. 한숨 자고 나면 깰 것이다.”

용비야는 태연하게 말했다.

그는 한운석에게 바람막이를 덮어 주고 계속 차를 마셨다. 마치 홀로 술을 마실 때처럼 직접 따르고 직접 마시면서 그는 자신만의 세상으로 빠져들었다.

확실히 그는 그저 한운석을 데리고 나와 기분 전환을 하려던 것뿐 다른 목적은 없었다.

그녀가 하고 싶은 게 있으면 기꺼이 들어주고 즐겁게 해 주면 충분했다.

동자는 캐묻지 않고 조용히 차 시중을 들었다. 정원에는 봄빛이 가득하고 차 끓이는 연기가 모락모락 피어올랐다. 더없이 만족스러운 시간이었다.

그런데 푹 잠들었던 한운석이 갑자기 옹알옹알 잠꼬대를 했다.

"전하…… 전하……."

용비야는 재빨리 찻잔을 내려놓고 무슨 말을 하는지 궁금한 듯 귀를 기울였다.

하지만 한운석은 한참 동안 '전하'만 불러 댔다. 옹알거리는 목소리가 물처럼 부드러워 듣기만 해도 마음이 사르르 녹아내렸다.

"전하…… 전하…… 운석인 전하가 참 좋아요."

용비야는 움찔 당황했다가 한참만에야 겨우 정신을 차렸다.

가만히 한운석을 바라보는 그의 눈동자에는 저도 모르는 사이 여태 없었던 부드러운 정이 담뿍 떠올랐다.

그는 그녀 옆에 앉아 흘러내린 머리카락을 쓸어 올려 준 뒤 분홍빛으로 물든 뺨과 귀엽게 취한 모습을 바라보았다. 그녀의 두 눈썹 사이에는 소녀다움이 고스란히 드러나 있었다.

그 모습을 보고 또 보던 용비야는 무엇 때문인지 까닭 없이 마음이 아파 왔다.

한운석, 네가 본 왕을 만난 것은…… 잘된 일일까? 아니면 잘못된 일일까?

한운석을 정원 객방으로 옮긴 뒤 용비야는 홀로 문가에 앉았다.

단순히 나들이를 나왔을 뿐이지만 여전히 여러 가지 일이 그를 놓아주지 않았다.

오래지 않아 비밀 시위가 와서 보고했다.

"전하, 북려국 황족이 폐하께 서신을 보내 백리 장군이 이유 없이 병사를 움직여 군역사를 포위했다고 항의했습니다. 그자를 풀어 주거나 전쟁 준비를 하라고 협박했다고 합니다. 폐하께서 급히 조서를 내려 백리 장군을 도성으로 불러들였습니다."

천휘황제도 영리한 사람이라 용비야를 건드리지 않고 백리 장군만 부른 것이다.

이미 용비야가 예상한 일이었다. 이해가 가지 않는 것은 군역사의 어떤 점이 북려국 황제의 눈에 들었는가 하는 것이었다.

단목요와 결탁한 일조차 북려국 황제 마음속에 있는 군역사의 위치에 흠집을 내지 못했다니 뜻밖이었다.

"전하, 백리 장군이 전하의 명을 기다리고 있습니다!"

비밀 시위는 초조했다.

하지만 용비야는 단 한마디만 했다.

"장군이 바깥에 있을 때는 명을 받지 않는 법이다!"

"전하, 그런……."

사실 용비야의 부하들 가운데 적잖은 이들이 어주도를 포위하는 것에 찬성하지 않았다. 누가 뭐래도 개인적인 일로 두 나라의 관계에 영향을 주는 행동이기 때문이었다.

천녕국의 국력은 점차 쇠약해지고 있고 조정도 불안정했다. 이런 때 북려국과 전쟁을 벌이면 황제 쪽이든 용비야 쪽이든 모두 불리했다.

"언제부터 토를 다는 법을 배웠느냐?"

용비야가 차갑게 말했다.

"명령대로 하겠습니다!"

비밀 시위는 감히 한마디도 덧붙이지 못한 채 곧바로 나갔다.

한운석이 깨어났을 때 그들은 이미 강남 매해에 돌아와 있었다. 자신이 어떻게 취했는지를 알자 그녀는 할 말을 잃었다.

용비야 그 남자, 정말 나빠!

그녀가 방문을 나서기 무섭게 젊은 시위 서동림이 다가와 북려국 황제가 천휘황제에게 경고했다는 이야기를 전했다.

한운석은 천휘황제가 너무 약해 빠졌다는 생각이 들긴 했지만, 천녕국과 북려국의 실력 차가 크다는 것은 알고 있었다.

그녀는 곧 서재의 문을 열고 들어갔다.

"전하, 천휘황제가 전하께 병란을 일으켰다는 죄를 씌울 수도 있어요! 더군다나 전쟁이 벌어지면 전하께서 죄인이 되실 거예요."

용비야는 자연스레 《칠귀족지》를 숨기며 물었다.

"본 왕과 내기를 하겠느냐?"

"무슨 내기요?"

한운석은 어리둥절했다.

"북려국은 함부로 전쟁을 일으키지 못한다."

용비야가 말한 뒤 한마디 덧붙였다.

"영원히!"

한운석은 깜짝 놀랐다. 용비야의 말투가 너무 태연스럽긴 하지만, 그가 절대로 허튼소리를 하지 않는다는 것은 그녀도 잘 알고 있었다.

북려국은 운공대륙에서 가장 강한 나라인데 용비야는 무슨 근거로 저렇게 자신 있게 말하는 걸까? 게다가 영원히라니?

저 인간은 대체 무슨 계략을 꾸민 거야?

진왕의 위세

내기를 하자고? 뭘 걸고?

지난번 암시장에서 한운석이 성공적으로 값을 깎자 용비야는 큰 상을 주겠다고 했다.

그녀는 그의 모든 것을 원한다고 대답했다!

그는 확실하냐고 물었고, 잘 생각해 본 뒤 대답하라고 했다.

농담 같은 대화였지만 그녀는 줄곧 기억하고 있었다! 빚을 지면 언젠가 반드시 갚아야 했다!

"전하, 뭘 걸까요?"

한운석이 재미있어하며 물었다.

오랫동안 생각해 보았지만 그의 모든 것을 원한다는 말은 너무 광범위해서 하지 않기로 했다. 그의 것이 곧 그녀의 것이 아닐까?

좀 더 실제적인 것을 요구해야 한다는 생각이 든 한운석은 엄지를 깨물며 생각에 잠겼다.

용비야는 그런 그녀를 흘낏 바라보았다. 이 여자가 뭘 믿고 내기를 하려는 건지 알 수가 없었다.

한운석은 한참 생각한 끝에 말했다.

"전하, 제가 이기면 천산검종을 구경시켜 주시겠어요?"

용비야와 단목요는 둘 다 무학의 기재이고 둘 다 천산검종

종주의 마지막 제자였다. 그 종주라는 노인이 어떤 사람인지 모르지만, 단목요를 몹시 예뻐한 나머지 용비야더러 그녀가 열여덟 살이 될 때까지 보호하라고 했다.

한 문파의 종주라는 사람이 설마 단목요의 천성조차 알아보지 못했나?

"네가 진다면?"

용비야가 반문했다.

"전하께서 정하세요."

한운석은 시원시원했다.

"그렇게까지 승리를 확신하느냐?"

용비야는 도무지 알 수가 없었다. 이 영리한 여자가 잠이 덜 깨기라도 했을까?

뜻밖에도 한운석은 웃으며 말했다.

"신첩이 이길 게 분명해요. 신첩은 북려국이 절대로 먼저 전쟁을 일으키지 않는다는 것에 걸 테니까요!"

그 말이 떨어지자 용비야의 얼굴은 굳어졌다. 한운석은 큰 소리로 신나게 웃었다.

한운석, 이 여자처럼 남을 잘 놀리는 사람이 또 있을까? 완전히 악당이었다!

용비야가 후회할까 봐 두려운지, 한운석이 재빨리 말했다.

"전하, 약속했으니 딴말하기 없기에요!"

소인배나 여자는 상대하기 어렵다더니!

이제 용비야는 어쩌나?

그는 어이없어하면서도 사랑스러워하는 눈빛을 떠올리며 허락했다.

"기다려 보자. 가까운 시일 내에는 천산에 갈 일이 없다."

한운석은 몹시 기뻐했다.

"좋아요, 기억해 둘게요!"

이제까지 이 인간은 그녀에게 '자신의 모든 것'에다 '천산행'이라는 빚을 졌고, 그녀는 그에게 빚진 게 없었다.

"전하, 무엇 때문에 북려국이 먼저 싸움을 걸지 못한다고 확신하세요? 절묘한 계책이라도 있으신가요?"

그쪽에 내기를 걸어 이겨 놓고 곧바로 이렇게 물어도 되는 걸까?

용비야는 그녀를 흘낏 바라보더니 한마디로 대답했다.

"비밀이다."

이 여자가 겁 없이 군 것에 대한 작은 벌인 셈이었다. 한운석도 양심이 찔려 차마 더는 묻지 못했다.

두고 보는 수밖에!

이날 두 사람이 내기를 한 일을 초서풍도 곧 알게 되었다. 이렇게 해서 초 시위께서는 비밀 시위들을 모아 놓고 진지하기 짝이 없는 얼굴로 모두에게 경고했다.

"무슨 일이 있어도 왕비마마와 내기하지 마라. 내기에서 패배한 적이 없는 분이시다!"

한운석은 그동안에도 백리명향의 해약을 만드는데 골몰했다. 틈이 날 때마다 북려국의 상황도 공부했지만, 아무리 공부

해도 용비야가 대관절 무슨 이유로 강력한 북려국이 영원히 먼저 전쟁을 일으키지 못한다고 확신했는지 알 수가 없었다.

알다시피 북려국은 무武를 숭상하는 나라이고 늘 무력으로 주변 세력을 억눌렀다. 근래 변경에서 벌어진 몇 차례 전쟁은 모두 북려국이 일으킨 것이었다.

혹시 용비야가 북려국의 약점을 쥐고 있는 걸까?

장막 안에서 천리 밖의 계획을 꾸미는 능력이라면 자신이 용비야에게 미치지 못한다는 것을 한운석도 인정했다. 그래서 더는 생각하지 않기로 했다.

그사이에도 천휘황제는 사람을 보내거나 서신을 보내는 등 쉬지 않고 돌아오라고 재촉했다.

그렇지만 용비야는 병에 걸렸다며 서신조차 읽지 않고 바로 초서풍에게 넘겨주며 대충 처리하게 했다.

고북월의 치료를 받은 천휘황제는 병세가 훨씬 좋아졌지만 이번 일로 약이 바짝 올라 다시 쓰러졌다.

"대체 어쩔 셈이라더냐? 모반이라도 하겠다는 것이냐? 장수가 밖에 있으면 명을 받지 않는다니! 감히 그런 말을 해? 모반이구나, 모반이야! 이건 모반이다!"

천휘황제는 분노가 극에 달해 잠옷 차림으로 침궁 안을 씩씩거리면서 왔다 갔다 했다. 궁 안에 가득한 하인들은 물론 이 귀비, 고북월까지 무릎을 꿇었고 그 누구도 말리지 못했다.

"애초에 그들 두 모자를 가엾이 여겨 살려 주지 말 것을! 깨끗이 죽여 없앴어야 했다!"

천휘황제는 용비야에게 성지를 내려 당장 돌아오라고 하고 싶어 몸이 달았다.

하지만 지난번 이 귀비의 귀띔을 아직 기억하고 있었다. 그간 어서방에서 심복 대신 몇 명을 만나 보았는데 그들의 의견 역시 성지를 내리는 것은 적절하지 않다는 것이었다!

성지는 거역할 수 없는 명령이지만, 황제라고 해도 아무렇게나 성지를 내릴 수는 없었다.

성지를 내리고 그 소식이 공개되면 모두가 알게 된다. 천휘황제는 혼군이나 폭군이라는 말을 듣고 싶지 않았다.

더욱이 백리 장군의 수군이 출병해 어주도를 포위하고 군역사를 가둔 일은 설사 성지를 내리더라도 용비야를 벌할 수 없었다!

그 일의 책임자는 백리 장군이었다. '장수가 밖에 있을 때는 명을 받지 않는다'는 말은 용비야의 입에서 나왔지만 천휘황제에게 그렇게 대답한 사람은 백리 장군이었다.

용비야가 자신은 수군으로 물고기를 운송했을 뿐이고 다른 일은 전혀 몰랐다고 해명하면 천휘황제도 어쩔 도리가 없었다!

백리 장군의 병권을 빼앗을 절호의 기회이기도 했으나, 안타깝게도 이렇게 중요한 시기에 그럴 수는 없었다.

무엇보다 북려국의 핍박이 강해지고 있었다. 일단 싸움이 시작되면 작년의 심각한 기근으로 국고가 빈 천녕국은 군자금을 마련하기도 벅차 단시일 안에 큰 전쟁을 치를 준비를 할 수가 없었다. 또, 용비야와 백리 장군을 궁지에 몰면 지금 하는 양으로 보아 모반을 일으킬 수도 있었다.

천휘황제는 고민하고 또 고민했다. 그러는 동안 가슴속에 들끓던 분노는 차츰차츰 슬픔으로 바뀌었다. 요 몇 년 어디에 넋이 빠져 있었기에 진왕의 세력이 이토록 커지도록 내버려 두었는지 도무지 알 수가 없었다.

그렇게 오랫동안 진왕을 경계해 왔는데도 결국엔 막지 못한 것이다!

비록 입으로는 그와 태후가 마음이 약해 의태비 모자를 살려 주었다고 했지만, 사실이 어떤지는 그들 자신이 가장 잘 알았다.

의태비를 향한 선제의 총애와 용비야가 가진 특권영패가 그들 모자의 목숨을 지켜 준 주요 열쇠였다!

아무리 재촉해도 진왕은 돌아오지 않고 성지를 내릴 수도 없자 천휘황제는 결국 태후를 찾아갔다.

"모후, 북려국 쪽 소문에는 어주도 사건이 한운석과 관련이 있다고 합니다. 한운석의 팔에 아직 수궁사가 남아 있습니다."

천휘황제가 나지막이 속삭였다.

그 일이 밖에 알려진 것은 아니었다. 군역사와 북려국 황족도 한운석의 명예를 깎아내리기 위해 군역사의 인품을 내던질 만큼 멍청하지는 않았다.

그 일이 두 나라에 퍼지면 군역사는 온 백성에게 손가락질을 받을 것이 분명했다.

하지만 소문이라면 태후도 들을 수 있어서 이미 알고 있었다.

"황제의 생각은 어떻소?"

태후가 진지하게 물었다.

"모후께서 나서 주셨으면 합니다……."

천휘황제는 이렇게 말하며 태후의 귀에 대고 한참 동안 나지막이 속삭였다. 태후는 연신 고개를 끄덕이며 그러겠다고 승낙했다.

며칠 지나지 않아 강남 매해에 태후의 서신 한 통이 도착했다. 용비야가 아니라 한운석에게 보낸 서신이었다.

남자들 간의 싸움이란 때로는 여자로부터 시작되기도 하고 때로는 여자들 간의 겨룸을 통해 이뤄지기도 했다. 남자의 결정에 가장 큰 영향을 미치는 것이 여자들의 베갯머리송사이기 때문이었다.

용비야와 한운석이 막 일어나서 차를 마시고 있을 때 초서풍이 서신을 전해 주었다.

"내게?"

한운석은 뜻밖이어서 용비야를 한 번 바라본 뒤 급히 펼쳐 보았다.

서신은 구절구절 길게 이어지는 장문이었다. 한운석은 내용을 대충 훑어본 후 냉소를 터트렸다.

태후는 온갖 타이르는 말로 이해관계를 설명했지만 요약하면 딱 한마디였다. 용비야와 한운석이 도성에 돌아와 백리 장군의 수군을 퇴각시키면 수궁사 문제를 추궁하지 않을 것이고, 백리 장군이 함부로 출병한 문제 역시 태후가 기꺼이 나서서 천휘황제를 달래겠다는 것이었다.

"채찍과 당근 수법에다 황제의 체면까지 살렸군요!"

한운석은 용비야에게 서신을 건넸지만 용비야는 쳐다보지도 않고 초서풍에게 전달했다.

"전하, 뭐라고 답신할까요?"

초서풍이 공손하게 물었다.

"왕비에게 보낸 서신이니 왕비가 처리할 것이다."

용비야는 태연하게 말했다.

한운석은 별로 생각하지도 않고 초서풍에게 분부했다.

"지금까지 했던 대로 답신하게."

태후의 서신은 겉으로는 은혜를 베푸는 것 같지만 사실은 협박이었다. 용비야는 말할 것도 없고 한운석 역시 쉽사리 협박당하는 사람이 아니었다.

초서풍은 그래도 의견을 구하는 눈길로 진왕 전하를 바라보았지만, 애석하게도 전하는 반응하지 않았다.

초서풍은 갈수록 여주인 스스로 결정하는 일이 많아진다는 생각이 들었다.

이렇게 해서 천휘황제의 협박은 또 실패했다.

북려국 황족 측에서는 악착같이 재촉을 해 댔고, 나아가 북려국 황제가 군대를 소집해 삼도전장에서 출병할 준비를 한다는 소문까지 들려왔다!

천휘황제가 평생 가장 꺼린 것이 바로 북려국 철기였다.

그는 서주국 황제에게 빈번히 서신을 보내 지원을 부탁하는 한편, 태자를 용비야에게 보내 도성으로 돌아와 군사 문제를 상의하자고 청했다.

그래, 이번에는 청이었다!

재촉해도 안 되고 몰아세워도 안 되니 청하는 수밖에 없었다. 진왕의 이 어마어마한 위세라니!

태후가 서신을 통해 백리 장군의 수군을 퇴각시키라고 명확히 요구한 지 채 며칠 되지도 않았는데 천휘황제가 한 발 물러나 요구 대신 상의로 말을 바꾼 것이다.

황제가 얼마나 초조한지 알 수 있는 대목이었다.

용천묵은 목청무에게 함께 가자고 청했다. 두 사람은 박차를 가해 준마 여섯 필이 쓰러질 때까지 달려 최단 시간 안에 강남 매해에 도착했다.

한 사람은 나라의 후계자요, 다른 한 사람은 소장군이었으니 진왕도 당연히 만나 주었다. 하지만 침상에 누운 채였다.

강남의 3월은 하얀 살구꽃, 붉은 복숭아꽃, 푸르른 버들잎으로 가득했다. 풀이 무럭무럭 자라고 꾀꼬리가 날아다니는 봄날이었다. 강남 매해의 매화는 여태 지지 않고 여전히 하늘 가득 꽃잎을 휘날리고 있었다. 벚꽃 숲에 비하면 나긋나긋한 낭만은 조금 덜하고 꼿꼿한 쓸쓸함이 조금 더 짙었다.

다실 안에서는 용비야가 돗짚자리 위에 누워 늘 그렇듯 차갑고 냉정한 얼굴을 하고 있었다. 세상만사 그 어떤 물건도 그의 흥미를 끌지 못하고 그의 마음을 따스하게 데우지 못하는 것 같았다.

용천묵과 목청무는 그 앞에 꿇어앉아 있었다. 안부를 묻고 보양에 좋은 명약을 올리는 일은 이미 끝나 지금은 침묵에 잠겨 있었다.

진왕은 그들보다 고작 몇 살 많을 뿐이지만, 그 앞에서는 용천묵도 목청무도 경외심이 일었다.

두 사람 다, 가능하다면 진왕과 적이 되고 싶지 않았다.

목청무가 슬그머니 용천묵의 옷자락을 잡아당기자 용천묵은 그제야 본론을 꺼내기로 했다. 그런데 그때 갑자기 한운석이 들어왔다…….

전하의 생각, 맞춰 보아라

한운석이 나타나자 용천묵과 목청무가 일어났다.

오랫동안 이 여자를 보지 못해 속으로 그리워했던 용천묵은 한눈에 변화를 알아차렸다. 그녀는…… 살이 조금 올라 있었다.

재해 지역에 와서 정신적 육체적으로 힘든 나날을 보내고는 있지만, 함께 온 사람이 진황숙인데 그녀를 함부로 대할 사람이 있을 리 없었다.

용천묵은 속으로는 천 번 만 번 싫어하면서도 이렇게 인사를 건넸다.

"황숙모, 안녕하셨습니까."

한운석은 말없이 고개만 끄덕이며 용천묵에게 앉으라는 눈짓을 했다.

"왕비마마께 인사 올립니다."

목청무도 고개를 숙이고 예를 올렸다.

"일어나시지요, 소장군."

예의 바른 말투에서 거리를 두는 것이 역력히 드러났다.

"감사합니다!"

목청무는 전과 다름없는 태도로 일어나 용천묵 오른쪽 뒤에 꿇어앉았다.

한운석은 용비야 옆에 앉았으나 이것저것 묻지 않고 조용히 있었다.

북려국 이야기를 하려던 용천묵은 한운석을 보자 목구멍까지 올라왔던 말을 꿀꺽 삼켰다.

전쟁을 좋아하지는 않지만, 군역사 그 짐승 같은 자가 한운석에게 무례한 짓을 하려 했다는 생각을 하면 화가 부글부글 끓었다.

마음을 밝힐 기회가 있다면 그는 분명히 군역사를 죽이지 않고 죽을 때까지 어주도에 가둔 진왕의 행동을 지지했을 것이다!

하지만 이번에는 부황의 무거운 부탁을 받고 온 길이었다. 나라의 후계자로서, 그에게는 천녕국 백성을 지킬 책임이 있었다. 전쟁이 벌어지면 가장 괴로운 것은 바로 백성이었다.

용천묵에 비해 군인 출신인 목청무는 제법 과감했다.

그는 모든 감정을 꽁꽁 숨기고 일어나 한쪽 무릎을 꿇은 뒤 두 손을 모아 예를 갖췄다.

"진왕 전하, 태자 전하와 소장은 폐하의 명과 백만에 이르는 삼도전장 부근 세 성 백성들의 염원을 안고 찾아왔습니다. 부디 전하와 백리 장군께서는 도성으로 돌아가 함께 군의 대사를 상의해 주십시오!"

목청무가 말하자 용천묵은 그제야 망설임에서 깨어났다. 목청무가 먼저 입을 열게 만든 것이 무척 부끄러웠다.

그는 황급히 말했다.

"진황숙, 부황께서 황숙과 황숙모의 귀환을 위해 말 여덟 필이 이끄는 훌륭한 마차를 준비해 주셨습니다. 군역사의 행동이 너무 지나쳤습니다. 북려국과의 전쟁 문제라면 모두들 황숙과 황숙모가 돌아와 상의하기만을 기다리고 있습니다."

"상의할 만한 일이 있느냐?"

용비야가 차갑게 물었다.

"전략입니다!"

용천묵이 황급히 대답했다.

하지만 용비야의 대답은 차가웠다.

"본 왕은 지금껏 조정 일에 간섭한 적이 없고, 군사에는 더욱 더 간섭한 적이 없다. 그런 문제는 폐하께서 결정하시면 된다."

옆에 앉은 한운석은 일언반구도 없었지만 속으로는 쿡쿡 웃었다. 눈앞에 있는 두 사람은 말할 것도 없고 그녀 자신도 짧디 짧은 용비야의 몇 마디에 말문이 막힌 적이 종종 있었다.

천휘황제는 전문 세객說客을 보냈어야 했다!

용천묵은 한참 망설인 끝에 겨우 말했다.

"진황숙, 백리 장군은……."

말이 끝나기도 전에 용비야가 차갑게 반문했다.

"태자는 지금 본 왕이 백리 장군을 움직여 어주도를 포위하게 했다고 하는 것이냐?"

용천묵은 말문이 막히지는 않았지만 가슴이 턱 막혔다!

사실이 그랬다. 진왕의 명령이 없었다면 백리 장군이 무슨 배짱으로 움직였을까?

하지만 그는 어쩔 수 없이 부인했다.

"아닙니다. 그런 뜻은 아닙니다! 백리 장군 일을 어떻게 처리하면 좋을지, 황숙께 가르침을 받고자 했을 뿐입니다."

"말했다시피 본 왕은 군사에 간섭하지 않는다. 돌아가서 네 부황께 그렇게 말씀드려라."

용비야는 담담하게 말하고는 그만 물러가라는 듯이 손을 저었다.

용천묵이 맞닥뜨린 벽은 평범한 벽이 아니었다! 다행히 그는 성격도 좋고 참을성도 강했다. 그의 아버지였다면 아마 그 자리에서 펄펄 뛰었을 것이다.

옆에 있던 목청무가 몸이 달아 직접적으로 말했다.

"전하, 변경의 백성들은 아무 죄가 없고, 천녕국의 장병들도 아무 죄가 없습니다! 군자금과 군량이 부족하고 삼도전장의 날씨는 아직 춥습니다. 이럴 때 전쟁이 일어나면 헤아릴 수 없는 사상자가 발생할 것이니 부디 다시 생각해 주십시오!"

목청무가 흥분하건 말건 용비야는 싸늘하게 그를 흘낏 바라보기만 했다.

"그 말은 백리 장군에게 해라."

"전하!"

목청무도 다소 화를 내며 해명했다.

"전하, 군역사를 풀어 주자는 말이 아닙니다. 군역사 같은 짐승은 갈기갈기 찢어 죽여도 아깝지 않습니다. 소장은 그저 전하께서 도성으로 돌아가 함께 전략을 상의하시기를 바랄 뿐입니다!"

어떻게든 군역사를 놓아주지 않으면서 전쟁도 하지 않는 대책을 짜낼 수 있을 것이다!

그것이 바로 그가 태자와 동행한 목적이었다.

목청무는 이렇게 말하면서 무심결에 한운석을 곁눈질했지만 안타깝게도 한운석은 시종일관 침묵을 지켰다.

흥분하고 분노한 목청무의 가슴이 격렬하게 오르내렸지만, 안타깝게도 용비야는 이렇게 반문했다.

"본 왕은 군사에 간섭하지 않는다고 말했다. 못 알아들었느냐?"

한운석은 속으로 손가락을 꼽아보았다. 용비야는 벌써 세 번째 이 말을 했다. 두 사람에게 꽤 인내심을 발휘하고 있는 셈이었다.

목청무는 한참 동안 멍하니 있다가 결국 맥이 풀린 소리로 말했다.

"알아들었습니다."

두 사람이 떠난 다음 비로소 한운석이 입을 열었다.

"전하, 방금 소장군의 말을 듣고 깨달았어요. 삼도전장은 아직 엄동설한이니 전쟁을 하면 우리가 손해를 보겠죠. 하지만 북려국도 꼭 유리하지는 않아요!"

이런 계절에 북방에는 아직 눈과 얼음이 녹지 않은 곳이 많은 데다 날씨까지 춥고, 가끔 눈이 내리는 곳도 있었다.

북려국은 목축과 수렵 위주로 생활하는데, 한겨울 군마와 다른 가축을 먹일 만한 것은 작년 비축분에서 남은 건초뿐이었다. 사실 이 시기에는 북려국도 전쟁 물자가 충분하지는 않았다. 더욱이 이럴 때 싸움을 하면 북려국의 큰 행사인 봄 사냥에 도 영향이 컸다!

용비야는 자못 흥미로운 눈길로 한운석을 바라보았다.

"계속 말해 보아라."

"그저 생각나는 대로 추측해 본 거예요."

겸양을 하려는 게 아니라, 한운석은 아무래도 북려국에 관해서 잘 알지 못했다. 어쩌면 북려국이 물자를 충분히 비축하고 있을지도 몰랐다!

"생각나는 대로 말해 보아라."

용비야는 흥미를 보였다.

그가 이렇게 나오자 한운석도 머리에 떠오르는 대로 말했다.

"전하, 소장군은 북려국과 몇 번 전쟁을 치렀으니 북려국 상황을 잘 알겠지요. 그런 소장군이 북려국 군량과 마초 부족을 생각하지 않은 걸 보면 아마도 북려국은 평소 준비가 철저했을 거예요."

한운석은 여기서 잠시 망설이다가 다시 말을 이었다.

"하지만 전하께서는 북려국이 절대로 전쟁을 할 수 없다고 단언하셨어요. 그러니 감히 추측해 보면, 전하께서는 무슨 수를 써서 북려국의 군마나 군량, 마초에 손을 대셨을 거예요!"

나라의 군수물자에 손을 대기가 말처럼 쉬울 리 없었다! 접근하는 것은 말할 것도 없고 어디에 보관되어 있는지 알아내는 것조차 무척 어려웠다.

한운석 자신조차 말도 안 되는 추측이라고 생각했다. 그녀는 용비야를 바라보며 대답을 기다렸다.

그러나 용비야는 그녀의 어깨를 두드리며 태연하게 말했다.

"늦었으니 가서 쉬어라."

그럼…… 틀린 거야?

한운석은 어깨를 으쓱했지만 캐묻지 않았다. 그가 구미만 당겨 놓고 말해 주지 않으리라는 건 잘 알고 있어서였다. 괜히 내기에서 이겨선.

기다리지 뭐. 곧 답을 알게 되겠지.

어쨌든 용비야는 도성으로 돌아갈 것이다. 천휘황제가 재촉하고, 위협하고, 정중히 청하기까지 했는데도 움직이지 않았으니 다음 차례는 부탁이었다.

부탁을 하려면 성의를 보여야 했다.

한운석도 아직은 이 세상에서 용비야를 제일 잘 아는 사람이 못 되지만, 매번 꽤 정확하게 맞췄다.

며칠 지나지 않아 북려국 남쪽 국경에 정말로 병력이 늘어나는 움직임이 포착되었고, 천휘황제는 무척 절박해졌다. 그는 곧바로 이부가 올린 상주문과 함께 다른 대신들의 추천서를 용비야에게 보냈다.

하나같이 공석이 된 영남군 군수 자리를 채우자는 내용이었다.

상주문에서 추천한 후보에는 용비야 쪽 사람도 있고 천휘황제 쪽 사람도 있고 중립파도 있었다.

천휘황제는 재해 지역에 있는 진왕이 영남군의 상황을 가장 잘 아니 그가 군수를 정해야 한다고 말했다.

어떤 면으로는 명분도 있고 이치에도 맞는 일이지만, 상황을 아는 사람들은 천휘황제가 양보했다는 것을 알 수 있었다! 솔직히 말해 이 정도면 성의를 다해 진왕에게 돌아오라고 부탁한 셈이었다.

상주문은 모두 책상에 펼쳐져 있었다. 한운석이 한 바퀴 돌면서 쭉 훑어보니 후보자 중에는 아는 사람도 있고 낯선 사람도 있었다.

그녀는 일일이 물어보고 알아본 다음 상주문을 세 무더기로 꼼꼼하게 나눴다. 하나는 진왕파, 하나는 황제파, 다른 하나는 중립파였다.

"전하, 마음에 드는 사람을 고르시지요."

한운석은 아랫사람이 하듯 공손하게 말했다. 어쩐지 용비야에게 첩을 고르라고 하는 기분이었다.

그런데 뜻밖에도 용비야는 황제파 더미에서 하나를 골랐고, 한운석은 물론 옆에 서 있던 초서풍까지 깜짝 놀랐다.

"전하, 그쪽이 아닙니다!"

초서풍이 참지 못하고 말했다.

그렇지만 용비야는 상주문의 이름을 한 번 훑어본 후 툭 던졌다.

"이자로 하겠다고 보고해라!"

이게 무슨 뜻이지? 굴러 들어온 호박을 걷어차겠다고?

초서풍은 제자리에서 꼼짝도 하지 않은 채, 언제부터 생긴 버릇인지 모르지만 어쩔 줄 모를 때 늘 그랬듯이 한운석에게 묻는 시선을 보냈다.

한운석은 실소를 터트렸다.

"전하, 폐하께서 병이 나셨다고 하니 충격을 견디지 못하실 거예요. 정말 이렇게 해도 좋을까요?"

영리한 한운석은 곧바로 상황을 파악했다. 용비야가 고른 사람이 본래 어느 쪽이었든 용비야의 선택을 받은 순간 반드시 그에 넘어와야 했다.

진왕은 영남군에 몇 달을 머물렀고 이 군수부에도 오래 묵으며 제법 큰 세력을 형성하고 있었다. 이곳에서 군수 노릇을 하려면 그의 영향력을 무시할 수 없었다.

따라서 천휘황제 사람이라 해도 반드시 진왕을 따라야 했다.

이를 깨달은 한운석은 용비야를 바라보면서 자신의 행운에 감사했다. 이 인간과 적이 아니라는 것이 얼마나 행운인지. 그렇지 않았다면 이 인간에게 피를 쪽쪽 빨려 언제 죽는지도 모른 채 저세상에 갔을 것이다!

하지만 한 가지는 이해가 가지 않았다.

군수 자리 때문이 아니었다면 용비야는 무엇 때문에 기다렸을까? 한참 미루고 또 미뤘으니 이제 돌아갈 때였다.

"초서풍, 상주문을 돌려보내고, 왕비의 기분이 좋지 않아서 며칠 더 함께 있어 주어야 한다고 전해라."

용비야는 태연하게 분부했다.

초서풍은 영문을 몰랐지만 별수 없이 명령을 수행하러 물러갔다.

하지만 한운석의 마음은 따스함으로 가득 찼다. 그녀는 영문을 알았다.

얼마 후 태후가 서신을 보냈는데 이번에는 위협이 아니라 한운석을 위로하는 내용이었다. 서신에는 수궁사는 부부간의 문제니 추궁하지 않겠다고 명확히 밝히고 있었다.

말로 하는 약속은 의미 없지만 증거가 생겼으니 나중이라도 태후가 트집을 잡을 걱정은 사라졌다. 한운석도 자신이 확실히 안전해졌다는 것을 알 수 있었다.

그녀는 처음으로 이 남자가 이처럼 세심하고 완벽하게 일을 처리한다는 것을 알게 되었다.

재촉하고, 위협하고, 청하고, 부탁한 끝에 진왕 전하와 왕비마마는 마침내 도성으로 출발했다.

북려국과의 전쟁과 어주도 포위, 곧 있을 양국의 혼사까지 여러 사건이 한꺼번에 밀어닥친 천녕국 도성은 다시금 시끌시끌해졌다!

진왕의 약점 노출

용비야와 한운석이 천녕국 도성에 도착한 뒤 미처 진왕부에 들어가기도 전에 천휘황제가 사람을 보내 용비야더러 상의할 일이 있으니 입궁하라고 전했다.

"너도 가겠느냐?"

용비야가 태연하게 물었다.

용비야가 이렇게 물을 줄은 몰랐던 한운석은 어리둥절했다. 그녀는 찰거머리도 아니었고, 그 역시 일하러 갈 때 그녀를 데려간 적이 없었다.

용비야는 눈을 찡그리며 다시 한 번 물었다.

"가겠느냐?"

"가요!"

한운석은 큰 소리로 대답했다. 재미난 구경거리가 있는데 당연히 놓칠 수 없었다.

이미 날은 어두웠지만 천휘황제의 어서방에는 아직 사람들이 북적였다. 태자 용천묵, 목 대장군 부자, 우승상 소소곤蘇少坤, 병부상서, 호부상서였다.

모두 천휘황제 쪽 사람이라 할 수 있는 자들이었다.

"진왕 전하와 왕비마마 드셨사옵니다."

태감이 소리 높여 보고했다.

이 말에 방에 있던 사람들이 서로서로 마주 보며 쑥덕거렸다. 진왕비 한운석이 왜 왔지?

황제가 군사를 상의하려고 진왕을 불렀는데 일개 여자가 뭐 하러 왔을까? 어서방에는 궁녀 외에 여자라고는 없었다.

용천묵과 목청무는 표정이 무척 복잡했지만 둘 다 아무 말 하지 않았다.

천휘황제는 사람들이 서로 눈짓하고 수군거리는 것을 바라보며 아무 말이 없었지만 속으로는 생각을 굳혔다.

곧 용비야와 한운석이 들어왔다. 두 사람이 함께 천휘황제에게 예를 올린 다음 방에 있던 사람들이 곧 두 사람에게 예를 올렸다.

한운석이 천휘황제를 흘끗 보니, 마흔 몇 살의 황제는 몇 달 못 본 사이 훨씬 늙어 귀밑머리에도 흰머리가 몇 가닥 드러나 있었다.

병을 앓는 중인 데다 나랏일로 노심초사하고 전쟁 걱정에 시달린 탓이었다. 역시 황제 노릇이란 쉬운 게 아니었다.

"진왕비는 오랜만에 입궁했으니 태후께 문안 인사를 드리도록 해라."

천휘황제는 대놓고 한운석을 내보내려 했다.

한운석이 대답하기도 전에 용비야가 말했다.

"신도 오랫동안 태후마마를 뵙지 못했습니다. 나중에 왕비와 함께 찾아뵙겠습니다."

그 태도에 방에 있던 사람들은 모두 잠잠해졌다.

천휘황제는 천천히 주먹을 쥐었다. 그러잖아도 용비야를 기다리는 동안 화가 부글부글 끓던 차에 이렇게 되자 도저히 화를 참을 수가 없었다. 그가 탁자를 내리치며 화난 소리로 꾸짖었다.

"진왕, 짐이 오늘 자네를 부른 것은 중대한 군사를 의논하기 위해서일세. 한운석 같은 여자가 어찌 이 자리에 있을 자격이 있겠는가?"

황제의 노여움에 사람들은 화들짝 놀랐지만 당사자인 한운석은 태연했다. 용비야가 함께 가자고 하지 않았다면 오지도 않았을 것이다!

"황형께서 상을 내리시려고 부르신 줄 알았는데, 신이 오해한 모양입니다."

용비야의 말투는 태연자약했지만, 다른 사람들은 모두 속이 발칵 뒤집혔다!

저게 무슨 뜻이지?

그는 분명 북려국이 전쟁을 일으키려 한다는 것도 알고, 황제가 크게 양보해가며 돌아오라고 부탁한 까닭도 알고 있었다! 그런데 어떻게 저기 서서 저렇게 한가한 소리를 늘어놓을 수 있을까?

용천묵과 목청무조차 까닭 없이 소름이 끼쳤다. 오늘에서야 진왕의 진정한 차가움과 매정함을 본 것 같았다.

조용해진 방 안에 분노로 씩씩거리는 천휘황제의 숨소리가 울려 퍼졌다. 그는 한참의 시간을 들인 다음에야 비로소 마음을 가라앉혔다.

"진왕, 자네 부부가 구호에 큰 공을 세웠으니 내일 아침 일찍 상을 내리겠네. 짐이 이 밤중에 자네를 부른 까닭은 북려국과의 전쟁 때문일세."

"황형, 선제께서 붕어하신 뒤로 신이 정사나 군사에 간여하지 않은 것은 잘 아시지 않습니까?"

용비야의 싸늘한 눈동자에 경멸의 빛이 스쳐갔다.

이렇게 되자 방 안은 쥐 죽은 듯 조용해졌고, 목 대장군마저 복잡한 표정이 되었다.

한운석도 의아했다. 용비야가 한 발 물러서기로 하고 도성에 돌아온 줄 알았는데 뜻밖에도 그는 여전히 뻗대고 있었다.

이 인간이 어서방에 자신을 데려온 이유도 혹시 그녀를 미끼로 천휘황제의 화를 부채질하기 위해서였을까?

천휘황제는 용비야를 죽일 듯이 노려보았다. 가슴을 가득 채운 분노 너머로 힘이 따라 주지 않는 무력감이 슬그머니 솟아올랐다.

그는 스물다섯 살에 등극해 천녕국을 다스렸다. 젊은 나이에 대권을 쥐었는데 위협적인 외척도, 위세 높은 공신이나 대장군도 없었던 데다 보좌할 태부조차 세울 필요 없었으니 등극하자마자 온전히 권력을 손에 넣은 셈이었다.

그런데 이렇게 나이를 먹은 지금 진왕에게 이런 견제를 받게 될 줄 상상이나 했을까?

선제가 붕어한 후 그가 제일 경계한 사람이 바로 진왕이었다.

그래서 온갖 수단과 방법을 동원해 진왕을 정치 중심에서 멀리 떨어뜨려 놓았는데 오늘날 이런 식으로 역공을 당할 줄이야!

지금껏 자신이 천녕국 황권의 절반을 잃었다는 것을 믿을 수가 없었지만, 이제는 사실을 받아들일 수밖에 없었다.

태후의 생신 연회에서 진왕은 사람들에게 한 가지 사실을 알려 주었다. 조정이 평화로웠다면 일찌감치 황위 다툼이 일어났으리라는 사실이었다.

"하하하!"

별안간 천휘황제가 웃음을 터트렸다.

"짐이 병 때문에 머리가 어지러워진 모양이군! 한 가지 이해가 가지 않는 일이 있는데, 온 김에 짐에게 설명해 보게."

"말씀하십시오, 폐하."

용비야는 무척 차분했다.

"자네는 백리 장군을 불러들여 잡은 물고기를 운송하라고 했는데, 백리 장군은 어쩌다 군역사와 충돌하게 되었나?"

천휘황제는 진지한 얼굴로 물었다.

"군역사는 물고기를 손에 넣어 재해 지역에 고가로 판매할 생각이었습니다. 그자는 신과 물고기 눈을 놓고 싸우기만 한 게 아니라 천녕국을 모욕하는 말도 했습니다. 백리 장군은 우리 천녕국의 명예를 지키기 위해 병사를 움직여 그를 포위했고, 수군의 위용을 만천하에 알려 북려국의 간담을 서늘하게 했습니다!"

용비야는 평소답지 않게 번지르르한 말을 늘어놓았다.

이렇게 말한 다음 그는 한마디 덧붙였다.

"신이 보기에 백리 장군의 행동은 큰 공을 세운 셈이니 마땅히 상을 내려야 합니다."

옆에서 듣고 있던 한운석도 어딘지 이상하다는 느낌을 받았지만 어디가 이상한지 콕 집어 말하기 어려웠다.

그곳에 있던 이들 중에 용천묵과 목청무를 제외하면 모두 이상하게 여겼다. 진왕 전하가 무슨 생각을 하는지 점점 더 이해가 가지 않았다.

그러나 천휘황제는 수염을 쓰다듬으며 속으로 냉소를 지었다. 결국 그가 손에 쥔 최후의 패가 효능을 발휘한 것이다.

군역사가 한운석을 모욕한 일은 공개되지 않았기 때문에 아는 사람이 무척 적었다. 천휘황제 역시 북려국에 심어 둔 첩자에게 들은 소문이었다.

용비야가 이렇게 말하는 목적은 그 일을 공개하지 않겠다는 뜻이 분명했다. 그래서 백리 장군에게 정당한 명분을 만들어 준 것이다.

조금 전만 해도 정사에 간섭하지 않는다던 그가 지금은 백리 장군의 행동이 옳다는 평을 내리고 있었다.

그러니 한운석이 모욕당한 일을 숨겨 주는 것이야말로 용비야가 제시하는 진짜 조건이었다!

답답하던 천휘황제의 기분은 순식간에 좋아졌다. 드디어 돌파구가 생긴 것이다.

"진왕의 말도 일리가 있군. 헌데 백리 장군은 언제까지 위세를 떨칠 생각인가? 삼도전장의 움직임이 심상치 않은데 백리 장군에게 무슨 계획이라도 있나?"

천휘황제가 가장 두려워한 것은 백리 장군의 수군이 꼼짝 않고 어주도만 포위하는 사이 북려국이 삼도전장에서 전쟁을 일으키는 것이었다.

만약 수군이 주력이 되어 바닷길로 북상해 해안가에서 북려국을 기습하게 된다면, 이번 전쟁은 천휘황제가 아니라 용비야의 세력과 북려국의 싸움이 되는 것이다!

용비야는 오늘 약점을 노출한 셈이었다. 그가 한운석과 자신의 명예를 지키기로 한 이상 반드시 그에 대한 대가를 치러야 했다!

용비야가 대답했다.

"백리 장군이 무슨 생각인지는 신도 알지 못합니다. 직접 물어보십시오."

천휘황제의 눈동자가 번뜩였다. 이 교활한 진왕, 모든 것이 네 손아귀에 있는데도 모르는 척하는구나.

네가 약점을 노출한 이상 짐은 절대 쉽게 놓아주지 않을 것이다!

"알겠네! 짐이 낱낱이 물어보지."

천휘황제는 차갑게 말했다.

긴장된 군사 논의를 했어야 할 자리가 이렇게 마무리되자 대신들은 어리둥절했다. 사람들은 물러갔지만 용천묵만 남아 진지하게 물었다.

"부황, 정말 전쟁을 치르실 생각이십니까?"

천휘황제는 아무 말도 하지 않고 물러가라는 듯 손을 휘저었다.

이튿날, 천휘황제는 백리 장군과 수군이 천녕국의 명예를 지키는 데 공을 세웠다고 칭찬하는 조서를 발표했다. 백리 장군도 북려국이 삼도전장에서 전쟁을 일으키면 수군이 북상해 북려국의 해안선을 공격하고 그 국경으로 쳐들어가 퇴각하도록 몰아붙이겠다는 뜻을 표했다.

천휘황제는 크게 기뻐하며 수군의 계획을 승인했다.

용천묵과 목청무도 그제야 확실히 알 수 있었다.

"청무, 자네 생각은 어떤가? 이번에는 부황의 승리일까 아니면 진황숙의 승리일까?"

용천묵이 진지하게 물었다.

북려국은 해안선의 방어가 매우 약했다. 천녕국 수군의 존재 가치도 그 때문이었다. 정말 천녕국의 수군이 북상하면 북려국은 정전을 선포하거나 병력을 나눠 동쪽을 막아야 했다. 대참패는 아니더라도 유리해질 수가 없는 입장이었다.

"폐하의 승리가 아니겠습니까?"

목청무는 담담하게 말했다. 어주도 사건이 북려국의 화를 돋우자 진왕은 그 골칫거리를 천휘황제에게 떠맡기려고 했으나 결국 한운석의 명예를 지키기 위해 한 발 물러선 것이다.

목청무는 저도 모르게 웃으며 고개를 저었다. 진왕 전하는 비록 한 발 물러섰지만 아무도 그 사실을 알아차리지 못하게 했다!

이 사건의 진상을 알지 못하는 이상 조정 대신들도 알아차리지 못할 것이다.

"하지만 전쟁이 벌어지면 군역사만 이득을 보지 않겠습니까?"

그 일을 생각하면 목청무는 도저히 받아들일 수가 없었다.

"북려국의 움직임을 보면 전쟁이 벌어질 것은 분명하니…… 진황숙도 군역사를 풀어 주실 수밖에 없겠지?"

용천묵은 혼잣말을 중얼거렸다. 그럴 수밖에 없다고 생각했지만 그래도 유감스러웠다.

한운석은 이 소식을 듣자마자 충동적으로 용비야의 침궁 서재로 달려가 그의 앞에 서서 똑바로 노려보았다.

용비야는 당황하지도, 서두르지도 않는 태도로 들고 있던 《칠귀족지》의 제목을 가리고 옆에 내려놓았다.

"무슨 일이냐?"

그가 태연하게 물었다.

한운석은 그를 한참 바라보다가 비로소 입을 열었다.

"용비야, 당신 너무 고약해요!"

용비야는 즉시 눈을 찌푸렸다. 그의 앞에서 이렇게 대놓고 욕을 하는 사람은 이 여자가 처음이었다.

한운석은 용비야의 불쾌한 표정은 아랑곳없이 진지하게 말했다.

"북려국이 전쟁을 일으키지 못한다고 확신하기 때문에 백리 장군에게 그런 약속을 하게 한 거잖아요. 남들이 보면 날 위해 한 발 물러선 것 같지만 사실은 천휘황제를 가지고 논 거예요!"

그날 저녁 왕부로 돌아온 후 한운석은 용비야가 무슨 목적으로 그런 행동을 했는지 줄곧 고민했고 이제야 완전히 깨달았다.

이 인간은 진짜 고수 중의 고수였다. 지난날 천녕국 황위 싸움 때 그가 어리지만 않았다면 천휘황제는 일찌감치 그의 손바닥에서 신나게 놀아나다가 죽었지, 용좌에 앉지도 못했을 것이다.

북려국이 전쟁을 일으키지 않으면 백리 장군은 정정당당하게 어주도를 포위할 수 있었다.

한운석의 흥분한 표정을 보고 화가 났다고 오해한 용비야가 가볍게 한숨을 쉬었다.

"모두 너를 위해서 한 일이 아니냐."

데려오라고 해라

그날 밤 어서방에서 용비야는 한운석을 위해 한 발 물러선 것처럼 보였지만 사실은 천휘황제에게 덫을 놓은 것이었다!

한운석은 용비야의 시꺼먼 속내에 충격을 받았을 뿐 자신을 이용한 것에는 개의치 않았다. 그저 수군이 어주도를 포위한 일이 완벽하게 해결된 것이 기뻐 무척 흥분해 있었다.

그래서 용비야의 한숨 소리를 듣자 당황했다.

그녀가 어리둥절하며 다시 물었다.

"전하, 뭐라고…… 하셨어요?"

그가 뭐라고 했는지는 똑똑히 들었지만 저절로 이런 질문이 튀어나왔다.

말을 꺼낸 용비야 자신도 뜻밖이었다. 분명 이런 말을 할 생각은 없었는데 왜 그랬을까?

두 사람의 시선이 마주쳤다. 한운석은 기다렸고 용비야는 망설였다.

"전하?"

한운석은 떠보듯 그를 불렀다.

용비야는 즉시 시선을 거두고 책상에 놓인 물건을 치웠다.

"전하, 방금……."

한운석은 말을 하다 말고 책상을 돌아 그에게 다가갔다.

용비야는 재빨리 정리를 끝낸 다음 일어서서 옆으로 피했으나, 한운석이 재빨리 다가가 길을 막으며 진지하게 물었다.

"전하, 방금 뭐라고 하셨죠?"

"아무것도."

용비야는 태연하게 대답했다.

"분명히 말씀하셨잖아요."

고개를 들고 빤히 그를 바라보는 한운석의 우아한 얼굴은 무척이나 진지했다.

용비야는 그녀에게 차가운 눈길을 던졌다.

"본 왕은 나가 봐야 한다."

그 말과 함께 그가 그녀를 지나쳐서 걸어갔다.

한운석은 또다시 앞을 막아서서 그의 손을 잡으며 생글생글 웃었다.

"전하, 방금 모두 절 위해서라고 하셨죠!"

이런 웃음 앞에서 용비야는 가고 싶어도 갈 수가 없고 쌀쌀하게 굴고 싶어도 그럴 수가 없었다.

그녀가 기뻐하는 것이 훤히 보였다.

한운석은 알아차리지 못했을지 몰라도, 용비야는 요즘 이 여자가 자신을 대하는 태도가 바뀌고 점점 더 대담해지는 것을 뚜렷하게 느꼈다. 물론 아직도 종종 색녀같은 눈길로 그를 바라보긴 하지만, 예전처럼 겁을 먹거나 몸을 낮추는 일은 없었다.

확실히, 한운석은 자신의 변화를 인지하지 못했다. 그저 예전에는 혼자만의 바람이던 것이 지금은 두 사람의 공통된 마음이라는 것만 알 뿐이었다.

좋으면 좋은 거지, 숨길 이유가 있을까?

언제나 패기 넘치는 진왕 전하가 이런 질문을 받을 날이 올 줄은 그 누구도 생각하지 못했다. 이 감정 속에서 조금 더 두려워하는 사람은 대관절 누구일까?

용비야는 안색 하나 바뀌지 않은 채 훈계하듯 말했다.

"네가 아니면 무엇 때문이겠느냐? 군역사의 일을 미리 본 왕에게 알렸더라면 오늘 같은 일이 있었겠느냐?"

그럼 그렇지. 한운석은 그를 붙잡은 손을 놓고 고개를 숙였다.

"신첩이 잘못했어요."

용비야는 그제야 만족스러워하며 몸을 돌렸다. 문을 나서기도 전에 그의 입꼬리가 살짝 휘어지며 웃음을 머금었다. 기분이 무척 좋았다.

백리 장군의 수군이 어주도를 포위한 일은 이렇게 마무리 되었다. 천휘황제는 여전히 시시각각 북려국의 움직임을 주시했고 북려국도 삼도전장의 변경에서 갖가지 소동을 벌이며 강경하게 나왔다.

천휘황제가 지금처럼 전쟁이 일어나기를 기대한 적은 없었다. 그는 북려국과 전쟁이 벌어져 백리 장군이 약속대로 병사를 이끌고 북상하기를 기다렸고, 용비야와 북려국이 싸움을 벌여 양쪽 모두 피해를 입기를 고대했다.

비록 그 전쟁으로 심각한 피해를 입지는 않겠지만, 적어도 최후의 승자는 천휘황제 자신이었다.

그러나 예상과 달리 별일 없이 한 달이 훌쩍 흘렀다. 북려국 황제는 수차례 위협을 가했지만 진짜 출병하지는 않았다.

"폐하, 아무래도 이상합니다! 북려국 황제의 성품이라면 보름 전에 출병했어야 합니다!"

"설마 서주국과의 화친이 눈앞이라 경거망동하지 못하는 것일까요?"

"아무래도 백리 장군의 수군을 꺼리기 때문이 아니겠습니까? 이틀 전 북려국 황족의 배가 어주도 부근에 나타났다고 합니다."

"아직 수군의 무서움을 맛보지도 못했는데 벌써 그러기야 하겠습니까? 지난번 첩자가 전한 소식에는 북려국 황제가 수군은 안중에도 없다고 하지 않았습니까?"

이제 겨우 병이 나은 천휘황제는 대신들이 너 한마디 나 한마디 하는 통에 머리가 어질어질했다.

그는 커다란 손으로 탁자를 내리치며 노성을 터트렸다.

"목 장군, 그대가 말해 보라!"

"폐하, 소장이 보기에도 수상한 구석이 있으니 며칠 더 기다려 보시지요."

늙은 여우이자 군에서 일한 경험도 많은 목 대장군은 북려국 내부에 무슨 문제가 있다는 것을 어렴풋이 느꼈지만 말하지 않았다.

대장군으로서 그 역시 아들과 마찬가지로 전쟁이 일어나는 것을 절대 바라지 않았다.

목 대장군까지 이렇게 말하자 천휘황제는 기다리는 수밖에 없었다.

"폐하, 이달 말 서주국 군주가 화친을 옵니다. 군주의 혼수는 어떻게……?"

병부상서가 말하다 말고 입을 다물었다.

초청가의 혼수가 군마라는 것은 누구나 아는 사실이었다. 군마의 수량도 적지 않았고 초청가 휘하에는 궁노수 한 무리도 있었다.

초씨 집안은 군마와 궁노수를 합쳐 정예병 한 갈래를 조직하고 초청가가 직접 좋은 장수를 선발해 그 군대를 맡기기를 원했다.

하지만 이처럼 위급한 시기에는 변경을 수비하는 기병장군인 영 대장군에게 군마를 넘기는 것이 가장 좋은 방법이었다.

병부상서는 낮은 소리로 한마디 덧붙였다.

"폐하, 초씨 집안은 누가 뭐래도 서주국의 장군 집안입니다."

적당한 이유 없이 혼수를 마음대로 처분했다가는 해명할 말이 없었다. 하지만 지금 삼도전장의 형세야말로 좋은 이유가 아닐까?

서주국이 거절하고 싶어도 쉽지 않았다.

천휘황제는 병부상서의 말뜻을 알아듣고 망설였다.

이를 본 용천묵이 나서서 설득하려고 했으나 목 대장군이 눈짓으로 말렸다.

병부상서가 용천묵의 사람이라는 것을 천휘황제가 모를 리 없었다. 이럴 때는 용천묵이 가만히 있는 편이 좋았다.

천휘황제는 잠시 망설이다가 병부상서의 제안을 승낙했다.

이 일이 용비야의 귀에 들어가자 용비야는 한운석에게 이렇게 말했다.

"초청가의 아이가 태어나기도 전에 적자 싸움이 시작되었군."

한운석은 고개를 저었다.

"적자 싸움이 아니라 황위 싸움이에요!"

지난 원한을 기억하고 있는 용천묵은 이미 암암리에 황위를 노리고 있었다.

물론 한운석은 이 일에 별로 관심이 없었다.

그녀의 관심은 딴 데 있었다. 천휘황제의 병세가 호전되었으니 고북월도 현룡전玄龍殿에서 나올 수 있었다.

고북월은 병으로 휴가를 썼다가 도성으로 돌아오자마자 천휘황제에게 불려갔고 그 후 계속 현룡전에 머물며 하루도 자리를 비우지 못했다.

그러다가 어제에야 겨우 출궁해 며칠 쉴 수 있게 되었다.

한운석은 꼬맹이가 무척 그리웠다!

황제의 병세에 관심이 있는 사람은 많았다. 고북월은 불필요한 질문을 피하려고 현룡전에 들어가는 순간부터 바깥사람들과 일체 연락하지 않았고, 현룡전에 들어올 수 있는 사람들에게만 황제의 상태에 관해 대답했다.

한운석도 그와 연락이 닿지 않아 꼬맹이가 어떻게 지내는지 알지 못했다.

"전하, 오후에 고북월의 사저에 가서 꼬맹이를 데려오려고 해요."

한운석이 솔직히 행선지를 밝혔다.

"초서풍에게 데려오라고 해라."

용비야는 그녀를 쳐다보지도 않고 대답했다.

"꼬맹이를 오랫동안 맡겼으니 직접 가서 상황을 물어보려고요."

한운석이 말했다.

"아직 깨어나지 않았다. 깨어났다면 제 발로 돌아왔겠지."

용비야가 담담하게 말했다.

"적어도 물어보기는 해야죠."

한운석은 도무지 이해가 가지 않았다. 이 인간이 꼬맹이를 좋아하지 않는 건 그렇다쳐도 왜 이렇게 학을 뗄까?

"독짐승은 죽지 않는다. 안심해라."

용비야가 차갑게 말했다.

"그래도 그간 어땠는지 확인은 해야 해요. 독이나 피가 잘 회복되고 있는지도 모르고요."

한운석은 진지했다. 꼬맹이의 피가 해독 작용을 되찾았더라면 날마다 해독시스템에 들어가 고생고생하며 백리명향의 해약을 만들 필요도 없었을 것이다.

"몇 달 안에는 회복되지 않을 것이다."

말하지는 않았지만 용비야도 독짐승을 잘 알고 있었다.

어쨌든 무슨 말을 해도 그는 한운석이 직접 가도록 허락하지 않았다.

한운석은 후회했다. 말하지 말걸! 어딜 가는지 미리 말하라고 한 적도 없는데.

그녀는 잠시 생각하다가 말했다.

"그래도 물어봐야겠어요. 어쨌든 고북월이 돌봐 줬으니까요."

사실 그녀도 용비야가 고북월에게 의심을 품고 있는 것을 알고 있었다!

아니, 정확하게 말해 그는 고북월과 그녀의 우정에 의심을 품고 있었다!

지난번 고북월을 이용해 용비야를 자극한 일이 아직 마음에 걸렸던 그녀는 그 문제를 따질 용기가 없었다.

용비야가 아무 말이 없자 그녀는 계속 말했다.

"전하, 전하의 상처도 고 태의에게 재진을 받아 보는 편이 좋을 거예요. 차라리 전하께서도 신첩과 함께 다녀오시면 어떨까요?"

뜻밖에도 용비야가 직접 명령을 내렸다.

"초서풍, 고북월을 찾아가 꼬맹이를 돌려보내라고 전해라."

한운석은 기가 막혔다. 그녀는 내내 고개를 숙이고 책을 보는 용비야를 쳐다보며 중얼거렸다.

"졌다, 졌어!"

얼마 후 초서풍이 고북월을 데려왔다.

오랜만에 만난 고북월은 여전히 그대로였고, 안색은 썩 좋지도 않았지만 나쁘지도 않았다. 눈처럼 새하얀 옷을 걸치고 평화롭고 부드러운 표정을 한 그를 보자 온 세상이 아름답게 느껴졌다.

"소관이 진왕 전하와 왕비마마께 인사 올립니다."

그가 비굴하지도 않고 뻣뻣하지도 않게 예를 올렸다.

"일어나라."

용비야는 오만하게 말했다.

"고 태의, 몸은 다 나았나요?"

반면 한운석은 걱정스레 물었다.

"왕비마마께서 염려해 주신 덕분에 이미 나았습니다."

용비야가 있든 없든 고북월은 늘 이렇게 예의를 갖추었다.

그는 가져온 작은 대나무 광주리를 건네며 말을 이었다.

"왕비마마, 꼬맹이는 많이 회복되었습니다. 며칠 만에 한 번씩 깨어나고, 깨어 있는 시간도 점점 길어지고 있습니다. 다만 지금은 잠들어 있으니 하루 이틀 뒤에나 다시 깨어날 것입니다."

한운석은 재빨리 광주리를 받았다. 빨간 덮개를 걷자마자 털뭉치처럼 몸을 웅크리고 콜콜 잠든 꼬맹이가 보였다.

그녀는 기쁘면서도 마음이 아파 한참 동안 꼬맹이를 쓰다듬다가 손바닥에 안아 올려 꼼꼼히 살폈다.

아직 다 낫지 않았지만 고북월이 통통하게 잘 먹인 덕에 묵직했다.

"묵직해졌네요. 고 태의가 잘 키워 준 덕분이에요."

한운석이 웃으며 말했다.

"왕비마마께서 주신 독약을 먹였기 때문입니다."

고북월도 빙그레 웃으며 말했다.

"깨어나서 날 찾지 않던가요?"

한운석이 궁금한 듯 물었다.

고북월은 기억을 더듬어 보았다.

"처음 깨어났을 때는 달아나서 진왕부로 돌아갔더군요. 소관이 찾으러 가려고 했으나 알아서 돌아왔는데, 아마 마마를 찾지 못했기 때문일 겁니다."

"아주 똑똑한 아이예요. 내가 없으면 고 태의를 따를 줄도 알고."

한운석이 기뻐하며 말했다.

고북월은 황급히 고개를 저었다.

"역시 왕비마마께서 꼬맹이를 잘 아시는군요. 그 후로 꼬맹이는 깨어나도 달아나지 않고 어딜 가든 소관을 따라다녔지요!"

꼬맹이 이야기가 시작되자 두 사람은 끝이 나지 않을 것처럼 계속해서 수다를 떨었고 점점 더 즐거워했다.

고북월이 용비야의 존재를 인식하고 있는지 어떤지는 모르지만, 어쨌든 한운석은 용비야를 까맣게 잊고 있었다.

옆에 앉아 있던 용비야의 차가운 얼굴 위로 살얼음이 한 겹 더 꼈다.

마침내, 한운석이 까르르 웃음을 터트렸을 때 그가 입을 열었다.

〈천재소독비〉 9권에서 계속